A extraordinária carreira de
Nicodemo Dyzma

fanfarrões, libertinas & outros heróis
ORGANIZAÇÃO DE MARCELO BACKES

TADEUSZ DOŁĘGA-MOSTOWICZ

A extraordinária carreira de Nicodemo Dyzma

1ª edição

Tradução de TOMASZ BARCINSKI
Posfácio e glossário de MARCELO BACKES

Rio de Janeiro
2013

Copyright da tradução © Tomasz Barcinski, 2013

TÍTULO ORIGINAL
Kariera Nikodema Dyzmy

PROJETO GRÁFICO E DIAGRAMAÇÃO DE MIOLO
Editoriarte

CIP-BRASIL. CATALOGAÇÃO NA FONTE
SINDICATO NACIONAL DOS EDITORES DE LIVROS, RJ

D686e
Dotega-Mostowicz, Tadeusz.
A extraordinária carreira de Nicodemo Dyzma / Tadeusz Dotega-Mostowicz ; [tradução Tomasz Barcinski]. – Rio de Janeiro: Civilização Brasileira, 2013.

Tradução de: *Kariera Nikodema Dyzmy*
ISBN 978-85-200-1120-1

1. Dyzma, Nicodemo 2. Romance polonês I. Barcinski, Tomasz. II. Título.

12-9418
CDD: 891.853
CDU: 821.162.1-3

EDITORA AFILIADA

Todos os direitos reservados. Proibida a reprodução, armazenamento ou a transmissão de partes deste livro, através de quaisquer meios, sem prévia autorização por escrito.

Este livro foi revisado segundo o novo Acordo Ortográfico da Língua Portuguesa.

Direitos desta tradução adquiridos pela
EDITORA CIVILIZAÇÃO BRASILEIRA
Um selo da
EDITORA JOSÉ OLYMPIO LTDA.
Rua Argentina, 171 — 20921-380 — Rio de Janeiro, RJ — Tel.: 2585-2000.

Seja um leitor preferencial Record.
Cadastre-se e receba informações sobre nossos lançamentos e nossas promoções.

Atendimento e venda direta ao leitor:
mdireto@record.com.br ou (21) 2585-2002.

Impresso no Brasil
2013

capítulo 1

O DONO DO RESTAURANTE FEZ UM SINAL PARA O PIANISTA E O tango foi interrompido no meio de um compasso. O casal de dançarinos parou no centro da pista.

— E então, senhor diretor? — perguntou a esbelta loura, libertando-se dos braços do seu parceiro e aproximando-se da mesinha à qual estava sentado um homem gordo de rosto suado.

O proprietário do local deu de ombros.

— Não vai servir? — tentou adivinhar a loura.

— Lógico que não. Não leva jeito nem tem postura. Se, pelo menos, ainda fosse bem-apessoado...

O dançarino se aproximou.

A loura olhou atentamente para ele. Trajava um terno surrado, os cabelos castanhos, repartidos ao meio, já mostravam sinais de uma calvície precoce, os lábios eram finos e a mandíbula, saliente e desenvolvida.

— O senhor já dançou em algum lugar?

— Não. Aliás, sim, mas só como amador, em reuniões sociais. As pessoas diziam que até bem...

— Mas onde? — perguntou desinteressadamente o dono do restaurante.

O candidato à vaga de dançarino de aluguel lançou um olhar tristonho pelo salão.

— Lá pelas minhas bandas, em Lysków.

O gordão riu.

— Varsóvia, meu caro senhor, não é uma Lysków qualquer. Aqui, é preciso mover-se com elegância, com apuro, na moda. Vou lhe dizer com toda sinceridade: o senhor não possui esses predicados. Sugiro que procure outro tipo de emprego.

Em seguida, deu meia-volta e foi até o balcão. A loura correu para o camarim. O pianista fechou a tampa do teclado.

O candidato a dançarino atirou preguiçosamente o sobretudo por cima do ombro, enfiou o chapéu na cabeça e foi em direção à porta. No caminho, passou por um garçom com uma bandeja com tira-gostos, enquanto suas narinas absorviam os deliciosos aromas provenientes da cozinha.

A rua estava banhada de sol. Era quase meio-dia. Poucas pessoas nas calçadas. O candidato a dançarino seguiu para o jardim central da cidade. Parou na esquina da rua Bela, enfiou os dedos num dos bolsinhos do colete e retirou de lá uma pequena moeda niquelada.

"É a última", pensou.

Aproximou-se do quiosque de cigarros.

— Dois Grand Prix.

Verificou o troco e foi para a parada do bonde. Um velhinho apoiado numa bengala lançou-lhe um olhar enevoado. Uma dama elegante e cheia de pacotes se inclinava volta e meia para ver se o bonde estava chegando. Um rapaz, com um livro debaixo do braço, agitava-se nervosamente. Na verdade não era um livro, mas uma pasta de pano cinzento; quando o rapaz ficava de perfil, era possível ver uma porção de cartas no seu interior, bem como dezenas de pequenas folhas de papel nas quais os destinatários das mesmas deveriam apor sua assinatura.

Ao olhar para o rapaz, o candidato a dançarino se lembrou de que ele mesmo costumava carregar uma pasta semelhante quando, ainda antes da guerra e antes de assumir um emprego na agência dos correios em Lysków, fora mensageiro do tabelião Winder. A única diferença era que o tabelião usava envelopes azuis, e aqueles eram brancos.

O bonde chegou e o rapaz pulou para a plataforma traseira do mesmo ainda antes de ele ter parado de todo, mas a pasta ficou presa no corrimão e as cartas se esparramaram pelo chão.

"O garoto teve sorte de o dia estar seco", pensou o candidato a dançarino, observando o rapaz que recolhia as cartas. O bonde partiu, e um dos envelopes deslizou do piso da plataforma e caiu sobre os trilhos. O candidato a dançarino pegou-o e ficou agitando-o atrás do bonde que se afastava. Mas o rapaz, ocupado em recolher as cartas que ainda estavam caídas, não chegou a notá-lo.

O envelope era extremamente luxuoso, de papel de primeiríssima qualidade, e endereçado manualmente:

Exmo. Sr. presidente Artur Rakowiecki. Aleje Ujazdowskie, 7.

No interior (o envelope não estava lacrado) havia um cartão não menos luxuoso, dobrado ao meio. De um lado havia um texto em francês e, do outro, provavelmente o mesmo, em polonês:

O presidente do Conselho de Ministros tem a honra de convidar V.S. para a recepção que será realizada no dia 15 de julho do presente ano, às 20 horas, nos salões inferiores do hotel Europejski, em homenagem à visita de Sua Excelência o chanceler da República da Áustria.

E, mais abaixo, em letras bem menores:

Traje a rigor — condecorações.

O candidato a dançarino releu o endereço: *Aleje Ujazdowskie, 7.*

Por que não levá-lo? Quem sabe se não o recompensariam com um ou dois *zloty*? Não custava nada tentar. O número 7 ficava a apenas algumas dezenas de passos dali.

No quadro dos moradores, junto do nome A. Rakowiecki, figurava o número 3, no primeiro andar. O candidato a dançarino subiu as escadas e tocou a campainha — uma, duas, três vezes. Finalmente apareceu o porteiro, informando que o senhor presidente viajara para o exterior.

— Que azar! — murmurou o candidato a dançarino, guardando a carta e dirigindo-se à sua morada.

Levou mais de meia hora para chegar à rua Lucka, subiu os rangentes degraus de madeira até o quarto andar e girou a maçaneta da porta. Sentiu o bafo de uma desagradável mistura de cheiros: cebola assada, toucinho frito e fraldas sendo secadas. De um dos cantos, soou uma voz feminina:

— Por favor, feche logo a porta, porque há uma corrente de ar e o senhor ainda fará com que o meu bebê pegue uma gripe.

O candidato a dançarino murmurou alguma coisa, tirou o chapéu, pendurou o casaco num prego e sentou-se perto da janela.

— E então? — perguntou a mulher. — O senhor conseguiu arrumar um emprego?

— Não.

— Ah, senhor Dyzma, eu já lhe disse mais de uma vez que o senhor está perdendo o seu tempo aqui, na capital. Na província, num vilarejo, é sempre mais fácil conseguir o ganha-pão.

O homem não respondeu. Estava desempregado havia mais de três meses, desde que fora fechado o bar Pod Sloniem, onde tocava bandolim em troca de um jantar e cinco *zloty* diários. Era verdade que o Departamento de Empregos Públicos lhe arrumara um trabalho na construção do anel ferroviário, mas Dyzma não conseguiu se dar bem nem com o engenheiro encarregado, nem com o mestre, nem mesmo com os outros trabalhadores, e acabou sendo demitido. Se aquilo tivesse sido em Lysków em vez de Varsóvia...

Os pensamentos da mulher deveriam estar seguindo a mesma trilha, pois ela falou:

— Senhor Dyzma, o senhor não acha que seria melhor estar no meio dos seus, junto da sua família? Certamente eles iriam encontrar algo para o senhor.

— Mas eu já disse para a senhora que não tenho família.

— Todos morreram?

— Morreram.

A mulher terminou de descascar as batatas, colocou a panela no fogo e começou a falar:

— Porque aqui, em Varsóvia, as pessoas são diferentes e falta trabalho. O meu marido só trabalha três dias por semana, e o que ele ganha mal dá para nos alimentar. Além disso, o diretor da empresa, um tal Purmanter ou algo parecido, anda dizendo que a fábrica acabará sendo fechada. E, assim mesmo, não fosse graças a Manka, não teríamos como pagar o aluguel. A menina vai acabar doente de tanto trabalhar e não pode parar nem um dia... Se não arrumar um cliente duas vezes por semana...

— E ela precisa ter muito cuidado — interrompeu-a Dyzma —, porque se a pegarem sem a carteirinha vai ter um problema e tanto!

— O que o senhor está grasnando?! — respondeu rudemente a mulher. — Não se meta na vida dos outros e cuide da sua. Já faz três semanas que o senhor não paga o aluguel e só ocupa espaço. Que sublocatário eu fui arrumar!

— Ainda vou pagar — falou Dyzma.

— Vamos ver; embora eu tenha lá as minhas dúvidas e 15 *zloty* sejam quase nada, assim mesmo não podem ser desprezados. Quanto ao senhor, basta arrumar um emprego para logo ser despedido...

— Quem disse isso à senhora?

— Ah, que grande segredo! O senhor mesmo contou isso a Manka.

Dyzma virou-se para a janela e ficou olhando para os muros descascados do pátio. Efetivamente, sempre fora perseguido pelo azar. Não conseguia se manter em lugar algum. Fora expulso do ginásio ainda na quarta série, por ser turrão e pouco interessado nos estudos. O tabelião Winder foi quem o segurou por mais tempo, provavelmente porque o pequeno Nicodemo Dyzma sabia alemão o suficiente para saber aonde estava sendo enviado. Depois, o trabalho nos correios — um salário miserável e brigas com o superior hierárquico. A guerra — três anos no batalhão de comunicações e apenas uma promoção a cabo — seguida da volta à agência dos correios de Lysków, até sua reestruturação. Por intermédio do pároco, conseguira um emprego na biblioteca, mas mal chegara a passar o inverno na função — em abril ficou evidente que ele não tinha condições de manter os livros devidamente distribuídos nas suas respectivas prateleiras.

As meditações de Dyzma foram interrompidas pelas sirenes das fábricas das redondezas. A mulher começou a pôr a mesa, e Dyzma, ao ver aquilo, levantou-se preguiçosamente e saiu para a rua.

Apesar das dores nas pernas, ficou vagando à toa pelas ruas aquecidas pelo sol. A opção de permanecer naquele apartamento tendo que ouvir as observações maliciosas do senhor Walenty Barcik, os depreciativos comentários de Manka e, principalmente, vê-los comer era algo acima das suas forças. Havia mais de dois dias que ele não colocava nada na boca exceto os cigarros, para os quais guardara suas últimas reservas.

Ao passar diante de casas de frios das quais emanava o tentador cheiro de salsichas, prendia a respiração. Esforçava-se para virar a cabeça para o outro lado ao passar junto das vitrines das lojas de comida, mas a fome não o deixava esquecê-la.

Nicodemo Dyzma estava ciente do fato de que não havia perspectivas para ele.

Aquilo o apavorava? De forma alguma. Por sorte, a psique de Nicodemo Dyzma era totalmente desprovida de imaginação. A extensão das suas expectativas e dos seus planos não ultrapassava os limites dos últimos dias e, assim como passara a semana anterior vegetando graças à venda de seu relógio, a semana seguinte poderia ser passada da mesma forma com a venda do fraque e dos sapatos de verniz.

Embora a obtenção daquele traje tivesse lhe causado limitações em outros gastos, ela estava ligada à convicção de que poderia ser contratado como dançarino de aluguel, melhorando assim sua miserável condição financeira — porém agora que, após diversas tentativas frustradas, estava convencido de que ninguém o contrataria para aquela função, não sentia pena em se separar daquele traje tão distinto e caro.

Já eram quase seis da tarde quando Dyzma tomou a decisão definitiva e retornou à casa.

No apartamento, encontrou apenas Manka, uma magra morena de movimentos nervosos. Aparentemente ela ia sair à noite, pois estava sentada junto da janela e se maquiava. Como ela se sentara na mala de Dyzma, ele se sentou num canto e ficou aguardando.

A jovem foi a primeira a falar:

— Por favor, vire-se agora, pois vou trocar de roupa.

— Não estou olhando — respondeu Dyzma.

— Ainda bem, porque o desejo de comer faz mal aos dentes — falou rindo a jovem, tirando o vestido.

Manka tinha o dom de irritar Nicodemo ao máximo. Com que satisfação ele a agarraria, taparia sua boca e a atiraria para fora do apartamento. Ela o agredia constantemente com afã e raiva inexplicáveis, o que não ofendia as suas ambições masculinas porque até então a vida não lhe dera condições para que estas pudessem se desenvolver. Também não se sentia ressentido na sua dignidade humana, já que nunca a tivera num nível muito elevado e, no caso em pauta, não via qualquer diferença social entre ele mesmo, aquela rapariga e um intelectual. O que não aguentava mais eram aqueles ataques irônicos e gratuitos.

Enquanto isso Manka já se vestira e, atirando um xale sobre os ombros, parou diante de Dyzma arreganhando grandes dentes brancos.

— E então? Um mulherão e tanto, não é?

— Vá à merda! — respondeu ele.

Manka estendeu a mão para pegar o seu queixo com os dedos, mas recuou imediatamente o braço, atingida por um rude golpe aplicado por Dyzma.

— Oh, seu canalha! — falou raivosa. — Um vagabundo inútil... Ficou com vontade de bater em alguém?!... Ora, vejam só, um velhaco...

Falou ainda por muito tempo, mas Dyzma já não a ouvia. Começou a abrir a mala, calculando mentalmente quanto conseguiria com a venda do fraque. Quem sabe uns 50 *zloty*? Ele pagara 70 e provavelmente iria perder outros oito, ou até dez, nos sapatos de verniz.

O bebê começou a urrar, e a senhora Barcik veio correndo do apartamento da vizinha. Foi só então que Manka concluiu sua tirada e saiu, batendo a porta.

Nicodemo Dyzma abriu a mala e pegou o fraque.

— *Oh la la.* — A senhora Barcik sorriu. — Pelo jeito, o senhor vai a um baile ou a um casamento.

Nicodemo não respondeu. Dobrou cuidadosamente as calças, o colete, o casaco, envolveu tudo em jornal e pediu um pedaço de barbante. Entrementes o senhor Walenty Barcik também retornou, a esposa se pôs a preparar as batatas e o quarto foi tomado pelo cheiro de toucinho frito.

— Senhor Dyzma — perguntou Walenty —, o senhor está indo à feira de roupas usadas?

— Sim.

— Hoje é sábado. Os judeus não vão estar lá, e os nossos não costumam comprar esse tipo de coisa... e se compram, pagam uma ninharia.

O torresmo saltitava na frigideira. Nicodemo engoliu saliva.

— Pois que seja uma ninharia — falou.

De repente, lembrou-se de que não revistara os bolsos do fraque. Desfez o pacote às pressas e de fato encontrou uma cigarreira no bolso das calças e, no do casaco, um lenço. Pegou os dois objetos e os enfiou no bolso do paletó. Foi quando sentiu algo estranho... como um pedaço de cartolina... ah, sim, aquela carta, aquele convite.

Voltou a tirá-lo do bolso e o releu mais uma vez. Repentinamente, as pequeninas letras bem na parte inferior do convite chamaram sua atenção: *Traje a rigor — condecorações*.

Lançou um olhar ao fraque. Uma recepção... Muita comida, e de graça...

"Devo estar delirando", pensou, voltando a ler com atenção o convite: *15 de julho do presente ano, às 20 horas*. A ideia era tentadora.

— Senhor Walenty, hoje é dia 15? — perguntou.

— Sim.

— E que horas são?

— Sete.

Dyzma ficou imóvel por um momento.

"E o que eles poderão me fazer?", pensou. "Na pior das hipóteses me jogarão na rua. Além disso, haverá tanta gente..."

Tirou da mala os apetrechos de barbear e começou a se arrumar.

Na época em que trabalhara na biblioteca municipal, na parte da manhã não havia muito movimento e ele não tinha o que fazer. Assim, por puro tédio, costumava ler livros. Por mais de uma vez encontrou passagens nas quais eram descritos bailes e recepções oferecidos por diversos condes e ministros. Assim, ele sabia — caso os livros contassem a verdade — que naqueles grandes acontecimentos sociais costumava haver muitas pessoas que não se conheciam e, portanto, o seu arriscado empreendimento poderia dar certo. Sobretudo se ele não se diferenciasse demasiadamente dos demais convivas.

O casal Barcik estava sentado à mesa, comendo batatas e bebericando chá.

"Comida, muita comida", pensou Dyzma, "carne, pão, peixes..."

Lavou-se na pia, penteou os cabelos e vestiu a camisa com peitilho engomado.

— Eu não lhe disse que ele estava indo para um casamento? — falou a senhora Barcik.

O marido olhou para o sublocatário, deu de ombros e observou:

— E o que nós vamos ganhar com isso?

Dyzma conseguiu abotoar com dificuldade o duro colarinho, botou a gravata e vestiu o casaco.

— Comida, muita comida — sussurrou.

— O que o senhor disse? — perguntou Walenty.

— Nada. Até logo — respondeu Dyzma, descendo lentamente as escadas e abotoando o sobretudo.

Ao chegar ao primeiro poste com lampião, examinou mais uma vez o convite e constatou que não continha o nome do remetente. Guardou-o no bolso, rasgando o envelope e jogando-o na sarjeta.

Ainda não se orientava suficientemente bem na cidade e hesitou por alguns momentos. Por fim, resolveu ir pelo caminho que já conhecia.

As ruas fervilhavam com a típica vida noturna dos bairros proletários. Das portas abertas das tabernas vinham sons de acordeão, pelas calçadas cheias de lixo flanavam livremente grupos de adolescentes e jovens operários com paletós desabotoados e camisas sem colarinho. Garotas, sempre em grupos de três ou quatro, caminhavam de mãos dadas, soltando risadinhas e sussurrando entre si. Junto das portas, mulheres mais velhas com crianças nos braços, de pé ou sentadas em tamboretes retirados das suas moradias.

Chegando à praça do Teatro, notou que o relógio na torre da prefeitura indicava 20h05; apressou o passo e momentos depois se viu diante do hotel.

Viu uma grande quantidade de brilhantes automóveis negros, dos quais saíam homens elegantes e mulheres com casacos de pele, apesar do calor.

Sentiu-se intimidado.

Saberia se comportar naquele meio?...

No entanto, a fome o venceu. Comer! Comer a qualquer custo! Que depois o atirassem na rua. Cerrou os dentes — e entrou.

Antes que pudesse se orientar, um empregado pegou seu sobretudo e seu chapéu, enquanto um senhor extremamente submisso o acompanhou até a porta principal, abrindo-a para ele.

Diante dos olhos de Nicodemo Dyzma surgiu uma visão que o deixou estonteado: um amplo salão branco pontilhado com as manchas pretas dos fraques e os coloridos vestidos das damas. A mistura dos perfumes e o burburinho das centenas de vozes quase o fizeram perder os sentidos.

Estava assim, imóvel, junto à porta, quando notou diante dele um homem gentilmente curvado e com a mão estendida. Instintivamente, estendeu a sua.

— Peço permissão para me apresentar — falou o homem —, sou Antoniewski, secretário particular do premier. Permita-me transmitir os agradecimentos do premier por nos ter honrado com a sua presença. Por favor, fique à vontade, aqui temos o bufê...

Não concluiu a frase, indo às pressas na direção de dois cavalheiros que acabavam de entrar.

Nicodemo Dyzma enxugou o suor da testa.

"Graças a Deus! Agora, em frente..."

Depois de recuperar o autocontrole, começou a se orientar na situação. Notou grupos de homens e mulheres que, com pratinhos nas mãos, comiam de pé em torno de algumas mesas, enquanto outros comiam sentados, junto a pequenas mesinhas. Decidiu conter a fome até absorver o comportamento dos outros. Olhou para a longa mesa coberta de travessas com comidas esquisitas que nunca vira antes. Teve um impulso de pegar uma delas, levá-la para um canto qualquer e devorar seu conteúdo. No entanto, conseguiu se controlar e ficou observando.

Por fim decidiu agir e começou a procurar os pratos. Pegou um e o encheu com uma salada e patê. Sua boca estava cheia de saliva e ele não conseguia desviar os olhos do prato. De repente, no exato momento em que se virou a fim de procurar um lugar mais afastado, alguém esbarrou com força no seu cotovelo. O prato escapou da sua mão e se espatifou no chão.

Dyzma foi tomado por um acesso de fúria. Bem diante dele, sem cerimônia, passava um gordão abrindo caminho a cotoveladas e sem sequer se dignar a pedir desculpas pela falta de atenção. Caso Dyzma tivesse podido controlar a sua raiva, certamente teria agido de forma menos violenta. No entanto, naquele momento ele só se dava conta de uma coisa: o gordão derrubara o prato que ele tivera na mão.

Com dois largos passos alcançou o culpado e, com toda força, agarrou seu cotovelo.

— Seu desgraçado! Preste mais atenção! O senhor derrubou o prato que eu estava segurando! — atirou-lhe diretamente na cara.

Os olhos do assaltado demonstravam um enorme espanto e até pavor. Olhou para o chão e, totalmente desconcertado, passou a pedir humildes desculpas.

As pessoas em torno foram se afastando. Um garçom veio correndo e limpou o chão, enquanto outro entregou a Dyzma um novo prato.

Ainda enquanto o enchia com a salada, Dyzma não se dava conta da loucura que havia cometido, somente caindo em si ao se encontrar afastado num canto. Compreendeu repentinamente que poderia ser expulso a qualquer momento e passou a comer com avidez, no intuito de aproveitar ao máximo o tempo que lhe restava para se alimentar.

Enquanto isso o salão foi se enchendo cada vez mais, e Dyzma constatou com alívio que ninguém prestava atenção nele. Aquilo o tornou mais ousado e ele encheu o prato novamente. Ao comer, viu ao seu lado uma bandeja com cálices cheios de conhaque. Entornou dois, um seguido do outro. Logo se sentiu mais seguro. Ao estender a mão para pegar o terceiro, notou com espanto que o cálice ao lado, erguido pela mão de alguém, batia levemente no dele. Ao mesmo tempo, seus ouvidos captaram uma voz que dizia:

— O senhor permite que eu brinde à sua saúde?

Nicodemo olhou para o lado e viu um cavalheiro alto e esbelto, metido num uniforme de coronel, e que sorria para ele de forma dúbia.

— Sou Wareda — falou o coronel, estendendo a mão.

— Sou Dyzma — respondeu, como um eco, Nicodemo, apertando a mão estendida.

— Aceite os meus cumprimentos — disse o coronel. — O senhor deu uma lição e tanto naquele Terkowski. Presenciei tudo.

Dyzma enrubesceu. "Ahã", pensou, "agora ele vai me mandar sair. Mas tenho que admitir que eles começam isso de uma forma muito gentil..."

— Ha, ha, ha — riu baixinho o coronel Wareda. — Vejo que o senhor fica vermelho só de pensar naquele tipo bisonho. Meus parabéns, prezado senhor Dyzma. Havia muito tempo que Terkowski não recebia uma reprimenda dessas. À sua saúde!

Beberam o conteúdo dos cálices de um só trago, e Dyzma teve suficiente presença de espírito para adivinhar que entre aquele Terkowski e o coronel deveria haver uma grande inimizade.

— Não foi nada de mais — disse. — Apenas fiquei chateado com o desperdício daquela salada... e do pratinho quebrado.

Wareda soltou uma gargalhada.

— Que tirada genial! Como o senhor é sarcástico, senhor Dyzma... Terkowski não é nada de mais... o importante é a salada! — exclamou alegremente, e Dyzma, mesmo sem compreender a razão de tamanha alegria e com a boca cheia de canapés, riu também.

O coronel sugeriu que fossem fumar um cigarro, e ambos se dirigiram para perto de uma janela. Mal tiveram tempo de acendê-los, quando um homem baixo e troncudo, com cabelos agrisalhados, movimentos ágeis e olhos brilhantes aproximou-se deles.

— Wacek! — exclamou. — Dê-me um cigarro. Esqueci os meus.

O coronel voltou a sacar sua cigarreira de prata.

— Sirva-se — falou. — Permita que os apresente: senhor Dyzma, ministro Jaszunski.

Dyzma chegou a se encolher. Nunca na vida vira um ministro. Quando na agência postal em Lysków se falava sobre um ministro, havia naquela palavra algo de irreal, abstrato, infinitamente distante e inalcançável... Com um respeito quase religioso, apertou a mão que lhe fora estendida.

— Imagine — começou o coronel — que o senhor Dyzma protagonizou um incidente com aquele palhaço do Terkowski.

— Ah, então foi o senhor o autor da façanha? Não diga! — animou-se o ministro. — Já soube, já soube. Estou impressionado!

— Mas tem mais — continuou o coronel —, quando eu o estava parabenizando, o senhor Dyzma falou: "Terkowski não foi nada, fiquei com pena da salada!" Da salada, você está se dando conta?

Ambos soltaram uma gargalhada, e Dyzma os acompanhou sem saber direito por quê. De repente, o ministro adotou um ar sério e falou de forma significativa:

— Eis o destino de uma empáfia estufada. O animal avança como quer, esbarrando em todos, até que alguém o chama de merda nas suas próprias fuças, e aí ele passa a ter menos importância do que...

— Uma salada — completou o coronel Wareda.

Voltaram a rir, e o ministro, tendo pego Dyzma pelo braço, falou alegremente:

— De qualquer modo, senhor Dyzma, aceite os meus mais sinceros parabéns. Se tivéssemos no nosso país mais homens como o senhor, que sabem dizer na cara o que pensam, a nossa situação seria bem melhor. Precisamos de homens arrojados.

Mais um grupo de homens se aproximou e a conversa generalizou-se. Nicodemo Dyzma suspirou aliviado. A barriga cheia e as várias doses de conhaque acalmaram seus nervos retesados. No começo, achou que fora tomado por outra pessoa de mesmo sobrenome (será que ele tinha algum parente em Varsóvia?); no entanto, em pouco tempo chegou à conclusão de que eles simplesmente o consideravam "um dos seus", e isso na certa por ele ter cometido aquele desaforo com um certo Terkowski. Quem poderia ser ele? Na certa alguém muito importante.

Ao analisar a situação, convenceu-se de que o mais seguro seria sair dali o mais rápido possível, principalmente por ter notado um senhor já mais avançado em anos que, parado a uma certa distância, claramente observava cada um dos seus movimentos, inclusive fazendo um esforço para se colocar numa posição da qual pudesse ver o seu rosto.

"Que diabos esse velho pode estar querendo de mim?"

A resposta não tardou a chegar. O ancião parou um garçom que passava e disse algo a ele, apontando para Dyzma com um movimento da cabeça. O garçom aproximou-se de Dyzma e disse:

— Aquele senhor pede um segundo da atenção do distinto senhor.

Não havia como escapar. Fugir estava fora de cogitação. Nicodemo deu três passos e lançou um olhar soturno para o estranho, que o cumprimentou com um vasto sorriso e falou num tom simpático e bem-educado:

— Peço mil perdões ao distinto senhor, mas se não estou enganado tive a honra de travar conhecimento com o senhor no ano passado, na convenção dos dirigentes industriais em Cracóvia. O senhor não está lembrado? Em abril? Leon Kunicki?...

Falava rapidamente e ceceava. Estendeu a mão pequena e nervosa na direção de Dyzma.

— Leon Kunicki.

— Nicodemo Dyzma. Mas o senhor deve estar enganado, pois eu nunca estive em Cracóvia. Deve ter sido alguém parecido comigo.

O ancião começou a se desculpar e justificar, soltando as frases com tamanha rapidez que Dyzma mal conseguia captar o sentido.

— Sim, sim, deve ser isso. Com a idade, os olhos passam a nos enganar. Queira me desculpar, mas de qualquer modo fiquei feliz por ter podido travar conhecimento com o senhor, pois sou de fora e não tenho com quem trocar algumas palavras... Vim aqui por causa de um negócio que tenho em mente e cheguei a pedir a um conhecido que me arrumasse um convite para esta recepção... Mas é muito difícil se relacionar com pessoas quando se é velho... E foi por isso que fiquei feliz por ter encontrado o senhor, pois, vendo que é tão íntimo do nosso respeitável ministro da Agricultura, disse a mim mesmo que um conhecido poderia fazer a gentileza de me apresentar ao senhor ministro Jaszunski. Mas peço perdão por tê-lo incomodado.

— Não há de quê.

— Como "não há de quê"? Eu afastei o senhor de uma agradável conversa com o ministro em pessoa, mas o senhor tem de entender que venho do interior, e que lá, na província, tudo é mais simples e mais cordial...

"Mas que tagarela!" — pensou Dyzma.

— Portanto quero lhe pedir desculpas mais uma vez — continuava ceceando o ancião —, no entanto, por outro lado, o senhor poderia fazer um grande favor a alguém mais velho, o que não lhe custaria nada.

— Que tipo de favor? — perguntou Dyzma.

— Não quero parecer importuno, mas caso o distintíssimo senhor pudesse me apresentar ao senhor ministro, tudo seria mais fácil para mim, pois pareceria que eu estou sendo recomendado por um amigo íntimo dele.

— Um amigo dele? — espantou-se sinceramente Dyzma.

— He, he, he, o senhor não precisa fingir. Ouvi o que os senhores estavam conversando. Posso ser velho e enxergar mal, mas ouço muito bem. E lhe garanto que caso o senhor, por exemplo, dissesse ao senhor ministro: "Caro senhor ministro, permita que lhe apresente meu conhecido de longa data, Leon Kunicki!..." Oh! Caso o senhor fizesse isso, tudo seria diferente...

— Mas, meu senhor! — protestou Dyzma.

— Não estou querendo me impor, não estou querendo me impor, he, he, he, mas ficaria imensamente, imensamente grato... e o que isso lhe custaria?

Naquele momento foram abertas as portas do salão contíguo e formou-se uma aglomeração. O ministro Jaszunski, passando por Dyzma e Kunicki, sorriu para o primeiro e, virando-se para os dois senhores que o acompanhavam, falou:

— Eis o herói desta noite.

Kunicki quase empurrou Dyzma e curvou-se diante do ministro. Não tendo outra saída, Dyzma falou:

— Gostaria de apresentar ao senhor ministro um velho conhecido meu, o senhor Kunicki.

O ministro mal teve tempo de responder, pois Kunicki, apertando e sacudindo sua mão, explodiu numa tirada sobre como estava feliz por ter tido a oportunidade de travar conhecimento com um estadista de tal porte, a quem toda a pátria, principalmente o setor agrícola e, mais ainda, o florestal tanto deviam, a ponto de ele até o fim dos seus dias jamais esquecer aquele momento, já que, na qualidade de agricultor e empresário envolvido na exploração de madeira, sabia reconhecer os grandes méritos do senhor ministro naquela área, apesar de, infelizmente, nem todos os subalternos do senhor ministro serem capazes de compreender a magnitude da sua gestão, mas sempre havia um remédio para isso, e ele, Kunicki, assumira uma impagável dívida de gratidão com o magnânimo e querido senhor Dyzma, que tivera a gentileza de apresentá-lo.

A torrente da fala corria tão rapidamente que o ministro, cada vez mais espantado, pôde apenas pronunciar:

— Muito prazer.

Mas, quando o insistente ancião começou a falar sobre as florestas estatais em Grodzin e sobre algumas serrarias, o ministro interrompeu-o secamente:

— Espero que o senhor concorde em não abordar esse tipo de assunto numa recepção social. Caso contrário, não terei o que fazer no meu gabinete.

Estendeu a mão para Dyzma, inclinou levemente a cabeça diante de Kunicki e se afastou.

— Esse seu ministro é um osso duro de roer — disse Kunicki. — Não esperava por isso. Ele é sempre assim?

— Sempre — respondeu, por via das dúvidas, Dyzma.

A recepção estava chegando ao fim e muitos dos convidados passaram para o salão de jantar, onde estava sendo servido um banquete.

O velhinho grudou de vez em Dyzma. Sentou-se ao seu lado à mesa e continuou falando sem cessar. Os diversos cálices de conhaque e algumas taças de vinho fizeram com que Dyzma se sentisse cansado e sonolento, apesar da indescritível quantidade de iguarias que estavam sendo servidas. Com cada vez mais saudade pensava em sua estreita cama de campanha que iria montar debaixo da janela assim que retornasse à rua Lucka. O dia seguinte era domingo — talvez o deixassem dormir até as dez.

Enquanto isso, Kunicki pegava-o pelo braço.

— Meu caro senhor, não me negue esse privilégio. Ainda não são onze horas... Venha tomar um trago de um vinho húngaro! Estou hospedado neste mesmo hotel, no primeiro andar. Tenho um assunto muito importante para conversar com o senhor. Não creio, caro senhor Dyzma, que possa me negar isso! Vamos nos sentar em poltronas confortáveis e bebericar um vinho de primeira... E então? Meia horinha... 15 minutinhos?

Ao mesmo tempo, praticamente puxava Dyzma, levando-o até o vestíbulo e, de lá, a um quarto espaçoso. Kunicki chamou o serviço de quarto e mandou trazer uma garrafa de *tócai*.

Enquanto isso, no andar térreo, a envidraçada porta giratória do hotel expulsava a cada volta homens de cartola e damas usando vestidos de noite. O enfeitado porteiro parado na beira da calçada chamava os veículos.

— O automóvel do senhor ministro Jaszunski!

A limusine negra chegou, e o ministro, despedindo-se do coronel Wareda, perguntou:

— Como é mesmo o nome daquele seu amigo que peitou Terkowski daquela maneira?

— É um sujeito fantástico — afirmou categoricamente o coronel, que mal conseguia se manter em pé. — Chama-se Dyzma...

— Deve ser um proprietário de terras ou empresário, porque é amigo daquele famoso Kunicki, que moveu um processo contra o Estado na questão de fornecimento de dormentes para a estrada de ferro.

— Pois é... Volto a repetir: é um cara fenomenal e coisa e tal...

— Acredito. Ele deve ter um caráter firme. Acredito na frenologia, e ele tem a fronte saliente e a mandíbula bem desenvolvida. Acredito piamente na frenologia. Tchau!

A porta bateu, o motor roncou. O coronel ficou sozinho na calçada.

— Ele deve estar de porre — disse para si mesmo. — O que a cronologia tem a ver com o caráter das pessoas?...

capítulo 2

O QUARTO ESTAVA MERGULHADO EM PENUMBRA. SOBRE A mesa, um abajur verde formava um pequeno círculo na toalha de veludo, iluminando uma caixa de charutos, uma garrafa coberta de mofo e dois cálices com um líquido ambarino.

Dyzma afundou na macia poltrona e fechou os olhos. Sentia-se pesado e tão sonolento que certamente teria adormecido ouvindo aquela voz monótona, caso vez por outra não emergisse do outro lado da mesa a frágil figura de Kunicki, brilhando com a brancura da sua camisa engomada e o prateado dos seus cabelos.

Naqueles momentos, um par de olhos pequenos e insistentes parecia atravessar a penumbra, esforçando-se para captar o olhar de Dyzma.

— E assim o senhor pode ver como é difícil lidar com a burocracia dos funcionários secundários na província. Eles criam problemas para vender soluções; vivem se protegendo por meio de decretos, regulamentos, leis, e tudo isso para me arruinar, para tirar o pão da boca dos trabalhadores das minhas empresas. Senhor Dyzma, estou convencido de que o senhor representa a minha única salvação.

— Eu?! — espantou-se Dyzma.

— Sim, o senhor — respondeu Kunicki com determinação. — Já é a quarta vez que venho a Varsóvia para tratar desse assunto e prometi a mim mesmo que, caso desta vez eu não consiga derrubar aquele infame Olszewski, caso não obtenha no Ministério da Agricultura condições humanas para receber a madeira das florestas do Estado... vou acabar com tudo! Vou fechar a empresa, vender as serrarias, as fábricas de móveis, de celulose, de papel... Vender a qualquer preço e, quanto a mim... não sei... Acho que vou dar um tiro na cabeça...

Ergueu a mão com o cálice, disse "À sua saúde, senhor Dyzma" e bebeu o conteúdo de um só gole.

— E de que forma eu poderia ajudar o senhor?

— He, he, he — riu Kunicki. — O senhor deve estar brincando. Basta um tiquinho de boa vontade da sua parte... O senhor pode estar certo de que me dou conta de que isso ocuparia o seu precioso tempo, além de envolver alguns custos, mas, considerando as suas relações... ho, ho!

Aproximou sua cadeira e mudou de tom:

— Meu prezado senhor. Vou direto ao ponto. Caso surgisse diante de mim um gênio saído de uma garrafa e me dissesse: "Kunicki! Se eu conseguisse resolver o seu problema, derrubar aquele patife do Olszewski, colocar outro na chefia da Diretoria das Florestas do Estado e obter um contrato satisfatório de fornecimento de madeira para você, o que me daria em troca?", eu, sem pestanejar, responderia: "Meu caro gênio, 30... não... 35 mil em dinheiro vivo. Juro por Deus! Dez mil adiantados para cobrir os custos, e o saldo na conclusão do negócio."

Kunicki calou-se, aguardando uma resposta. Mas Dyzma permaneceu calado. Compreendera de imediato que o velhinho estava oferecendo suborno por algo que ele, Nicodemo Dyzma, não saberia como conseguir. O valor mencionado, muito acima da sua compreensão, reforçava ainda mais o irrealismo de toda aquela transação. Se Kunicki tivesse sugerido 300 ou 500 *zloty*, o negócio teria perdido o aspecto abstrato e Dyzma poderia analisá-lo como uma oportunidade de enganar o velhinho. Passou por sua cabeça a ideia de ameaçar Kunicki de denunciá-lo à polícia e, dessa forma, arrancar dele 50 *zloty*. Lembrou-se de que certa vez, em Lysków, o escrevente Jurczak conseguira assim 100 *zloty*. Mas ele era um escrevente, um funcionário público...

O silêncio de Dyzma deixou Kunicki sem jeito. Não sabia o que podia significar. Teria sido demasiadamente direto?... Teria ofendido o homem?... Se sim, seria um desastre. Já esgotara todos os seus conhecimentos e relações, gastara um montão de dinheiro, perdera muito tempo e, caso essa última chance fosse desperdiçada... Resolveu reduzir o impacto da proposta.

— É óbvio, meu caro senhor, que gênios não existem... e que não se deve exigir de alguém, por mais amigo e bem-intencionado, que venha a se ocupar de questões que desconhece, não é verdade?

— É verdade.

— Sabe de uma coisa? Tive uma ideia! Senhor Dyzma, amigo querido, conceda-me a honra de hospedá-lo por algumas semanas na minha propriedade, em Koborowo. O senhor vai poder descansar, aproveitar o ar puro do campo, montar, passear de lancha no lago... E, ao mesmo tempo, poderá ver como funcionam as minhas empresas... Que tal? Combinado?

A nova proposta espantou tanto Dyzma que ele chegou a abrir a boca. Enquanto isso, Kunicki não cessava de insistir, enumerando as vantagens de um descanso, do ar do campo, da floresta de pinheiros — e assegurando que a esposa e a filha iriam ficar gratas a ele por ter trazido uma grande atração na forma de um visitante de Varsóvia.

— Mas senhor Kunicki — interrompeu-o Dyzma —, eu não estou em condições de pensar em descanso. Infelizmente, tenho descansado demais.

— Não posso acreditar que descanso possa ser excessivo.

— Estou desempregado — confessou Dyzma, com um sorriso sem graça.

Em vez de demonstrar desapontamento ou espanto, o velhinho soltou uma gargalhada.

— He, he, he! O senhor não perde uma oportunidade de fazer uma das suas piadas. Desempregado! Está claro que o comércio e a indústria não andam bem das pernas, os empregos estão escassos, e quanto a um emprego público, meu senhor, pode dar honrarias, mas a paga é fraca. Os salários dos funcionários, mesmo dos mais elevados, não são invejáveis.

— Sei algo sobre isso — confirmou Dyzma —, pois estive a serviço do Estado por três anos.

Aquela observação clareou a mente de Kunicki... "Então você, irmãozinho, é um daqueles espertalhões", pensou. "Tanto melhor, porque sei lidar com pessoas da sua laia."

— Prezado senhor — começou —, desde o primeiro momento em que o vi, algo me disse que o senhor me foi enviado por Deus. Tomara que isso seja verdade. Senhor Dyzma, senhor Nicodemo dourado, veja como o acaso juntou a fome à vontade de comer. O senhor está à procura de um bom emprego, enquanto eu cheguei a uma idade na qual começamos a nos sentir fracos. Portanto, caro amigo, não leve a mal a minha ousadia, mas o que o senhor diria se eu lhe propusesse assumir o comando geral da administração das minhas propriedades e instalações industriais? Não pense o senhor que se trata de coisas pequenas; as propriedades são extensas e o maquinário, supermoderno.

— Não sei se seria capaz. Não tenho experiência nesses ramos — falou sinceramente Dyzma.

— Quanto a isso, não precisa se preocupar — respondeu Kunicki. — O senhor logo pegará o jeito da coisa. Além disso, lá, no local, as coisas praticamente funcionam sozinhas, mas quando se trata de viajar para Varsóvia, ir a reuniões com o pessoal do governo, implorar por favores de gente como o tal Olszewski, resolver problemas nos ministérios... para isso, eu já estou velho demais. Preciso de alguém que seja enérgico, bem relacionado, alguém diante de quem os Olszewskis da vida tremeriam de medo e que, naturalmente, seja mais jovem. Imagino que o prezado senhor ainda não deve ter completado 40 anos...

— Acabo de completar 36.

— Perfeito! Eis uma idade ideal! Amigo querido, não recuse a minha proposta. O senhor vai dispor de um apartamento confortável, em nosso palacete ou em um pavilhão separado, como preferir. Cavalos à disposição, um automóvel à disposição. A comida é excelente, a cidade fica perto e, caso o senhor queira visitar os seus amigos em Varsóvia, poderá fazê-lo quando quiser. Em outras palavras: sem quaisquer compromissos da parte do senhor. Quanto às condições, esteja à vontade para determiná-las.

— Hummm... — murmurou Dyzma —, confesso que não sei.

— Digamos dividendos equivalentes a trinta por cento do incremento dos lucros obtidos graças ao senhor. O senhor concorda?

— Concordo — meneou a cabeça Dyzma, sem saber direito com o que estava concordando.

— E quanto ao salário, digamos... 2 mil mensais.

— Quanto?! — espantou-se Dyzma.

— Muito bem... 2.500. E, naturalmente, a cobertura de todos os custos envolvidos. Estamos de acordo? Então apertemo-nos as mãos!

Dyzma, semiconsciente, apertou a pequenina mão do velhinho, enquanto este, com o rosto radiante e sem parar de falar, sacou uma enorme caneta-tinteiro, preencheu um papel com alguns parágrafos de letrinhas redondas e empurrou-o na direção de Dyzma para que este o assinasse. Enquanto o "querido senhor Nicodemo" apunha a sua floreada assinatura, Kunicki retirava dezenas de notas fresquinhas de uma carteira recheada.

— Por favor, eis 5 mil, a título de adiantamento. E agora...

Passou a descrever a partida de Dyzma e os demais detalhes.

"E então, meu velho Kunicki", pensou, "quero ver alguém dizer que você não sabe cuidar dos seus interesses!"

De fato, o velho Kunicki era famoso pela inteligência e pelo faro, já que muito raramente lhe ocorrera perder algo nas suas transações, sempre bem planejadas e executadas com a rapidez de um raio.

Alguns minutos mais tarde, quando os passos de Dyzma cessaram de ecoar no corredor, Kunicki plantou-se no centro do quarto, esfregando as mãos.

O dia já estava começando a raiar. Na esverdeada abóbada celeste mal se enxergavam os pequeninos e dissolventes pontinhos das estrelas. As lâmpadas dos postes brilhavam com uma luz branca doentia.

Nicodemo Dyzma caminhava pelas ruas desertas. Os acontecimentos da noite anterior se aglomeravam na sua mente numa confusão de sensações cintilantes, conflitantes entre si e inalcançáveis. Sabia que eles eram muito importantes, mas não conseguia absorver todo o seu significado. Sentia que fora abençoado por um golpe de sorte, mas era incapaz de compreender no que aquela sorte consistia, qual era o seu significado, de onde ela viera e por que chegara a ele.

Quanto mais pensava, mais tudo aquilo lhe parecia improvável, fantasioso, inconcebível. Parava assustado, enfiava cuidadosamente a mão no bolso e, apalpando um avantajado maço de cédulas, sorria de satisfação. De repente, deu-se conta de uma coisa: estava rico — muito rico. Parou no vão de uma porta e começou a contar. Jesus, Maria! Cinco mil *zloty*!

O instinto de muitos anos de pobreza despertou nele um desejo natural: aquilo tinha que ser comemorado! E embora não tivesse vontade de comer ou beber, virou na rua Grzybowska, onde — como sabia — o botequim de Icek já estaria aberto. Precavidamente, separou uma nota de 100 *zloty* e guardou-a num bolso separado. Mostrar um monte de dinheiro no boteco de Icek não era algo recomendável.

Apesar da hora matutina, o boteco estava cheio. Condutores de fiacre, motoristas de táxi, garçons de restaurantes já fechados, proxenetas gastando em bebida as receitas noturnas das suas "namoradas", marginais suburbanos — toda essa mistura de membros das classes inferiores da sociedade enchia os dois pequenos aposentos abafados com o som de vozes humanas e com o tilintar de copos.

Nicodemo tomou dois copos de vodca, acompanhados de um bife de porco à milanesa e alguns pepinos em conserva. Lembrou-se de que era domingo e Walenty não iria trabalhar.

"Está na hora de aqueles grosseirões reconhecerem o meu valor", pensou.

Comprou uma garrafa de vodca e um quilo de salsichas, verificou cuidadosamente o troco e saiu. Já estava chegando à rua Lucka quando viu Manka. Estava parada, encostada num muro. Dyzma, sem saber exatamente por quê, ficou contente com o encontro.

— Boa noite, senhorita Manka! — exclamou alegremente.

— Boa noite — respondeu ela, olhando para Dyzma com espanto. — O que o senhor está fazendo vagando assim pela noite?

— E por que a senhorita Manka ainda não foi dormir?

— Acho que é exatamente o que vou fazer — respondeu ela com resignação.

Dyzma olhou para ela com atenção. Pareceu-lhe mais bonita do que de costume. É verdade que era muito magra, mas seu corpo era bonito.

"Quantos anos ela pode ter?", pensou. "Não mais do que 17."

— Por que a senhorita está tão triste? — perguntou.

Manka deu de ombros.

— Se o senhor tivesse passado três noites seguidas batalhando na rua como um cachorro sem ter visto um tostão sequer, também não estaria dando pulinhos de alegria.

Dyzma ficou com pena dela. Enfiou a mão no bolso e tirou algumas cédulas de 10 *zloty*, separando duas.

— Vou emprestar à senhorita. Vinte *zloty* resolvem o seu problema?

A jovem olhou espantada para o dinheiro. Sabia que na tarde do dia anterior o sublocatário não tinha nem um tostão. Como, então, era possível que ele agora tivesse tantas notas? Só se as roubara de alguém. Talvez tivesse sido por isso que vestira o fraque.

Nicodemo estendeu as duas notas em sua direção.

— Pegue, por favor.

Manka meneou a cabeça em negativa.

— Não quero. Não vou pegar. De qualquer modo, não teria como devolver.

— Então não devolva.

— Não quero — respondeu rudemente. — Quem o senhor acha que é, um banqueiro?

Virou a cabeça e acrescentou baixinho:

— A não ser que... Não quero esse dinheiro de graça... A não ser que o senhor venha comigo.

— Eeee... Não precisa... — sussurrou um encabulado Dyzma.

Manka olhou diretamente nos olhos dele.

— Por quê? Não lhe agrado?

— Não é isso... É que não precisa...

— Afinal, o senhor é homem ou não?! — explodiu inesperadamente a jovem, virando-lhe as costas e dirigindo-se para casa.

— Senhorita Manka! — gritou Dyzma atrás dela. — Espere... Irei com a senhorita.

Manka parou e, quando ele emparelhou com ela, disse:

— O hotel lhe custará mais cinco *zloty*.

— Está bem — concordou ele.

Foram caminhando em silêncio pelas ruas estreitas.

Um tipo sonolento vestido com uma camiseta rasgada abriu a porta, levou-os até um pequeno quartinho imundo e estendeu a mão. Dyzma pagou.

Um feixe de luz passava através das cinzentas e mofadas cortinas. O quarto estava abafado e cheirava a podre.

— Não seria bom abrir a janela? — perguntou Manka.

— Não vale a pena. Já passa das dez e está na hora de voltarmos para casa — respondeu Dyzma.

Manka penteava os bastos cabelos negros com um pente desdentado, mirando-se num pequeno espelho.

— O senhor arrumou um emprego? — perguntou com indiferença.

Dyzma foi tomado de um irresistível desejo de impressionar Manka. Tirou do bolso todo o dinheiro e o espalhou na mesa.

— Olhe para isto — disse com um sorriso.

Manka virou a cabeça — seus olhos pareceram querer saltar das órbitas. Ficou olhando para as cédulas por um longo tempo.

— Tanta grana... Tanta grana... E essas notas aí são de 500 *zloty*!... Que coisa!

Nicodemo deliciava-se com o efeito causado na jovem, que, agarrando-o pelo braço, perguntou com admiração:

— Você fez um "trabalho"?

Dyzma riu e, só para se divertir, respondeu:

— Sim.

Manka tocou cuidadosamente as cédulas com a ponta dos dedos.

— E diga-me... diga-me... — sussurrou. — O sujeito acabou na vala?

Dyzma fez um aceno positivo com a cabeça.

A moça ficou em silêncio. Seus olhos denotavam medo e admiração. Jamais pudera imaginar que aquele silencioso sublocatário, aquele joão-ninguém inofensivo...

— Com uma faca? — perguntou.

— Com uma faca.

— E foi difícil?

— Que nada! Não chegou a dar um pio.

— Eu não sabia...

— O que você não sabia? — perguntou Dyzma, recolhendo o dinheiro.

— Não sabia que você era assim...

— Assim, como?

— Assim...

De repente, aninhou-se nos seus braços.

— E se vierem atrás de você?

— Não se preocupe, sei lidar com esse tipo de coisa.

— Ninguém viu? Você tem certeza de que não deixou alguma pista? Nessas horas, é preciso ter muito cuidado. Os tiras, você sabe, são capazes de achar pessoas só por impressões digitais.

— Pois a mim eles não conseguirão achar.

— E você não ficou com medo?

Dyzma riu com desdém.

— Não foi nada. Vamos para casa. E tome isso, para comprar um vestido — falou, colocando diante de Manka uma nota de 100 *zloty*.

A moça abraçou-o pelo pescoço e cobriu seus lábios de beijos.

Foram para casa sem conversar pelo caminho. Nicodemo notou com satisfação que a moça mudara radicalmente a forma de olhar para ele. Não foi difícil adivinhar que o motivo daquele respeito que beirava o encantamento não fora despertado pelo dinheiro em si, mas por aquela história de assassinato inventada por ele. Embora aquela mudança o lisonjeasse, sentia-se encabulado por não ser merecedor dela e, em função disso, não haveria dinheiro no mundo que o fizesse confessar que tudo não passara de uma brincadeira da sua parte.

— Manka — falou quando estavam subindo as escadas —, nem uma palavra sobre isso em casa. Compreendeu?

— Mas é lógico.

— E agora vou ter que partir por algum tempo... Você tem que entender... Para a poeira assentar.

— Compreendo. Mas você vai voltar?

— Vou.

O aparecimento do sublocatário junto com Manka não causou nenhuma impressão no casal Barcik. Já a vodca e a salsicha foram recebidas com grande entusiasmo. A senhora Barcik imediatamente cobriu a mesa com um oleado verde, e todos se sentaram para o café da manhã. O copo que no passado servira de pote de mostarda ficou passando de mão em mão, e como o seu volume estava longe de ser desprezível, Dyzma logo deu cinco *zloty* para que Manka fosse comprar mais uma garrafa. Durante sua ausência, Dyzma pagou os aluguéis atrasados e, quando ela retornou, declarou:

— Podem me dar os parabéns. Consegui um emprego muito bom.

— Onde? — indagou Walenty.

— Fora de Varsóvia. Na província.

— Eu não falei? — A senhora Barcik meneou a cabeça. — Sempre lhe disse que na província é mais fácil arrumar emprego...

Quando a segunda garrafa foi esvaziada, Nicodemo armou a sua cama de campanha, tirou a roupa, enfiou o colete com o dinheiro debaixo do travesseiro e adormeceu quase imediatamente.

Walenty permaneceu calado por algum tempo, mas, como bebera bastante, começou a cantarolar, e foi severamente repreendido por Manka.

— Silêncio, com todos os diabos! Não vê que ele está dormindo? Deixe que ele descanse um pouco!

O quarto ficou em silêncio. Walenty meteu um gorro na cabeça e saiu, enquanto a esposa foi até o apartamento da vizinha para se gabar de seu sublocatário, que trouxera duas garrafas de vodca para comemorar o fato de ter encontrado um emprego.

Manka tirou um pano do armário e cobriu com ele a cabeça do adormecido, pois havia muitas moscas no aposento.

capítulo 3

A MANHÃ FOI TOMADA PELOS PREPARATIVOS PARA A VIAGEM. Dyzma fez muitas compras, pois queria se apresentar de forma decente. Assim, comprou vários jogos de roupas de baixo, um novo equipamento de barbear, um par de sapatos de couro amarelo e dois ternos que lhe caíam bastante bem. Além disso, comprou um monte de miudezas e um lindo jogo de malas de couro.

O filho do tabelião Winder, que fora estudante em Lwów, costumava encantar toda a Lysków com a sua elegância. Nicodemo tivera a oportunidade de ver e admirar no quarto do rapaz vários objetos de toalete e, agora, tentava imitar o seu gosto.

O capital ficou bastante dilapidado, mas Dyzma estava contente consigo mesmo, e concluiu as compras às seis da tarde.

O trem partia às oito, e Manka, que no início prometera a si mesma acompanhar Nicodemo até a estação, ficou tão intimidada com seu equipamento de viagem que nem teve coragem de fazer tal sugestão.

À sua saída, correu até a escadaria e beijou-o calorosamente. Depois, ajudou-o a descer com as malas e quando o fiacre partiu, gritou:

— Você promete voltar?

— Prometo! — gritou Dyzma de volta, acenando com o chapéu.

Viajar na segunda classe é muito melhor do que na terceira. Em primeiro lugar, em vez de duros bancos de madeira, há sofás com molas. Em segundo, os passageiros são muito mais simpáticos e os atendentes da estrada de ferro se comportam mais polidamente.

Dyzma estava encantado com sua primeira viagem em condições que lhe davam a impressão de que era um gentleman no pleno sentido da palavra, e não só o chefe da agência dos correios em Lysków, mas ambos os Winder — pai e filho — não estariam em condições de impressioná-lo.

Os poucos passageiros que estavam no compartimento desceram nas estações pelas quais passaram, e Dyzma viu-se sozinho. Não estava com sono. Além do mais, precisava repensar cuidadosamente toda a situação.

Àquela altura, já estava totalmente claro para ele que a inesperada proposta de Kunicki fora motivada apenas pelo fato de o velho espertalhão tê-lo considerado alguém importante e ligado por laços de amizade ao ministro Jaszunski. É claro que o esclarecimento daquele mal-entendido resultaria na perda do incrível salário. Sendo assim, tudo deveria ser feito para manter Kunicki naquela ilusão e receber o salário pelo maior tempo possível. Como teria casa e comida de graça, suas despesas se limitariam a algumas dezenas de *zloty* por mês. Portanto, uma economia de 2.400 mensais!

"Ah! Se pelo menos eu conseguisse resistir por três meses... Quem sabe meio ano?...", pensou, sorrindo. "Depois, é só emprestar dinheiro a juros e viver sem fazer nada."

Tudo o que tinha a fazer era continuar engabelando o velhinho pelo maior tempo possível e estar sempre atento para não levantar suspeitas. Falar pouco em geral, e absolutamente nada sobre si. O velho não era tolo e, se desconfiasse de algo, tudo estaria perdido.

Já amanhecia quando o condutor entrou no compartimento para anunciar que estavam chegando a Koborowo. Dyzma ficou preocupado se Kunicki teria se lembrado de que ele estava chegando naquele trem. Preocupara-se à toa. Assim que desceu do vagão, aproximou-se dele um empregado de libré.

— O ilustre senhor está aqui a convite do casal Kunicki?

— Sim.

— Por favor, siga-me, senhor administrador. O automóvel está na porta da estação — disse o empregado, pegando as malas.

Ao se acomodar no carro de luxo, Nicodemo pensou:

"Administrador-geral de Koborowo. Vai ser preciso encomendar uns cartões de visita."

A estrada acompanhou os trilhos por um certo tempo e, depois, perto de um pitoresco moinho d'água quase em ruínas, virou para a direita, passando por diversas construções fabris.

A partir daquele ponto iniciava-se uma alameda que terminava num palacete. Era uma construção esquisita e pretensiosa no estilo, mas harmônica na totalidade. O carro descreveu um semicírculo em torno de um canteiro central e parou diante da entrada. Da porta surgiram uma camareira e um lacaio que se ocuparam das malas. No momento em que Dyzma estava tirando o sobretudo, adentrou o hall Kunicki, despenteado e trajando um roupão tão colorido e decorado que Dyzma chegou a achar que se tratasse de uma mulher.

Atirou-se sobre o visitante e abriu o fogo da sua metralhadora verbal, ceceando e falando ainda mais rápido do que em Varsóvia, mas não menos enfadonhamente. A primeira pergunta depois da qual fez uma pausa para ouvir a resposta foi: "O caro visitante prefere acomodar-se aqui, no palacete, ou no pavilhão no parque?"

O caro visitante declarou que para ele não fazia diferença alguma e, em função disso, foi conduzido a dois quartos no pavimento térreo. Ao mesmo tempo, foi-lhe esclarecido que ele não se sentiria constrangido, já que, caso não quisesse atravessar outros aposentos ao se encaminhar para o hall, dispunha de uma saída independente para o terraço. Além disso, o acesso ao banheiro era direto pelo corredor, ele poderia tomar logo um banho após a viagem — a banheira já estava preparada — e, depois disso, caso não estivesse demasiadamente cansado e se visse disposto a tomar o café da manhã na sala de jantar, ele, Kunicki, e suas damas se sentiriam muito honrados.

Quando Dyzma ficou enfim sozinho, desfez rapidamente as malas, colocou as roupas no armário e foi para o banheiro. Até então nunca tivera a oportunidade de tomar um banho de imersão, e logo percebeu que aquilo era muito mais agradável do que um apinhado banheiro público. Aliás, ultimamente ele andava tão duro que não tinha condições de frequentar banheiros públicos, o que podia ser comprovado pela cor da água que sobrou na banheira. Dyzma penou muito até encontrar a correntezinha que, ao ser puxada, permitiu a vazão do líquido comprometedor. Lavou a banheira, penteou-se e vestiu um pijama. Ao voltar para o quarto, notou com espanto que os empregados haviam escovado seu terno e engraxado seus sapatos.

"Que coisa! Aqui não nos deixam mexer um dedo!", pensou com admiração.

Mal terminara de dar o nó na gravata quando ouviu discretas batidas na porta: apareceu Kunicki, animadíssimo e tagarela.

O quarto para o qual Dyzma foi levado era todo forrado de madeira escura e causava uma sensação depressiva. Ao longo das paredes, havia magníficos armários envidraçados, brilhando com a opulência do seu conteúdo de cristais e sofisticadas peças de prata. A mesa, com toalha branca e posta para quatro pessoas, parecia uma exposição de louças e talheres luxuosos, em quantidade suficiente para atender a todos os funcionários da agência dos correios de Lysków.

— As senhoras já vão descer; estão acabando de se vestir. Talvez o senhor, querido senhor Nicodemo, queira aproveitar o tempo para ver os demais aposentos térreos, pois os do primeiro andar ainda não estão prontos para serem visitados... O que o senhor achou da minha residência? Fui eu mesmo que a guarneci de tudo, eu mesmo a projetei... Das indicações ao arquiteto ao menor dos móveis...

Pegou Dyzma pelo braço e, caminhando com passinhos rápidos ao seu lado, volta e meia olhava para seu rosto.

O palacete, assim como toda a Koborowo, era seu orgulho e sua glória. Poucos anos antes havia ali apenas trilhas secundárias, um conjunto de casas que tiveram que ser derrubadas e terras inadequadas para qualquer uso.

— E hoje, meu caro senhor — falou com orgulho —, é uma joia fabricada graças a um trabalho sistemático e colocada de pé com grande sacrifício.

Andavam sobre tapetes macios através de aposentos decorados com um fausto que Dyzma nunca imaginara que pudesse existir.

Das reluzentes estátuas de bronze, das maciças molduras dos quadros, dos móveis brilhando impecavelmente, dos gigantescos espelhos, das estufas de mármore e malaquita, dos tecidos exóticos e dos couros adornados com ouro, enfim, de tudo parecia emanar um grito de dinheiro. Pela mente de Dyzma passou a ideia de que, caso a terra tremesse repentinamente, o palacete e todo o seu conteúdo se desmanchariam em moedas de ouro.

— E então? — indagou Kunicki quando retornaram à sala de jantar.

Antes que Dyzma pudesse responder, a porta se abriu e entraram as aguardadas damas.

— Permitam — falou Kunicki, levando Dyzma pelo braço — que lhes apresente o senhor Dyzma.

A mais velha, uma loura clara com sorriso cativante, estendeu a mão:

— Muito prazer. Ouvi falar muito do senhor.

A mais jovem, morena, com um rosto de garoto travesso e gestos bruscos, apertou com força a mão de Nicodemo, encarando-o com tal falta de cerimônia que ele chegou a ficar encabulado.

Por sorte não precisava falar, já que Kunicki tagarelava sem parar. Graças a isso, Dyzma teve tempo para examinar atentamente as duas damas. A loura poderia ter no máximo uns 26 anos, a morena, cerca de 20. Aquilo o deixou espantado, pois se lembrava de Kunicki ter-lhe falado de uma esposa e uma filha. No entanto, ambas poderiam ser suas filhas, apesar de não parecerem ser irmãs. A loura, embora tivesse um corpo proporcional, não poderia ser chamada de esbelta. A boca pequena porém sensual, o rosto delicadamente ovalado e um par de olhos azul-celeste quase desproporcionalmente grandes traíam uma natureza sonhadora. O elegante vestido de seda revelava pescoço e braços de uma alvura que chegava a cegar.

Em comparação com aquela beleza de cores tênues e suaves, as curtas e oblíquas sobrancelhas da outra jovem, os cabelos castanhos com reflexos de cobre, cortados rentes, de forma masculina, a blusa inglesa abotoada até o pescoço com uma gravata verde-escura e a tez morena formavam um contraste direto. Ademais, o brilho dos olhos cor de amêndoa tinha em si algo de desafiador. Um detalhe adicional chamou a atenção de Dyzma — o formato das orelhas. A jovem estava sentada de perfil, de modo que ele não podia deixar de notá-lo. Até então, jamais prestara atenção ao formato das orelhas das pessoas com as quais se encontrara; somente naquele momento constatava que uma orelha podia ter uma expressão própria, que podia ser linda, que podia lembrar uma flor exótica de consistência sumosa e formato que atraía o olhar. Kunicki tinha orelhas pequenas, avermelhadas e pontudas, enquanto as da loura estavam encobertas pela basta cabeleira.

O ato de observar não atrapalhava Dyzma na tarefa de zelar, por meio dos movimentos e da forma de comer, para que não fosse revelada a falta daquilo que o tabelião Winder chamava de *kinderstube* — o que, na certa, devia significar "comportamento de gentis-homens".

Kunicki continuava a falar ininterruptamente. Descrevia em detalhes as vantagens e os pontos positivos de Koborowo, enumerava a quantidade e as condições dos seus bens e preparava um plano para poder mostrar tudo aquilo ao querido senhor Nicodemo.

— Até agora, somente consegui mostrar ao senhor os aposentos térreos.

Tomou um gole de café, o que causou uma interrupção de seu solilóquio, permitindo que a loura indagasse:

— E o que o senhor achou?

— Tudo exala muito dinheiro — respondeu Dyzma.

A loura enrubesceu e seus olhos refletiram um desgosto silencioso.

— É o gosto do meu marido, prezado senhor.

— He, he, he — riu Kunicki. — Já falei a respeito com o senhor Nicodemo. E imagine o senhor que a primeira cena que Nina me fez foi assim que chegamos a Koborowo. Eis um típico exemplo da gratidão feminina. Eu, meu caro senhor, fiquei dando cambalhotas para preparar um ninho para minha dama, e o que ela fez? Uma cena e tanto! Imagine o senhor...

— Por favor, pare com isso... — interrompeu-o dona Nina.

— Não consigo compreender, papai — acrescentou a morena —, por que você aborrece o senhor Dyzma contando-lhe coisas chatas que, além disso, causam desgosto a Nina.

— Pronto. Não vou falar mais nada. Vou ficar caladinho. Além do mais, já vamos liberá-las da nossa companhia, pois tenho que mostrar Koborowo ao senhor Nicodemo. O senhor vai ver...

— Talvez o senhor Dyzma esteja cansado — observou dona Nina.

— De modo algum — objetou Nicodemo.

— Está vendo? Está vendo? — ceceou Kunicki. — Para nós, homens de negócios, não há nada mais importante do que apreciar algo efetivo e útil.

— Papai, não fale em nome do senhor Dyzma — interrompeu-o a filha. — Tenho as minhas dúvidas se todas as pessoas consideram dormentes de trilhos e montes de serragem algo muito importante. O que o senhor acha, senhor Dyzma? — acrescentou, virando-se para ele.

— É claro que a senhora tem razão — respondeu ele, com cuidado. — Há coisas muito mais importantes na vida.

— Sim, sim, há coisas mais importantes do que dormentes! Por exemplo, a questão de conseguir uma quota mais elevada de madeira e a questão da regularização das entregas! — Kunicki riu, esfregando as mãos.

A loura levantou-se.

— Não vamos atrapalhar os senhores — falou friamente.

A morena também se levantou da mesa e, antes que Nicodemo pudesse decifrar em que consistia aquele conflito familiar, as duas mulheres saíram da sala. Dyzma não esperava que o café da manhã terminasse tão rapidamente; comera muito pouco para não parecer um glutão e agora estava com fome.

O lacaio informou que os cavalos haviam chegado.

— Pois é — dizia Kunicki, botando um gorro na cabeça —, o senhor não precisa se preocupar com essas cenas, pois eu e minha esposa vivemos em permanentes mal-entendidos. Ela, meu caro senhor, é uma idealista romântica... Ainda é muito jovem. Com o tempo, vai compreender melhor. Quanto à minha filha, bem, Kasia toma o partido dela porque mal saiu das fraldas. Além disso, as mulheres costumam ser solidárias entre si.

No pátio aguardava-os um veículo curioso: uma espécie de elegante biga puxada por um par de cavalos baios. Instalaram-se confortavelmente sobre almofadas macias, e Kunicki estalou o chicote. Os cavalos partiram num trote acelerado.

— E então, o que o senhor achou destes cavalinhos? — perguntou a Dyzma, semicerrando um olho. — Comprei este par na exposição agropecuária em Lublin. Medalhas de ouro! Que tal?

De fato, os baios comportavam-se maravilhosamente e Dyzma admitiu que eram excelentes.

— Em primeiro lugar, vou mostrar ao senhor a minha própria estrada de ferro — disse Kunicki. — São 20 quilômetros de trilhos, com dois desvios. Vamos até o primeiro, que leva à minha floresta.

Abandonaram a alameda principal e andaram por mais de meia hora por uma estrada de terra, através de um campo de trigo maduro.

— Que bela colheita — observou Dyzma.

— Sim — respondeu tristemente Kunicki —, bela demais e boa demais.

Nicodemo riu.

— O senhor fala isso de um jeito que parece triste.

— E o que o senhor acha? — espantou-se Kunicki. — Isso é a desgraça de toda a agricultura.

Dyzma quis responder que não compreendia, mas mordeu a língua. Era melhor ser cuidadoso.

— Uma desgraça — repetiu Kunicki. — Os preços despencam cada vez mais. Dentro de dois meses estaremos praticamente dando o trigo de graça. Uma colheita que representa uma ruína.

"Quem poderia adivinhar uma coisa dessas?", pensou Dyzma. "O melhor que posso fazer é ficar de bico calado e Deus me livre de fazer perguntas!"

— Sim, isso está claro — falou em voz alta —, mas não acho que as coisas vão ficar tão mal quanto o senhor imagina.

Calou-se, mas sentiu que deveria acrescentar algo para não parecer ingênuo. Diante disso, resolveu dizer, assim como quem não quer nada:

— O preço do trigo ainda vai aumentar.

— Sim, mas somente se o governo resolver armazenar trigo para criar um estoque regulador.

— E quem disse ao senhor que o governo não vai fazer isso?

— O quê?! — exclamou Kunicki, pulando sobre a almofada.

Dyzma assustou-se, achando que acabara de dizer uma bobagem capital, mas logo se acalmou ao ver o brilho nos olhos do companheiro.

— Meu querido senhor Nicodemo! O que o senhor está me dizendo? A decisão já foi tomada?

— Por enquanto, existe apenas um projeto...

— Querido senhor Nicodemo! Isso é uma ideia genial! Genial! É obrigação do governo salvar a agricultura, pois, pelos diabos, todo o bem-estar do Estado está apoiado na agricultura. É impressionante a nossa tendência de querermos constantemente mudar a estrutura econômica do país. Os agricultores representam setenta por cento da população da Polônia! Setenta por cento! Não são a indústria, nem a mineração, nem o comércio que formam a base da nossa economia, mas precisamente a agricultura, os produtos agrícolas, pecuários e madeireiros. O bem-estar do agricultor assegura o bem-estar de todos... Dos industriais, dos comerciantes e dos trabalhadores! Senhor Dyzma, eu lhe digo que o senhor tem o dever sagrado diante da sua pátria de usar exaustivamente todas as suas conexões no governo para pôr esse projeto genial de pé! Ah, se o governo comprasse toda a colheita excedente! Meu Deus! Somente Koborowo...

Estava começando a calcular mentalmente o eventual lucro, quando Dyzma falou:

— O problema todo é a falta de recursos. Não dispomos de dinheiro.

— Dinheiro?! — explodiu Kunicki. — É apenas um detalhe, um obstáculo insignificante. O Estado pode emitir letras do Tesouro. Letras do Tesouro para a compra de trigo no valor de 100 milhões de *zloty* resgatáveis em, digamos, seis anos, com juros de quatro ou cinco por cento. É óbvio que num período de seis anos a conjuntura econômica internacional deverá ter melhorado significativamente pelo menos mais de uma vez. Aí nós venderíamos o estoque regulador para o estrangeiro, fazendo um excelente negócio. E não é só isso. Os efeitos colaterais seriam enormes: *primo*, a salvação dos preços, *secundo*, o aumento do meio circulante, pois as letras evidentemente seriam ao portador. Dessa forma, o Estado injetaria no mercado interno 100 milhões de *zloty*, quantia que salvaria a catastrófica situação do dinheiro em circulação. Senhor Dyzma! O senhor tem que falar sobre isso com o ministro Jaszunski.

— Nós já andamos falando disso mais de uma vez, e quem sabe...

Dyzma interrompeu a frase e ao mesmo tempo pensou: "Esse cara tem uma cabeça e tanto. Um homem como ele deveria ser nomeado ministro!"

Kunicki não parava de discursar sobre a questão. Apresentava argumentos e apontava riscos e obstáculos para logo os derrubar com raciocínios lógicos e irrefutáveis. Ceceava cada vez mais e, emocionado, agitava o chicote em pleno ar.

Enquanto isso, a estrada dobrara na direção da floresta e eles andavam em meio a altos pinheiros.

Sobre a vasta planície, troncos e mais troncos de árvores empilhados junto aos estreitos trilhos de uma estrada de ferro particular. Naquele exato momento, uma locomotiva em miniatura começou a bufar e silvar, conseguindo puxar uma dezena de pequenos vagões carregados de toras, atividade na qual era ajudada por duas fileiras de trabalhadores que, posicionados ao longo de ambos os lados dos trilhos, empurravam os vagõezinhos.

Ao verem Kunicki e Dyzma, os trabalhadores descobriram as cabeças, mas nas suas mesuras era possível notar uma espécie de má vontade e, até, malevolência. Um sujeito bronzeado vestido com um casaco cinza aproximou-se do veículo e começou a dizer algo, mas foi interrompido por Kunicki:

— Senhor Starkiewicz, cumprimente o senhor Dyzma, o administrador-geral.

O sujeito tirou o gorro e lançou um olhar perscrutador a Dyzma, que inclinou a cabeça em sinal de cumprimento.

Durante alguns minutos, enquanto Kunicki pedia a Starkiewicz certos dados, Nicodemo ficou observando com curiosidade a enorme quantidade de madeira e barracos feitos de tábuas em meio aos plangentes sons de serras e golpes de machado. Quando seguiram em frente, Kunicki começou uma preleção profissional sobre as diversas variedades de madeira, o estado da exploração, as dificuldades na obtenção da permissão para derrubar árvores na sua própria floresta e as formações arbóreas da região. Citava parágrafos de convenções, números, preços e, volta e meia, olhava na direção do companheiro, cujo rosto denotava uma atenção concentrada.

Na verdade, Dyzma estava apavorado. Aquilo tudo desabava sobre sua consciência com uma quantidade absurda de informações acerca de assuntos dos quais nada entendia. Sentia-se como um homem sobre o qual acabaram de derrubar uma meda de palha. Compreendeu que jamais iria absorver todo aquele conhecimento e que em nenhuma hipótese conseguiria dominar a situação nem que fosse exclusivamente para não cair no ridículo, ou seja, demonstrar quem ele realmente era.

Quando já haviam visitado o depósito de madeira na floresta do Estado, as serrarias perto da estação da estrada de ferro, a fábrica de móveis, a fábrica de papel e a construção de alguns armazéns, a confusão na cabeça de Dyzma chegara a tal ponto que tudo que ele queria era fugir dali o mais rápido possível. Diante de si via uma gigantesca montanha de negócios incompreensíveis e de assuntos estranhamente interligados, tendo travado conhecimento com as pessoas responsáveis por cada um deles, que se expressavam de forma profissional e usavam um linguajar tão específico que ele nada conseguia captar.

Seu único consolo era o fato de Kunicki não estar percebendo sua depressão, considerando seu ar sério e preocupado um sinal de grande interesse e profunda atenção. Tudo indicava que ele estava tão absorto na função de informar o novo administrador, que não teve tempo de notar seu desespero.

Já eram quase três da tarde quando retornaram ao palacete.

— Como o senhor pôde constatar — falou Kunicki, entregando as rédeas ao cavalariço —, Koborowo não é uma propriedade pequena. É do tamanho adequado e foi concebida de forma lógica e eficiente, tendo sido projetada para proporcionar lucros consideráveis e constantes. Se isso não ocorre na prática, é devido à nossa burocracia e à cambaleante política econômica. E nessa área muita coisa pode ser feita; isso, porém, já não me diz respeito, mas ao senhor. É um problema do senhor, caro senhor Nicodemo.

Almoçaram sozinhos, pois as senhoras foram de carro fazer compras em Grodno. Em Koborowo comia-se bem e em grande quantidade, de modo que Dyzma, que tomara o café servido no gabinete, sentiu-se pesado. Enquanto isso, Kunicki, animado como um azougue, não parava de esclarecer detalhes da administração da propriedade. Abria armários, tirava pastas, contas, cartas e falava sem cessar. Nicodemo já estava à beira do total desespero quando o velhinho, pegando uma porção de livros e papéis, concluiu:

— Vejo que o senhor está um pouco cansado, o que é compreensível após uma viagem fatigante. Portanto, se não se opuser, vou mandar esse material para o seu quarto e o senhor poderá dar uma passada d'olhos nele mais tarde. Está bem?

— Ótimo. Terei o máximo prazer.

— E agora, querido senhor Nicodemo, não gostaria de tirar uma soneca?

— Para ser sincero...

— Então durma bem, durma bem... Vou acompanhar o senhor. Só lhe peço para observar as datas da correspondência com a Diretoria das Florestas do Estado. O senhor há de convir que chega a ser um escândalo manter essa questão sem resposta por mais de três meses, e isso porque... Vamos deixar esse assunto para mais tarde. Por favor, descanse. O jantar será servido às oito.

Nicodemo tirou os sapatos e deitou-se no sofá, mas não conseguiu adormecer. Sua cabeça parecia querer explodir. O que fazer? O que fazer?... Desistir imediatamente de tudo e confessar ao velhote, ou tentar se orientar naqueles assuntos tão desesperadoramente difíceis e complicados?... Caso conseguisse, poderia se manter em Koborowo por uns dois ou três meses, pois mais do que isso jamais aguentaria. Afinal, Kunicki o empregara para que conseguisse algumas vantagens com o ministro...

As duas horas de descanso fatigaram-no mais do que toda a manhã. Fumou quase um maço inteiro de cigarros, e a fumaça no quarto começou a incomodá-lo. Levantou-se e foi para o gabinete contíguo, onde, em cima da escrivaninha, aguardava-o uma pilha de documentos que prometera analisar.

Soltou um palavrão e retornou ao quarto. Lembrou-se de que podia abrir a porta que dava para o terraço e sair para o parque.

O extremamente bem-cuidado parque deveria ser muito extenso, pois Nicodemo, sempre seguindo em frente, não conseguia enxergar onde terminava. Em meio a velhos carvalhos, castanheiros e tílias havia trilhas e sendas lisas e parecidas umas às outras como gotas d'água.

"Não é difícil se perder aqui", pensou Dyzma, olhando em volta. Não estava preocupado, pois sabia que o palacete ficava na parte setentrional.

Debaixo de algumas árvores havia bancos, alguns de madeira, outros de pedra. Nicodemo escolheu um de pedra à sombra de um carvalho e se sentou.

De repente, ouviu alguém assobiando e o som de passos rápidos às suas costas. Virou-se. No meio de uma estreita trilha caminhava um rapaz extraordinariamente bem-vestido, com um monóculo brilhando num dos olhos. Logo atrás dele corria sobre pernas tortas um *pinscher* miniatura com cabeça de morcego. O bichinho viu Dyzma e começou a latir. O jovem parou, examinou Nicodemo com um olhar atento e caminhou em sua direção. Devia ter em torno de 30 anos e era magro e alto. Sua altura era prolongada por um pescoço desproporcionalmente comprido, que terminava em um rosto pálido, pequenino e redondo, com a aparência de uma criança doentia. A soberba e a empáfia dos seus traços formavam nele o mesmo contraste que o par de enormes olhos azul-celeste metidos em órbitas vermelhas e cheios de mordaz ironia. Dyzma sentiu-se incomodado por aquele olhar, principalmente porque o jovem se plantou diante dele, examinando-o de forma impertinente.

"Quem poderá ser essa figura?", pensou, enquanto o recém-chegado estendia um dedo extremamente comprido em sua direção e indagava numa voz crocitante:

— Quem é o senhor?

Sem saber o que fazer, Dyzma se levantou.

— Sou o novo administrador de Koborowo.

— Nome?

— Dyzma. Nicodemo Dyzma.

O *pinscher* latia, saltitando em volta das pernas de seu amo.

— Ah, sim. Dyzma... Já ouvi falar. Sou o conde Pomirski. Pode sentar-se. Quieto, Brutus! Veja só, senhor Dyzma: dei esse nome ao cachorro porque não fazia sentido, mas eu gostaria de saber por que deveria haver um sentido no nome de um cachorro. Mas sente-se, já lhe disse!

Dyzma sentou-se. O conde causara nele uma estranha impressão; uma mescla de medo, repugnância, curiosidade e pena.

— Já ouvi falar — continuou o conde, passando a língua sobre os lábios ressecados —, ouvi falar. Aparentemente, aquele patife trouxe o senhor para cá porque é um figurão. Considero uma obrigação prevenir o senhor quanto à desonestidade do caráter do meu querido cunhadinho.

— A quem o senhor conde está se referindo? — espantou-se Dyzma.

— A quem? Mas é lógico que a esse grosseirão, Leon Kunik.

— O senhor Kunicki?...

— Com mil diabos! — exclamou o conde. — Kunicki?! Que Kunicki?! Kunicki é um distinto sobrenome polonês do qual aquele sanguessuga se apropriou ilegalmente! Roubou! O senhor entendeu? Roubou. O verdadeiro sobrenome dele é Kunik. Eu mesmo verifiquei o seu passado. Ele é filho da lavadeira Genoveva Kunik e de pai desconhecido. Sim, meu amigo, a condessa Pomirski, neta da princesa de Rehon, hoje é a senhora Kunik.

— Não estou entendendo — começou cuidadosamente Dyzma. — O senhor conde quer me dizer que é cunhado do senhor Kunicki?

Pomirski ergueu-se de um pulo, como se tivesse sido picado por um inseto. Seu pálido rosto ficou vermelho.

— Cale-se! Cale-se, seu, seu...!

— Queira me desculpar — sussurrou Dyzma.

— Quero que, na minha presença, o senhor nunca ouse chamar aquele impostor de outra forma que não Kunik, o patife Kunik, o fingido Kunik! Nada de Kunicki!... Meu cunhado não passa de um ignóbil agiota e ladrão chamado Kunik, o grosseiro bastardo Kunik! Ku-nik! Ku-nik! Repita comigo: Ku-nik! Vamos!...

— Ku-nik — gaguejou Dyzma.

Pomirski se acalmou e voltou a se sentar, chegando a sorrir.

— O senhor não sabia disso? O meu Brutus também não sabia e chegou a se engraçar com meu cunhadinho até ele lhe dar um pontapé. Aquele animal!

Ficou pensativo, depois acrescentou:

— Tanto Kunik quanto o cachorro são uns animais... A bem da verdade, eu também não passo de um animal...

Explodiu numa gargalhada.

— Queira me perdoar a sinceridade, mas o senhor também é um animal.

Continuava a rir, enquanto Dyzma constatava mentalmente:

"Trata-se de um maluco."

— O senhor acha que eu sou maluco? — Pomirski agarrou-o pelo braço e aproximou o rosto do dele.

Dyzma recuou, enojado.

— Não — respondeu com a voz insegura —, jamais pensaria uma coisa dessas...

— Não negue! — gritou o conde. — Eu sei! Além disso, tenho certeza de que Kunik o preveniu quanto a mim. Ou teria sido a minha irmã? Diga-me a verdade: o que Nina lhe falou?

— Nada. Ninguém me falou coisa alguma.

— Ninguém?

— Ninguém.

— Pelo jeito, eles acharam que o senhor não teria a honra de travar conhecimento comigo. O senhor sabia que eles proibiram meu acesso ao palacete? Que me obrigam a comer sozinho? Que não me é permitido sair deste parque e que Kunik deu ordens aos empregados para baterem em mim com bastões caso eu ousasse sair?

— Mas por quê?

— Por quê? Porque eu sou inconveniente, porque as minhas maneiras refinadas incomodam aquele *parvenu*, filho bastardo de uma lavadeira; porque eu deveria ser o senhor daqui, e não esse vagabundo; porque ele não consegue suportar o fato de que eu, o verdadeiro herdeiro de Koborowo, eu, o representante autêntico da nossa linhagem, deveria ser o senhor deste eterno ninho da nossa estirpe!

— Quer dizer que o senhor Kunic... o senhor Kunik recebeu Koborowo como dote pela irmã do senhor conde?

Pomirski cobriu o rosto com as mãos e permaneceu calado. Momentos depois, Dyzma notou que por entre os dedos incrivelmente longos e delgados escorriam lágrimas.

"E agora?", pensou Dyzma.

O cachorrinho começou a uivar baixinho e a arranhar com as patinhas as pernas das calças do dono, que tirou do bolso um lenço de seda fortemente perfumado, secou os olhos e disse:

— Perdoe-me, por favor. Ultimamente os meus nervos estão em frangalhos.

— Sinta-se à vontade... — começou Dyzma, mas o conde o interrompeu com um sorriso sarcástico.

— O que o senhor quer dizer com este "sinta-se à vontade"? Quero que saiba que chorei porque tive vontade de chorar. Em ocasiões semelhantes, os ingleses costumam dizer... Mas na certa o senhor não fala inglês, não estou certo?

— Não, não falo — admitiu Dyzma.

— Ótimo! — falou alegremente o conde. — Afeiçoei-me ao senhor e não gostaria de magoá-lo; portanto, sempre que quiser agredi-lo verbalmente, fá-lo-ei em inglês. Está bem assim?

— Está bem — respondeu Nicodemo com resignação.

— Mas isso é de somenos. Quero informar ao senhor que embora Kunik seja um vigarista que arrancou Koborowo da minha família, o senhor não deveria tentar roubá-lo, pois eu pretendo recuperar a propriedade, botar o cunhadozinho na cadeia e colocar Nina sob a minha tutela. Que horas são?

Dyzma tirou o relógio do bolso do colete.

— Sete e meia.

— Já? Preciso voltar ao pavilhão, caso contrário não me darão o jantar. Preciso me despedir. É uma pena, pois queria contar mais coisas ao senhor. Venha aqui amanhã, à mesma hora. O senhor virá?

— Sim, virei.

— E mais uma coisa. Pelo amor de Deus, não conte a ninguém que o senhor me viu e que conversou comigo. O senhor me dá sua palavra de honra?

— Dou.

— Muito bem. Vou acreditar no senhor, embora tanto seu sobrenome quanto sua aparência indiquem sua procedência proletária; e é sabido que os proletários não têm honra.

Deu meia-volta e afastou-se com passadas elásticas pela alameda de carvalhos. Atrás dele, saltitando sobre as perninhas tortas, corria o cachorrinho.

— Doido varrido — falou alto Dyzma quando ambos desapareceram numa curva. — Certamente um louco, mas contou muitas coisas interessantes... Coisas que costumam ocorrer entre grão-senhores... Talvez haja algo de verdade no que ele falou... Que o velhinho se chama Kunik e é um patife...

Ficou matutando sobre aquilo, para finalmente se indagar: "Mas o que eu tenho a ver com isso?"

Fez um gesto depreciativo com a mão e acendeu um cigarro. Ao longe, soou um gongo. Hora do jantar.

Dyzma levantou-se do banco e caminhou até o palacete.

capítulo 4

O JANTAR FOI SERVIDO POR UM LACAIO RIJO E SILENCIOSO. O clima era um tanto melhor que o do café da manhã. Kunicki (ou quem sabe Kunik?) ocupou-se menos dos negócios e de Dyzma e passou a dirigir sua verborragia à esposa e à filha, indagando que tipo de compras elas haviam feito na cidade.

Dona Nina respondia de forma polida, embora fria, enquanto Kasia somente de vez em quando se dignava a murmurar um curto "sim" ou "não", deixando sem resposta a maior parte das perguntas dirigidas diretamente a ela. Depois da estranhíssima conversa com Pomirski, Nicodemo não conseguia compreender aquela demonstração de menosprezo da filha pelo pai, um menosprezo que beirava a insolência. Bem que gostaria de poder destrinchar pelo menos uma parte daquele enigma, e esforçava-se ao máximo nesse sentido, mas nenhuma ideia brilhante lhe veio à cabeça.

Após o jantar, Kunicki sugeriu fazerem um passeio, e, embora Kasia tivesse apenas dado de ombros, dona Nina falou:

— Excelente ideia.

A senhora Kunicki, tendo ao seu lado o marido munido de uma grossa bengala, dirigiu-se ao parque, mas não para a parte que Dyzma já conhecia. Enquanto naquela parte havia árvores espessas, nesta predominavam gramados e canteiros de flores, com apenas algumas silhuetas de árvores se destacando graciosamente no pano de fundo formado por um escuro céu safírico.

Nicodemo, por força das circunstâncias, ficou na companhia de Kasia. Caminhavam calados, e, como no parque reinava um silêncio quase sepulcral, chegavam aos seus ouvidos os murmúrios da conversa entre o senhor e a senhora Kunicki. Formavam um casal engraçado: um miúdo e gesticulador velhinho andando ao lado de uma esposa jovem, de corpo escultural e passos dignos e fluidos.

— O senhor joga tênis? — perguntou Kasia.

— Eu? Oh, não! Não sei jogar.

— Que coisa mais estranha.

— Por quê?

— Porque hoje em dia todos os cavalheiros costumam jogar tênis.

— Nunca tive tempo suficiente para aprender esse jogo. Só sei jogar bilhar.

— Não diga! Que coisa mais interessante, por favor, me conte... Um instante... — disparou repentinamente e correu para um canteiro.

Dyzma parou, sem saber como se comportar quando Kasia voltou com um punhado de nicotianas nas mãos. Aproximou-as do rosto de Nicodemo, e ele, achando que estava sendo agraciado com elas, estendeu a mão em sua direção.

— Nada disso! O senhor achou que as flores fossem para o senhor? Eu só queria que o senhor as cheirasse. Não são maravilhosas?

— Sim, elas cheiram muito bem — respondeu o embaraçado Nicodemo.

— Pela sua atitude, imagino que o senhor seja muito convencido.

— Eu?! Por quê? — espantou-se sinceramente.

— Por ter achado que as flores fossem para o senhor. O senhor costuma receber flores de mulheres?

Embora Dyzma nunca tivesse recebido uma flor sequer de uma mulher, por via das dúvidas resolveu responder:

— De vez em quando.

— Parece que na alta sociedade de Varsóvia o senhor tem a fama de ser um homem arrojado.

— Eu?!

— Foi o que me contou o meu pai. Além disso, o senhor realmente tem a aparência de... Ah, sim, o senhor não disse que joga bilhar?

— Praticamente desde garotinho — respondeu Dyzma, lembrando-se do enfumaçado salão de bilhar na cafeteria de Aronson, em Lysków.

— Nós temos uma mesa de bilhar em casa, mas ninguém sabe jogar. Caso o senhor pudesse arrumar um tempinho para mim, gostaria de aprender...

— A senhora? — espantou-se Dyzma. — O bilhar é um jogo para homens.

— E eu aprecio exatamente os jogos masculinos. O senhor vai me ensinar?

— Com o maior prazer.

— Se o senhor quiser, podemos começar imediatamente.
— Não — respondeu Dyzma. — Hoje ainda tenho muito a fazer. Preciso examinar uns livros e relatórios...
— Hum... o senhor não está sendo excessivamente gentil. Mas isso combina com o seu tipo.
— E é bom ou ruim? — resolveu arriscar.
— O quê? — perguntou ela friamente.
— O fato de eu ser um tipo desses.
— Sabe de uma coisa? Vou ser sincera com o senhor. Eu gosto de lidar com pessoas, desde que elas não lembrem o papai. No entanto, gostaria de deixar claro de antemão... O senhor promete não ficar zangado com a minha sinceridade?
— Prometo.
— Não estou interessada em maiores intimidades.
— Não compreendi.
— O senhor sempre gosta que sejam colocados os pingos nos "is"?
— Como?
— Pelo que vejo, o senhor também gosta de situações bem claras. Ótimo. Pois saiba que mesmo que me mostre gentil com o senhor, não quero que isso o leve a alguma suposição errada. Em outras palavras: o senhor jamais receberá flores de mim.

Nicodemo finalmente entendeu o que ela tinha em mente e riu satisfeito.

— Pode ficar tranquila. Isso não me passaria pela cabeça.
— O que me alegra muito. É sempre melhor deixar as coisas claras.

Dyzma, sem saber ao certo a razão pela qual se sentiu melindrado, respondeu instintivamente:

— A senhora está coberta de razão. Vou lhe retribuir com a mesma sinceridade: a senhora também não faz meu tipo.

— Não diga! — exclamou ela, pega de surpresa. — Tanto melhor. Isso facilitará as nossas aulas de bilhar.

O casal Kunicki deu meia-volta e se juntou a eles.

Kasia pegou Nina pelo braço e lhe entregou as flores, dizendo:

— Tome, Nininha, sei que você gosta de nicotianas...

Kunicki lançou-lhe um olhar no qual Dyzma, apesar do crepúsculo, notou um claro sinal de raiva.

— Precisamos dessas manifestações? — sibilou.

Dona Nina, cujo rosto denotava um profundo constrangimento, sussurrou:

— Foi uma pena você as ter arrancado. A vida das flores já é naturalmente curta...

Uma vez no hall, todos se separaram, trocando os protocolares votos de boa-noite. No entanto, Dyzma nem pensou em dormir. Decidira que iria destrinchar o material que recebera e que tratava das questões relativas à administração da propriedade de Kunicki. Os documentos estavam cheios de números, cifras e termos técnicos incompreensíveis cujo significado ele não conhecia nem estava em condições de adivinhar. Inventário, balancete, ativo, passivo, desconto, tração, terceirização, taxa compensatória, resseguro, compensação, tendência, promissória, equivalência, juros compostos — grossas gotas de suor cobriam a fronte de Dyzma.

Resolveu ler os documentos em voz baixa, mas de nada adiantou. Simplesmente não compreendia mais o significado das palavras pronunciadas, cujo sentido lhe escapava, tornando-se vazio e inalcançável.

Nicodemo levantava-se da cadeira, afastava-se da escrivaninha e andava em círculos pelo aposento, murmurando impropérios e batendo com os punhos nas têmporas.

— No entanto, é preciso, é preciso, é preciso — repetia teimosamente. — Tenho que aprender isso; caso contrário, estarei perdido.

Voltava a ler e voltava a se levantar de um salto.

— Não adianta, estou com a cabeça estourando e não compreendo nada.

Foi até o banheiro, abriu a torneira de água fria e enfiou a cabeça no refrescante fluxo. Ficou assim inclinado por alguns minutos.

"Vai ou não vai ajudar?", pensava.

Não ajudou. Passou a noite toda revirando os papéis e o único resultado daquele sofrimento foi uma forte dor de cabeça. A enevoada noção sobre o complexo de Koborowo não só era insuficiente para administrá-lo, como não serviria para conversar inteligentemente com Kunicki.

"O que fazer?"

Ficou matutando por muito tempo e decidiu que não iria se entregar sem luta.

"Devo prolongar a situação ao máximo; quem sabe com o tempo não surge uma salvação."

Passava das oito quando Kunicki encontrou Dyzma inclinado sobre a escrivaninha coberta de livros e papéis.

— Querido senhor Nicodemo! — exclamou com fingida indignação. — O que o senhor andou aprontando?! O senhor nem chegou a dormir! Trabalhar é louvável, mas não à custa da saúde.

— Não se preocupe — respondeu Dyzma. — Quando começo algo, não gosto de interromper.

— Estou deveras impressionado. E então, o que o senhor achou?

— Por enquanto, nada.

— Mas o senhor há de admitir, querido senhor Nicodemo, que o material que lhe entreguei está completo: claro como água, sistemático e resumido...

Dyzma abafou mentalmente um palavrão.

— De fato — respondeu —, os seus relatórios são muito completos e bem conduzidos.

— Sou eu mesmo que os faço. E como conheço cada eixo e cada engrenagem dessa máquina como a palma da minha mão, nenhum dos meus funcionários poderá me enganar. Mas peço-lhe que pare de trabalhar por agora. Já vão servir o café da manhã. O senhor ainda terá bastante tempo, pois hoje não vou incomodá-lo. Tenho que participar de uma reunião referente às obras na fábrica de papel e depois vou querer examinar uma floresta em Kocilowiec.

Quando entraram na sala de jantar, as senhoras já estavam à mesa.

— O senhor está muito pálido — notou dona Nina.

— Estou com um pouco de dor de cabeça.

— Imaginem vocês, minhas caras — falou Kunicki —, que o senhor Nicodemo não chegou a pregar o olho. Passou a noite inteira examinando os livros!

— O senhor quer um comprimido para dor de cabeça? — indagou dona Nina.

— Acho que não vale a pena...

— Por favor, tome um. Na certa vai se sentir melhor.

Mandou um dos empregados trazer o remédio e Dyzma teve que tomá-lo.

— Imagine, Nina — falou Kasia —, que o senhor Dyzma vai me ensinar a jogar bilhar.

— E o senhor joga bem?

— Mais ou menos — respondeu Nicodemo. — Houve uma época em que cheguei a jogar razoavelmente bem.

— Podemos começar logo após o café da manhã? — sugeriu Kasia.

— E eu ficarei observando a aula — acrescentou dona Nina.

— Ha, ha, ha — riu Kunicki —, temo que vocês duas vão querer roubar o senhor Nicodemo de mim por completo.

— O meu marido está com ciúmes do senhor — sorriu dona Nina, e Dyzma notou que ela olhava para ele de forma amigável.

"Ela deve ser uma pessoa muito boa", pensou.

Logo após o café, Kunicki despediu-se e, com seus passinhos miúdos, foi para o automóvel que o aguardava no pátio.

Kasia mandou que a mesa de bilhar fosse preparada, e os três foram até o salão de jogos.

A aula começou com a demonstração do posicionamento da mão e da forma de segurar o taco. Depois, Dyzma passou a explicar como bater nas bolas.

Kasia aprendia rápido e, como tinha a mão firme, Dyzma previu:

— A senhora vai ser uma excelente jogadora; só vai ter que praticar.

— Quer dizer que Kasia é uma boa aluna? — perguntou dona Nina.

— Considerando que é a primeira vez que ela pega um taco, excelente.

— E o que é o mais difícil num jogo de bilhar? — perguntou Kasia.

— O mais difícil é a carambola.

— Dá para mostrar como isso é feito?

Dyzma arrumou as bolas na mesa e disse:

— Vejam, vou bater na minha bola de tal forma que ela tocará nas outras duas.

— Mas isso não será possível, pois elas não estão alinhadas.

— Pois é. — Dyzma sorriu, feliz por poder se mostrar. — Todo o mistério da carambola consiste no fato de a minha bola, batendo aqui e ali, passar a descrever outras trajetórias. Uma carambola é assim — completou, batendo com a ponta do taco na sua bola e executando uma carambola perfeita.

— Mas isso é geometria pura — espantou-se dona Nina.

— Eu jamais adquirirei uma prática como a do senhor — acrescentou Kasia.

— A senhora não gostaria de tentar? — perguntou Dyzma a Nina.

— Oh, eu não levo jeito para isso — respondeu ela, mas pegou o taco.

Como não sabia posicionar a mão para servir de apoio, Dyzma teve que ajudá-la, o que lhe deu a oportunidade de notar que dona Nina tinha uma pele muito macia. Passou por sua mente a ideia de que aquelas mãos jamais tinham feito qualquer trabalho.

"Como deve ser bom", pensou, "ter tanto dinheiro para não precisar mexer um dedo sequer, dispondo de pessoas que façam tudo por você..."

— E então, senhor Nicodemo — impacientou-se Nina —, o senhor vai ou não vai me ensinar?

— Queira me desculpar. Fiquei absorto em meus pensamentos.

— Que tipo de pensamentos?

— Nada de importante... Ao tocar na mão da senhora, passou-me pela mente que mãos como essas jamais fizeram qualquer trabalho.

Nina enrubesceu.

— O senhor tem razão. Há muito tempo me envergonho disso, mas não tenho força de vontade suficiente para me ocupar com um trabalho. Também é possível que eu esteja tão ociosa em função das circunstâncias nas quais me encontro.

— Não há motivo para se envergonhar. Para que trabalhar quando se tem tanto dinheiro? — disse espontaneamente Dyzma.

Dona Nina mordeu os lábios e baixou os olhos.

— O senhor é um juiz muito severo, mas reconheço que fiz por merecer uma ironia tão mordaz da sua parte.

Dyzma não compreendeu e se pôs a refletir sobre o que ela quisera dizer com aquilo.

— O senhor Dyzma é um veredicto ambulante e não tem papas na língua — falou Kasia.

— O que não deixa de ser uma qualidade muito rara — acrescentou Nina.

— Embora nem sempre agradável aos que o ouvem — observou Kasia.

— Mas útil. Prefiro uma sinceridade dura a falsos elogios.

— Não creio que estes últimos façam parte do repertório do senhor Dyzma — retrucou Kasia.

Em seguida, querendo provocá-lo, virou-se para ele e indagou:

— O senhor costuma fazer elogios a damas?

— Sim. Se uma mulher é bonita, posso lhe dizer isso.

— Somente assim? Por exemplo, o que o senhor me diria?

— À senhora?... Hum... — Dyzma alisou com os dedos a protuberante queixada.

Kasia explodiu numa gargalhada.

— Vamos, senhor Dyzma, diga algo. Se o senhor não for capaz de dizer algo lisonjeiro sobre a minha aparência como um todo, talvez possa achar em mim algum detalhe merecedor de benevolência da sua parte.

Um leve rubor na sedosa pele de Kasia fez com que Dyzma a achasse muito bonita, embora esquisita e com um quê de rapinante nos seus olhos cor de avelã fixos em Nina.

— Posso — respondeu. — A senhora tem orelhas bonitas.

— Que coisa!... — espantou-se ela. — Não esperava ouvir isso do senhor. Imagine que o mestre Bergano em pessoa me honrou com o mesmo elogio quando estive na Riviera no inverno passado.

"Quem será esse tal Bergano? Estou frito!", pensou Dyzma, dizendo em voz alta:

— Não entendo muito de pintura. Nunca tive interesse por ela.

— O que não o impede — observou graciosamente Nina — de ter o mesmo gosto dos grandes artistas.

Kasia colocou o taco de volta no lugar e declarou que já praticara bilhar suficiente para aquele dia.

— Vou trocar de roupa. O senhor gostaria de fazer um passeio a cavalo comigo?

— Agradeço, mas tenho ainda muito trabalho — respondeu Nicodemo.

— Muito bem, então vou cavalgar sozinha. Tchau, Nininha — falou Kasia, abraçando Nina pelo pescoço e beijando-a na boca.

Quando ela saiu da sala, Dyzma comentou:

— A enteada da senhora a ama não como a uma madrasta...

Dona Nina virou-se de costas para ele e se encaminhou até a janela.

— Nós nos amamos como irmãs.

— O que não é de se estranhar — observou Nicodemo —, já que, imagino, têm idades muito próximas. Quando cheguei aqui, achei que as senhoras eram irmãs, embora fossem tão diferentes na aparência.

— Não só na aparência — confirmou Nina —, mas também na índole, no caráter e nos pontos de vista, todos diametralmente opostos.

— E, no entanto, as senhoras se amam.

Dona Nina não respondeu e Dyzma ficou quebrando a cabeça à procura de um assunto para manter a conversa. Como nada lhe ocorreu, resolveu se recolher ao quarto.

— Preciso voltar ao trabalho. Despeço-me da senhora.

Ela inclinou a cabeça e perguntou:

— O senhor não precisa de nada?

— Não, muito obrigado.

— Por favor, não faça cerimônia e peça aos empregados o que quiser...

— Muito obrigado.

Dyzma inclinou-se respeitosamente e saiu. Nina ainda pôde ver por alguns momentos a silhueta quase quadrada, bem como a grossa e avermelhada nuca seguindo em frente com passos firmes pelo corredor.

"Então é essa a aparência de um homem arrojado?", pensou. "Não o imaginava assim... e... no entanto... Ah, sua eterna sonhadora!", riu alegremente e, entrelaçando as mãos, espreguiçou-se com prazer.

Quanto a Dyzma, voltou a mergulhar no material de Kunicki, que lhe pareceu ainda mais complicado do que durante a noite. Não havia jeito de se orientar naquela floresta de números e dados.

— Que merda! — exclamou. — Está claro que eu sou burro como uma porta!

Lembrou-se da escola. Lá, pelo menos, quando não compreendia algo, sempre podia aprendê-lo de cor. Dava uma canseira danada, mas sempre era uma saída. Aliás, havia também a possibilidade de se fingir de doente e faltar a um exame... Mas ali não havia escapatória: era impossível memorizar tudo aquilo, e quanto a se fingir de doente...

"E por que não?", pensou. "Com isso, poderia adiar a expulsão por alguns dias... ou até algumas semanas. Sim! Excelente ideia! Enquanto isso, algo poderá acontecer, alguma coisa poderá mudar... Sim! Amanhã mesmo vou adoecer, e pronto!", decidiu.

Passou muito tempo escolhendo a doença mais adequada. As contagiosas estavam fora de questão, pois poderiam resultar no seu envio a um hospital. Também não deveriam ser de estômago, para que não parassem de alimentá-lo.

"Que tal um reumatismo?..."

A ideia pareceu-lhe excelente.

"É a melhor solução, pois, mesmo que chamem um médico, ele não poderá detectar a fraude."

Quando o mordomo veio informá-lo de que o almoço estava servido, Dyzma já tinha preparado o plano de um severo ataque de reumatismo no braço e na perna direitos. À hora do jantar, começaria a reclamar de dores e, no dia seguinte, já nem levantaria da cama. Estava tão contente com a ideia que ficou de excelente humor.

À mesa, reinava um ambiente alegre. Ao que parece a ausência do dono da casa tinha um efeito positivo na disposição das senhoras. Falava-se sobre a programada partida de Kasia para a Suíça, onde ela iria estudar medicina.

— E a senhora, uma vez terminado o curso, pretende exercer a profissão de médica? — perguntava Dyzma.

— Obviamente.

— Seremos seus pacientes — riu dona Nina.

— Você sim — respondeu Kasia. — Mas o senhor Dyzma não.

— A senhora está sendo malvada. E se eu ficar doente e não houver nenhum médico por perto?

— O senhor não me compreendeu. Vou me especializar em doenças de mulheres.

— O que será uma pena, porque eu sofro de reumatismo e imagino que seja uma doença masculina.

— Depende — observou dona Nina —; se foi contraída de forma masculina...

— Na guerra — respondeu Nicodemo.

— O senhor foi oficial?

— Não, um simples recruta.

— Isso é lindo — falou Nina. — Muitos homens extraordinários serviram nos cinzentos uniformes soldadescos.

— Os uniformes eram verdes — corrigiu-a Dyzma.

— Como era de se esperar... A cor da esperança. O senhor foi ferido?

— Não. O reumatismo foi a única lembrança que a guerra me deixou.

— E, na certa, algumas medalhas, não é verdade?

Nicodemo não ganhara qualquer condecoração, mas mentiu:

— Virtuti Militari. Além disso, fui promovido e quase cheguei ao posto de general.

— De que forma?

— Fui promovido a cabo, e certamente teria chegado à patente de general não fosse o fato de a guerra ter terminado antes.

— Mas, pelo que vejo, o senhor guarda gratas lembranças dela.

— Foram os melhores anos da minha vida — respondeu sinceramente Dyzma.

— Compreendo o senhor, embora eu mesma, sendo mulher, não pudesse me sentir feliz no meio de feridos e agonizantes. Mas posso entender que um homem de verdade seja capaz de encontrar na guerra um ambiente que desperta os instintos mais masculinos: fraternidade, combates...

Dyzma sorriu. Lembrou-se das barracas do batalhão de comunicações, das galinhas criadas pelo sargento, do café quente e dos monótonos dias de ócio...

— Sim, nós, homens, somos como animais selvagens — confirmou.

— Minha cara — disse dona Nina, virando-se para Kasia como se estivesse retomando uma conversa interrompida recentemente —, você precisa admitir que nisso há um certo encanto que causa impacto, principalmente nas mulheres.

Kasia deu de ombros.

— Não em todas.

— A maior parte das mulheres — disse Nicodemo — prefere brutalidade a frouxidão.

— O senhor não precisa fazer propaganda de si mesmo — riu Nina.

Ficaram conversando ainda por alguns momentos, depois Dyzma foi para o quarto. Lembrava-se de ter combinado um encontro no parque com aquele conde maluco do qual poderia obter um bocado de informações interessantes sobre o pessoal de Koborowo. E assim, constatando que não havia ninguém por perto, abriu a porta que dava para o terraço e escolheu a alameda que lhe pareceu a mais indicada para chegar àquele banco de pedra aos pés de um carvalho.

No entanto, não conseguiu encontrá-lo e já estava perdendo a esperança, quando ouviu os latidos do *pinscher* miniatura.

"Ele veio!", alegrou-se.

Efetivamente, perto dele o desengonçado cãozinho pulava em volta do tronco de uma enorme nogueira e latia furiosamente. Ergueu a vista e, para seu enorme espanto, viu o jovem conde sentado confortavelmente na junção de dois galhos.

— Ah, o senhor chegou — exclamou o conde, lá de cima.
— Isso é ótimo.

Pulou graciosamente da árvore e cumprimentou Dyzma com um leve meneio da cabeça.

— O senhor não me denunciou a Kunik? — perguntou, desconfiado.

— Deus me livre. Além disso, ele não está em casa.

— Isso vem a calhar. O senhor se espantou ao me ver trepado na árvore?

— Não, de forma alguma, por que eu deveria...

— É um atavismo. De repente, nasce no ser humano a irresistível vontade de retornar ao seu primitivo jeito de ser. O senhor nunca notou isso, senhor... Como é mesmo o seu nome?

— Dyzma.

— Ah, sim. Dyzma. Um sobrenome tolo. E o primeiro nome?

— Nicodemo.

— Já isso é estranho, porque o senhor não tem cara de Nicodemo. Mas vamos esquecer esse detalhe, afinal, o meu Brutus não tem cara de Brutus, nem eu tenho cara de Jorge. Quer dizer que aquele patife viajou?

— Só por um dia.

— Na certa para planejar um novo golpe. O senhor sabia que ele arrancou Koborowo de nós?

— Não ouvi nada a esse respeito — respondeu Dyzma.

— Pois eu vou lhe contar como tudo se passou. Kunik era um agiota, e como meu pai gastava muito dinheiro e a guerra afetou profundamente a nossa condição financeira, Kunik não teve dificuldades em convencer papai a realizar uma venda fictícia de Koborowo.

— Como "fictícia"? Assim, de mentirinha?

— Não sei, não entendo dessas coisas. Só sei que ele fez algumas falcatruas e acabou se apossando da propriedade. Mas não faz mal; ainda vou levá-lo às barras do tribunal.

— Muito bem — perguntou cuidadosamente Dyzma —, mas, nesse caso, por que a irmã do senhor conde se casou com Kunic... com Kunik?

— Por amor ao pai. Papai não conseguiria sobreviver fora de Koborowo, e esse patife, percebendo isso, propôs a ele que, caso Nina se tornasse sua esposa, ele passaria o título de propriedade de Koborowo a ela e, assim, o nosso ninho primordial continuaria nas mãos dos Pomirski. Minha irmã sacrificou-se à toa e está profundamente arrependida, pois menos de um ano após o casamento papai acabou morrendo de qualquer modo, enquanto aquele salafrário conseguiu que ela assinasse uma porção de promissórias e uma procuração. Portanto, minha irmã não pode colocar as mãos em sua própria propriedade e o velhaco tem plenos poderes.

— E o que diz sobre isso a filha dele?

— Kasia? Ela também não presta, mas odeia Kunik por ele ter maltratado sua mãe.

— E o que aconteceu com ela? Morreu?

— Quem?

— A primeira esposa do senhor Kunik.

— "Senhor"?! Qual "senhor"? — exclamou com fúria Pomirski. — Um grosseirão, um gatuno... jamais um senhor! O único "senhor" daqui é este que lhe fala! Deu para entender?

— Deu — concordou Dyzma. — Mas o senhor não respondeu à minha pergunta: ela morreu?

— Em primeiro lugar, não tenho interesse algum nessa questão; em segundo, sim, morreu há muito tempo. Por favor, me dê um cigarro.

Acendeu-o e, soltando aros de fumaça, ficou pensativo...

Dyzma notou que Pomirski estava muito mais calmo do que no dia anterior, de modo que arriscou uma pergunta:

— Por que o senhor conde foi afastado do palacete?

Pomirski não respondeu e ficou por bastante tempo olhando fixamente nos olhos de Dyzma. Por fim, inclinou-se na direção dele e sussurrou:

— Acho que vou precisar do senhor...

— De mim?! — espantou-se Nicodemo.

— Calado! — sussurrou o conde, olhando desconfiado em volta. — Tenho a impressão de que estamos sendo espionados.

— O senhor conde está enganado. Não há ninguém por perto.

— Silêncio! Brutus! Procure o espião, procure!

O cãozinho ficou olhando estupidamente para seu amo, sem se mover do lugar.

— Que animal mais imbecil! — irritou-se o conde. — Suma da minha frente!

Levantou-se e, com passos cautelosos, examinou os arbustos em volta. Quando voltou a se sentar no banco, sentenciou de forma professoral:

— Todo cuidado é pouco.

— O senhor conde estava dizendo que vai precisar de mim — provocou-o Dyzma.

— Sim, usarei o senhor como um instrumento, mas o senhor terá que me prometer obediência cega. Obviamente, em total segredo diante de todos. Em primeiro lugar, o senhor viajará para Varsóvia e procurará minha tia, a senhora Preleska. Trata-se de uma dama muito distinta e muito tola. Aliás, o senhor não notou que as pessoas distintas costumam ser tolas?

— Efetivamente...

Pomirski fez uma careta irônica e acrescentou:

— O senhor é uma exceção que comprova a regra, pois, embora seja um tolo, não inspira respeito em quem quer que seja. Mas isso é apenas um detalhe. O que tenho a lhe dizer é muito mais importante. Quero que saiba que a tia Preleska tem um vasto círculo de amigos influentes e odeia Kunik, de modo que vai ajudar o senhor na minha causa.

— E que causa seria essa?

— Não me interrompa quando eu estiver falando! — gritou o conde. — Kunik declarou-me louco. A mim! E obteve a tutela sobre a minha pessoa. O que eu quero é que a titia fale com quem for preciso para que seja formada uma junta médica que ateste que eu sou completamente normal. O senhor está compreendendo?

— Compreendo.

— Vou escrever uma carta para a titia, na qual apresentarei o senhor como um colega meu. É verdade que o senhor parece mais um sapateiro, mas ela quer tanto prejudicar Kunik que será capaz de acreditar. O senhor explicará tudo a ela, informando-a de que estou sendo maltratado, que ele me mantém preso, retém as minhas cartas. Vai ser preciso apresentar tudo isso pintado com as cores mais sombrias possíveis...

— Muito bem, mas...

— Calado! O senhor quer perguntar o que ganhará com isso? Pois saiba que vou honrá-lo com a minha amizade e uma renda vitalícia. Isso lhe basta? Agora vou escrever a carta, e o senhor, antes de partir para Varsóvia, deverá vir aqui para apanhá-la e receber instruções mais detalhadas. Caso o senhor venha a me denunciar, quero que saiba que vou matá-lo como a um cachorro. Até a vista.

Assoviou para o cão e, num pulo, sumiu no meio dos arbustos.

"Bem, agora não tenho mais dúvida de que se trata de um doido completo", pensou Dyzma.

No entanto, as informações fornecidas pelo conde deveriam conter uma boa dose de verdade. O próprio Kunicki afirmara que havia comprado Koborowo, e suas relações com a esposa e a filha eram as piores possíveis. Dyzma se dava conta de que não era sensato ocupar-se com aquele doido de hospício e os seus projetos, mas que cabia analisar a questão e tentar descobrir se não haveria naquela confusão algo que pudesse resultar num benefício para ele próprio.

Por enquanto, não via qualquer oportunidade se abrindo, mas sabia que nunca era desvantajoso possuir segredos de outros. Principalmente para alguém que se encontrava numa situação como a sua.

"A primeira coisa que preciso fazer é descobrir se é verdade tudo que aquele conde maluco me contou."

Passou-lhe pela cabeça que, caso as acusações feitas por Pomirski se confirmassem, ele estaria em condições de ameaçar Kunicki com a possibilidade de revelá-las. Estava analisando precisamente aquela questão quando, chegando ao palacete, foi informado pelo mordomo que o anfitrião ainda não retornara e que despachara de volta o automóvel, pois alguns assuntos prementes o reteriam por mais um dia na cidade.

Dyzma ficou feliz com a notícia. Mais um dia de santa paz! Mas, mesmo assim, resolveu não adiar seu projeto de adoecer. Em função disso, durante o jantar começou a fazer caretas de dor e apertar o antebraço e o joelho. Kasia e principalmente Nina indagavam, sentindo pena, a razão das dores, e quando ele lhes disse que eram devidas ao reumatismo, ambas emitiram a mesma opinião de que o clima de Koborowo não era muito propício a ele. Dona Nina chegou a pedir desculpas por não tê-lo avisado daquilo com antecedência.

Ao terminar a última colherada da compota, as dores de Dyzma tornaram-se insuportáveis. Pediu desculpas às damas e quis se recolher ao quarto, mas dona Nina ordenou a um empregado que o mantivesse acordado enquanto ela buscava um remédio na farmácia caseira.

Quinze minutos depois alguém bateu à porta, e quando ele disse "pode entrar", ouviu a voz de dona Nina.

— Como o senhor está se sentindo?

— Não muito bem, prezada senhora.

— O senhor não precisa de nada?

— Não, muito obrigado.

— Então lhe desejo uma boa noite. Espero que amanhã o senhor se sinta melhor.

— Boa noite.

O palacete ficou em silêncio. Como o jantar fora farto, Dyzma sentiu-se sonolento e, ao adormecer, pensou:

"Essa dona Nina é uma mulher muito simpática... Também pudera, é uma condessa..."

capítulo 5

O CLIMA DE KOBOROWO TEVE UM PÉSSIMO EFEITO NO REUMAtismo de Nicodemo Dyzma. A madrugada revelou que o doente passou a noite em claro e que suas dores aumentaram. Foi com esse relatório que a camareira chegou ao quarto de dona Nina, saindo de lá com um novo sortimento de medicamentos e com a indagação se o distinto doente não desejava alguns livros para ler.

Dyzma não tinha vontade de ler, mas, para não deixar transparecer a sua falta de entusiasmo por literatura, disse à empregada que se sentia tão fraco que teria dificuldade em segurar um livro.

O efeito da sua resposta foi inesperado: do outro lado da porta soou a voz de dona Nina:

— Bom dia, senhor Nicodemo. Entristece-me o fato de o senhor não ter melhorado. Não seria adequado chamar um médico? — perguntou.

— Oh, não, não vai ser preciso — respondeu categoricamente Nicodemo.

— O senhor certamente deve estar entediado. Talvez alguém possa ler em voz alta para o senhor?
— E quem poderia estar disposto a uma tarefa tão chata?
Houve um momento de silêncio, em seguida dona Nina voltou a falar:
— Pode-se entrar no seu quarto?
— Evidentemente, por favor, entre.
Nina entrou e lançou a Nicodemo um olhar que era uma mistura de curiosidade e comiseração. Inesperadamente, se propôs ela mesma a ler. Não havia saída, e Dyzma, agradecendo e pedindo desculpas pelo transtorno, teve que concordar.
— Não é transtorno algum. Não tenho mesmo nada para fazer e terei o máximo prazer em ler algo para o senhor. O senhor apenas precisa me dizer qual é o autor de sua preferência.
Nicodemo pensou rapidamente — tinha que escolher um autor de renome, um daqueles cujos livros eram mais requisitados pelas pessoas mais cultas na biblioteca municipal de Lysków. Ah, já sabia: aquele inglês de nome engraçado — Jack London.
— Talvez algo de Jack London? — falou.
Dona Nina sorriu e fez um gesto de aprovação com a cabeça.
— Já vou trazer alguns dos seus livros.
Retornou minutos depois com alguns volumes lindamente encadernados, e disse:
— Não fiquei espantada com o fato de o senhor gostar desse autor.
Dyzma nunca lera nenhuma obra de Jack London, mas respondeu:
— É verdade. Trata-se do meu autor preferido. Mas como a senhora adivinhou isso?

— Não quero me gabar, mas me considero uma observadora atenta. Por outro lado, o senhor é muito fácil de decifrar, embora seja de natureza reservada, vivendo numa vida interior, como se estivesse em *splendid isolation*...

— A senhora acha? — perguntou Nicodemo.

— Sim. Nós, mulheres, talvez não de forma científica ou sistemática, somos especialistas em psicanálise e até em psicologia. Nossa intuição é um substituto da nossa falta de conhecimento dos métodos de pesquisa, e o nosso instinto evita que cometamos erros.

"Como ela gosta de falar e de se ouvir!...", pensou Dyzma.

— E é por isso — continuou Nina — que nós adivinhamos mais facilmente o código de leitura de livros fechados do que de abertos.

— Hum... — falou Nicodemo. — Mas por que se esforçar tanto em adivinhar se todos os livros podem ser abertos com tanta facilidade?

E achando que Nina, ao falar sobre livros fechados, tinha a intenção de lhe demonstrar como ler London através da capa do livro, acrescentou:

— Não existe nada mais fácil do que abrir um livro.

Dona Nina olhou em seus olhos e respondeu:

— Oh, não. Há livros que não suportam isso, e esses são os mais interessantes. Não podem ser lidos de outra forma a não ser através dos olhos da imaginação. O senhor não concorda?

— Para ser sincero, não sei — respondeu de pronto Nicodemo. — Eu, pelo menos, nunca me defrontei com um livro desses. Cheguei a ver várias edições caras e raras, mas sempre pude abrir e ler todas elas.

— O que é totalmente compreensível. O senhor certamente não pega em livros que não lhe interessam, enquanto aqueles que lhe interessam abrem-se sozinhos, como se movidos por uma força magnética. A força de vontade tem essas características.

Dyzma teve vontade de rir. "Que bobagens são essas que ela está falando?", perguntou-se mentalmente, enquanto dizia em voz alta:

— Mas para abrir um livro basta a força de um recém-nascido.

— E, no entanto, o senhor é uma pessoa de um caráter extremamente forte...

— Eu?! — espantou-se Dyzma.

— Sim, o senhor. Por favor, não tente induzir-me ao erro. Notei vários pontos que confirmam a minha interpretação — respondeu Nina, com um sorriso triunfante —, como, por exemplo, o fato de o senhor preferir London... Isso é um claro certificado de preferências! Por que não Paul Geraldy, Maurois, Wilde, Sinclair Lewis, Sienkiewicz, Mann ou Shaw, mas precisamente London, com sua poesia de silencioso heroísmo criador, com a potência da sua luta pagã, com sua apoteose do fadário!

Dyzma permanecia calado.

— Está vendo? Eu posso dizer de antemão que o senhor não gosta de Chopin, mas gosta de Brahms, que se sente mais próximo de Delacroix do que de Degas, de Lindbergh do que de Cyrano de Bergerac, do gótico e dos arranha-céus do que do barroco e do rococó...

Fitava-o com seus enormes olhos azul-celeste, parecendo uma criança que dizia: "Está vendo, titio, eu sei o que você tem escondido na mão!"

Dyzma não sabia o que responder. Fez uma careta e soltou um gemido de dor. Dona Nina começou a indagar com preocupação se a conversação não o cansara, porque se sim... talvez ele quisesse tirar uma soneca.

— Mas me diga antes, por favor, com toda sinceridade: eu acertei nas preferências do senhor?

"E eu lá sei?!", pensou Nicodemo, enquanto respondia espertamente:

— Em parte sim, em parte não.

— Então está ótimo — sorriu Nina. — E agora, vamos ler. Pode ser *O chamado selvagem*?

— Certamente.

Nina começou a ler. Era a história de um grande cão que fora roubado. Dyzma acompanhou ansiosamente a leitura, página a página, até o momento em que a polícia se meteu no caso do roubo. No entanto, quando a trama mudou de direção, começou lentamente a perder o interesse até ficar apenas ouvindo a melódica, suave e quente voz de dona Nina.

Começou a refletir sobre a conversa travada momentos antes, chegando à conclusão de que fora muito estranha. Aquela bela senhora parecia não estar se referindo a um livro... Lembrou-se da sala no apartamento do chefe da agência dos correios em Lysków, o senhor Boczek, de suas duas filhas, da senhorita Walaskowa, professora da escola primária, do jovem juiz Jurczak e dos demais membros da juventude dourada de Lysków. Naquela sala — mísera em comparação com a grandiosidade do palacete — estavam brincando de mímica, e a senhorita Lodzia Boczek estava sentada no centro e devia representar um livro! Sim, fora isso mesmo, e falavam dela uma porção de coisas; que era um livro de receitas, um volume de versos, um livro com aspecto interessante, mas que era melhor não abrir... Aha!

Então aquilo devia ter sido algo semelhante... certamente algo parecido. A dúvida era se aquela senhora lhe dizia coisas gentis ou desagradáveis. Provavelmente gentis, embora com esses grão-senhores a gente nunca possa ter certeza.

"E se ela estivesse interessada em mim?... Impossível."

A voz de Nina ondulava em sutis modulações; volta e meia tremia de emoção. Seus cílios faziam cair uma longa sombra sobre a alvura das faces; por entre os espessos cabelos brilhavam raios de sol que, atravessando a densidade das folhas das árvores, penetravam no quarto desenhando uma mancha de claridade no tapete. O quarto cheirava a lavanda e tília; os objetos e utensílios dourados brilhavam ostentando seu luxo; do teto coberto por arabescos pendia um pesado lustre, que faiscava com cristais cor de rubi.

"Meu Deus, quem poderia imaginar há apenas uma semana que eu, Nicodemo Dyzma, estaria neste quarto magnífico, deitado num leito luxuoso, com uma bela dama lendo um livro para mim!"

Cerrou os olhos e sentiu o corpo ser percorrido por um tremor frio.

"E se tudo isso não passar de um sonho, e se for apenas uma fantasia, e agora, quando abrir os olhos, eu enxergar as bolorentas e descascadas paredes do quarto dos Barcik, na rua Lucka? E quanto a essa voz? Não seria a de Manka, lendo o jornal para a senhora Barcik?"

De repente, a voz se calou, para voltar a soar de novo, baixinho:

— O senhor adormeceu?

Dyzma abriu os olhos e sorriu.

— Não, prezada senhora.

— A dor diminuiu? O senhor está melhor?

Nicodemo voltou a sorrir.

— A dor não diminuiu, mas estou muito melhor. Só o fato de a senhora estar aqui faz com que me sinta melhor.

Nina olhou para ele com tristeza e não respondeu. Nicodemo pensou que o maluco do irmão dela devia ter razão ao dizer que era infeliz. Como detectou uma possibilidade de verificar a autenticidade das demais informações prestadas por ele, indagou:

— A senhora tem algum dissabor?

— Acho que o senhor é o único nesta casa que pode dizer que é feliz.

— Por que o único?

— Porque nada o prende a ela... Meu Deus, o senhor pode fugir daqui a hora que quiser, e fugir para sempre — balbuciou Nina, com os lábios trêmulos e sinais de lágrimas nos cantos dos olhos. — E, certamente, fugirá...

— Não — negou categoricamente Nicodemo, pensando em seu salário —, gostaria de poder ficar aqui pelo maior tempo possível.

Nina corou.

— O senhor está sendo sincero?

— Lógico que estou sendo. Por que não haveria de estar?

— O senhor não fica assustado só de pensar em estar na companhia de pessoas tão infelizes?

— De modo algum. Ademais, por que a senhora deveria se sentir infeliz? Uma mulher jovem, sadia, rica e com vida confortável!

— Ah — interrompeu-o ela —, se é que isso pode ser chamado de vida!

Dyzma olhou para ela de soslaio.

— O seu marido não a ama?

— Marido? — respondeu Nina, com desprezo e nojo. — Marido... Eu preferiria que ele me odiasse. Além disso, o que ele e eu temos em comum? Ele está sempre ocupado em ganhar mais dinheiro e só pensa nisso... A gama dos seus interesses me é totalmente estranha e distante!... Quanto a ele mesmo, jamais tentou saber como me sinto e me compreender... Mas por que estou incomodando o senhor falando tudo isso?

— Falar faz bem.

— Senhor Nicodemo, diga-me: uma pessoa solitária, totalmente solitária, pode ser feliz?

— Não sei... Eu sou sozinho no mundo.

— O quê?! O senhor não tem ninguém? Nenhuma família?

— Pois é, ninguém.

— E isso não o deixa deprimido?

— Pelo jeito, não.

— Ah, é porque o senhor é um homem de caráter firme e fechado em si mesmo. O senhor não sabe o que é a solidão porque o senhor é uma unidade em si. Nem sei se o senhor seria capaz de compreender o vazio da solidão de uma pessoa frágil como eu.

— Mas a senhora tem a sua enteada.

— Ah, Kasia... Uma mulher...

Mordeu os lábios e, olhando para o livro aberto sobre os joelhos, disse:

— Saiba que há anos não me sinto tão à vontade com alguém como me sinto com o senhor... Não vejo nem compaixão ofensiva nem indiferença exótica no compadecimento do senhor... Eu não mantenho relações sociais com ninguém... O senhor é o primeiro com quem posso me permitir ter uma troca aberta de ideias sabendo que não serei mal interpretada.

Estava corada e falava com excitação. Àquela altura, Dyzma já não tinha dúvidas de que dona Nina estava interessada nele.

— O senhor não fica aborrecido por se ver arrastado para a órbita das minhas tristezas?

— De jeito nenhum.

— Mas como elas podem interessar ao senhor?

— Interessam, e muito.

— O senhor é muito gentil comigo.

— E a senhora, comigo. Não fique triste, pois tudo vai mudar. O fundamental é não se preocupar.

Ela sorriu.

— O senhor me trata como se eu fosse uma criança, acalmando-me com frases de efeito para eu parar de chorar. No entanto, é bom que saiba que a rudeza com frequência é um excelente remédio.

— Não é permitido render-se às desgraças; em vez disso, é preciso pensar em como remediá-las.

— No caso em pauta, não há remédio.

— Somos todos ferreiros do nosso próprio destino — disse Nicodemo, com convicção.

— Para ser um ferreiro é preciso ter mãos fortes, e veja como as minhas são fracas — respondeu Nina, estendendo-lhe a mão perfumada.

Dyzma pegou a mão e a beijou. Ela não largou a mão dele, apenas apertou-a com mais força.

— É preciso ter mãos fortes — falou —, como as suas... Com mãos assim pode-se forjar qualquer coisa... Às vezes, tenho a impressão de que não existem obstáculos para quem tem uma vontade férrea; diante dela nada é impossível, ela é soberana, capaz de quebrar aço, construir o futuro... E se não for egoísta, estenderá a mão, salvando esses pobres seres indefesos... Quanta poesia há no misterioso poder de um homem arrojado...

Retirou lentamente a mão das dele e disse:

— O senhor, na certa, deve achar que eu estou exaltada...

Dyzma não sabia como responder e retomou o infalível expediente que já usara antes: gemeu, fez uma careta de dor e agarrou o cotovelo.

— Está doendo?

— Muito.

— Estou com pena do senhor. Não seria melhor chamar um médico?

— Não, não precisa. Obrigado.

— Gostaria de poder ajudá-lo.

— A senhora tem um coração muito bom.

— E de que me serve isso? — perguntou ela com tristeza, pegando maquinalmente o livro. — Vamos voltar a ler?

— Será que não é muito cansativo para a senhora?

— Não, de forma nenhuma. Adoro ler.

Alguém bateu na porta e ouviu-se a voz de Kasia:

— Nina, posso falar com você por um instante?

— Desculpe-me — disse Nina, erguendo-se da cadeira. — Voltarei já.

Aos ouvidos de Nicodemo chegavam ecos das palavras irritadas de Kasia, depois tudo ficou em silêncio. Dyzma começou a analisar a situação. O fato de dona Nina sentir-se atraída por ele parecia mais do que confirmado. Que tipo de vantagem poderia obter com isso? Será que serviria para prolongar a manutenção do posto de administrador de Koborowo?

"Pouco provável", pensou. "Ela não tem influência alguma sobre o marido. Quando o velho se der conta de que não sei nada, vai me demitir sem apelação, e eu não posso ficar doente por toda a eternidade."

Estava um tanto espantado com o inesperado sucesso diante de uma dama tão distinta, mas aquilo não o fazia sentir-se especialmente feliz, nem mesmo orgulhoso. O cérebro de Nicodemo estava ocupado demais procurando um meio de se manter em Koborowo para que outros sentimentos, mais pessoais, o desviassem daquele pensamento absorvedor. Nina demonstrara considerá-lo digno dos seus desabafos. Nicodemo a achara atraente, assim como teria achado Kasia, Manka ou qualquer outra mulher jovem.

Até então, o coração de Nicodemo Dyzma jamais fora tocado pelo amor. As passagens românticas de sua vida resumiam-se a algumas ocasionais lembranças secundárias, que, aliás, não eram muitas. Agora, quando pensava em dona Nina, não previa nada, não fazia quaisquer projetos. Além disso, seu inato sentido de preservação o alertava contra passos mais ousados, que poderiam prejudicá-lo caso fosse flagrado pelo marido.

Dona Nina retornou bastante nervosa, e Nicodemo supôs que ela tivera uma conversa desagradável com Kasia. Voltou a ler, mas não trocaram mais nenhuma palavra até a hora do almoço, após o qual Nicodemo adormeceu e foi acordado somente com batidas à porta, ao anoitecer. Era Kunicki, demonstrando preocupação pela doença do visitante e querendo solicitar a presença de um médico. Dyzma teve grande dificuldade em fazê-lo desistir da ideia, assegurando-lhe que já estava melhor e que, no máximo em dois dias, estaria de pé.

— Ainda bem, ainda bem — alegrou-se Kunicki —, porque aquele Olszewski ainda vai me levar ao túmulo. O senhor nem pode imaginar o que ele anda aprontando. Reteve o envio da madeira sob a alegação de que eu não fiz o devido depósito. O valor do depósito era de 40.200 *zloty*. Esqueci aqueles malditos 200 *zloty*; juro por Deus que esqueci por completo, e aquele palhaço me atrasa todos os trabalhos por causa deles. Por causa de 200 *zloty*?! Não é de levar qualquer um à loucura?!

A indignação aumentava a rapidez de suas palavras. Ficou ainda por mais de uma hora falando dos inúmeros atritos que tinha com a Diretoria das Florestas do Estado, e concluiu a tirada expressando a esperança de que finalmente, graças ao querido senhor Dyzma, todas essas desgraças passassem a ser coisas do passado. Era imprescindível que o querido senhor Nicodemo viajasse a Varsóvia o mais rapidamente possível e tivesse uma conversa séria com o ministro Jaszunski.

Dyzma assegurou ao anfitrião que partiria para Varsóvia assim que conseguisse sair da cama.

— E o que o senhor acha, querido senhor Nicodemo? O senhor não terá dificuldades em resolver o problema? Quanto tempo vai ser preciso para tudo ficar resolvido?

— Tudo vai ficar bem — respondeu Dyzma —, não se preocupe. Talvez isso envolva alguns custos, mas pequenos.

— Custos? Não se preocupe com eles. Estou às ordens do senhor para supri-lo de dinheiro em espécie. Mas, mudando de assunto, como o senhor está se sentindo na minha casa? Não está se entediando?

Dyzma negou. Pelo contrário, estava achando tudo muito agradável.

— Há um detalhe que o senhor precisa saber: quando estiver resolvendo os nossos negócios em Varsóvia, não se esqueça de que Koborowo não está registrada em meu nome, mas no nome de minha esposa. Tive que fazer isso em função de alguns detalhes formais.

— Quer dizer — perguntou Dyzma, lembrando-se da conversa com Pomirski — que eu devo me apresentar em nome de sua esposa?

— Sim, embora o senhor possa também se apresentar em meu nome, já que sou o proprietário de fato, além de minha mulher ter me dado uma procuração de plenos poderes.

Dyzma teve vontade de perguntar se ele também não recebera notas promissórias, mas se conteve. O velho poderia ficar desconfiado. Enquanto isso, Kunicki começou a perguntar a Nicodemo o que ele achava da administração de Koborowo, mas foi obrigado a desistir, pois o doente teve um acesso de dor reumática tão forte que chegou a uivar e o seu rosto adquiriu uma aparência irreconhecível.

Após o jantar, Kunicki deu uma espiada no quarto de Dyzma, que fingiu estar dormindo. Durante a noite, Dyzma ficou pensando na inevitável viagem à capital, da qual dificilmente haveria motivos para retornar a Koborowo. Decidiu que procuraria o coronel Wareda e lhe pediria que arranjasse um encontro seu com o ministro.

Lembrou-se de Pomirski. Quem sabe se não seria uma boa ideia levar a tal carta. Se a tia daquele maluco tinha realmente tão boas conexões, talvez por meio dela algo pudesse ser obtido. Obviamente, em nenhum momento passou pela sua cabeça a ideia de que poderia resolver o problema de Kunicki. No entanto, queria criar uma impressão que mantivesse o dono de Koborowo convicto de que ele, Dyzma, era realmente amigo do ministro e que, se não agora, certamente mais tarde conseguiria convencê-lo a dispensar ou transferir Olszewski e alocar madeira das florestas do Estado em quantidade suficiente para satisfazer a ganância de Kunicki.

Suas divagações foram interrompidas pelo aparecimento de Nina. Estava mais triste e mais nervosa do que de costume, mas respondeu com um sorriso ao sorriso de Dyzma. Perguntou por sua saúde, queixou-se de uma dor de cabeça que não lhe permitira pregar olho durante a noite e, finalmente, perguntou:

— Disseram-me que o senhor vai viajar para Varsóvia. Vai ficar lá por muito tempo?

— Uma semana; no máximo, dez dias.

— Ah, Varsóvia... — murmurou Nina.

— A senhora gosta de Varsóvia?

— Não, não... Quer dizer, eu costumava gostar muito... ainda gosto, mas não gosto de mim lá.

— Entendo... E a senhora tem lá amigos, parentes?

— Não sei... Não! — negou após um momento de hesitação.

Nicodemo decidiu conferir a existência da tia Preleska:

— A senhora Preleska não é uma prima da senhora?

O rosto de Nina denotou tristeza.

— O senhor conhece a tia Preleska?... Sim, mas desde o meu casamento, o nosso relacionamento esfriou muito. Nem nos escrevemos mais... O senhor costuma visitá-la?

— De vez em quando. Pelo que me lembro, a senhora Preleska não suporta o senhor Kunicki, mas gosta muito da senhora.

— O senhor conversou com ela sobre mim?! Oh, por favor, me desculpe a indiscrição, mas o senhor tem que compreender que todas as minhas lembranças estão ligadas àquela casa e ao ambiente social da tia Preleska... O senhor a conhece, costuma frequentá-la...

— E por que a senhora não lhe faz uma visita?

— Ah... O senhor mesmo sabe. A figura do meu marido... Eles não conseguem me perdoar... — Virou a cabeça e acrescentou, quase sussurrando: — Assim como eu não consigo perdoar a mim mesma.

Nicodemo permaneceu calado.

— Estou envergonhada... por isso e por todos os meus desabafos... Sou muito frágil... muito apática... muito infeliz...

— Não desanime; tudo ainda vai acabar bem...

— Por favor, não tente me animar. Eu sei, eu sinto que encontrei na alma do senhor uma profunda e sincera ressonância. Afinal, conhecemo-nos tão pouco e, no entanto, tenho tanta confiança no senhor... Portanto, não precisa me consolar, pois a minha tragédia não tem solução. Basta que o senhor me compreenda.

— Mas por que a senhora diz que não há solução? A senhora não pode pedir o divórcio?

— Não consigo — respondeu, olhando para o chão.

— Aha, quer dizer que a senhora acabou se afeiçoando ao seu marido...

Os olhos de Nina faiscaram.

— Oh, não, não... — refutou enfaticamente. — Como o senhor poderia me acusar de uma coisa dessas?! Nada me liga a esse homem com alma de reles comerciante... A este ancião...

Em sua voz havia ódio e repugnância.

— Então por que a senhora disse que não consegue se divorciar dele? — espantou-se Dyzma.

— Eu não saberia viver na miséria... Além do mais, não posso pensar somente em mim.

— A senhora deve estar brincando — retrucou Nicodemo. — Esta propriedade vale milhões, e pertence à senhora.

— O senhor está enganado. Koborowo pertence ao meu marido.

— Mas o próprio senhor Kunicki me disse...

— Sim. Ela está registrada em meu nome, mas em caso de divórcio eu ficaria na miséria.

— Como isso é possível?

— Tive que entregar ao meu marido várias notas promissórias, cujo valor excede o de Koborowo.

— Ele as extorquiu da senhora?

— Não. Recebeu-as porque lhe eram devidas... por ter coberto as dívidas da minha família.

— Ah... Agora compreendo!

— Não falemos mais disso, por favor... Me causa muita dor. — Juntou as mãos e dirigiu a ele um olhar de súplica. — E mais uma coisa: quando o senhor estiver com a minha tia, por favor, não fale sobre mim. Está bem?

— Se é isso que a senhora quer... Embora...

— Por favor! Eu imploro! Aquele mundo não existe mais para mim e eu não tenho como voltar a ele... Vamos ler...

Pegou o livro e o abriu na página assinalada com o marcador. Começou a ler, mas antes mesmo de conseguir balbuciar algumas palavras, sua voz falhou e ela desabou em soluços.

— Não chore, não precisa chorar — repetia Dyzma, sem saber o que dizer.

— Meu Deus, meu Deus — soluçava ela —, o senhor é tão gentil comigo, tão bondoso... Por favor, me perdoe... São os nervos...

Ergueu-se de um pulo e saiu correndo do quarto.

"Não há mais dúvidas", pensou Dyzma, "a mulher se apaixonou por mim."

— Apaixonou-se — repetiu em voz alta e sorrindo, feliz.

Na mesinha de cabeceira havia um pequeno espelho. Dyzma pegou-o e durante muito tempo ficou olhando para o próprio rosto, um pouco espantado, um pouco curioso e um pouco contente consigo mesmo.

capítulo 6

O AUTOMÓVEL SEGUIA LEVE E DESIMPEDIDO PELA ESTRADA, conduzido pela experiente mão do motorista. Após a chuva do dia anterior, brilhavam aqui e ali pequenas poças d'água. A manhã estava encoberta.

Dyzma estava a caminho de Varsóvia. Viajava de carro em vez de trem, pois, segundo Kunicki, a posse de um automóvel de luxo daria maior representatividade ao administrador de Koborowo.

De fato, o delgado torpedo parecia feito sob medida para aquele fim: impressionava pelo luxo, brilhava de elegância, ofuscava com a ostentação dos acabamentos. O uniforme branco do chofer e o cobertor de pele de tigre que cobria os joelhos de Dyzma completavam o quadro. Dessa forma, a cada parada que faziam numa cidadezinha à beira da estrada, o magnífico carro era cercado por grupos de curiosos que olhavam não apenas para o automóvel como também para o grão-senhorial aspecto do passageiro nele aboletado.

Numa dessas paradas Dyzma tirou da pasta um envelope não lacrado. Era a carta do conde Pomirski para a senhora Preleska. Pegara a carta só por pegar e, agora, se pôs a lê-la:

Querida Titia!

Aproveito o fato de que em nossa Koborowo, arrancada de nós por aquele bandido Kunik, foi nomeado administrador-geral o Ilmo. Sr. Nicodemo Dyzma (da nobreza da Curlândia), no qual posso confiar totalmente, pois apesar da sua aparência, é um gentleman e meu colega de Oxford e me quer bem (o que era de se esperar) e não tem apreço por aquele patife Kunik (o que também era de se esperar), e escrevo à Queridíssima Titia para pedir que consulte a quem de direito e, com a ajuda das conexões do Ilmo. Sr. Dyzma, consiga me libertar desta prisão por meio de uma junta médica que declararia que não sofro das faculdades mentais e posso ser considerado responsável pelos meus atos, a fim de mover um processo contra Kunik por ter se apropriado indevidamente de Koborowo, o que poderá ser ainda mais facilmente conseguido caso a Querida Titia possa me fornecer todas as informações referentes às malversações daquele bastardo sobre as quais a Titia me falou e que se referiam a desvios de fundos no fornecimento de dormentes para trilhos de estrada de ferro e à apropriação indevida do nome "Kunicki" por meio da falsificação, mediante o pagamento de um suborno, de documentos que poderiam ser examinados por uma comissão, já que Kunik guarda todos os seus papéis num cofre de aço escondido atrás de uma cortina em seu quarto de dormir, o que me foi dito pelos empregados, que em grande parte me são dedicados, razão pela qual penso seriamente em realizar um coup d'état *caso não haja outra alternativa, quando matarei o patife pessoalmente, algo que não me dará prazer algum, pois, como a Titia bem sabe, eu gosto de caçar animais nobres, uma espécie à qual aquele porco, Kunik, não pertence. Se não num chiqueiro, mereceria ele estar numa prisão, para o que conto com a Querida Titia, pois eu, assim que recuperar a posse de Koborowo, pagarei de imediato toda a minha dívida e os respectivos juros que tenho com Titia, bem como tudo que devo a Zyzio Krepicki, e até me casaria com a senhorita Hulczynska, embora ela já não seja mais tão jovem e seja demasiadamente sardenta. Tudo para agradar à Titia, sobre o que o Ilmo. Sr. Dyzma está devidamente informado, de modo que peço que o consulte, pois ele também tem excelentes contatos em Varsóvia, principalmente nas esferas governamentais, o que não deixa de ser importante no meu caso. Termino a carta com sinceras desculpas por me estender e com sinceros beijos nas suas mãozinhas, na qualidade do seu eternamente amado sobrinho.*

George Pomirski

A letra era praticamente ilegível, e Dyzma levou mais de meia hora para destrinchar a carta. Ficou contente por Pomirski ter incluído o seu nome entre a nobreza da Curlândia, mas preocupado com a menção a ter estudado na Universidade de Oxford. Se por acaso alguém falasse com ele em inglês, tudo estaria perdido.

Para sermos exatos, Dyzma ainda não estava totalmente decidido a visitar a senhora Preleska. Se havia algo que o inclinava a isso, não era tanto a insistência do amalucado conde, mas as suas últimas conversas com dona Nina. Não revelou a ela as maquinações com seu irmão, mas, juntando as informações obtidas dos dois lados com algumas frases ditas por Kunicki, chegou à conclusão de que as pretensões de Pomirski não eram tão desprovidas de sentido como aparentavam ser.

Assim, caso ele fizesse um esforço e visitasse a senhora Preleska, talvez conseguisse aclarar a situação.

Havia ainda outras razões para fazer aquela visita, razões de ordem puramente pessoal: as conexões daquela dama, pertencente às esferas mais elevadas da sociedade. Conexões que poderiam ser úteis a Dyzma na solução dos problemas de Kunicki, da qual dependia o destino do seu cargo. E era sobre isso e sobre como encontrar o coronel Wareda que Dyzma pensava quando o carro chegou aos subúrbios de Varsóvia. Já anoitecia, e as luzes dos postes estavam se acendendo, parecendo saudar Dyzma.

— Um bom sinal — murmurou ele.

— Para o Europejski? — perguntou o chofer.

— Para o Europejski — confirmou Dyzma.

Após uma noite bem dormida, Nicodemo acordou animado e cheio de pensamentos positivos. Tomou o café da manhã e saiu para a cidade.

Do Ministério da Guerra enviaram-no ao Centro de Informações do Comando da Cidade, onde foi informado de que, durante o verão, o coronel Waclaw Wareda morava fora de Varsóvia, em Konstancim, numa vila chamada Haiti, e que costumava ir à cidade somente na parte da tarde.

Pela extraordinária gentileza com a qual lhe foram prestadas essas informações, Dyzma deduziu que o coronel Wareda devia ser um oficial muito importante. Ainda não eram dez da manhã, e Dyzma teve a ideia de procurar Wareda em Konstancim. Embora a estrada até lá fosse péssima, graças à força do motor e à perícia do chofer viajaram rápido e, em menos de meia hora, chegaram a seu destino. Não foi difícil achar a vila Haiti, um belo palacete com um amplo terraço que dava para um jardim. No terraço estava sentado um senhor de pijama, lendo um jornal. Quando o carro parou junto do portão, o homem se virou e Nicodemo reconheceu imediatamente o coronel, que, por sua vez, embora tivesse retribuído o cumprimento, olhava para o recém-chegado com olhos semicerrados. Foi somente quando Nicodemo abriu o portão que o coronel se ergueu e exclamou:

— Que vejo?! O verdugo de Terkowski! Seja bem-vindo, senhor Nicodemo! Por onde o senhor andou?

— Meus respeitos, coronel. Estive no campo, mas ontem cheguei a Varsóvia e, como me disseram que acharia o senhor coronel aqui...

— Bravo! Uma ideia excelente! O senhor aceita um café da manhã?

— Obrigado. Já tomei.

— Lógico. Vocês, senhores rurais, acordam com as galinhas.

O coronel realmente se alegrou com a chegada de Dyzma. Aquele homem lhe agradara muitíssimo, e o luxuoso automóvel no qual chegara lhe permitiria deixar de usar o desconfortável trem de Konstancim a Varsóvia.

— Andamos bebendo demais ontem à noite — disse — e achei que estaria de ressaca. No entanto, felizmente estou me sentindo muito bem.

De fato, o coronel estava alegre e animado; apenas seus olhos injetados indicavam a libação da noite anterior.

— Eu disse "felizmente" — esclareceu — porque precisamos regar com bastante vodca a chegada do senhor. O seu incidente com Terkowski deu o que falar e, imagine o senhor, serviu para amenizar um pouco aquele palhaço.

— Eeee, o coronel está exagerando...

— Juro por Deus. Aquela besta, somente por ter sido nomeado chefe do gabinete do premier, virou um semideus. Até se defrontar com o senhor, ele achou que todos iriam se prostrar diante dele.

— E o que tem feito o ministro Jaszunski?

— Então o senhor não sabe? Está em Budapeste, participando de uma reunião de ministros da Agricultura.

— É uma pena.

— Por quê? O senhor tinha algum assunto para tratar com ele?

— Sim, mas nada muito importante.

— Então o senhor vai ter que passar alguns dias em Varsóvia. Pelo menos teremos o prazer de sua companhia. Jaszunski menciona o senhor com frequência...

Dyzma olhou para o coronel com claro espanto, ao que este acrescentou:

— É verdade. Juro por Deus. O que foi mesmo que ele disse sobre o senhor? Um momento, um momento... aha! "Esse senhor Dyzma tem a forma correta de abordar a vida: agarra-a pela crina e lhe dá um murro no focinho!" Que tal? Jaszunski tem lá as suas máximas! Já lhe sugeri que as publicasse em um livro de aforismos.

Pelas revelações do coronel, Nicodemo descobriu que a posição de Jaszunski era periclitante, pois estava sendo atacado tanto pelos grandes produtores rurais quanto pelas associações de pequenos agricultores, enquanto Terkowski e a sua gangue não paravam de sabotá-lo sempre que podiam. A agricultura passava por uma crise e não havia solução à vista. Seria uma pena se Jaszunski perdesse o posto ministerial, pois tinha boa cabeça e, além do mais, era um grande amigo.

A conversa passou para os assuntos de Dyzma, e o coronel perguntou:

— O senhor não é sócio ou vizinho daquele tal Kunicki?

— Tanto sócio quanto vizinho — respondeu Dyzma —, além de ter uma procuração da sua esposa.

— Ah, é? Não diga! Daquela condessa Pomirski? É uma loura bonita, não é verdade?

— Sim.

— Ouvi dizer que ela não se dá muito bem com o tal Kunicki.

— Ouviu certo.

— Cá entre nós, não é de se estranhar, já que aquele velho não parece ser interessante. O senhor deve saber disso melhor do que eu.

— Sim, mas o que se há de fazer?

— Compreendo, compreendo — confirmou o coronel. — Negócios são negócios. O senhor não vai ficar chateado se eu me vestir diante do senhor?

— Por favor, fique à vontade.

Foram até o quarto e o coronel teve a ideia de oferecer ao visitante um coquetel que acabara de inventar. O ordenança trouxe o uniforme e, meia hora depois, Wareda estava pronto.

Entraram no automóvel e o coronel examinou encantado cada detalhe. Deveria ser entendido em motores, pois entabulou uma conversa com o chofer, na qual vez por outra Nicodemo ouviu palavras técnicas que lhe eram totalmente desconhecidas.

— Que automóvel fantástico — repetia Wareda, sentando ao lado de Dyzma. — O senhor deve ter pago uma fortuna por este carrinho. Em torno de uns 8 mil dólares?

O carro partiu, e Nicodemo aproveitou que o ronco do motor abafava suas palavras para responder:

— He, he, he, e mais um pouquinho.

No caminho, combinaram que se encontrariam ao anoitecer, para jantarem no Oásis.

— É o melhor lugar para jantarmos, pois lá estarão muitos conhecidos. O senhor conhece Ulanicki?

Dyzma não conhecia, mas, temendo que se tratasse de alguém muito importante, respondeu que conhecia somente de nome.

Depois de deixar o coronel no Comando da Cidade, Nicodemo retornou ao hotel, ordenando ao motorista que o viesse buscar às dez da noite. Foi até o café, onde, tendo encontrado com dificuldade uma mesinha, pediu um chá e ficou refletindo sobre o que fazer até o fim do dia, mas nada lhe vinha à cabeça. Não conhecia ninguém em Varsóvia; pelo menos ninguém que, na sua posição de administrador, gostaria de encontrar. Só de pensar nos Barcik ficou todo arrepiado. Para ele, a lembrança daquele quarto abafado tinha a mesma simbologia da triste realidade à qual ele teria que retornar, como o fora a suja saleta da agência dos correios em Lysków. Sabia que a sua bela aventura iria terminar mais cedo ou mais tarde e preferia não pensar naquilo. No entanto, como o fato de não ter o que fazer levava seus pensamentos àquela soturna realidade, resolveu ir para o quarto. Uma vez lá, lembrou-se da carta de Pomirski. Tirou-a da pasta e a releu.

— Muito bem — disse em voz alta. — Irei visitar a titia...

Naquele dia, dona Josefina Preleska levantou-se da cama com o pé esquerdo. Tal axioma foi confirmado por unanimidade às dez horas na cozinha, e às onze a casa inteira estava tão agitada como se não se tratasse apenas do pé esquerdo, mas de ambos.

Ao meio-dia, a distinta residência da distintíssima dama já era um triste quadro de caos e pânico, no qual as antigualhas efetuavam movimentos estranhos, mudando de um lugar para outro até desabarem por completo, com suas raquíticas pernas estilísticas viradas para cima. No meio da agitação dos empregados, a senhora Preleska cavalgava pela casa como uma Valquíria num campo de batalha, com as abas do penhoar mais parecendo as asas de um albornoz.

No salão uivava um aspirador de pó, no pátio ouviam-se as batidas desferidas nos tapetes persas. As janelas ora eram abertas — pois não era possível suportar um ar tão abafado — ora eram fechadas com estrondo, já que as correntes de ar eram de arrancar cabeças.

Para completar o caos, o telefone não cessava de tocar e dele desabavam torrentes de palavras cortantes como chicotes.

Foi exatamente numa situação dessas que a campainha tocou. Aquilo já era demais, e dona Josefina foi abrir a porta pessoalmente, sob os olhares apavorados dos serviçais, que, àquela altura, entregavam à proteção divina o infortunado visitante.

A porta foi aberta com violência, e do interior da casa emanou uma pergunta que mais parecia um tiro de canhão:

— O que foi?!

Aquela forma desagradável de cumprimentar não perturbou Nicodemo. Pelo contrário, sentiu-se mais seguro de si, pois tanto o tom quanto a aparência daquela dama lhe lembraram a sua própria esfera social.

— Vim visitar a senhora Josefina Preleska.
— O que você quer com ela?
— Trata-se de assunto pessoal. Diga-lhe que quem está aqui é um colega do seu sobrinho.
— Qual sobrinho?
— O conde Pomirski — respondeu, com empáfia, Dyzma.

O efeito daquela declaração foi inesperado. A desleixada dama esticou os braços diante de si como se estivesse se defendendo de um assaltante e gritou a plenos pulmões:

— Não vou pagar! Não vou pagar um centavo sequer pelo meu sobrinho! O problema é de quem lhe emprestou!
— Como?! — espantou-se Dyzma.
— Por que o senhor não procura o cunhado dele? Eu não darei nem um tostão, nem um tostão! Isso é inaceitável! Todos vêm me procurar; isso é um assalto à mão armada!

Dyzma não aguentou. Seu rosto ficou vermelho de raiva e ele explodiu:

— Com mil demônios! Por que a senhora está berrando como um bezerro desmamado?!

A senhora Preleska ficou petrificada, como se tivesse sido atingida por um raio. Seus olhos se arregalaram, encolheu-se toda e olhou apavorada para o intruso.

— Ninguém quer dinheiro da senhora, e se quer alguma coisa, é exatamente devolver! — completou Dyzma.
— O quê?!
— O que acabei de dizer: devolver!

— Quem? — indagou a dama, com crescente espanto.

— E quem a senhora acha que poderia ser? O xá da Pérsia? O sultão da Turquia? O meu amigo, sobrinho da senhora.

Dona Josefina levou as duas mãos à cabeça.

— Queira me desculpar — falou, desolada. — É que amanheci com uma dor de cabeça insuportável, e os criados me levaram à loucura; por favor, me perdoe!... Entre, por favor, seja bem-vindo.

Dyzma entrou num aposento no qual metade dos móveis estava de pernas para o ar. A madame arrastou pessoalmente uma poltrona para perto da janela e pediu que ele se sentasse, desaparecendo por mais de meia hora.

"Mas que mulher horrível", ficou pensando Dyzma. "Não devia ter vindo. Está claro que a tia é ainda mais maluca que o sobrinho. Deveria agir como uma grande dama, mas comporta-se como uma ajudante de cozinha..."

Levou muito tempo para se acalmar, mas quando o fez se arrependeu por ter falado da intenção de Pomirski de pagar as suas dívidas.

"Ela sabe que o sobrinho é louco, e é capaz de achar que eu também seja."

Finalmente a grã-dama reapareceu. Trajava um belo penhoar purpúreo, os cabelos estavam penteados e sobre o carnudo nariz e as bochechas salientes havia uma espessa camada branca de pó de arroz, ainda mais destacada pelo brilhante carmim do batom que lhe cobria os lábios.

— Peço mil desculpas — começou imediatamente —, estou realmente à beira de um ataque de nervos. Sou Preleska...

Estendeu a Dyzma a mão comprida e magra, que Nicodemo beijou, declinando o seu sobrenome.

A dama começou a cobri-lo de tantas perguntas, ditas em tal velocidade, que Dyzma não teve condição de responder a nenhuma delas. Diante disso, tirou do bolso a carta de Pomirski e entregou-a à mulher, que a pegou e exclamou:

— Meu Deus, esqueci o meu *lorgnon*. Frania, Frania, Antoni! Frania! — gritava como uma alucinada.

Ouviu-se um tropel de passos e, momentos depois, uma camareira trouxe um par de óculos com armação de ouro. Ao ler a carta, a senhora Preleska enrubescia frequentemente e interrompia a leitura a toda hora para pedir mais e mais desculpas a Dyzma.

A carta causou-lhe uma profunda impressão. Releu-a mais de uma vez e declarou que a questão era de fundamental importância, não só pelo fato de Jorginho querer lhe pagar o que devia, mas de forma geral. Pediu mil detalhes sobre como estavam as coisas em Koborowo, como se sentia "aquela infeliz Nininha", qual era a situação financeira "daquele ladrão do Kunik", e concluiu o interrogatório perguntando ao distinto senhor o que ele achava daquilo tudo.

O distinto senhor não achava nada, e respondeu:

— E eu lá sei? Acho que vai ser preciso consultar um advogado.

— Excelente ideia, excelente ideia — falou dona Josefina, com profunda admiração pelo tino de Nicodemo. — Mas talvez fosse melhor antes conversarmos com o senhor Krepicki. O senhor o conhece?

— Não. Quem vem a ser ele?

— É um homem muito capaz e conhecido nosso de longa data, apesar de ser muito jovem. O senhor está hospedado num hotel?

— Sim.
— E não recusaria um convite para um almoço amanhã? O senhor Krepicki vai estar presente e poderemos discutir toda a questão com ele.
— A que horas?
— Às cinco, se for do seu agrado.
— Muito bem.
— E, por favor, perdoe-me a forma descortês com a qual o recebi. O senhor não está ressentido comigo?
— De forma alguma — respondeu Nicodemo.

Olhando mais atentamente para dona Josefina, constatou que, no fundo, ela era até simpática. Poderia ter cerca de 50 anos, mas sua esbelteza e a vivacidade dos seus movimentos faziam-na parecer mais jovem. Acompanhou Dyzma até a antessala e despediu-se dele com um sorriso encantador.

"No meio desses grã-finos", pensava Dyzma ao descer as escadas, "nunca se sabe o que esperar."

Entrou no restaurante mais próximo e almoçou. Aquilo foi agradável, pois finalmente comia sozinho e podia se sentir à vontade, sem se preocupar com o que devia ser comido com a colher e o que com o garfo.

Da visita à senhora Preleska ficara-lhe a impressão de que tudo terminaria em conversas sem fim e que as esperanças do conde Pomirski dariam em nada.

"Aquele Kunicki não é tolo. Não vai ser fácil encontrar uma brecha para atacá-lo. Ele é um espertalhão!..."

Por um momento chegou a cogitar a conveniência de contar tudo a Kunicki, mas concluiu que o melhor a fazer era manter a boca fechada. Além disso, não lhe agradava a ideia de denunciar Pomirski, sabendo de antemão que aquilo causaria grande desgosto a dona Nina, uma mulher tão simpática e gentil...

Olhando pela janela do restaurante notou o anúncio luminoso de um cinema. Há quanto tempo ele não via um filme! Olhou para o relógio — tinha ainda cinco horas para matar. Não precisou pensar muito. Saiu do restaurante e comprou um ingresso.

O filme era extraordinariamente bonito e comovente. Um jovem salteador apaixona-se por uma linda jovem, que é raptada por outro bando e, após mil peripécias e lutas, o herói consegue resgatá-la. No final, casa-se com ela, e o casamento é celebrado pelo pai da noiva, um padre grisalho com um benigno sorriso no rosto.

Aquele detalhe provocou certas objeções da parte de Nicodemo, que acabaram se desfazendo diante do argumento de que aquilo tudo acontecera na América e que lá, evidentemente, um padre podia ter filhos.

O filme fora tão encantador que Dyzma ficou por duas sessões. Quando saiu do cinema, as ruas já brilhavam com milhares de luzes e multidões passeavam pelas calçadas. Foi caminhando a pé até o hotel, diante do qual já de longe pôde reconhecer o magnífico automóvel de Kunicki.

"O meu automóvel", pensou e sorriu.

— E então? — perguntou ao motorista, em resposta à reverência deste.

— Nada, meu senhor.

— O que o senhor fez durante esse tempo todo?

O chofer respondeu que estivera visitando parentes, pois ele mesmo provinha de Varsóvia. Conversaram um pouco, em seguida Dyzma voltou ao hotel e trocou de roupa, vestindo camisa e colarinho novos.

"Hoje tenho que estar muito elegante, e para cooptar o coronel vou mandar trazer champanhe", pensou.

Quinze minutos depois, chegava ao Oásis. O salão estava praticamente vazio.

"Cheguei cedo demais", constatou.

Ordenou que lhe trouxessem vodca e alguns tira-gostos. O garçom, intitulando-o "ilustríssimo senhor", guarneceu imediatamente a mesa com diversos acepipes, enquanto outros dois garçons traziam enormes travessas com interminável variedade de peixes, frios, patês etc.

Nicodemo ficou comendo devagar, aguardando a chegada do coronel. A orquestra começou a tocar e o salão foi se enchendo aos poucos. Finalmente, quando já passava das onze, chegou o coronel Wareda acompanhado por um homem atarracado em trajes civis.

— Oh! O senhor já está aqui? — exclamou. — Chegou há muito tempo?

— Não... — respondeu Dyzma. — Apenas uns 15 minutinhos.

— Permitam que os apresente: senhor Dyzma, diretor Sumski. — O coronel fez as devidas apresentações. — Já já virá o nosso querido Jaś Ulanicki.

— Ah, aquela mina de pilhérias? — alegrou-se Sumski. — Que ótimo!

— Os senhores não podem imaginar o que ele aprontou quando estivemos em maio em Krynica.

— O que ele fez?

— Na nossa pensão estava hospedado um certo Kurkowski ou Karkowski, um daqueles tipos que os senhores conhecem: sabichão, gentleman, expert em tênis, Byron, Baudelaire, Wilde, Grande Canal, Cassino de Monte Carlo, línguas estrangeiras, variedades de vinho, tipos de seda... Em outras palavras: um sedutor profissional e um chato de galocha. As mulheres estavam doidinhas por ele, e a conversação à nossa mesa sempre acabava se transformando numa espécie de monólogo ou preleção daquele idiota, com aforismos em dez línguas diferentes.

— Conheço esses tipos — exclamou Sumski —, e se aquele estava sempre munido de um guarda-chuva e gaguejava levemente, sou capaz de apostar que era alguém do Ministério das Relações Exteriores.

O coronel soltou uma gargalhada.

— Parece que você adivinhou. Juro por Deus que ele não se separava do seu guarda-chuva.

— Muito bem, mas continue o seu relato.

— Pois bem. Lá pelo quinto ou sexto dia, quando estávamos indo almoçar, Jaś diz: "Não vou continuar aguentando isso." É bom salientar que o seu lugar à mesa era *vis-à-vis* àquele bobalhão, que começou a se exibir quando serviram a sopa e continuou se exibindo até ser servido o prato principal. Olho para Jaś, mas ele permanece calado e submisso, enquanto o outro, sorridente e distinto, continua cativando a plateia. Lembro-me de que ele estava começando a descrever as cores que estariam na moda na próxima estação, quando o meu Jaś colocou de lado a faca e o garfo, ergueu-se levemente da cadeira e, inclinando-se sobre a mesa na direção do sedutor, gritou: "Huuuuu!..."

Dyzma e Sumski não conseguiram conter o riso.

— Como? — perguntou Sumski. — Simplesmente "huuuuu"?

— "Huuuuu", e nada mais, e você sabe quão grave é a voz de Ulanicki. Vocês não podem imaginar a consternação. O bobalhão ficou vermelho como um tomate e calou a boca como se tivesse sido atingido por um raio. A sala de jantar ficou num silêncio sepulcral, todas as cabeças abaixadas. De repente, alguém não aguentou e explodiu numa gargalhada. Aquilo pareceu uma senha e todos se puseram a rir. Juro por Deus que nunca supus que as pessoas pudessem rir tanto.

— E o que fez Jaś?

— Jaś? Jaś não fez nada; apenas se pôs a comer o prato principal.

— E o bobalhão?

— Coitado. Não sabia se devia se levantar ou permanecer sentado. Finalmente se levantou e saiu, partindo de Krynica naquele mesmo dia.

O restaurante já estava completamente cheio. Entre as mesas cobertas de toalhas brancas deslizavam silenciosamente os negros fraques dos garçons, enquanto a orquestra tocava um tango sensual.

Já estavam terminando o jantar quando apareceu Ulanicki.

Era um homem de tamanho descomunal, com um rosto que lembrava um escudo no qual fora colado um pepino de grandes proporções e quatro tufos de cabelos negros como piche. Os bigodes e as sobrancelhas estavam em constante movimento, em oposição aos olhos, pequenos e aparentemente fixos num distante ponto no espaço.

Quando ele se sentou, Nicodemo, que já bebera bastante, falou:

— O coronel acabou de nos contar a sua história em Krynica. Parabéns! O senhor deixou aquele palhaço numa saia justa!

Os pelos na face do homem se agitaram violentamente.

— Aquilo não foi nada! O senhor fez uma coisa muito melhor. Não foi o senhor que deu um corretivo naquele idiota do Terkowski?

— Sim, sim — confirmou Wareda. — O senhor Dyzma é um tipo e tanto. Algo me diz que vocês vão se dar muito bem. À saúde de vocês!

Beberam bastante. Quando, bem depois da meia-noite, subiram para o *dancing* e pediram champanhe, já estavam embriagados. A orquestra tocava jazz, e Dyzma convidou uma das jovens de uma mesa vizinha para dançar. Os demais ficaram olhando com aprovação para seus volteios, e quando ele retornou à mesa declararam que era um excelente companheiro e... Que tal beberem um *bruderszaft*? Diante da ausência de oposição de todas as partes, o solene ato foi executado ao som de uma marcha triunfal executada pela orquestra a pedido do coronel Wareda.

Já amanhecia quando os quatro cavalheiros ocuparam seus lugares no carro de Kunicki. Primeiro, levaram o coronel para Konstancim. Quando lá chegaram, o chofer acordou os passageiros. Sumski despediu-se calorosamente de Dyzma, pois não estava com vontade de voltar para Varsóvia.

— Vou dormir aqui, na casa de Wacek. Tchau, caro Nico... Tchau...

Dyzma levou Ulanicki até sua casa, depois retornou ao hotel. Ao se deitar na cama, tentou fazer um resumo mental dos acontecimentos da noite anterior, mas o zumbido na sua cabeça, acrescido de um acesso de soluços, fez com que desistisse da ideia.

Acordou depois do meio-dia, com uma forte dor de cabeça. Foi somente então que notou que dormira totalmente vestido, graças ao que seu terno tinha a aparência de um pano velho e amassado. Ficou chateado consigo mesmo, apesar de se dar conta de que a bebedeira com o coronel e os dois dignitários iria facilitar seu acesso ao ministro.

Lembrou-se de que aceitara um convite para almoçar na residência da senhora Preleska e teve que entregar o terno para ser passado.

Quanto a Kunicki, enviou-lhe um telegrama informando que devido à ausência do ministro em Varsóvia se via forçado a prolongar a estada na capital.

Foi para o almoço de carro. As janelas da residência davam para a rua e talvez alguém visse o automóvel, aumentando assim o seu prestígio.

A bem da verdade, não sabia o que falar com a tia de Pomirski e com aquele Krepicki, e, se aceitara aquele convite, fizera-o movido por curiosidade e pela atração de visitar uma residência grão-senhorial.

Já à porta notou que em sua visita anterior a casa não estivera no seu estado natural. Agora, tinha um aspecto sério, cheio de ordem, silêncio e dignidade. Embora não pudesse se comparar em luxo ao palacete de Koborowo, tinha em si algo incognoscível, que deixava Dyzma ainda mais impressionado.

O mordomo abriu a porta do salão e, após alguns minutos, apareceu a senhora Preleska, dessa vez com a aparência de uma autêntica grande dama; atrás dela, adentrou o salão um homem de uns 35 anos.

— Senhor Krepicki, senhor Dyzma — apresentou a senhora Preleska.

Krepicki cumprimentou o visitante de forma respeitosa. Seus gestos afetados, sua ostensiva liberdade naquele ambiente e o tom nasalado da sua voz desagradaram de imediato a Dyzma, embora fosse obrigado a admitir que Krepicki era muito bem-apessoado, ainda mais do que o secretário do tribunal de Lysków, o senhor Jurczak, conhecido por partir corações femininos em toda a província.

— Estou extremamente feliz por travar conhecimento com o distinto senhor, sobre quem tive a fortuna de ouvir tanto — disse Krepicki, sentando-se e erguendo pelo vinco uma das pernas da calça.

Dyzma decidiu tomar muito cuidado com aquele homem que desde o primeiro momento lhe parecera muito esperto e dissimulado. Sendo assim, respondeu esquivamente:

— As pessoas tendem sempre a exagerar.

— Queira me desculpar — falou a senhora Preleska —, mas acabei de saber do senhor Krepicki que o senhor é um político de renome. Fico até encabulada em confessar que nós, mulheres, somos tão ignorantes em assuntos ligados à política.

— Oh, também não precisamos exagerar... — refutou Krepicki, suspendendo a outra perna da calça.

Dyzma, sem saber o que dizer, apenas pigarreou.

Foi salvo pelo mordomo, que veio anunciar que o almoço estava servido. Durante o almoço, a senhora Preleska e Krepicki, a quem ela ora chamava pelo sobrenome ora de "senhor Zyzio", começaram a fazer perguntas a Dyzma sobre Koborowo. A senhora Preleska demonstrava mais interesse pelas relações "da infeliz Nina" com o irmão e o marido, enquanto o senhor Zyzio cobria Dyzma de perguntas referentes às receitas de Kunicki e ao valor de seus bens. Dyzma esforçava-se para responder da forma mais sucinta possível, temendo revelar quão pouco sabia daquelas questões.

— Na opinião do distinto senhor, a doença de Jorge é tão evidente que nem se pode pensar na possibilidade de obter o seu direito de autogestão?

— Não sei... Que ele é maluco, não resta dúvida, mas talvez possa exercer algum controle sobre si mesmo...

— A sua observação é mais do que correta — disse a senhora Preleska. — A doença de Jorge consiste na falta de meios para refrear seus impulsos, mas estou convencida de que quando ele compreender a importância de manter o controle sobre sua língua, poderá fazer isso, nem que seja por pouco tempo.

— É verdade — confirmou Dyzma.

— A única dúvida que tenho — continuou a senhora Preleska — é se Nina vai concordar com os nossos planos.

— E por que ela deveria conhecê-los? — indagou Krepicki.

— Vamos fazer tudo às escondidas. O mais importante é encontrar meios adequados de pressionar o Ministério da Justiça, mas não creio que devamos nos preocupar com isso, já que o destino nos trouxe um aliado do porte do senhor, não é verdade?

— Ah, que golpe de sorte — exclamou a senhora Preleska — Jorge ter encontrado o senhor, exatamente o senhor, seu colega e amigo!

O café foi servido numa saleta à parte. Krepicki pegou um bloco e um lápis e falou:

— Tomei a liberdade de fazer uma espécie de resumo. Posso lê-lo? A meu ver, a questão se apresenta da seguinte forma: sabemos que o impostor Leon Kunik, de 60 anos, filho da lavadeira Genoveva Kunik, nascido em Cracóvia, acusado de receptação, o que pode ser comprovado nos arquivos da polícia de Lwów, passou a ocupar-se de agiotagem e, na condição de agiota, envolveu-se com a família Pomirski, arrancando-lhe fraudulentamente a propriedade...

— A senhora Kunicki — interrompeu-o Nicodemo — afirma que isso não foi feito de forma fraudulenta.

— Sim, sem dúvida, mas cada coisa pode ser interpretada das mais variadas formas. He, he, he... Se o procurador receber as devidas instruções de cima, na certa encontrará um jeito de comprovar uma fraude... Sabemos também que Kunik obteve, há nove anos, novos documentos de identidade, nos quais o seu sobrenome foi trocado para Kunicki e foi encontrado um nome para um pai que não existia. Só isso em si já é um crime. Ademais, aquele processo referente ao fornecimento de dormentes para estradas de ferro foi totalmente irregular. Infelizmente, àquela época não foi possível esclarecer o caso, muito menos provar que os dormentes nem chegaram a existir. Kunicki apresentou documentos que comprovavam sua inocência, mas não há dúvida de que os documentos em questão foram obtidos de forma desonesta. O funcionário da estrada de ferro que os emitiu fugiu e evaporou como cânfora. Tudo isso pode ser desenterrado e levado novamente às barras do tribunal. O que os senhores acham?

— Concordo plenamente! — exclamou a senhora Preleska.

— Tenho a mesma impressão — falou Dyzma, olhando desconfiado para o anguloso rosto de Krepicki. A incessante movimentação dos seus músculos indicava constante vigilância e prontidão.

Krepicki passou a ponta da língua no lábio superior e acrescentou:

— O mais importante de tudo é tirar dele a posse de Koborowo. E é aí que eu vejo o primeiro problema. Embora a senhora Nina seja a proprietária nominal daquele lugar, não acredito que vá concordar com isso.

— Posso lhe garantir que ela não concordará — confirmou Dyzma.

— Pois é — continuou Krepicki. — Diante disso, só nos sobra uma saída: a de Jorge mover um processo, acusando Kunicki de obrigar sua esposa, irmã do acusador, a fazer declarações falsas.

— Hummm...

— Acontece que Jorge só poderá fazer tais acusações quando for declarado são, por isso é que precisamos começar pela obtenção, das autoridades competentes, da determinação para que o estado da saúde mental de Jorge seja novamente examinado. Consultei um advogado, e ele me disse que, em tese, essa revisão é factível, desde que seja requerida por um parente de Jorge.

— Eu não farei isso por nenhum dinheiro do mundo! — objetou a senhora Preleska. — Já tive dissabores demais. Só faltava o meu sobrenome ser mencionado na imprensa marrom...

— Muito bem, dona Josefina — respondeu Krepicki, sem esconder a irritação na voz. — Nesse caso, suponho que a senhora acha que isso deva ser feito por Nina.

— Isso está fora de questão — falou Dyzma. — Dona Nina não mexerá um dedo.

— E Jorge não tem outros parentes — observou Krepicki, erguendo o dedo indicador, munido de uma unha comprida e brilhante.

— Tanto faz; só sei que eu não vou me meter nessa história — respondeu a senhora Preleska.

O rosto de Krepicki adquiriu uma expressão desagradável.

— Pois bem — falou friamente. — Sendo assim, não temos o que falar. A senhora está abrindo mão dos 40 mil que Jorge deve à senhora e a mim, bem como tornando inviável qualquer perspectiva de casamento para Biba Hulczynska.

— É que eu não posso, não posso! — defendia-se teimosamente dona Josefina.

— A questão não é tão premente assim — falou Nicodemo. — Podemos deixá-la para outra ocasião...

— E quem sabe entrementes não surge uma solução? — acrescentou, com alívio, a grande dama.

Krepicki ergueu-se de um pulo.

— Entrementes, entrementes! — exclamou. — Enquanto isso, eu estou precisando de dinheiro!

— Vou ver se consigo algum para o senhor — murmurou timidamente a senhora Preleska.

— Ah, sim — falou Krepicki, fazendo um gesto depreciativo com a mão —, mais uns 500 ou mil *zloty*.

Dona Josefina corou.

— Talvez o senhor possa deixar esse assunto para depois — falou. — Não creio que ele possa interessar ao senhor Dyzma.

— Desculpe — sussurrou Krepicki.

— Posso servir mais um pouco de café aos senhores?

Encheu as xícaras e acrescentou:

— Quem sabe o senhor Dyzma não consegue convencer Nina? Afinal, ela não suporta aquele marido. O senhor parece um homem que sabe quebrar resistências e dobrar o caráter de pessoas...

— Sim, mas o que o senhor Dyzma ganharia com isso? — falou cinicamente Krepicki.

— Senhor Zyzio! — exclamou a senhora Preleska. — O senhor Dyzma é um amigo de Jorge, não é verdade? E isso deveria ser um motivo mais do que suficiente.

Krepicki fez uma careta.

— Vamos ser sinceros... Eu não acredito em arranjos platônicos. Espero que o senhor me perdoe, mas realmente não acredito. E sendo assim, acho que o senhor, sendo um homem... hum... real, tem a mesma postura. Portanto, falemos claramente: Jorge interessou o senhor financeiramente nessa questão?

— O que o senhor quer dizer? — perguntou Dyzma.

— Se ele lhe interessou.

— Ainda não entendi... O senhor quer saber se ele prometeu me pagar?

A senhora Preleska, convencida de que Dyzma se ofendera, começou a pedir-lhe desculpas e a esclarecer que tal pensamento jamais passara pela cabeça do senhor Krepicki. Este, notando que se excedera, também caiu em si e alegou que estivera pensando apenas nas despesas nas quais o mui distinto senhor poderia ter incorrido ao tratar dos interesses de Jorge.

Ao constatar que poderiam surgir outros mal-entendidos, a senhora Preleska sugeriu adiar a conversa decisiva para outra ocasião e, ao descobrir que Dyzma iria ficar em Varsóvia por algumas semanas, convidou-o para uma partida de bridge na terça-feira seguinte. Dyzma agradeceu, dizendo que não sabia jogar bridge, mas ao lhe ser assegurado que ninguém o forçaria a jogar, concordou em comparecer.

— Haverá algumas dezenas de pessoas — dizia a senhora Preleska —, e entre elas o senhor certamente encontrará vários conhecidos seus, já que costumam vir o general Rozanowski, o ministro Jaszunski, o presidente Grodzicki e o vice-ministro Ulanicki.

— E o coronel Wareda? — perguntou Dyzma.

— Costumava comparecer. O senhor o conhece?

— Sim, é um grande amigo.

— Bem, nesse caso, vou me esforçar para que ele esteja presente. É um homem muito bem relacionado, e, se não me engano, o procurador Wazek é casado com a primeira esposa dele...

— Sim, sim — confirmou Krepicki. — E Wazek poderá ser muito útil no desenrolar da nossa questão.

Quando Dyzma começou a se despedir da senhora Preleska, Krepicki se levantou, dizendo que também tinha de partir, pois precisava ir ao centro da cidade.

— Nesse caso, posso dar uma carona ao senhor — falou Dyzma. — Meu automóvel está parado diante do portão.

A senhora Preleska tentou de todo jeito reter Krepicki, mas ele se negou terminantemente.

— Não posso. Virei na hora do jantar. Tchau!

— O senhor e a senhora Preleska são aparentados? — perguntou Dyzma quando ambos saíram para a rua.

— Não. Ela é apenas uma amiga de longa data. Fui muito amigo do marido dela.

— Quer dizer que o marido de dona Josefina não está mais vivo?

— Vivíssimo — respondeu Krepicki, piscando um olho —, só não sei com quem. Vive no estrangeiro. Mas que carro fantástico! Consome muita gasolina?

— Faz três quilômetros por litro — respondeu sorridente o chofer, batendo a porta.

— Deve ser muito bom dispor de um carro como esse — concluiu Krepicki.

Pelo caminho, ficou falando sobre os mais diversos negócios que poderiam ser feitos desde que se dispusesse de recursos financeiros e, pelo silêncio de Dyzma, deduziu que se tratava de um homem esperto e extremamente cauteloso. Quando finalmente desceu, perto da Politécnica, o motorista virou-se para Dyzma e disse:

— Eu conheço esse senhor. O nome dele é Krepicki. Teve um haras e um *stud*, mas não deu sorte.

— Deve ser um espertalhão — comentou Nicodemo.

— O-ho-ho! — concordou o chofer.

capítulo 7

ERA UM ESPAÇOSO GABINETE EM ESTILO LUÍS FILIPE, COM JANElas envidraçadas até o chão e resguardadas por compridas cortinas verde-escuras.

Atrás de uma larga escrivaninha, com o queixo apoiado nas mãos, estava sentado o ministro Jaszunski, ouvindo em silêncio a monótona voz do funcionário que, já havia mais de uma hora, relatava a situação da política agrícola ao seu superior hierárquico.

De vez em quando, o funcionário deixava o relatório de lado e, retirando de uma grossa pasta recortes de jornais, lia diversas passagens nas quais se repetiam cifras e expressões do tipo: exportação, toneladas, trigo, estado lamentável etc.

O conteúdo do relatório devia ser desagradável, pois na testa do ministro apareceu uma profunda ruga, que não desapareceu nem mesmo diante do sorriso e das palavras gentis com as quais agradeceu por um relato tão completo e claro.

Ao voltar do estrangeiro, o ministro Jaszunski se defrontara com uma situação quase calamitosa. O lamentável estado da agricultura e as perspectivas de uma colheita excepcional haviam provocado violentos ataques por parte da imprensa de oposição e mesmo alguns comentários críticos da mais próxima do governo.

Das poucas conversas que já tivera, o ministro pôde constatar que sua posição estava severamente abalada e que seu pedido de demissão seria aceito com alívio pelo gabinete. Ninguém lhe dissera isso diretamente, mas era evidente que havia necessidade de encontrar um bode expiatório para a inadequada política governamental e a conjuntura econômica resultante. Embora o premier tivesse afirmado que a demissão de todo o gabinete estava fora de cogitação, deixara claro que havia necessidade de mudanças.

Jaszunski não tinha dúvida de que aquele clima fora criado principalmente por Terkowski, cuja opinião contava muito nas decisões do premier.

A situação estava chegando a um ponto em que se tornava necessário tomar uma decisão definitiva. O ministro Jaszunski adiava essa decisão até poder discutir o assunto com o vice-ministro Ulanicki. Para tanto, telefonara para a casa dele várias vezes na parte da manhã, mas os empregados informaram que ele estava dormindo.

Portanto, quando Ulanicki apareceu à porta do gabinete às duas da tarde, o ministro explodiu:

— Você enlouqueceu?! Fica se embriagando à noite, enquanto a terra está pegando fogo sob os nossos pés!

— Você poderia pelo menos dizer "bom dia" — respondeu o bigodudo.

— Bom dia — grunhiu o ministro.

Ulanicki instalou-se confortavelmente numa poltrona e acendeu um cigarro. Jaszunski, por sua vez, andava pelo gabinete a passos largos e com as mãos enfiadas nos bolsos.

— Vi que você assinou um contrato com excelentes condições para nós. Meus parabéns — falou Ulanicki.

— Obrigado — respondeu o ministro. — Provavelmente terá sido o penúltimo documento que assinei.

— Por que o penúltimo?

— Porque o último será o meu pedido de demissão.

— Você conhece Nicodemo Dyzma? — indagou Ulanicki.

— Conheço. É aquele sujeito que deu uma lição em Terkowski. E o que ele tem a ver com o que eu estava falando?

— Andei bebendo com ele na noite passada. Aliás, tenho bebido com ele já há várias noites.

Jaszunski deu de ombros.

— Não vejo em que o fato de você andar bebendo possa melhorar a nossa situação.

— Pois saiba que pode.

— Então desembuche logo! Não estou com disposição para decifrar charadas!

— Estávamos discutindo a crise. Eu falei que a situação estava péssima e que não via perspectivas de melhora. "Não há", falei, "meio de evitar o mal." Ao que Nicodemo respondeu: "Há sim: armazenar trigo."

Ulanicki olhou atentamente para o ministro, que apenas deu de ombros.

— Que o governo armazenasse trigo?

— Sim.

— É um absurdo! O Tesouro não dispõe de dinheiro.

— Espere, espere. Eu disse a mesma coisa, ao que ele: "Dinheiro? Não é necessário dinheiro."
— Como?! — espantou-se o ministro.
— Então, escute, pois vou lhe contar uma coisa incrível. Fiquei boquiaberto e, por sorte, todos os que estavam bebendo conosco estavam por demais embriagados para ouvir a nossa conversa.
— Então fale logo!
— Muito bem. "Não é necessário dinheiro", disse ele, "isso é apenas um detalhe, um obstáculo insignificante. O Estado pode emitir letras do Tesouro no valor de 100 ou 200 milhões de *zloty*. Pagar o trigo com as letras, e pronto. Tornar as letras resgatáveis em seis anos, com juros de quatro por cento. Em seis anos a conjuntura econômica internacional deverá ter melhorado significativamente mais de uma vez. Aí nós vendemos o estoque regulador para o estrangeiro, fazendo um excelente negócio..."
— Espere, espere... — interrompeu o ministro. — A ideia não é ruim.
— Não é ruim?! É genial! Esse Dyzma tem uma cabeça e tanto! Segundo ele, os efeitos colaterais seriam enormes. Em primeiro lugar, a salvação dos preços, em segundo, o aumento do meio circulante. Dessa forma, o Estado injetaria no mercado interno 100, 200 milhões de *zloty*, porque as letras teriam que ser ao portador, substituindo o déficit de dinheiro disponível em circulação etc. Compreendeu? Começo a interrogá-lo sobre detalhes, e ele responde que não é especialista nesses assuntos, mas que tinha a intenção de falar a esse respeito com você.
— Comigo?

— Sim. Ele parece nutrir uma grande simpatia por você.
— E o que ele propõe exatamente?

Ulanicki repetiu a conversa que tivera com Dyzma, desenvolvendo a questão e ilustrando-a com números. Estava tão excitado com o projeto que já queria chamar uma datilógrafa para lhe ditar uma matéria a ser publicada na imprensa.

Jaszunski, menos impulsivo, o reteve. A questão deveria ser examinada com cuidado, pesada, trabalhada. Concordava que a ideia era excelente, mas não queria adotá-la sem uma análise prévia.

— Em primeiro lugar, temos que manter esse projeto em total segredo. Depois, vai ser preciso conversar mais uma vez com esse tal Dyzma.

— Se você quiser, posso telefonar para ele agora mesmo.
— Por quê? Ele continua em Varsóvia?
— Sim. Está hospedado no Europejski e gasta feito um louco.

O ministro se espantou.

— Não diga! Ele não me deu a impressão de ser um tipo boêmio. Se me lembro bem dele, pareceu-me um desses homens que chamamos de "arrojados". Tais tipos costumam ter grande capacidade de liderança e organização... principalmente de organização.

— E têm uma mente muito desenvolvida — acrescentou Ulanicki.

— E é um dos nossos. Ah, se isso pudesse se tornar real! O bando de Terkowski estaria derrotado para sempre. Isto, sem falar de mim... Quero dizer, de nós! Jaś... Você está se dando conta?

— E como!...

Decidiram fazer uma reunião com Dyzma ainda naquela noite. O ministro rabiscou algumas palavras no seu cartão de visita e enviou-o ao hotel Europejski.

Nicodemo acabara de acordar quando lhe trouxeram o cartão. Teve bastante tempo para se levantar, se banhar, se vestir e comer algo. O hotel ficava a apenas alguns minutos do Ministério. Olhou para o relógio e resolveu ir a pé. Ao chegar, tocou a campainha e a porta foi aberta pelo porteiro.

— O que o senhor deseja? O escritório está fechado — falou rudemente.

— Saia da minha frente — respondeu, com empáfia, Nicodemo. — Tenho um encontro marcado com o ministro Jaszunski.

O porteiro curvou-se respeitosamente.

— Peço mil perdões. O senhor ministro aguarda o senhor no gabinete, junto com o vice-ministro Ulanicki.

Nicodemo não conseguia acreditar que em poucos minutos estaria conversando com o ministro. Aquilo que lhe parecera impossível ao partir de Koborowo adquiria formas reais. Os acontecimentos arrastaram-no como uma torrente, e, embora pudesse vê-los e senti-los, não conseguia encontrar uma explicação para o que os motivara e qual fora o mistério que os fizera ocorrerem justamente com ele, Nicodemo Dyzma.

Quando recebeu a convocação do ministro, logo adivinhou que se tratava daquela compra de trigo pelo governo da qual lhe falara Kunicki e que tanto encantara Ulanicki. Assim, temia agora que o ministro fosse lhe pedir explicações mais detalhadas do projeto. Precisava se manter atento e precavido. O fundamental era ater-se ao método que até aquele momento se mostrara o mais eficaz: falar o menos possível!

Os dois dignitários receberam Dyzma com demonstrações de afeto. O fato de Ulanicki tratá-lo por "você" criou imediatamente uma atmosfera íntima. O ministro Jaszunski começou a reunião com elogios. Lembrou o banquete de 15 de julho e o incidente com Terkowski.

— Naquela ocasião eu disse ao senhor que se nós tivéssemos no país mais homens como o senhor, nossa situação seria bem diferente. Agora estou convencido de que realmente estaríamos bem melhor.

— O senhor ministro está exagerando...

— Ei, Nicodemo! Não se finja de modesto! — exclamou alegremente Ulanicki.

A conversa passou para a questão das obrigações trigueiras. Dyzma se viu no meio de um fogo cruzado de perguntas e, embora ambos os dignitários tivessem começando afirmando que, a bem da verdade, eles mesmos pouco entendiam de agricultura, ficou atento para não dizer alguma besteira. Graças à sua excelente memória, ele pôde, dosando gradativamente as informações, repetir quase tudo que Kunicki havia lhe dito. Para maior segurança, acrescentou aquilo que ouvira de Ulanicki sobre o "seu" projeto.

O ministro estava encantado e esfregava as mãos. Já escurecia e Jaszunski, acendendo a lâmpada, exclamou alegremente:

— Caro senhor Dyzma! Embora eu não possa dizer que o senhor seja um grande orador, afirmo que tem uma cabeça e tanto. Por enquanto, peço ao senhor que guarde o maior segredo sobre o que acabamos de discutir. Apenas por enquanto, pois ainda há muitos detalhes a serem resolvidos. Jaś vai preparar o projeto para a Comissão de Economia do Conselho de Ministros, enquanto eu vou conversar com o premier. O único problema que vejo no seu projeto é a questão da armazenagem. Não podemos nem pensar em construir nossos próprios armazéns. Mas isso é um problema secundário. De qualquer modo, senhor Nicodemo, a efetivação do seu projeto não será realizada sem a participação do senhor.

— Obviamente — falou Ulanicki.

— O senhor não vai negar ao governo a sua participação? Posso contar com o senhor?

Dyzma coçou a cabeça.

— E por que não? Pode contar...

— Pelo que lhe agradeço de antemão. Na minha opinião, o ponto mais importante em qualquer projeto é saber quem está encarregado da sua implementação. É uma questão de personalidade!

Jaszunski fechou as gavetas da escrivaninha, enquanto Ulanicki chamava o porteiro. Nicodemo achou que aquele seria o momento mais adequado para abordar o pedido de Kunicki.

— Senhor ministro — começou —, eu também tenho um pedido a lhe fazer.

— Ah, sim? Estou às suas ordens — respondeu Jaszunski.

— É que no departamento de Grodno da Diretoria das Florestas do Estado quem manda é o diretor Olszewski, que resolveu boicotar as serrarias de Koborowo... Ele odeia Kunicki e, por isso, diminuiu o contingente de madeira das florestas do Estado...

— Ah, é verdade — interrompeu-o o ministro. — Estou me lembrando de algo, até de algumas queixas formais. Mas aquele Kunicki é um tipo muito suspeito. O senhor tem alguma ligação com ele?

— Deus me livre. Apenas negócios...

— Nicodemo — esclareceu Ulanicki — é vizinho de Kunicki e procurador da esposa dele. E é bom que você saiba que o relacionamento de Kunicki com a esposa não é lá dos melhores.

— Senhor Nicodemo — falou o ministro. — Vou ser sincero. Não gostaria de mudar as diretrizes de Olszewski. Kunicki é conhecido como canalha e trapaceiro, mas tenho absoluta confiança no senhor. Portanto, lhe pergunto: o senhor está convencido de que, sob o ponto de vista do país, um aumento do contingente de madeira para as serrarias de Koborowo seria recomendável? Sim ou não?

— Sim — respondeu Dyzma, fazendo um gesto afirmativo com a cabeça.

— E o diretor Olszewski propositalmente e sem qualquer motivo legal atrapalha as serrarias da senhora Kunicki?

— Sim, sem motivo algum.

— Então a questão está resolvida. Em minha opinião, a capacidade gerencial reside na capacidade de tomar decisões imediatas.

O ministro pegou um cartão de visita, escreveu nele algumas linhas e, entregando-o com um sorriso a Dyzma, disse:

— Pronto. Eis um bilhetinho para Olszewski. Independentemente disso, amanhã mandarei que lhe seja despachado um telegrama. Quando o senhor vai voltar para o campo?

— Depois de amanhã.

— É uma pena, mas não posso retê-lo. Por favor, aguarde notícias minhas. Um momento, um momento, você, Jaś, tem o endereço do senhor Dyzma?

— Tenho. Além disso, vamos nos encontrar na casa da senhora Preleska. Nicodemo costuma frequentá-la.

— Ótimo. Agradeço-lhe mais uma vez e lhe desejo uma boa viagem — finalizou Jaszunski, apertando a mão de Nicodemo.

Os dois dignitários vestiram os sobretudos e saíram com Dyzma. Ulanicki ainda quis que fossem jantar juntos, mas o ministro vetou categoricamente a ideia.

— Você vai se embriagar novamente, e nós não podemos nos permitir esses luxos.

No caminho até o hotel, Nicodemo parou diante de uma vitrine iluminada, tirou do bolso o bilhete do ministro e leu:

Ilmo. Sr. Diretor Olszewski
Grodno
Peço resolver de forma satisfatória e imediata a reclamação do Excelentíssimo Senhor Nicodemo Dyzma referente às serrarias de Koborowo.

Jaszunski

Dyzma guardou com cuidado o cartão na carteira.

— Que coisa! — exclamou.

Naquela exclamação havia contentamento, alegria e espanto. Mais precisamente — uma admiração por si mesmo. Sentiu que a terra estava ficando cada vez mais firme sob seus pés e se as pessoas daquele estrato social estranho e aparentemente inalcançável haviam vislumbrado algo nele, Dyzma, então... então talvez tivessem alguma razão para isso.

Estava satisfeito consigo.

No hotel aguardava-o uma surpresa sob a forma de um estreito envelope endereçado a ele. Quando o abriu, foi envolvido pelo perfume. A folha de papel estava totalmente coberta por um texto escrito em letras miúdas e arredondadas. No final, uma assinatura: "Nina Kunicki".

Nicodemo sorriu. Acendeu a lâmpada na mesinha de cabeceira, tirou os sapatos e, estendendo-se confortavelmente na cama, começou a ler:

Prezado senhor Nicodemo

O senhor ficará espantado com a minha carta e mais ainda com o pedido nela contido. Se ouso incomodar o senhor é porque a simpatia com a qual o senhor me tem honrado me permite ter a esperança de que não fique aborrecido.

Trata-se de algumas compras. Aqui em Grodno não consigo achar boas bolas de tênis. Ficaria muito grata se o senhor pudesse comprar uma dúzia delas em Varsóvia...

É verdade que poderia escrever diretamente para a loja, mas prefiro que o senhor mesmo as escolha. Talvez não seja de bom-tom ocupar o tempo do senhor, um tempo tão precioso em Varsóvia, onde o senhor tem tantos afazeres e tantas diversões, teatros e recepções, sem contar as lindas mulheres que — como me repetiu a indiscreta Kasia — tanto gostam de lhe mandar flores. Em Koborowo não há lindas mulheres, mas, em compensação, as flores daqui são mais lindas que as de Varsóvia...

Quando o senhor vai voltar?

Exagerei ao usar a palavra "voltar". Afinal, só se pode "voltar" para algo ou para alguém que consideramos nosso, para algo próximo, algo a que estamos ligados...

Hoje, Koborowo é triste e cinzenta. Já é assim há alguns dias. O senhor sabe como eu sou capaz de amar e, no entanto, sou forçada a odiar. Portanto, peço que me perdoe por ter inclu-

ido essa dissonância pessimista na sua agitada e (certamente) alegre vida varsoviana. O que posso fazer? Tenho que admitir que sinto falta das nossas conversas e me sinto muito solitária.

Koborowo aguarda a sua volta, senhor Nicodemo — pardon, usei novamente aquela palavra —, aguarda a sua vinda.

Nina Kunicki

Dyzma leu a carta duas vezes, cheirou o envelope e pensou: "Ela está caidinha por mim... Afinal, ainda é jovem e o marido é velho. Que tal aproveitar a situação?"

Voltaram-lhe à mente as objeções anteriores — caso começasse a desconfiar de algo, Kunicki o mandaria embora —, mas, no mesmo instante, deu-se conta de que a sua situação mudara radicalmente.

"Pois tente, seu velhaco! Agora sou eu quem está por cima. Com quem você pensa que está lidando? Com um amigo de dignitários! Deu para entender?!"

Levantou-se da cama e, de meias, foi até o espelho, acendeu todas as luzes, colocou as mãos na cintura e ergueu a cabeça. Ficou se admirando por muito tempo, até chegar à conclusão de que ainda não dera o devido valor à própria beleza física.

"A vida é assim mesmo... A gente se vê desde criancinha e acaba se acostumando, e logo tem a impressão de que não é especial..."

Passou a noite de excelente humor. Foi ao cinema e, depois, jantou num bar qualquer. Dormiu até o meio-dia. Após o almoço saiu para comprar algumas coisas, inclusive as bolas de tênis para dona Nina, em seguida dormiu profundamente até o anoitecer, quando foi acordado pelo chofer. Vestiu o fraque e acomodou-se no carro. Quando este se pôs em movimento, a cidade já cintilava com milhares de luzes e anúncios luminosos.

Na esquina da Marszalkowska com a Chmielna, o carro teve que parar. O policial que regulava o trânsito estacara o fluxo dos automóveis para dar passagem a um comboio de caminhões e carroças com trigo. Nicodemo ficou olhando os transeuntes, pensando como era agradável estar sentado no confortável assento de um carro de luxo em vez de se espremer entre as pessoas nas calçadas.

De repente, notou no meio da multidão um par de olhos fixo nele. Naquele ponto a Marszalkowska estava iluminada, e levou um certo tempo até reconhecer aqueles olhos.

Manka!

Encolheu-se todo, enfiando a cabeça na gola do sobretudo. Mas não foi suficientemente rápido. Manka forçou a passagem por entre os transeuntes com os cotovelos e chegou até o meio-fio. Estava tão próxima que bastava esticar o braço para tocar seu ombro. No entanto, não ousou e, com a voz abafada, sussurrou:

— Nicodemo! Não está me reconhecendo?

Dyzma não podia continuar fingindo que não a vira. Além disso, o temor de que o chofer notasse aquela rapariga com um lenço na cabeça ou de que ela fizesse uma cena forçou-o a agir. Virou-se para ela e, colocando um dedo sobre os lábios, silvou:

— Tsss... Virei amanhã...

A jovem fez um gesto cúmplice com a cabeça e sussurrou:

— A que horas?

Mas não recebeu resposta. O bastão do policial executou um novo movimento... e o automóvel partiu.

Manka inclinou-se no meio-fio e ficou olhando por muito tempo.

"Que droga!", pensava Dyzma, "e ela ainda ousa me abordar. Deve estar convencida de que eu roubei este carro."

Deu uma risadinha discreta, mas resolveu evitar a Marszalkowska à noite. Para que correr riscos e estragar o bom humor com lembranças do passado...

A residência da senhora Preleska, vista pela terceira vez por Dyzma, apresentou-se diferente pela terceira vez. Todas as portas abertas, iluminação por toda parte. Em alguns aposentos, mesas postas para jogos de cartas, ofuscando com o frescor da cor verde do tecido e, ao lado, mesinhas com toalhas brancas, cheias de bandejas com tira-gostos e doces.

Ainda não chegara ninguém. Dyzma atravessou alguns aposentos, deu meia-volta, foi até o salão principal e sentou-se no sofá. Do outro canto da casa chegavam a ele sons de uma discussão que, aparentemente, ficava cada vez mais acalorada, pois as palavras foram ficando mais distintas.

— Não vai dar?! Não vai dar?! — gritava uma voz masculina.

As perguntas foram seguidas por uma longa tirada de uma voz feminina, da qual Nicodemo somente conseguiu captar os insultos — ditos em tom mais alto:

— Vagabundo... pilantra... chantagista... ingrato!
— E então? — soou a voz masculina. — Vai me dar 200?
— Não!

No mesmo instante soou a campainha na antessala; a discussão cessou imediatamente e, momentos depois, uma sorridente senhora Preleska adentrou o aposento, seguida por Krepicki, ele também cheio de sorrisos. Ao mesmo tempo, surgia na porta da antessala um ancião totalmente calvo.

A dona da casa, cumprimentando e apresentando as visitas, começou a se queixar da impontualidade das pessoas. O ancião, que ela intitulava "professor", era bastante surdo, de modo que a questão da falta de pontualidade teve que ser repetida quatro vezes, cada uma em tom mais alto. A cada vez, o professor repetia:

— Desculpe, o que a senhora disse?

A senhora Preleska já estava à beira do desespero, quando Krepicki veio em seu auxílio. Parou diante do professor e falou, inclinando-se respeitosamente:

— Tara-tara-bum-cyk-cyk, seu velho idiota!

O ancião sacudiu a cabeça e confirmou com convicção:

— Ah, sim. As tardes estão realmente frescas.

Dyzma soltou uma gargalhada. Adorara a brincadeira de Krepicki, e como a senhora Preleska saíra para cumprimentar novas visitas, virou-se para ele e disse:

— Espere um minuto. Também quero dizer alguma coisa para ele.

— Desde que não seja alto demais — preveniu-o Krepicki.

Dyzma virou-se para o professor:

— Um cachorro deve ter lambido a sua careca.

— Desculpe, mas não entendi.

— Um cachorro lambão!

— Me desculpe, mas é que eu não ouço bem. O que o senhor falou?

Dyzma ria desbragadamente, a ponto de o velhinho começar a ficar desconfiado. A situação foi salva por Krepicki, que gritou no ouvido do professor:

— Esse senhor estava querendo contar ao senhor professor a mais recente piada.

— Ah sim? Sou todo ouvidos.

Várias pessoas adentraram o salão, entre elas o coronel Wareda — o que livrou Dyzma da necessidade de gritar uma piada no ouvido do professor.

— E aí, Nico? Tudo bem? Não esperava encontrá-lo aqui! — exclamou o coronel.

— Tudo ótimo, Wacek!

— Você resolveu os seus assuntos com Jaszunski?

— Sim, obrigado. Está tudo resolvido.

O salão e os aposentos adjacentes começaram a se encher. Havia muitos homens e umas cinco ou seis mulheres de mais idade. Nicodemo estava conversando com Wareda quando Ulanicki chegou. Para surpresa de Dyzma, que se lembrava da insistência em manter segredo sobre o assunto do trigo, o coronel devia estar a par do assunto, pois Ulanicki começou a falar livremente sobre o projeto que — em sua opinião — estava extremamente bem encaminhado. Wareda deu parabéns a Nicodemo, desejando-lhe sucesso na concretização daquela ideia genial.

Conversavam assim, quando se aproximou deles a anfitriã, indagando se os cavalheiros não gostariam de jogar bridge. Ulanicki e o coronel aceitaram de pronto.

Todas as parcerias já estavam formadas, e a dona da casa se ofereceu para jogar com eles. Como Dyzma não sabia jogar, convidaram para formar o quarteto um homem esbelto que — como Dyzma veio a saber mais tarde — era um alto funcionário da polícia.

Dyzma ficou observando o jogo por algum tempo, mas acabou se entediando e se dirigiu ao grupo dos que não jogavam, onde viu Krepicki.

Assim que ele se afastou, o policial perguntou à senhora Preleska:

— Quem é esse senhor Dyzma?
— O senhor Dyzma? — respondeu ela, com espanto. — O senhor não o conhece?
— Infelizmente, não...
— Como não? — falou Ulanicki. — O senhor não está lembrado daquele incidente com Terkowski?
— Ah, sim. Já sei.
— O senhor Dyzma — disse a senhora Preleska — é um homem muito distinto. Foi colega do meu sobrinho Jorge Pomirski em Oxford. Desde aqueles dias, eles mantêm estreitos laços de amizade.
— É um proprietário rural?
— Sim. Tem terras na Curlândia e, presentemente, administra as propriedades da minha sobrinha.
— Nicodemo tem uma cabeça e tanto — acrescentou Ulanicki. — Jaszunski afirma que ele ainda vai chegar bem mais alto do que pode parecer.
— Além disso, é um excelente companheiro — ajuntou Wareda.
— E muito simpático — garantiu a dona da casa.
— De fato — confirmou categoricamente o oficial da polícia —, ele causa uma excelente impressão.
— Dois, sem trunfo — licitou Ulanicki, erguendo as sobrancelhas eriçadas.
— Então vamos para três sem trunfo — falou sua parceira, a senhora Preleska.
Dyzma estava entediado. Não conseguia entender como havia pessoas que gostavam daquele jogo. Já comera vários canapés, croquetes, doces, e bebera alguns cálices de conhaque. No grupo de não jogadores falava-se de política internacional e

corridas de cavalos. Os dois temas eram-lhe desconhecidos e pouco interessantes, de modo que começou a pensar em se retirar. Aproveitou um momento em que a dona da casa se levantara da mesa de jogo e, alcançando-a na antessala, falou:

— Sinto muito, mas preciso ir embora.

— Que pena, o senhor tem certeza?

— Sim. Parto amanhã muito cedo e preciso dormir antes da viagem.

— E eu que gostaria de falar mais com o senhor sobre aquela questão...

— Não faz mal. Retornarei a Varsóvia em breve.

Na verdade, Dyzma não tinha intenção de dormir. Ao sair da residência da senhora Preleska, despachou o motorista, instruindo-o a estar pronto para partirem às sete da manhã, e seguiu a pé.

Era quase meia-noite e as ruas estavam quase desertas. Aqui e ali cruzava com pessoas apressadas retornando às suas casas. Somente ao chegar à Nowy Swiat viu algum movimento, causado principalmente por grupos de mulheres que, flanando ostensivamente pelas calçadas, revelavam claramente sua profissão.

Dyzma ficou olhando para elas bastante tempo até escolher uma, uma morena de pernas grossas.

A negociação foi rápida.

Já amanhecia quando retornou ao hotel. Pensou em Manka e achou que teria sido melhor ter marcado um encontro com ela.

O céu estava cosberto de pesadas nuvens cor de chumbo. Quando faltava pouco para as sete, começou a chover. Dyzma pagou a conta do hotel e, praguejando contra o mau tempo, entrou no carro.

Decidiu viajar até Grodno. Preferiu chegar a Koborowo com um resultado concreto de sua expedição a Varsóvia, para deslumbrar Kunicki com seu feito, algo que ele mesmo achava inacreditável.

Nicodemo se dava conta de que obtivera aquela decisão favorável do ministro graças ao fato de ter repetido o projeto que ouvira de Kunicki. Aquela constatação bastou para que ele chegasse diretamente à seguinte conclusão: repetir aquilo que se ouve dos outros e apresentá-lo como sendo uma ideia sua pode trazer grandes lucros.

Decidiu aplicar esse método sempre que possível, tomando o maior cuidado para não se trair. A descoberta de um jeito de se virar num meio tão desconhecido encheu-o de ânimo e contentamento, principalmente porque já começava a acreditar que poderia ser assimilado por ele. No que se referia a Koborowo, não tinha mais dúvidas de que Kunicki não só não iria demiti-lo, mas faria tudo para manter um administrador como ele.

"Isto tem um preço. O patife terá que aumentar o meu salário."

Esfregou as mãos. Sentiu que uma nova página estava sendo virada na sua vida, sem se importar com quem a virara e por quê. Da conversa com o ministro Jaszunski captara que ele, Dyzma, não seria esquecido na implantação do projeto trigueiro. Não sabia o que o ministro tinha em mente. Talvez uma gratificação? Lembrou-se de que o chefe da agência de correio em Lysków, senhor Boczek, contara que um funcionário dos correios recebera uma gratificação de mil *zloty* por ter inventado um novo sistema de selar envelopes. Achou que lhe dariam ainda mais, já que trigo era muito mais importante do que cartas.

A lembrança do senhor Boczek e de Lysków fez Nicodemo sorrir. "O que eles diriam caso descobrissem quanto ganho e com quem me relaciono? Ficariam estupefatos! Zés-povinhos!" Ministros, condes! Uma grã-dama como a senhora Preleska convidando-o para almoços...

Na verdade, esta última consideração não o alegrava. Estava arrependido de ter se metido naquela questão de Pomirski, que na certa não daria em nada e poderia atrapalhar, caso — valha Deus — Kunicki desconfiasse de alguma coisa. O patife era muito esperto e, como dispunha de muito dinheiro, saberia se vingar. A única saída seria dizer a Pomirski que sua tia não queria ouvir falar dele e já se conformara em não receber de volta o dinheiro que lhe emprestara.

Dyzma passou o tempo da viagem até Grodno imerso nesses pensamentos.

O motorista, que conhecia a cidade, achou logo o prédio no qual ficava a divisão da Diretoria das Florestas.

Como já passava das quatro da tarde, no escritório havia apenas um funcionário de plantão.

— Eu queria falar com o senhor Olszewski.

— O senhor Olszewski não está. Favor vir no horário comercial — respondeu secamente o funcionário.

Dyzma elevou o tom de voz:

— O horário comercial existe para o senhor, um funcionário de segunda classe, e não para mim. Além disso, seja mais bem-educado quando estiver tratando com alguém que o senhor não sabe quem é.

— Estou sendo bem-educado — defendeu-se o funcionário —, mas como posso saber com quem estou tratando se o senhor não se apresentou?

— Basta de intimidades. Vá correndo procurar o senhor Olszewski e diga-lhe que chegou o senhor Dyzma, recomendado pelo ministro. Diga-lhe que venha para cá rapidamente, pois não tenho tempo a perder.

O funcionário ficou apavorado e, fazendo grandes mesuras, informou que não podia deixar o posto, mas que poderia telefonar para a residência do senhor diretor. Em seguida, conduziu Nicodemo ao gabinete do chefe e não se espantou quando o arrogante visitante se aboletou na poltrona do diretor.

O diretor Olszewski apareceu em menos de quinze minutos. Estava meio sonolento e visivelmente preocupado. Os músculos do rosto quadrado tremiam e o ruivo bigodinho sobre o lábio superior desenhava um sorriso submisso. Esforçava-se para ocultar a surpresa por ter encontrado o visitante sentado na sua poltrona.

— Olszewski; muito prazer.

— Dyzma; e não sei se posso dizer o mesmo — respondeu Nicodemo, erguendo-se um pouco da poltrona e estendendo a mão. — O senhor recebeu um telegrama do Ministério?

— Sim, hoje pela manhã.

— E então? O que o senhor tem a dizer?

— Que não tenho culpa no que está ocorrendo. Sempre pontuei o meu trabalho pela mais completa obediência a todas as regras e disposições. Jamais me afastei delas, nem por uma letrinha...

— E daí? — perguntou sarcasticamente Dyzma. — Se essa letrinha mandar o senhor vender para firmas nacionais não mais do que tanto e tanto, o senhor vende o resto para o estrangeiro a um preço vil?

O funcionário continuou se defendendo, citando datas e parágrafos que parecia tirar da manga. Dyzma, em contrapartida, tirou do bolso um bloco no qual anotara toda a ladainha relatada por Kunicki e não diminuiu seu ataque. Acusou Olszewski de atrasar os processos e varrer as decisões para baixo do tapete, e quando ele se defendeu alegando que nem sempre era fácil tomar uma decisão, não hesitou em repetir o aforismo de Jaszunski:

— A capacidade gerencial reside na capacidade de tomar decisões imediatas, meu caro senhor!

Em seguida, entregou ao funcionário o cartão de visita do ministro.

Olszewski colocou os óculos com as mãos trêmulas e, tendo lido o cartão, adotou um ar ainda mais humilde. Assegurou a Dyzma que era um funcionário exemplar, que sempre se comportara de forma irrepreensível, que tinha uma esposa e quatro filhos, que os empregados da divisão eram ineficientes, que frequentemente os regulamentos eram contraditórios, que o próprio senhor Kunicki complicara ainda mais a situação, mas que agora não havia mais impedimentos para resolver a questão do contingenciamento. Tudo acabou com a aparição de uma datilógrafa e com a elaboração dos documentos necessários, todos rigorosamente de acordo com as demandas de Kunicki.

Já estava escuro quando terminaram, e Olszewski convidou Dyzma para o jantar. Este, não querendo macular a auréola de amigo do ministro, agradeceu ao funcionário e, batendo de leve nos ombros dele, despediu-se com as seguintes palavras:

— Muito bem. Essa questão está resolvida, mas não queira provocar-me, irmãozinho, porque isso poderá lhe custar muito caro.

capítulo 8

A DISCUSSÃO COMEÇOU PORQUE NINA TROCARA O VESTIDO por um mais chique e arrumara os cabelos diante do espelho por mais tempo do que o normal.

Kasia tinha suficiente sentido de observação para notar aquilo.

— Por que você não veste logo um vestido de baile?
— Kasia!
— O que foi?
— O seu sarcasmo está totalmente fora de lugar.
— Então por que você trocou de roupa? — perguntou Kasia, sem esconder a ironia.
— Porque quis. Sem motivo especial. Já faz muito tempo que não uso este vestido.
— E você sabe muito bem — exclamou Kasia — que ele a faz ficar ainda mais bonita!
— Sei — respondeu Nina, com um sorriso cativante.
— Nina!

Nina continuava a sorrir.

— Nina! Pare com isso! — exclamou Kasia, atirando no chão o livro que estava lendo e começando a andar nervosamente pelo aposento.

Por fim, parou diante de Nina e vociferou:

— Saiba que tenho desprezo por mulheres que, no intuito de agradar homens, fazem de si mesmas... — procurou um termo bem forte — verdadeiras coquetes!

Nina empalideceu.

— Você está me ofendendo! — exclamou.

— Uma mulher que se esforça para ser atraente a um homem me dá a impressão... me perdoe a sinceridade... a impressão de ser uma cadela. Sim, uma cadela!

Os olhos de Nina se encheram de lágrimas. Fitou Kasia por algum tempo, depois encolheu a cabeça entre os ombros e começou chorar.

Kasia cerrou os punhos, mas estava revoltada demais para se refrear.

— Você será capaz de negar — gritava — que desde o meio-dia, quando chegou o telegrama, mudou o seu estado de espírito? Será capaz de negar que trocou de roupa para Dyzma? Que está há mais de uma hora diante do espelho para encantá-lo?

— Meu Deus, meu Deus — soluçava Nina.

— Pois saiba que tenho nojo disso, compreendeu?

Nina levantou-se de um salto da cadeira. Seus olhos úmidos brilharam com repreensão.

— Sim, sim — sussurrou claramente. — Você tem razão; quero deixá-lo encantado, quero parecer a ele tão linda quanto possível. Se você tem nojo disso, imagine quanto nojo eu deveria ter de nós duas!

Kasia botou as mãos nos quadris e deu uma gargalhada.

— Que objeto você foi escolher! — exclamou, achando que esmagaria Nina com a sua ironia.

No entanto, o efeito foi o oposto: Nina ergueu a cabecinha de forma desafiadora e respondeu:

— Sim, escolhi!

— Um brutamonte ordinário — rosnou com raiva Kasia. — Um tipo vulgar... um gorila!

— Exatamente, exatamente! E daí? — retrucou a não menos exaltada Nina. — Um brutamonte? Sim. Esse é o tipo do homem moderno! Trata-se de um homem arrojado! De um vencedor! De um conquistador da vida! Por que você se esforçou tanto para me convencer de que sou cem por cento mulher? Acabei acreditando, e quando encontro no meu caminho um homem cem por cento...

— Cadela! — sibilou Kasia.

Nina mordeu os lábios e prendeu a respiração.

— É isso que você tem a dizer? Pois bem, por acaso não sou uma cadela?!

— E ele, um grosseirão.

— Não é verdade! O senhor Nicodemo não é um grosso. Tive mais do que uma prova da sua sutileza. E se às vezes é *brusque*, ele o é de propósito. É o seu estilo, o seu jeito de ser. Se há alguém digno de pena, esse alguém é você, a quem a natureza humilhou tanto a ponto de não estar em condições de sentir o efeito eletrizante daquela força maravilhosa, daquela masculinidade domadora e primitiva... Sim, daquela natureza primordial...

— Com que facilidade você abre mão de aspectos culturais.

— Mentira! Mentira! Você mesma sempre afirmou que o zênite da cultura é aceitar, cultivar e compreender as leis da natureza...

— Para que todas essas frases de efeito? — interrompeu-a Kasia, com gélida ironia. — Diga simplesmente que o quer na sua cama e que fica toda trêmula de desejo só de pensar em se entregar a ele!

Queria continuar, mas, vendo que Nina cobrira o rosto com um lenço e começara a chorar, se calou.

— Como você é implacável... cruel... insensível — repetia Nina em meio a soluços.

Kasia encheu um copo d'água e o ofereceu a Nina.

— Beba, Nininha, você precisa se acalmar. Beba, meu amor.

— Não quero... Deixe-me em paz!

Por entre os dedos dos punhos cerrados de Nina escorriam lágrimas. Kasia a abraçou e começou a balbuciar palavras carinhosas. De longe, ouviu-se o som de um automóvel e, em seguida, a luz dos faróis percorreu as paredes do aposento.

— Não chore, Nininha. Vai ficar com os olhos vermelhos — dizia Kasia, cobrindo de beijos o rosto, os olhos, os lábios trêmulos e os cabelos de Nina. — Nininha, minha querida Nininha!

Na porta do quarto apareceu uma empregada, informando que o jantar estava sendo servido.

— Diga aos senhores que a madame está com dor de cabeça e que nós não desceremos para o jantar.

Quando a empregada saiu, Nina passou a insistir com Kasia para que a deixasse sozinha e descesse para a sala de jantar. Mas Kasia nem queria ouvir falar naquilo.

Nina ainda soluçava quando bateram na porta do quarto e no momento seguinte adentrou Kunicki. Gesticulava e seus olhos brilhavam de contentamento.

— Venham, venham — ceceava —, Dyzma chegou! E vocês não podem imaginar com que resultados! É um homem de ouro! Conseguiu tudo o que quis! Venham! Pedi especialmente a ele para não começar a contar os detalhes até vocês descerem...

Estava tão excitado que somente então se deu conta de que havia algo errado e que as duas deviam ter brigado.

— O que está se passando com vocês? Vocês precisam descer... Vamos...

Quis acrescentar algo mais, mas Kasia ergueu-se de um pulo e, apontando para a ponta, gritou:

— Fora daqui!

— Mas...

— Suma daqui imediatamente!

Kunicki ficou petrificado. Nos seus olhos brilhou um lampejo de ódio. Vociferou um palavrão e saiu correndo do quarto, batendo a porta com tanta força que Nicodemo, que o aguardava sentado no hall, chegou a dar um salto no sofá.

— O que aconteceu? — perguntou ao mordomo.

O mordomo sorriu de forma significativa.

— Na certa a senhorita expulsou o patrão do quarto.

Terminou a frase já murmurando, pois Kunicki apareceu no topo da escadaria.

— Que pena, senhor Nicodemo! — falou. — Imagine o senhor que a minha esposa está com um forte ataque de dor de cabeça e não poderá descer. E Kasia não quer deixar a coitada sozinha. O que se há de fazer? Teremos que nos contentar com um jantar exclusivamente masculino, he, he, he...

Pegou Dyzma pelo braço e levou-o à sala de jantar, da qual os atentos serviçais já haviam retirado os pratos em excesso.

Uma vez sentados, passou a bombardear Dyzma com perguntas sobre como transcorrera sua passagem por Varsóvia e Grodno. A cada resposta, saltitava na cadeira, batendo nas coxas com as mãos e fazendo elogios entusiásticos.

— Meu caro senhor Nicodemo — disse por fim —, a sua atuação aumentará a receita de Koborowo em cerca de 140 mil por ano. O que, de acordo com o que acertamos, fará com que a sua parte ultrapasse 40 mil anuais! Nada mau, o senhor não acha? Valeu a pena ter viajado para Varsóvia?

— Bem, sob um aspecto, sim.

— Como sob um aspecto?

— Tive muitas despesas, despesas elevadas. Acho que o meu salário devia ser aumentado.

— De acordo — respondeu friamente Kunicki —, vou aumentá-lo em mais quinhentos. Passará para 3 mil redondos.

Dyzma quis dizer "muito obrigado", mas, notando que Kunicki olhava para ele com preocupação, mexeu-se na cadeira e disse:

— Ainda não acho suficiente. Três mil e quinhentos.

— O senhor não acha que 3.500 são um tanto exagerados?

— Exagerados? Se o senhor acha que 3.500 são inadequados, então vamos arredondá-los para 4 mil.

Kunicki ainda tentou transformar tudo numa piada, mas Dyzma repetiu categoricamente:

— Quatro mil!

Encostado na parede, Kunicki foi obrigado a concordar, diminuindo sua capitulação com o reconhecimento da capacidade de negociação de Dyzma.

— Muito bem — disse. — Tenho que concordar, principalmente porque um começo tão propício promete um final ainda mais favorável.

— Não compreendi — espantou-se Dyzma. — A questão não foi resolvida?

— A questão do contingenciamento, sim. Mas algo me diz, querido senhor Nicodemo, que o senhor não desprezaria outro prêmio de, digamos, 100 ou 150 mil *zloty*. Não estou certo?

— Continuo sem entender.

— O senhor não tem contatos no Ministério das Comunicações?

— Comunicações? Hmmm... Dá para se ajeitar.

— Foi o que pensei — alegrou-se Kunicki. — E o senhor não conseguiria fazer com que fosse aumentada a quota de dormentes para as estradas de ferro a serem fornecidos por nós? Esse sim é um negócio e tanto, no qual se pode dar um jeito de ganhar muito dinheiro!

— O senhor já não deu um jeito anteriormente?

Kunicki ficou sem graça.

— O senhor está se referindo àquele processo? Garanto ao senhor que toda a questão foi exagerada. Insuflada como um balão... Tenho muitos inimigos, mas apresentei documentos inquestionáveis e o tribunal foi obrigado a me absolver — falou, olhando atentamente para Dyzma.

Como ele não dissesse nada, ficou preocupado.

— O senhor acha que aquele processo pode atrapalhar fornecimentos futuros?

— Ajudar é que não vai.

— Mas o senhor não poderia acionar os seus contatos? Tenho todos os documentos e, caso surjam dúvidas, poderei mostrá-los novamente...

Falou ainda por muito tempo, descrevendo os detalhes da sua defesa no processo.

Já passava da meia-noite quando notou a exaustão de seu ouvinte.

— Mas como sou insensível! O senhor deve estar muito cansado! Por favor, vá dormir e durma à vontade. E por favor, querido senhor Nicodemo, não se sinta na obrigação de trabalhar. É lógico que lhe ficarei muito grato se o senhor, com seu olhar de lince, atentar para esse ou aquele detalhe. Duas cabeças são sempre melhores do que uma, mas repito ao senhor que, graças a Deus, estou com saúde e não vejo necessidade de jogar sobre os ombros do senhor um trabalho que eu mesmo posso fazer. Fique descansando à vontade e sinta-se em casa.

— Obrigado — disse Dyzma, bocejando.

— Ah, sim, mais uma coisinha — ceceou Kunicki. — Se o senhor tiver tempo e disposição, gostaria de lhe pedir que se ocupasse um pouco das minhas damas. Kasia ainda faz passeios a cavalo e pratica outros esportes, mas a minha esposa, coitadinha, morre de tédio. Não temos vizinhos interessantes, e isso a faz se sentir muito sozinha, daí as dores de cabeça e os ataques de melancolia. O senhor há de concordar comigo que estar exclusivamente com Kasia deve ser exasperador. Portanto, ficaria grato se o senhor pudesse dedicar algum tempo a elas.

Dyzma prometeu distrair dona Nina e, ao se deitar, pensou:

"Como pode ser tão ingênuo um espertalhão como ele! A mulher só falta se atirar nos meus braços, e ele ainda a empurra."

Sentou-se na cama e, apoiado nos travesseiros, tirou a carteira do bolso e contou o dinheiro que sobrara da viagem. Em seguida, pegou um lápis e um pedaço de papel e começou a calcular como seriam as suas receitas. Estava no meio desses cálculos mentais quando ouviu o som de passos no quarto vizinho. Alguém andava às cegas, pois derrubara cadeiras duas vezes. Eram duas da madrugada. Curioso, Dyzma quis se levantar e entreabrir a porta, quando os passos pararam diante dela. No mesmo instante, a maçaneta se moveu, a porta se abriu e no vão surgiu... Kasia!

Dyzma ficou tão espantado que esfregou os olhos e abriu a boca.

Kasia estava vestida com um pijama de seda preto. Fechou silenciosamente a porta e se aproximou da cama. Comportava-se de forma totalmente natural e sem demonstrar qualquer sinal de constrangimento, enquanto Dyzma olhava para ela com um espanto cada vez maior.

— Não estou incomodando o senhor? — perguntou, com toda naturalidade.

— Incomodando?... A mim?... De modo algum.

— Esqueci meus cigarros.

— Ah, e eu pensei...

— O que o senhor pensou? — perguntou ela, cheia de empáfia.

— Pensei... Pensei que a senhora tinha algum assunto para tratar comigo.

Kasia acendeu um cigarro e fez um gesto positivo com a cabeça.

— E tenho.

Puxou uma cadeira para perto da cama e se sentou, cruzando as pernas. Entre o veludo vermelho do chinelo e a bainha da perna da calça apareceu um tornozelo bronzeado. Nicodemo jamais vira uma mulher de calças, e Kasia lhe pareceu indecente. O silêncio foi interrompido novamente pela voz baixa e grave de Kasia:

— Quero ter uma conversa franca com o senhor: quais são as suas intenções em relação a Nina?

— Como?!...

— Por favor, não se faça de bobo. O senhor deveria abordar essa questão de forma aberta e corajosa. O senhor não vai negar que a está cortejando. Com que propósito?

Dyzma deu de ombros.

— Não creio que o senhor possa estar se iludindo de que Nina largará o marido por sua causa. O fato de ela estar caidinha pelo senhor não quer dizer nada.

— Como a senhora sabe que dona Nina está caidinha por mim? — interessou-se Nicodemo.

— Não vim aqui para falar disso, mas para lhe perguntar se o senhor é um gentleman ou um homem capaz de se aproveitar da fragilidade de uma mulher e esposa honesta. Eu o consideraria um patife da pior espécie caso se aproveitasse da situação para ter um caso com Nina!

Estava exaltada, sua voz tremia e os olhos soltavam faíscas.

— Por que a senhora vem me importunar? — respondeu um já irritado Nicodemo. — Por acaso estou metendo o meu nariz nos seus negócios?

— Então é isso? Devo considerar a sua resposta um prenúncio do seu ato ignóbil? Ah, com que prazer eu chicotearia o seu rosto quadrado!

— O quê?! — rosnou Dyzma. — A quem? A mim?!

— Sim! Ao senhor! — sibilou ela, com a voz cheia de ódio e os punhos cerrados.

Dyzma estava furioso. O que aquela fedelha pensava que era?! Vinha ao quarto dele no meio da noite...

De repente, Kasia se levantou e agarrou Nicodemo pelo braço.

— O senhor não vai tocá-la, ouviu? O senhor não ousará tocá-la!

Com um gesto brusco, Nicodemo se livrou dela e respondeu:
— Vou fazer o que eu quiser! A senhora compreendeu? Quem lhe deu o direito de se meter na minha vida? Onde já se viu uma coisa dessas?!

Kasia mordeu os lábios e virou-se para a janela.

Mais do que zangado, Dyzma estava confuso. Não conseguia se orientar naquela situação. Embora a informação de que dona Nina se sentia atraída por ele inflasse seu ego, não compreendia por que isso enfurecia tanto Kasia e por que ela viera ao seu quarto no meio da noite em vez de compartilhar suas suspeitas com o pai. Sabia que ela detestava o pai, mas, nesse caso, por que estava se esforçando tanto para garantir a fidelidade da madrasta? No meio desses grão-senhores tudo é sempre ao contrário do que deveria ser...

Nesse momento, Kasia virou-se da janela, e Nicodemo voltou a se espantar: a jovem sorria para ele de forma coquete.

— O senhor está zangado comigo? — perguntou, submissa.
— É lógico que estou.
— Mas não vai me expulsar? Posso sentar?
— Está mais do que na hora de dormir.

Kasia riu alegremente e sentou-se na beira da cama.

— O senhor passa sempre as noites de forma tão virtuosa?... Tão sozinho?...

Dyzma olhou espantado enquanto ela se inclinava para ele. Sobre uma fileira de dentes incrivelmente brancos entreabriam-se os lábios cor de cereja, encimados por narinas agitadas, em um rosto com pele de pêssego. Estava tão sedutora como jamais a vira. Somente seus olhos não mudaram a expressão original, olhando fria e atentamente debaixo do magnífico arco das sobrancelhas.

— O senhor deve estar sentindo saudades de Varsóvia, onde as noites não condenam os homens à solidão como aqui, em Koborowo. Oh, eu compreendo o senhor...

— O que a senhora compreende? — perguntou Dyzma.

— Compreendo o motivo pelo qual o senhor está engabelando Nina.

— Eu não a estou engabelando — respondeu ele, com toda sinceridade.

Kasia riu e, inclinando a cabeça, roçou a bochecha em seus lábios.

"Ah, então é isso", pensou Dyzma, "ela está com ciúmes! Também está interessada em mim!"

— Senhor Nicodemo — disse ela —, posso compreender que o senhor também queira ter aqui uma mulher, só não compreendo por que exatamente Nina. Será que eu não lhe agrado o suficiente?

O cobertor era fino e ele pôde sentir claramente o calor do corpo dela.

— Nada disso. Acho a senhora muito atraente.

— Sou mais jovem do que Nina... e não sou mais feia do que ela. Veja por si mesmo!

Ergueu-se e correu até o interruptor. Uma forte luz branca inundou o quarto.

— Olhe, olhe...

Com gestos rápidos, foi desabotoando o pijama. A veste de seda negra deslizou suavemente sobre o corpo esbelto e caiu ao chão.

Nicodemo não conseguia acreditar no que via. Com os olhos arregalados, olhava para aquela jovem esquisita que de forma tão despudorada se apresentava totalmente despida diante dele. Estava tão perto que bastava estender o braço para tocar seu corpo moreno.

— E então? Está gostando do que vê? — perguntou ela, rindo.

Dyzma, sem saber o que fazer, continuava sentado, a boca aberta.

— Eu sei que sou bonita — disse ela, faceira —, e talvez o senhor queira verificar como a minha pele é lisa e como são rijos os meus músculos? Por favor, não faça cerimônia!

E, sem parar de rir, aproximou-se da cama.

Havia algo naquele riso que aterrorizava Nicodemo. Sentiu-se incapaz de fazer qualquer gesto.

— E então, senhor Nicodemo? O que está esperando? Será que está achando que eu sou uma prostituta? É isso? Não, meu encantador senhor Nicodemo, eu lhe asseguro que sou virgem, algo que o senhor poderá constatar por si mesmo caso ache isso mais conveniente do que manter um romance com Nina... Vamos! Coragem!

Ajoelhou-se na cama e, num gesto rápido e inesperado, aproximou seus seios da cabeça de Nicodemo, que sentiu no rosto o toque macio. Suas narinas se encheram do aroma daquele corpo juvenil — um aroma excitante, embora sutil.

— Maldição! — disse por entre os dentes cerrados, agarrando a moça.

Kasia sentiu no rosto um bafo quente. Uma boca sôfrega começou a procurar seus lábios. Suas mãos tocaram a pele suada e cabeluda. Foi tomada de uma insuportável sensação de nojo. A repugnância pareceu fechar sua garganta.

— Me largue! Por favor, me largue! Quero ir embora!

O esbelto corpo se contorcia de forma desesperada, querendo se livrar daqueles braços rudes.

Em vão.

Kasia se deu conta de que havia supervalorizado seu amor por Nina; não seria capaz de suportar aquele sacrifício; preferiria morrer a resgatar, através dos abraços de Dyzma, aquele outro sentimento.

Dera-se conta — mas demasiado tarde.

Enquanto Kasia abotoava com as mãos trêmulas o pijama, lançando um olhar cheio de ódio e desprezo a Nicodemo, este, sem notar, perguntou:

— Foi bom, não foi?

— Seu animal! — rosnou ela por entre os dentes, e saiu correndo do quarto.

Aquela reação deixou Dyzma confuso de vez. O que aquela moça queria? Afinal, ela fora por conta própria ao quarto dele, ela mesma quisera e... no entanto...

Ficou muito tempo sem conseguir adormecer. Analisando tudo que se passara, chegou à conclusão de que Kasia não estava fingindo a repugnância que sentia por ele.

"Eles todos têm um parafuso a menos", concluiu, lembrando-se de Pomirski.

No dia seguinte, no café da manhã, encontrou apenas Nina, que lhe disse que Kasia estava de cama. Pelo comportamento de Nina, concluiu que ela não sabia nada das libertinagens da noite anterior.

Depois, Kunicki monopolizou Dyzma até altas horas da noite.

Foi somente na manhã seguinte que Nicodemo encontrou Kasia na antessala. Respondeu ao seu cumprimento com um leve aceno da cabeça. Nina já estava sentada à mesa. Quando, para iniciar uma conversa, Dyzma fez uma observação sobre o tempo, Kasia respondeu com provocativa ironia:

— Ah, vejo que o senhor se dignou a notar esse fato extraordinário.

E quando ele se ergueu para alcançar uma fatia de presunto e enfiou, sem querer, a ponta da manga do paletó na manteigueira, ela riu de forma provocadora:

— Que pena! Um terno tão bem cortado! De tão bom gosto. O senhor tem um alfaiate em Londres?

— Não — respondeu simplesmente Nicodemo —, eu compro ternos já prontos.

Não captara o sarcasmo e chegou a se espantar em seu íntimo de que seu terno pudesse ser tão apreciado. Também não compreendeu o olhar cheio de recriminação com o qual Nina tentava frear as provocações de Kasia.

— Está vendo — disse Nina —, você recebeu uma lição do senhor Nicodemo. Eu já lhe disse que o esnobismo não tem lugar na natureza de um homem arrojado e de ação.

Kasia dobrou o guardanapo e se levantou.

— E o que me interessa isso? Até logo!

— Você vai até Grodno?

— Sim.

— E vai voltar antes do almoço?

— Não sei. Vou decidir na hora.

Quando ela saiu, Dyzma perguntou inocentemente:

— Por que a senhorita Kasia está de tão mau humor?

Nina meneou a cabeça.

— O senhor tem razão. Ela está furiosa... Talvez... O senhor dispõe de tempo?

— Sim.
— Que tal fazermos um passeio de barco no lago?
— Com prazer.

Andaram pelas trilhas no meio de um restolhal em direção à plácida superfície do lago. Nina trajava um vestido de verão quase transparente, de modo que Nicodemo, andando atrás dela, podia ver claramente o contorno das suas pernas.

Para chegar aos barcos precisavam atravessar uma tábua colocada sobre uma larga vala. Nina hesitou.

— Sabe de uma coisa? É melhor tomarmos o caminho mais longo, acompanhando a estrada.

— A senhora está com medo de atravessar essa tábua?
— Um pouco.
— Não precisa. A tábua é grossa.
— Mas eu posso ficar tonta e perder o equilíbrio.
— Hum... Será que vale a pena dar uma volta tão grande? Deixe que eu a carregue.

— Não seria decoroso! — Nina sorriu graciosamente.

Dyzma retribuiu o sorriso e ergueu-a nos braços. Nina começou a se defender, mas quando estavam sobre a tábua, agarrou-o pelo pescoço e aninhou-se nos seus braços.

Nicodemo andou cada vez mais lentamente e colocou-a de volta no chão alguns passos mais longe do que era necessário. Não se cansou, mas estava um pouco arfante. Nina indagou:

— O senhor me achou pesada? Por quanto tempo o senhor poderia me carregar dessa forma?

Dyzma olhou para os olhos incandescentes dela.

— De três a cinco quilômetros...

Nina virou-se rapidamente, encaminhando-se em silêncio para os barcos. Quando já estavam em um deles e se afastaram bastante da margem, ela falou:

— Espero que o senhor não leve a mal o que vou lhe dizer: tenho a impressão de que uma mulher jamais poderá ser feliz se não tiver alguém que a carregue nos braços. E não estou falando de forma metafórica, mas literal.

Dyzma recolheu os remos. Veio-lhe à mente a imagem do gordinho Boczek e sua esposa, que deveria pesar no mínimo cem quilos. Tinha certeza de que Boczek jamais a carregara nos braços — e, no entanto, eram felizes.

— Nem todas as mulheres — respondeu em voz alta.

— Concordo, mas as mulheres que não precisam disso para serem felizes devem ser um pouco desnaturadas, desprovidas daquilo que é uma parte integrante da feminilidade. Por exemplo... Kasia.

Na sua voz havia um traço de aversão.

— A senhora brigou com Kasia?

— Não é bem assim — respondeu Nina. — É ela que está zangada comigo.

— Por quê?

— E eu lá sei? Talvez... Talvez por eu simpatizar tanto com o senhor.

— A senhorita Kasia não gosta de mim?

— Não é bem assim.

— No entanto, não gosta. Hoje, durante o café da manhã, ela não parou de me provocar.

— Mas o senhor não lhe deu a mínima importância, cortando os seus deboches de forma exemplar. É impressionante como o senhor consegue derrotar um adversário com apenas algumas palavras...

Dyzma riu com gosto. Lembrou-se do que lhe contara Wareda sobre o que Ulanicki fizera em Krynica.

— Às vezes — disse —, é possível fazer isso mesmo sem usar palavras. Quando estive em Krynica, em maio, na minha pensão havia um tipo metido a besta. A senhora sabe a que tipo me refiro: um janota afetado. Durante as refeições, ele ficava sentado à mesa bem na minha frente e falava, falava, sem cessar. Não havia um assunto no qual ele não fosse um especialista! E tudo sempre contado em várias línguas! E todos o ouviam com atenção, principalmente as mulheres.

— Conheço esses tipos — falou Nina —, e não os suporto.

— Nem eu. Por isso, chegou um momento em que não aguentei mais. Deixei-o falar por meia hora e, de repente, me inclinei sobre a mesa e berrei diretamente na cara dele!

Nina deu uma gargalhada.

— E o que ele fez? — perguntou.

— Ele? Calou-se imediatamente e nunca mais o vimos.

Dona Nina olhou para Dyzma com admiração.

— Que história fantástica! — exclamou. — Exatamente no estilo do senhor. Mesmo que o senhor não me tivesse dito o que fez, eu teria adivinhado. Parabéns!

Dyzma ficou satisfeito com o efeito.

— É preciso que o senhor saiba — continuou ela — que eu nunca tive a oportunidade de encontrar homens como o senhor. E tenho a sensação de conhecê-lo há anos. Acho que seria capaz de afirmar categoricamente o que o senhor faria numa determinada situação, o que o senhor diria. E, no entanto, a cada momento encontro no senhor uma nova revelação, uma nova surpresa, apesar de o senhor ser um monólito.

— Um... o quê?

— Um monólito. A construção do caráter do senhor é matematicamente consequente. Por exemplo, o seu modo de se comportar diante de mulheres. Sem rodeios ou circunlóquios. É verdade que talvez o senhor seja demasiadamente severo e até brutal, mas sempre dá para sentir que seu jeito de ser é baseado em profundas reflexões. Homens de grandes feitos ou renomados intelectuais devem levar uma vida assim, desprovida de lirismos, ornamentações e falsos brilhos. Decididamente, o senhor não pertence àquele grupo de pessoas que lembram uma loja que expõe todos os seus produtos na vitrine. Peço desculpas por esta metáfora. O senhor tem algo contra metáforas?

Nicodemo não sabia o significado daquela palavra. Por via das dúvidas, resolveu responder:

— Por que deveria?

— O senhor está sendo muito gentil, mas isso não faz parte do seu *genre*. O senhor não tem nada de barroco. Acertei?

Dyzma começou a ficar irritado. Como era possível ele não entender uma só palavra do que dizia aquela mulher, apesar de ela estar falando em polonês?

— Acertou — falou secamente.

— Ah, vejo que o senhor não gosta de falar de si.

— Não, não gosto — respondeu secamente.

Ficou calado por algum tempo, em seguida disse, já em outro tom:

— Que tal navegar até aquela pequena floresta? — perguntou, apontando para uma margem distante, coberta de espessa vegetação.

— Está bem, mas quem vai remar agora serei eu; o senhor ficará no leme.

— E a senhora não vai se cansar?

— Não. Um pouco de ginástica não faz mal a ninguém.

O barco era estreito, de modo que tiveram que se segurar mutuamente ao trocarem de posto.

— O senhor sabe nadar? — perguntou ela.

— Como uma pedra — respondeu Nicodemo, rindo.

— Eu também não sei, portanto temos que ser muito cuidadosos.

Quando chegaram à margem, sentiram a doce fragrância da vegetação aquecida pelo sol.

— Vamos saltar? — perguntou ela.

— E por que não? Assim poderemos nos sentar à sombra.

— Sim. O calor é muito intenso.

A proa do barco deslizou suavemente sobre a margem arenosa. Mais acima, onde começavam as árvores, a terra estava coberta por uma espessa camada de musgo. Sentaram-se sobre ele, e Nicodemo acendeu um cigarro.

— O senhor ficou muito chocado com a minha carta?

— De modo algum. Fiquei muito contente com ela — respondeu Dyzma, tirando do bolso o envelope — e a carrego sempre junto ao meu coração.

Dona Nina começou a pedir que ele destruísse a carta, que poderia cair nas mãos de alguém.

— O senhor não pode esquecer que sou uma mulher casada. Por favor, destrua esta carta.

— Por nada neste mundo — respondeu Dyzma.

— Não quero que o senhor ache que eu seja covarde, apenas quero evitar a possibilidade de algum incidente desagradável.

Esticou o braço, mas Nicodemo erguera o envelope tão alto que ela não conseguia alcançá-lo.

— Por favor, devolva-me a carta — pediu Nina mais uma vez.

— Não vou devolver — respondeu, rindo, Nicodemo.

Vendo que Dyzma estava brincando, Nina também sorriu e quis arrancar a carta da sua mão, inclinando-se para a frente e apoiando-se em seu peito. Nicodemo a enlaçou e começou a beijá-la. Por um breve momento, Nina ensaiou uma resistência — mas o momento foi muito breve.

De longe, do outro lado do lago, chegava a eles um murmúrio suave.

Eram as serrarias do senhor Kunicki trabalhando a pleno vapor.

Dyzma espichou-se no musgo, deitado de barriga para cima e com a cabeça apoiada nas mãos entrelaçadas. Nina, encolhida a seu lado, inclinou-se sobre ele e perguntou baixinho:

— Por que fez isso? Agora, nunca mais vou esquecê-lo... Vou ser cem vezes mais infeliz do que fui até agora... Meu Deus, meu Deus!... Já não consigo mais viver esta vida horrível...

— E quem a impede?

— Não fale assim. Eu não suportaria o papel de uma esposa que trai o marido. Isso é abominável.

— Mas você não o ama...

— Odeio, odeio!

— Pois então...

— Vejo que você está fingindo não me entender. Eu não consigo viver numa mentira permanente. Excede as minhas forças. Isso envenenaria qualquer momento passado com você... Meu Deus, meu Deus, se eu pudesse romper esses grilhões...

— E o que a impede de os romper? — espantou-se Dyzma. — Tantas pessoas se divorciam...

Nina mordeu os lábios.

— Sou muito ignóbil, e você estará coberto de razão se me recriminar, mas o fato é que eu não saberia viver sem luxo, pelo menos não sem a atmosfera do conforto... Ah, se você fosse um homem rico!

— Talvez ainda venha a ser; quem sabe?

— Querido! — exclamou Nina, juntando as mãos como numa prece. — Querido! Você é tão forte e tão cheio de si! Se decidisse se tornar rico, tenho certeza de que conseguiria, não é verdade?

— É — respondeu Nicodemo, não muito convencido do que estava dizendo.

— Então me arranque daqui! Salve-me! — implorou Nina, pondo-se a chorar.

Dyzma a abraçou e a apertou contra o peito. Como não sabia de que modo confortá-la, permaneceu calado.

— Como você é bom, como você é querido. Ah, se você soubesse quanto o amo e... Não quero, não posso ter segredos para você! Se quiser, poderá me desprezar, mas vou confessar-lhe tudo. Prometa que vai me perdoar! Prometa! Eu sou tão fraca e frágil. Eu não sabia me defender. Ela teve uma influência hipnótica sobre mim...

— "Ela"? Ela quem?

— Kasia. Mas eu juro a você que nunca mais sucumbirei à sua hipnose. Juro! Você acredita em mim?

Nicodemo não tinha a mais vaga ideia do que ela estava falando. Diante disso, fez um sinal positivo com a cabeça e afirmou que acreditava.

Nina pegou sua mão e cobriu-a de beijos.

— Como você é bondoso! Como você é complacente! De qualquer modo, por sorte Kasia vai partir para a Suíça.

— Quando?

— Na semana que vem. Por um ano inteiro!

— Um ano? Isso vai custar muita grana a seu marido.

— Não, pois Kasia não vai querer receber dele nem um tostão.

— E vai viver de quê?

— De quê? Ela herdou da mãe uma considerável quantia que está depositada num banco.

— Ah, é? Não sabia. O senhor Kunicki não me falou nada sobre isso.

— Não falemos dele... Falemos de nós.

Voltaram ao palacete em silêncio.

No terraço, encontraram Kunicki. Estava sorridente e, como de costume, esfregava as mãos pequeninas. Cumprimentou-os com manifesta alegria, perguntou como estavam se sentindo, como fora o passeio de barco, mas diante de sua verborragia, mesmo que eles quisessem responder não teriam como.

— E então, o que há de novo no altar-mor? — indagou Kunicki.

— O senhor está se referindo a Varsóvia? Nada de especial. Conversei muito com Jaszunski e Ulanicki sobre aquele projeto da armazenagem de trigo.

— Não diga! E então? O assunto está bem encaminhado?
— Aparentemente, sim. Mas, pelo amor de Deus, trata-se de um segredo de Estado!

Kunicki colocou um dedo sobre os lábios e sussurrou:

— Compreendo! Segredo total... Vejo que minha mulher está se aproximando, talvez seja melhor esperarmos até depois do almoço para o senhor me contar. Mal consigo me aguentar de tanta curiosidade.

— Curiosidade sobre o quê? — perguntou Nina, sem olhar para eles.

— Nina — alertou-a Kunicki —, estamos tratando de um segredo de Estado. O senhor Dyzma, junto com o governo, está preparando um genial plano que poderá salvar o país da crise econômica que se anuncia no horizonte. É um projeto do senhor Dyzma, pelo qual ele deveria ser endeusado! E então, querido senhor Nicodemo, conte-nos tudo!

Dyzma resumiu tudo que se referia às obrigações trigueiras. A cada par de frases, Kunicki esfregava as mãozinhas e repetia:

— Genial, genial!

Dona Nina olhava para o genial projetista com olhos arregalados e uma expressão de profundo assombro.

— Prevemos apenas uma dificuldade — concluiu Dyzma. — Onde armazenar o trigo comprado pelo governo, que não dispõe de recursos para a construção dos depósitos necessários.

— É verdade — murmurou Kunicki. — Isso é realmente um problema... Mas, senhor Nicodemo, o que o senhor diria da seguinte solução: o governo compraria o trigo sob a condição de o vendedor ficar obrigado a armazená-lo. Admitamos que nem todos teriam um lugar para fazê-lo, mas os fazendeiros sempre hão de preferir ter o trigo vendido, mesmo à custa de terem que construir celeiros, a vê-lo apodrecer e ficarem arruinados. Para mim, essa saída é totalmente viável. O que o senhor acha?

Dyzma chegou a ficar mudo de espanto.

"Que cabeça incrível tem esse velho espertalhão", pensou admirado.

— Chegamos a cogitar essa solução — respondeu espertamente.

Kunicki começou logo a detalhar a ideia e Nicodemo escutava avidamente, anotando na memória as palavras do "velho espertalhão", quando apareceu o mordomo.

— Estão chamando o senhor ao telefone. A correia de tensão na nova serraria se partiu e houve um acidente fatal.

— O quê?! Rápido, o meu automóvel! Perdoem-me, por favor... — exclamou, e saiu correndo da sala de jantar.

Nina e Nicodemo ficaram sozinhos.

— Vejo que o senhor é um economista e tanto — falou Nina, sem erguer os olhos. — O senhor estudou no estrangeiro?

Dyzma, sem refletir, respondeu:

— Sim, em Oxford.

O rosto de Nina enrubesceu.

— Em Oxford? Por acaso... Por acaso o senhor não teve um colega chamado Jorge Pomirski?

Só então Nicodemo se deu conta da bobagem que fizera. Nina poderia perguntar ao irmão e constatar que ele mentira. Como não havia mais saída, teria que seguir em frente.

— Sim — respondeu. — Um colega excelente.

— E o senhor sabe — perguntou Nina, após um momento de silêncio — da desgraça que se abateu sobre ele?

— Não.

— Foi atacado por uma terrível doença mental. Levou uma vida totalmente desregrada, bebia, farreava, criava escândalos e acabou enlouquecendo. Coitado!... Passou dois anos num manicômio e melhorou um pouquinho. Já não tem acessos de fúria, mas infelizmente não se pode pensar que ficou curado... Coitado! O senhor nem pode imaginar como eu sofro por causa dele... Principalmente porque, desde que ficou doente, ele tem se mostrado muito agastado comigo... Antes, nós éramos muito unidos e nos amávamos muito. Para sua informação, Jorge está aqui, em Koborowo...

— Não diga!...

— Sim. Mora no pavilhão do parque, com um enfermeiro. O senhor não o tem visto porque os médicos recomendaram que ele tivesse o menor contato possível com outras pessoas, já que esse contato piora o seu estado. Mas quem sabe se ver o senhor, um colega dos anos da faculdade, não lhe faria bem. Vocês se davam bem?

— Sim, mantínhamos excelentes relações.

Essa informação deixou Nina muito alegre. Cismou com aquele projeto e, pedindo a Dyzma que não o mencionasse a Kunicki, declarou que iriam até o pavilhão logo após o almoço. Nicodemo tentou dissuadi-la daquele propósito, mas acabou concordando, com medo de despertar suspeitas.

Quando se encontraram no meio das árvores, Nina abraçou o pescoço de Nicodemo e encostou seu corpo no dele, que, assustado com a possibilidade de ser flagrado, beijou-a displicentemente algumas vezes.

— Como me sinto bem na sua presença — dizia Nina. — A mulher é como a hera... Ficará sempre vegetando e se espalhando pelo chão caso não encontre um tronco forte que a faça se elevar na direção do sol...

Dyzma achou que aquela era uma frase muito interessante e que valia a pena guardá-la na memória.

O pavilhão era uma pequena vila em estilo renascentista tão coberta de folhas de videira que somente aqui e ali dava para perceber um pouco do branco das paredes. O jovem conde estava deitado imóvel numa espreguiçadeira colocada num belo gramado.

Os visitantes foram notados primeiro pelo *pinscher* anão, que começou a latir de forma histérica, parecendo ter um ataque de tosse.

Pomirski virou preguiçosamente a cabeça e, semicerrando os olhos, ficou olhando para eles por um certo tempo, e só depois se ergueu, alisou o terno e colocou o monóculo.

— Bom dia, Jorge — disse-lhe Nina, estendendo a mão a ele. — Estou lhe trazendo um antigo colega seu, de Oxford. Lembra-se dele?

Pomirski olhou para eles de um jeito desconfiado. Beijou lentamente a mão da irmã. Pela expressão do seu rosto era possível deduzir que estava preocupado com o fato de sua trama ter sido desmascarada. Olhou soturnamente para Dyzma e estendeu-lhe a mão.

— É lógico que me lembro, e agradeço ao colega a gentileza de ter vindo me visitar.

De repente, virou-se para a irmã.

— Perdoe-me — falou —, mas preferiria ficar a sós com o meu colega. É mais do que compreensível que após tantos anos nós tenhamos muito a nos dizer. Por que você não fica aqui, no pavilhão, enquanto nós damos uma caminhada?

Nina não se opôs. Lançou um olhar cúmplice para Nicodemo e entrou no pavilhão.

Pomirski, olhando para todos os lados, levou Dyzma até uma aleia e, encostando o dedo indicador no peito dele, indagou furioso:

— O que significa isso?! Seu desgraçado! Você falou de mim com Nina? Talvez até mesmo aquele patife do Kunik esteja a par de tudo!

— Nada disso. Não falei do senhor com ninguém.

— Ainda bem. Mas como ela sabe que eu o apresentei à tia Preleska como um colega de Oxford?

— Ela não sabe disso. Quanto a Oxford, fui eu mesmo quem disse que estudei lá. Saiu assim meio sem querer, no decurso de uma conversa.

— O senhor não é somente um impostor, é também um imbecil completo. O senhor não fala uma palavra sequer de inglês!

— É verdade.

Pomirski sentou-se num banco e começou a rir, com o que despertou a curiosidade do *pinscher*, que ficou olhando para ele com muita atenção.

— E como foi com a titia Preleska e aquele seu Krepicki? Eles não puseram o senhor imediatamente no olho da rua?

Dyzma quis se sentar ao lado de Pomirski, que o reteve com um gesto da mão.

— Não suporto que pessoas da sua condição social se sentem na minha presença. Portanto, limite-se a relatar, de forma precisa, curta e sem mentiras.

Nicodemo sabia que estava lidando com um idiota e maluco, no entanto, sentia-se mais intimidado por ele do que pelos ministros, generais e outros dignitários de Varsóvia.

Relatou que a senhora Preleska o recebera bem, que tanto ela quanto o senhor Krepicki afirmavam que nada poderia ser feito naquele momento e que seria necessário aguardar alguns anos.

Quando terminou, Pomirski indagou:

— O senhor não está mentindo?

— Não.

— Quero que o senhor saiba que, em toda a minha vida, nunca ouvi alguém fazer um relato de uma forma tão desprovida de qualquer sinal de inteligência. O senhor chegou a terminar alguma escola?

Dyzma permaneceu calado.

— No que se refere ao processo que pretendo mover, não sou tão aparvalhado a ponto de desistir dele. Vou escrever outra carta, dessa vez mais longa, e o senhor a levará a Varsóvia. Enquanto isso, até a vista. O senhor está dispensado. Brutus! Vamos!

— E a dona Nina? — perguntou timidamente Nicodemo.

— Dona Nina? Ah, sim. Esqueci-me dela. Vamos juntos até o pavilhão e o senhor a levará embora daqui. Ela me enerva.

Encontraram Nina no gramado da vila.

— E então — sorriu ela —, foi agradável recordar os tempos de Oxford?

— Sim — respondeu Dyzma.

— Minha cara — falou lentamente Pomirski, ajeitando o monóculo. — As lembranças dos tempos nos quais éramos jovens e ricos sempre são agradáveis. Não é verdade, caro colega?

— Obviamente, colega — confirmou sem convicção Dyzma, o que aumentou ainda mais a alegria de Pomirski.

— Falamos exclusivamente de Oxford e Londres, onde tanto nos divertimos — disse rindo. — Você não pode imaginar como foi agradável ouvir finalmente aquele sotaque oxfordiano que não ouço há anos...

Bateu no ombro de Nicodemo com a ponta dos dedos e perguntou:

— *Isn't it old boy?*

As veias na fronte de Dyzma pareciam que iriam estourar a qualquer momento. Fez um esforço mental extraordinário e — oh, que alívio! — lembrou-se da única palavra em inglês que ouvira o filho do tabelião Winder pronunciar frequentemente na sociedade de Lysków:

— *Yes.*

A resposta pareceu divertir Pomirski ainda mais, enquanto Nina, notando o constrangimento de Nicodemo e imputando-o ao desgosto de ver o seu antigo colega em tal estado, disse que já estava na hora de partir. Para sua alegria, o irmão não fez nenhum esforço para reter Dyzma e despediu-se dele sem mais extravagâncias.

— Pobre Jorge — disse ela quando se encontravam na alameda. — O senhor achou-o muito mudado?

— Não muito. Espero que ele se recupere...

— Pude ver como o senhor ficou sem graça diante do seu estado. Talvez não tenha sido uma boa ideia promover esse encontro. Sabe de uma coisa? Acho que seria melhor o senhor não o visitar mais, pois até isso pode ser prejudicial a ele. Os médicos dizem que a convivência com outras pessoas deixa-o extremamente excitado e recomendaram que ela se restrinja ao mínimo indispensável.

— Como a senhora quiser.

— Eu não quero nada — respondeu ela, apoiando-se carinhosamente em seu braço. — Apenas informo, pois sei muito bem que o senhor fará o que for o melhor e mais inteligente.

Começou a falar sobre a primavera que sentia na alma e que o melhor a fazer era abstrair-se da realidade e considerá-la um sonho irreal que acabaria — pois teria que acabar. Quando exigiu de Dyzma que ele lhe dissesse que também acreditava nisso, ele o fez com a maior naturalidade.

capítulo 9

OS DIAS FORAM PASSANDO DE FORMA REGULAR, CALMOS E claros. Dyzma acostumou-se à vida em Koborowo e sentia-se como em sua própria casa. Embora estivesse um pouco aborrecido com Nina pela insistência dela em manter a fidelidade conjugal até o momento da sua liberação, isso não o fazia sofrer em demasia. Nicodemo Dyzma não era um homem de grandes desejos, nem mesmo os de natureza sexual.

Estava feliz por comer bem, dormir bem e não ter nada a fazer. Aquilo lhe cabia como uma luva. Engordou um pouco e adquiriu um tom bronzeado de pele, já que para matar o tempo visitava as redondezas; inicialmente ia a cavalo, mas, tendo constatado que aquela forma de se locomover era desconfortável, passara a andar a pé. Reviu todas as instalações da propriedade, as serrarias, a fábrica de papel, o moinho — e quando algo chamava sua atenção pedia explicações aos especialistas, que descobriam as cabeças na sua presença, sabendo muito bem com quem estavam lidando. Dyzma era cercado por uma aura de respeito e admiração.

As únicas nuvens naqueles dias de céu azul-celeste eram as desavenças com a senhorita Kasia.

Era verdade que as discussões provocadas por ela referiam-se, na maior parte das vezes, a Nina. No entanto, houve episódios que acabaram envolvendo Nicodemo. Num deles, ocorrido durante o café da manhã, quando ela passou das medidas debochando impiedosamente de todas as frases ditas por ele, Dyzma rosnou:

— A senhora está esquecendo com quem está lidando!

— Não ligo a mínima para isso — respondeu ela, dando de ombros —, mas não creio que o senhor seja o xá da Pérsia. Será que o senhor não sofre de um grave problema de mania de grandeza?

Dyzma não compreendeu a observação, mas pela expressão no rosto de dona Nina chegou à conclusão de que se tratava de uma ofensa grave. Enrubesceu e desferiu um murro na mesa:

— Pare com isso, sua fedelha! — berrou.

Xícaras, pratos e talheres chacoalharam com estrondo e as duas damas ficaram petrificadas. Momentos depois, Kasia, pálida como uma folha de papel, levantou-se da mesa e saiu correndo da sala. Nina não disse nada, embora a expressão de seu rosto indicasse um grande susto, aliado a uma tácita aprovação do comportamento de Nicodemo.

A aplicação de um meio tão radical funcionou, mas apenas na aparência. Embora a partir daquele dia Kasia parasse de provocá-lo, seus olhos passaram a brilhar com ódio cada vez maior, ficando evidente que explodiria a qualquer momento.

A inevitável explosão ocorreu numa manhã de domingo.

Kunicki estava trabalhando em seu gabinete. Nina fora à igreja. Nicodemo estava sentado no *boudoir* de Nina, folheando um álbum de fotografias. Foi quando Kasia entrou no *boudoir*.

Bastou um olhar para se dar conta de que o álbum nas mãos de Nicodemo continha uma miríade de fotos de Nina nas mais diversas poses, todas tiradas por Kasia.

— Por favor, largue esse álbum! — exclamou, arrancando-o com ímpeto das mãos de Nicodemo.

— Não poderia ter pedido de forma mais polida?! — gritou Dyzma.

Kasia já estava saindo, mas aquilo a deteve. Virou-se na direção de Dyzma e ficou calada, mas sua aparência fez com que ele se preparasse para se defender de um inevitável tapa na cara, ao mesmo tempo sentindo o desejo de abraçá-la, apertar os pequenos e arfantes seios contra seu peito, beijar aqueles olhos faiscantes e os lábios trêmulos, dos quais brotaram palavras cortantes como um chicote:

— O senhor passou das medidas! Comporta-se de forma infame! Entrou de forma sorrateira na casa do meu pai para seduzir a sua esposa! Se não sumir daqui imediatamente, vou açoitá-lo como a um cachorro! Estou me lixando para a sua posição social e para as suas conexões! Compreendeu? Talvez o senhor consiga impressionar meu pai com elas, mas a mim, não! Aconselho-lhe de todo o coração: suma daqui... Imediatamente!

A voz dela foi ficando cada vez mais alta e, como a porta estivesse aberta, chegou aos ouvidos de Kunicki. Kasia, em sua exaltação, não ouviu os passos apressados. Não os ouviu tampouco Nicodemo, surpreendido pela veemência daquela que lhe parecera uma moça calma e comportada.

Kunicki parou no vão da porta, com o rosto contorcido num ricto de fúria.

— Kasia — falou baixinho —, queira sair, por favor.

Kasia não se moveu.

— Por favor, saia — repetiu o pai, ainda mais baixo. — Vá até o meu gabinete e espere lá por mim.

Parecia estar falando calmamente, mas havia naquela calma uma clara conotação ameaçadora. Kasia deu de ombros, mas obedeceu à ordem.

— O que se passou aqui? — perguntou Kunicki a Dyzma.

— O que se passou? Eis o que se passou — respondeu Nicodemo: — Sua filha me mandou sair imediatamente desta casa e me ofendeu de uma forma como jamais fui ofendido. Só os diabos sabem o que ela tem contra mim, mas já que estou sendo posto porta afora não tenho a mínima intenção de voltar pela janela. Quanto ao seu contingenciamento e aos dormentes, o senhor pode dar adeus, porque eu...

Kunicki agarrou-o pelo braço.

— Querido senhor Nicodemo, aceite minhas desculpas pelo comportamento da minha filha. Por favor, esqueça tudo o que ela falou. Hoje mesmo Kasia partirá para o estrangeiro. Isso não lhe bastará como reparação?

— Reparação... E quanto às agressões verbais?

— Estou lhe dizendo, querido senhor Nicodemo: hoje mesmo vou expulsá-la de casa.

O velho, embora aparentasse calma, estava cada vez mais irritado. Estendeu a mão para Dyzma e perguntou:

— E então, tudo resolvido?

Nicodemo estendeu a sua.

Kasia partiu naquela mesma noite. Ninguém na casa soube o que conversaram pai e filha no gabinete fechado. Nem ele nem ela revelaram o teor da conversa. Kasia partiu sem nem mesmo se despedir de Nina. A única pessoa em Koborowo com quem ela chegou a conversar antes de partir foi uma jovem camareira chamada Irenka, que somente soube dizer que a senhorita estava muito zangada e que prometera que mais tarde iria levá-la, Irenka, para a Suíça.

Após aquele domingo tempestuoso nenhuma nuvem turvou mais o horizonte de Nicodemo Dyzma. Kunicki fazia de tudo para agradá-lo. Quanto a Nina, nunca mais mencionou a ausente, sentindo-se ela mesma mais à vontade, leve e solta. Costumava fazer longos passeios com Nicodemo, tanto de carro quanto de barco. No entanto, em nada diminuiu a sua resistência quanto à fidelidade matrimonial, e o romance continuava limitado a conversas (na verdade aos monólogos de Nina) e ocasionais beijinhos. Todos os avanços e tentativas de persuasão da parte de Nicodemo se revelaram infrutíferos.

Dyzma não conseguia compreender a razão daquele comportamento, principalmente após ter descoberto, por meio dos empregados, que dona Nina trancava o quarto de dormir à chave, ao que parece desde o início do casamento. O mordomo, que fornecera aquelas informações a Dyzma, chegava a fazer troça do patrão, dizendo que ele se casara com a condessa apenas para agradar à filha.

Tudo aquilo parecia extremamente nebuloso e enigmático a Dyzma, e ele decidiu que iria, num futuro próximo, encostar Nina no muro e exigir que ela lhe explicasse claramente de que se tratava. Por enquanto, contentava-se em obter dela mais e mais detalhes de sua vida e da vida da família. No que se referia ao marido, Nina revelava um total desconhecimento do mundo dos negócios. "Não tenho interesse por esse tipo de assunto" — dizia —; "trata-se de coisas de homens."

Apesar disso, Nina estava suficientemente a par de sua situação financeira para repetir com frequência a Dyzma que o futuro deles dependia apenas dele, já que ela não possuía nada; nem mesmo a proverbial roupa do corpo.

Tal fato deixava Nicodemo profundamente preocupado, pois não nutria nenhuma esperança de amealhar uma fortuna suficiente para satisfazer as atuais demandas de Nina. A bem da verdade, ele nem fazia muita questão de se casar com ela. Achava-a muito atraente e estava impressionado por ela ser uma grande dama — e não qualquer uma, mas uma condessa... Mas considerava a possibilidade de tê-la por esposa algo irreal, no mesmo nível dos seus últimos surpreendentes sucessos.

Quanto aos sentimentos de Nina, não havia dúvidas. Cada gesto, cada olhar e cada palavra sua deixavam claro quanto ela estava apaixonada.

Dyzma chegou à conclusão de que Kunicki estava demasiado ocupado com os negócios e convivia muito pouco com a esposa para poder suspeitar de que houvesse algo entre ele e Nina. Além do mais, vivia convencendo-os a passear a sós.

E foi ao regressar de um destes passeios que Nicodemo encontrou no hall um telegrama dirigido a ele. Ao abri-lo, estava convencido de que conteria uma notícia do ministro Jaszunski. No entanto, uma surpresa esperava por ele: o breve texto era assinado por... Terkowski.

Com Nina olhando sobre seu ombro, Nicodemo leu:

Sua Excelência o presidente do Conselho de Ministros solicita a presença de Vossa Senhoria amanhã, ou seja, sexta-feira, às 19 horas, na reunião do Comitê Econômico do Conselho de Ministros, na qual será tratado assunto de conhecimento de Vossa Senhoria.

Terkowski

Kunicki chegou e Dyzma mostrou-lhe o telegrama. O velho leu-o rapidamente e perguntou, com visível admiração:

— Fantástico! O tal assunto é a questão do armazenamento do trigo?

— Sim — respondeu Nicodemo.

— Quer dizer que o plano está sendo posto em ação?

— Como o senhor pode constatar.

— Meu Deus! — exclamou Kunicki. — Quantas coisas maravilhosas, meu querido senhor Nicodemo, podem ser feitas graças às suas conexões!

— Sim — acrescentou sorrindo Nina —, quando essas conexões são usadas para o bem público e quando se sabe avaliar as necessidades da sociedade.

— Queira me desculpar, minha querida — discordou Kunicki —, mas não somente para o bem público. Por que não ajudar também a entidades e pessoas privadas? He, he, he! Certamente o ministro das Comunicações vai estar presente no Comitê Econômico. Aí, o senhor terá a oportunidade de conversar com ele sobre aqueles dormentes para estradas de ferro.

Nicodemo enfiou as mãos nos bolsos e fez uma careta.

— Preferiria não falar. Acho que não pegaria bem.

— Como o senhor achar melhor, senhor Nicodemo! Não tenho a mínima intenção de pressioná-lo e me curvo diante de qualquer decisão sua. Apenas mencionei esse assunto, assim de passagem, pois o fornecimento de dormentes é um negócio que sempre vale a pena ter em mente.

E para comprovar o que dissera, levou Nicodemo a seu gabinete, onde lhe expôs todos os detalhes da questão. Quando Dyzma levantou novamente o caso do antigo processo, o velho tirou um molho de chaves do bolso.

— Já vou lhe mostrar todos os documentos. Na minha opinião, eles serão mais do que suficientes para comprovar mais uma vez que estou totalmente limpo — falou, afastando uma pesada cortina de veludo e revelando um enorme cofre de aço.

Kunicki abriu-o com toda a pressa do mundo, tirou dele uma pasta verde, de onde começou a pegar uma pilha de documentos datilografados, recibos, comprovantes etc. Em seguida, leu alguns deles em voz alta, entregando outros a Dyzma, que fingia lê-los e entender seu conteúdo.

Foi somente ao anoitecer que Nicodemo conseguiu livrar-se do seu anfitrião. Nina o aguardava no terraço e eles foram dar um passeio. Nina estava triste. A inesperada partida de Nicodemo e a repentina interrupção do idílio deixou-a consternada. Assim que se encontraram no meio das árvores, aninhou-se em seus braços e sussurrou:

— Prometa-me, amor, que não ficará muito tempo em Varsóvia. Vou ficar morrendo de saudade. Não saberei o que fazer com o meu tempo, já que me acostumei a vê-lo todos os dias, conversar com você, olhar nos seus olhos...

Nicodemo lhe assegurava que retornaria em breve, que era apenas uma questão de um ou dois dias.

Durante o jantar, Nina se mostrou muito animada, graças à ideia do marido de ambos acompanharem "o querido senhor

Nicodemo" até a estação, pois dessa vez Dyzma foi obrigado a viajar de trem, já que o automóvel estava sendo consertado.

Na estação, Nina estava muito emocionada. Embora não pudesse se despedir de Nicodemo da forma como gostaria, o seu olhar foi tão significativo que substituiu com folga o mais carinhoso dos beijos.

Instalado confortavelmente no vagão da primeira classe, Dyzma viajou sozinho. Kunicki tivera uma conversa com o condutor, instruindo-o para que não deixasse ninguém entrar no compartimento no qual viajava o senhor Dyzma, um homem muito importante e amigo de todos os ministros.

Fora uma bebedeira e tanto. Nicodemo foi levado ao hotel totalmente de porre e carregado até o quarto.

E houve motivos para se embriagar. Agora, curado da ressaca, Nicodemo ainda não conseguia acreditar no que se passara no dia anterior, que ficara registrado em sua mente de forma caótica.

Tudo começou com uma reunião numa ampla sala, uma reunião na qual ele, Nicodemo Dyzma, estava sentado à mesma mesa com o premier e os ministros, como se fosse um deles.

A leitura de alguns relatórios, a apresentação de alguns números e... no momento seguinte, todos começaram a apertar sua mão por ele ter repetido o que Kunicki lhe sugerira sobre o armazenamento de trigo. Como eles chamaram aquilo?... Ah, sim, penhor! Que coisa mais engraçada! Até então, ele sempre achara que penhorar servia apenas para obter algum dinheiro deixando um relógio ou um terno como garantia... Depois, aquela incrível pergunta do premier:

— Prezado senhor, o senhor aceitaria assumir a direção da política nacional do trigo?

Quando ele demorou em responder e, depois, tentou recusar afirmando que temia não estar à altura do cargo, todos passaram a insistir, de modo que acabou sendo obrigado a aceitar.

Agora, no quarto do hotel, Dyzma deu uma gargalhada.

— Que coisa mais incrível! — exclamou. — A que ponto eu cheguei! Presidente do Banco Nacional do Trigo! Presidente!

Lembrou-se de um bando de jornalistas que o bombardearam com perguntas e o cegaram com flashes de magnésio. Ah, sim, era preciso ver o que eles acabaram publicando.

Nicodemo ligou para a recepção e pediu que lhe trouxessem todos os jornais do dia. Quando os trouxeram, pegou o primeiro... e enrubesceu.

Na primeira página havia uma foto sua. Estava de pé, com uma das mãos no bolso e ar pensativo. Aparentava ser uma pessoa séria. Mais do que isso... Imponente! Sob a foto, a seguinte legenda:

Dr. Nicodemo Dyzma, criador do novo sistema da política agrícola, recebeu a incumbência de criar o Banco Nacional do Trigo e assumir sua presidência.

Ao lado, debaixo de um título sensacional, um longo artigo continha o comunicado oficial do governo, um curriculum vitae de Dyzma e uma entrevista com o próprio.

O comunicado continha a decisão do Conselho de Ministros, que, atendendo a uma proposta do ministro Jaszunski, decidira travar uma batalha decisiva com a crise econômica, intervindo agressivamente no mercado de trigo. Apresentava também uma descrição detalhada do projeto e a relação das medidas que iriam ser implementadas tão logo o mesmo fosse aprovado pelo Congresso.

Já o curriculm vitae revelou-se uma surpresa para o próprio Dyzma, que veio a saber que nascera numa propriedade rural de seus pais na Curlândia, estudara no ginásio de Riga e concluíra os estudos superiores em Oxford; em seguida, na qualidade de oficial de cavalaria, combatera valentemente na frente russa, onde fora ferido e condecorado com as duas mais altas medalhas por bravura: Virtuti Militari e Cruz dos Valentes; nos últimos anos sumira de circulação, tendo se dedicado com afinco à administração de suas propriedades no norte da Polônia.

O curriculum estava repleto de adjetivos do tipo: espetacular, esclarecido, empreendedor... E terminava com a afirmação de que o presidente Nicodemo Dyzma era conhecido por sua extraordinária força de vontade e de caráter, assim como por seus notáveis dons organizacionais.

Para Nicodemo, a parte que o deixou mais espantado foi o conteúdo da entrevista. Leu-a sem acreditar em seus olhos. Embora tivesse se embriagado por completo naquela noite, ao falar com os jornalistas estivera completamente sóbrio! E, no entanto, naquilo que constava na entrevista não havia uma palavra sequer que ele tivesse dito! Havia frases inteiras que ele, apesar de todos os esforços, não conseguia entender, palavras cujo significado desconhecia, bem como opiniões sobre assuntos dos quais não só não falara como nunca ouvira falar.

Rosnou um palavrão, mas sem sentir raiva. Pelo contrário; estava contente com o fato de que qualquer pessoa que lesse aquela entrevista teria de considerar o senhor Dyzma, presidente do Banco Nacional do Trigo, uma pessoa singularmente admirável.

Praticamente todos os jornais publicaram matérias semelhantes e fotos do senhor presidente nas mais diversas poses. As que mais lhe agradaram foram uma na qual ele aparecia sentado num sofá entre o premier e o ministro Jaszunski e outra na qual descia as escadas, seguido por um senhor com ar distinto e chapéu na mão, enquanto ele, Nicodemo, mantinha a cabeça coberta. A legenda sob a foto dizia:

> *O presidente Nicodemo Dyzma, ao sair da reunião do Conselho de Ministros, acompanhado por seu futuro colaborador, o recém-nomeado diretor do Banco do Trigo, senhor Wladyslaw Wandryski, ex-chefe de gabinete do ministro da Fazenda.*

"Agora", pensou Nicodemo com seus botões, "toda a Polônia já me conhece."

Repentinamente, aquele pensamento deixou-o apavorado. Passou-lhe pela cabeça que os jornais acabariam chegando a Lysków, onde os senhores Boczek e Jurczak, bem como todos aqueles que o conheciam, saberiam muito bem que aquelas histórias sobre Curlândia, Riga e Oxford não passavam de grossas mentiras.

Meu Deus! E se um deles decidisse escrever a um jornal contando toda a verdade?

Nicodemo sentiu milhares de formigas percorrerem suas costas. Andava pelo quarto murmurando palavrões, até se acalmar um pouco e reler os jornais. Chegou à conclusão de que a possibilidade de uma denúncia proveniente de antigos conhecidos seus era improvável — a importância de seu cargo e suas relações iriam deixá-los intimidados. A não ser que a denúncia fosse anônima... Mas denúncias anônimas não costumam ser levadas a sério. Sentiu-se mais tranquilo, mas ao reler a descrição de seus atributos foi assolado por uma nova preocupação: como ele conseguiria dar conta do recado?

Era verdade que o grosso do trabalho cairia sobre os ombros daquele diretor Wandryski, mas ele mesmo seria obrigado a fazer alguma coisa, falar, assinar, decidir... E tudo dizia respeito a assuntos assustadoramente incompreensíveis para ele!

A única solução seria encontrar alguém esperto... Se Kunicki quisesse assumir aquele posto seria ótimo, mas ele não estaria interessado... Aliás, lembrou-se de que, diante do que o aguardava, teria que abandonar o emprego em Koborowo. Ficou triste com a ideia de se separar de Nina, mas disse a si mesmo: "Paciência... Ela não é a única mulher no mundo."

Já a questão de encontrar alguém disposto a trabalhar por ele era mais complicada... Alguém que, por exemplo, aceitasse ser seu secretário...

De repente, bateu na testa.

"Krepicki!"

Chegou a dar um pulo de alegria. Krepicki era um cara astuto, um profundo conhecedor dos meandros políticos, um espertalhão. Além do mais, estava sem dinheiro e, caso recebesse uma proposta tentadora, trabalharia com afinco pelos dois.

Nicodemo ficou tão animado com a ideia que resolveu sair imediatamente à procura de Krepicki. Vestiu-se rapidamente e, quinze minutos depois, batia na porta da senhora Preleska, onde, além da dona da casa, encontravam-se Krepicki e a senhorita Hulczynska, uma jovem sardenta e de aparência doentia.

Dyzma foi recebido com estrondosos cumprimentos. A senhora Preleska chamou-o de "salvador da nobreza rural" e

Zyzio Krepicki, de "Napoleão administrativo", enquanto a senhorita Hulczynska olhava para ele como se fosse o deus Sol.

Teve início uma conversa a respeito de Koborowo, e todos expressaram tristeza quando Dyzma declarou que, diante dos últimos acontecimentos, não teria mais como se ocupar da questão de Jorge Pomirski.

— Além do mais — acrescentou —, o seu estado mental se deteriorou tanto que dificilmente poderia conseguir algum avanço.

O ponto culminante da visita de Nicodemo Dyzma à senhora Preleska foi quando, depois de tomar um gole de café, falou:

— Eu vim aqui com uma proposta. Pelo que me consta, o senhor Krepicki não tem emprego. Estou certo?

— Sim — respondeu Krepicki.

— E o senhor gostaria de ter um?

— Mas é claro! — exclamou a senhora Preleska.

— Acontece — continuou Nicodemo — que eu vou precisar de um secretário, e a função de secretário do presidente de um banco não pode ser exercida por qualquer um, mas por alguém que seja inteligente, esperto e, acima de tudo, responsável. O senhor está adivinhando aonde quero chegar?

Krepicki lambeu os lábios e adotou uma postura desinteressada.

— Agradeço ao senhor presidente — falou —, mas não sei se eu seria a pessoa mais indicada para um cargo de tal importância. Além disso... Vou ser totalmente sincero e espero que o senhor presidente não leve a mal o que vou dizer... Mas não sou muito chegado a cumprir horários rigorosos, a acordar cedo...

Dyzma bateu afetuosamente no joelho dele.

— Não precisa se preocupar! Quem falou em horários definidos? O senhor terá que estar no banco somente quando eu lá estiver, e o senhor acha que o presidente de um banco passa horas no escritório? Para isso, meu caro senhor, há o diretor. Quanto a nós, nos ocuparemos apenas das questões mais importantes. E então, posso contar com o senhor?

A senhora Preleska parecia explodir de entusiasmo e insistiu com Krepicki para que aceitasse imediatamente a proposta.

Ele sorriu e estendeu a mão.

— Agradeço profundamente ao senhor presidente. Será que posso perguntar qual o salário que o senhor presidente pretende me conceder?

A frequente referência ao "senhor presidente" agradou a Nicodemo, que, apoiando os punhos na cintura, indagou:

— E quanto o senhor gostaria de ganhar?

— Tanto quanto o senhor presidente achar adequado.

Dyzma sorriu com benevolência.

— O senhor presidente acha adequado o senhor secretário dizer quanto.

Todos riram com gosto.

— Pois eu acho — meteu-se a senhora Preleska — que uns mil *zloty*...

— Mil e duzentos! — corrigiu-a imediatamente Krepicki.

— Mil e duzentos? Muito bem, vou lhe pagar 1.500! — anunciou formalmente Dyzma, lançando um olhar triunfal pela sala, enquanto Krepicki agradecia profundamente a generosidade do senhor presidente.

A senhora Preleska declarou que aquilo não poderia ser concluído "a seco" e ordenou ao mordomo que trouxesse uma garrafa de champanhe.

— À nossa parceria — falou Dyzma, erguendo sua taça. — Uma parceria baseada em confiança mútua e total sigilo sobre o que discutiremos entre nós...

— Compreendo, senhor presidente.

Krepicki acompanhou Dyzma até o hotel. No caminho, conversaram sobre a organização do banco, e Nicodemo disse que já no dia seguinte iria apresentar Krepicki ao diretor Wandryski.

— Eu estarei muito ocupado com outros assuntos, de modo que vamos deixar o dia a dia operacional para Wandryski, que deverá relatar suas atividades não a mim, mas ao senhor. Aí, o senhor fará um resumo de tudo para mim e repassará a ele as minhas diretrizes.

— Sim, senhor — falou Krepicki.

— A capacidade gerencial, caro senhor Krepicki, lembre-se sempre disso, reside na capacidade de tomar decisões imediatas!

Chegando ao hotel, Nicodemo encontrou Ulanicki, que o cumprimentou com um sonoro "Parabéns!".

— Você nem imagina, Nico, como ainda estou de ressaca. Você já fez as visitas protocolares?

— Que visitas?

— As de praxe, você sabe. Ao premier, a Jaszunski, a Brozynski e a alguns outros, pois imagino que não vai querer visitar Terkowski, embora eu tenha notado ontem que ele não nutre nenhuma má vontade em relação a você.

— Você acha que elas são indispensáveis?

— Sim, é um costume antigo.

— É que fico meio sem graça nessas horas... Se você fosse comigo...

— Está bem, irei com você...

Combinaram que fariam as visitas no dia seguinte, já que passariam o resto do dia acertando os detalhes da data da inauguração do banco e do início de suas atividades.

Em menos de duas semanas os trabalhos introdutórios estavam a pleno galope. O governo alocou dois andares para os escritórios do banco e um apartamento de oito cômodos para seu presidente num recém-construído prédio na rua Wspólna. Embora o projeto ainda estivesse sendo discutido nas duas câmaras do Congresso, não havia dúvida de que ambas o aprovariam sem alterações significativas.

Dyzma não tinha qualquer envolvimento naquilo, já que todas as questões eram tratadas por Wandryski e Krepicki, sendo que o último se revelou inestimável. Lançou-se ao trabalho cheio de disposição, e como era dotado de uma inteligência brilhante, conseguia tudo o que queria apoiando-se sempre numa frase dita de forma categórica:

— É um desejo do senhor presidente.

No começo, Wandryski e alguns outros descontentes com a mania de Krepicki de se meter em tudo perguntavam a Dyzma se determinadas decisões haviam sido de fato tomadas por ele, mas o presidente, apesar de não saber do que se tratava na maioria das vezes, respondia sempre da mesma forma:

— Se isso foi dito por Krepicki, quer dizer que é o que eu decidi, e não há nada mais a questionar.

Diante disso, todos foram obrigados a se conformar com a ingerência de Krepicki. Quanto a este, em pouco tempo tornou-se amigo do senhor presidente. O fato de estar em contato quase permanente com o chefe fez com que notasse logo suas lacunas intelectuais, mas isso vinha a calhar, tornando-o uma figura praticamente indispensável. Por outro lado, o crescente respeito e a admiração geral por Dyzma fizeram com que Krepicki passasse a acreditar que ele possuía uma força misteriosa e uma mente que diferia das demais.

É verdade que em muitas ocasiões chegava a ficar desconcertado com o aparente "obscurecimento mental" de Nicodemo, sobretudo quando ele parecia não compreender uma questão primária, mas chegou à conclusão de que o senhor presidente se fingia de tolo de propósito, no intuito de flagrar alguns deslizes de seus subordinados. Além disso, estava mais do que ciente de que seu emprego dependia apenas do presidente e que, caso este fosse substituído, ele seria despedido sumariamente. Assim, era de seu interesse reforçar a posição do chefe, fazendo de tudo para cercar sua pessoa de uma aura de inacessibilidade quase olímpica.

Isso, por sua vez, convinha perfeitamente a Dyzma.

Apesar de as distinções e honrarias que não cessavam de desabar sobre sua pessoa reforçarem sua convicção de que não soubera até então dar o devido valor a si mesmo, Dyzma não deixou de reconhecer sua falta de traquejo social, as limitações de sua inteligência e as lacunas em sua educação. Krepicki era a pessoa com a qual se sentia mais à vontade, mas mesmo com ele mantinha um ar de mistério.

Graças a esse comportamento, em pouco tempo o presidente do Banco Nacional do Trigo passou a ser conhecido como "o homem menos falante da Polônia". Alguns creditavam isso a seu jeito britânico de ser, enquanto outros aceitaram o que ele afirmara numa recepção na casa do premier, quando fora acusado de falar pouco por algumas damas:

— Não tenho nada a dizer.

Obviamente, uma pessoa que tem tanto em que pensar não tem o que falar.

Entretanto, a falta de traquejo social e a incompreensão de muitas palavras incomodavam tanto Nicodemo que ele decidiu completar sua educação por conta própria, adquirindo três livros na livraria Swietokrzyska: *Pequeno dicionário de palavras não usuais*, *Enciclopédia básica* e *Bom-tom*.

O último foi o que lhe prestou mais ajuda. Logo no primeiro dia, encontrou nele a explicação do mistério pelo qual Ulanicki lhe recomendara colocar dois cartões de visita — e não um — na caixa de correio do premier. Quanto ao *Pequeno dicionário*, usava-o sistematicamente. Anotava mentalmente cada palavra desconhecida, para mais tarde procurar seu significado.

Finalmente, no que se refere à enciclopédia, abordou-a de forma metódica. Começou a lê-la desde a primeira página e, até a data da sua partida para Koborowo, já tinha chegado à letra "F". Embora essa leitura não lhe causasse prazer, a visão de seu resultado na convivência com outros fez com que decidisse lê-la até o fim.

De certa forma, aquilo fora a única ocupação de Nicodemo naqueles dias, se não levarmos em consideração a leitura das cartas diárias de Nina. Eram cartas longas, e embora Dyzma admitisse que eram belas, acabou perdendo a paciência e parou de lê-las de vez. Passava o olho rapidamente apenas nos últimos parágrafos, nos quais encontrava as informações que lhe interessavam. Assim, tomou conhecimento do fato de Kunicki não ter intenção de abrir mão de seu genial administrador, já que achava que Nicodemo poderia facilmente conciliar as tarefas de presidente de um banco com as de plenipotenciário do qual nada era exigido e que podia dispor de seu tempo da forma que achasse mais adequada.

Nina ficou extremamente feliz com aquilo e implorou a Dyzma que aceitasse. Nicodemo avaliou a situação por muito tempo e acabou por aceitar a proposta somente depois de Krepicki ter afirmado com toda convicção que um ganho a mais não faria mal a ninguém.

Não escreveu sobre isso a Nina, já que, de acordo com o que ela lhe solicitara, não lhe escrevia. Em Koborowo, todas as cartas passavam pelas mãos de Kunicki, e Nina temia que ele pudesse abrir o envelope, algo que já fizera no passado com cartas de Kasia a ela.

Krepicki ocupou-se da decoração do apartamento do senhor presidente, e duas semanas mais tarde Nicodemo pôde se mudar do hotel para o apartamento na rua Wspólna.

No dia seguinte partiu para Koborowo no intuito de pegar suas coisas e ter uma conversa com Kunicki. Era domingo e, uma vez que não telegrafara avisando de sua chegada, foi obrigado a ir a pé da estação até a propriedade. A distância era inferior a dois quilômetros e, como a manhã estava fresca, o passeio for muito agradável.

Perto da serraria encontrou o mestre da fábrica de papel, que se curvou respeitosamente. Dyzma parou e perguntou:

— O que há de novo?

— Graças a Deus, nada, senhor administrador.

— Não sou mais administrador, mas presidente de um banco. Vocês não leram sobre isso nos jornais?

— É lógico que lemos, e estamos muito orgulhosos da honra com a qual fomos agraciados.

— E então? A partir de agora, vocês têm que se dirigir a mim como "senhor presidente", está entendido?

— Sim, senhor presidente.

Dyzma enfiou as mãos nos bolsos e seguiu em frente. Após ter dado alguns passos, parou, se virou e gritou:

— Ei, você!

— Sim, senhor presidente.

— O senhor Kunicki está no palacete?

— Não, senhor presidente. O patrão deve estar em Siwy Borek, onde está sendo instalada uma nova via férrea.

— Mas hoje é domingo, um feriado.

— Oh, para o nosso patrão só há feriado quando não há nada a fazer — respondeu ironicamente o mestre.

Dyzma adotou um ar sério.

— E ele está absolutamente certo. O trabalho enobrece. Se dependesse de vocês, todos os dias seriam feriados. Vocês não passam de um país de vagabundos!

Colocou as mãos nas costas e seguiu em frente.

A porta frontal estava fechada e somente foi aberta pelo mordomo após vários toques da campainha.

— O que está se passando aqui? Vocês todos morreram de repente? Não ouviram a campainha? — falou rispidamente Dyzma.

— Queira me perdoar, ilustríssimo senhor. Eu estava na despensa...

— Seu desgraçado! Fico meia hora tocando à porta e você na despensa! Vamos logo, seu animal, pegue meu casaco e não fique olhando para mim como um idiota. A patroa está?

— Não, senhor administrador. Ela foi à igreja.

— Em primeiro lugar, seu imbecil, não me trate de "senhor administrador", mas de "senhor presidente". Em segundo, vejo que quando os patrões não estão em casa vocês logo decretam feriado. Pois saibam que um feriado existe somente quando não há trabalho a ser executado; está compreendido? E agora, suma daqui!

O mordomo fez uma reverência e afastou-se rapidamente.

— Esse pessoal tem que ser mantido sob rédeas curtas — murmurou Dyzma consigo mesmo. — Caso contrário, ficará abusado.

Enfiou as mãos nos bolsos e andou pelo palacete. Todos os aposentos já estavam arrumados, mas no quarto de dormir de Kunicki alguém deixara uma vassoura. Dyzma apertou a campainha que chamava a camareira, e quando esta chegou, apontou para a vassoura sem dizer uma palavra.

— Que droga! — murmurou, quando a empregada sumiu atrás da porta.

Inspecionou todo o andar térreo e, depois, subiu para o primeiro andar. No *boudoir* de Nina as janelas estavam abertas. Nicodemo olhou com curiosidade para os móveis, quadros e fotografias.

A maior parte das fotos estava sobre a escrivaninha. Nicodemo acomodou-se numa poltrona e passou a examiná-las. Como quem não queria nada, tentou abrir uma das gavetas laterais, mas estava fechada à chave, assim como a outra, do outro lado. Em compensação, a gaveta central não estava trancada. "O que será que ela esconde aí?", pensou, puxando a gaveta e abrindo-a pela metade. Seu interior estava tão arrumado quanto o tampo da escrivaninha, com pilhas de cartas amarradas com fitinhas azuis e verdes. Nicodemo começou a fuçar nelas. A maior parte era formada por cartas de colegas de Nina do colégio de freiras, algumas delas escritas em francês.

Ao lado das cartas jazia um livro com capa de pano. Nicodemo abriu-o e viu páginas escritas com a letra de Nina, das quais mais da metade estava em branco. "Deve ser um diário", pensou, muito interessado.

Pegou o livro e se sentou perto da janela para poder ouvir a tempo a chegada do automóvel.

A primeira folha continha um aforismo:

Compreender tudo é perdoar tudo.

No verso, iniciava-se o texto:

> *Estou me preparando para escrever aquilo que as pessoas costumam considerar ridículo: um diário. Não, isto não será o meu diário. Pitigrili afirma que uma pessoa que escreve um diário lembra alguém que, tendo assoado o nariz, fica examinando o lenço. Ele não está certo. Pois o que é um diário a não ser uma descrição de acontecimentos? Ou até de sensações? No meu caso, por exemplo, vou escrever apenas para poder ver os meus pensamentos de forma concreta. Aliás, acredito que um pensamento não expresso através da fala ou da escrita não pode ser considerado um pensamento formulado e concreto.*
>
> *Outra mentira referente a diários, que eu acho que foi dita por Oscar Wilde, é a de que todo aquele que escreve um diário o faz conscientemente ou, no melhor dos casos, inconscientemente, com o expresso desejo de que ele possa ser lido um dia por alguém.*
>
> *Meu Deus! Ao que parece, não lhe passou pela cabeça a ideia de que possa existir uma pessoa que não tenha nin-*

guém no mundo — ninguém, no mais terrível significado dessa palavra.

Para quem poderia eu escrever? Para ele? Para aquele que é exatamente o equivalente ao terrível vazio que me cerca, um vazio que não poderá ser preenchido por nada? Para filhos? Não os tenho e, infelizmente, jamais os terei. O que me sobrou? A família, que se afastou de mim, ou o semidesvairado Jorge?

Para Kasia?... Oh, não! Jamais! Nós duas estamos em polos opostos e ela jamais me compreenderá. De que adianta ela me amar tanto? Aliás, é possível amar alguém sem o compreender? Não creio que isso seja possível. Além do mais, podemos chamar isso de amor? Mesmo se pudéssemos, tratar-se-ia de um amor num nível vergonhosamente baixo. Por mais de uma vez pensei no que aconteceria se, em função de um acidente qualquer, eu ficasse deformada... Kasia... Afinal, o que ela é para mim? Por que eu, que à luz do dia amaldiçoo a noite anterior, não consigo me defender daquela noite, ou seja, da minha própria fraqueza?

Nicodemo coçou a cabeça.

"Quanta baboseira! O que ela quer dizer com tudo isso?", pensou, virando algumas páginas.

O diário fora escrito sem datas. Nicodemo encontrou pequenas notas sobre uma viagem ao estrangeiro, comentários sobre música e divagações a respeito de uma tal Bilitis (na certa uma colega ou prima de Nina). Queria encontrar algo sobre si e, efetivamente, lendo mais algumas páginas, se defrontou com seu sobrenome.

"Aha, vamos ver", pensou com curiosidade e se pôs a ler:

Hoje conheci um homem com um nome esquisito: Nicodemo Dyzma. É um nome que soa misterioso e preocupante. Tem fama de ser um homem arrojado, e me parece ser mesmo. Faria uma bela figura com o chicote de Nietzsche na mão. É a masculinidade em pessoa. Talvez demasiadamente brutal, talvez demasiadamente simplista, mas tão potente que não deixa de impressionar. Kasia diz que ele é brusco e trivial. Concordo com ela quanto ao primeiro adjetivo; quanto ao segundo, ainda não formei minha opinião. Gostei dele.

Nicodemo sorriu, tirou o bloquinho de notas e, cuidadosamente, registrou nele todas as palavras que desconhecia.

"Muito bem, vamos em frente..."

O que se seguiu foi a descrição de um sonho e de uma discussão com Kasia. Nesse ponto, parou a leitura desinteressada, já que voltava a aparecer o seu nome:

Ela não consegue compreender isso. Odeia o senhor Nicodemo, pois sua abordagem do mundo sempre foi patológica. O que eu sou além da minha feminilidade? Ela é a razão da minha existência. Todo o meu intelecto, minhas prendas artísticas, em outras palavras, tudo tem que servir à minha feminilidade, e não o contrário. O que há de estranho no fato de eu me sentir atraída — admito que tanto psíquica quanto fisicamente — pela presença de um homem? Meu Deus, quem sabe se a presença de outro homem igualmente sadio e normalmente masculino não teria exercido o mesmo efeito sobre mim?

"Pronto!", disse Nicodemo, meneando a cabeça. "Basta um par de calças para deixá-la excitada."

Olhou pela janela e se certificou de que poderia continuar lendo com calma. Agora, tinha diante de si uma série de folhas escritas recentemente, pois a tinta ainda não chegara a escurecer.

Hoje ele partiu para Varsóvia, convocado pelo premier. Como é estranha a sensação da saudade. Ela suga de nós toda a paz d'alma. Irá ele me trair por lá? Não sei; não o conheço o suficiente para saber! Quando penso nele, convenço-me cada vez mais de que o conteúdo de sua existência é marcado por algum segredo, um segredo que o fez se trancar como uma concha. Quem sabe essa concha ainda possa se abrir um dia sob o calor dos raios do amor? E, uma vez aberta, não irá ela me horrorizar?

Não sei. A bem da verdade, não sei nada dele, exceto que o desejo com todas as fibras do meu corpo. Ele fala tão pouco, mas tão pouco e de uma forma tão simples e direta, que seria totalmente compreensível suspeitar que lhe falta inteligência, caso não existissem as diárias comprovações de que debaixo daquela testa alta funciona incessantemente uma mente privilegiada. Kasia afirmava que ele não tinha cultura. Não é verdade. Ele até pode ser chamado de descortês e na certa tem lacunas em sua educação social, lacunas que devo confessar serem inesperadas numa pessoa que estudou em Oxford. Mas quem sabe isso não seja apenas seu jeito de ser? Algo como uma manifestação expressa do desprezo pelas formas para reforçar ainda mais a importância do conteúdo? O mesmo é visível em sua forma de se vestir. É inegável que ele tem um corpo proporcional, e é somente em função de suas roupas que aparenta ser desajeitado. Durante um certo tempo fiquei refletindo se ele é bem-apessoado. Em princípio, não o é. Mas que me importa a beleza física? Ele é másculo e me hipnotiza com sua masculinidade. Teria preferido que suas mãos fossem mais bonitas. Hoje lhe enviei uma longa carta. Sinto muito a sua ausência.

A folha seguinte começava com um longo parágrafo em francês, depois dele Nicodemo leu:

Aconteceu uma desgraça. Achei que ia desmaiar quando li os jornais. Tremo só de pensar na possibilidade de ele nunca mais retornar a Koborowo.

— Essa mulher está caidinha por mim! — murmurou Dyzma para si mesmo, achando que embora isso inflasse seu ego, poderia, com o tempo, tornar-se um estorvo.

Leon lhe enviou um telegrama com congratulações. Queira Deus que ele aceite a proposta de Leon e permaneça junto de mim. Cheguei a cogitar a possibilidade de me mudar para Varsóvia, mas não, isso não seria possível. Eu teria medo de sair à rua, onde poderia encontrar a titia Preleska ou um dos seus conhecidos. Não teria coragem de encará-los, mas, por outro lado, muito menos seria capaz de desistir de vê-lo todos os dias.

Na última folha, uma breve anotação:

Não preguei o olho esta noite. Meu Deus, agora ele pode se tornar um homem rico!

Ele me ama?

Quando lhe fiz esta pergunta, ele respondeu curto e grosso: "Sim."

E isso pode significar muita coisa, ou não significar coisa alguma...

Nicodemo virou a folha e olhou pela janela.

No início da alameda viu um automóvel se aproximando. Era Kunicki voltando para casa.

Nicodemo levantou-se rapidamente, fechou o diário de Nina e o recolocou no lugar dentro da gaveta. Depois, esforçando-se para não fazer barulho, esgueirou-se para fora do quarto e desceu as escadas.

Foi na hora exata, pois a porta da frente acabara de ser aberta e ele viu uma silhueta com os braços abertos.

Caiu nos braços de Kunicki.

— Meu querido senhor Nicodemo! Finalmente, finalmente! Meus mais sinceros parabéns! O senhor recebeu meu telegrama? E como vão as coisas? O banco está sendo formado às pressas? A imprensa só tem escrito elogios a seu respeito! Estou muito feliz pelo senhor. O senhor sabe melhor do que qualquer um quanto lhe desejo bem.

— Obrigado.

— Sente-se, por favor, querido senhor Nicodemo; querido senhor presidente! Tenho uma proposta para lhe fazer... Mas, talvez o senhor queira descansar antes?

— Não. A viagem não me cansou.

— Graças a Deus. Então, por favor, queira me escutar. Peço-lhe, de antemão, que o senhor não me responda de imediato caso a resposta seja negativa. Está bem?

Nicodemo sorriu e semicerrou um dos olhos.

— O que o senhor diria se eu adivinhasse o que quer me propor?

— Não creio que o senhor possa — respondeu Kunicki.

— O senhor gostaria que eu continuasse sendo seu administrador. Não era isso que tinha em mente?

Kunicki levantou-se de um salto e voltou a abraçar Dyzma. Em seguida, passou a justificar detalhadamente seu plano, provando por A mais B que Nicodemo deveria concordar com ele.

— Afinal, querido senhor Nicodemo, o presidente de um banco estatal não é um simples funcionário público, mas o chefe de uma organização que tem todo o direito de dispor de seu tempo como bem lhe aprouver...

Nicodemo fingiu hesitar, mas após alguns minutos concordou, com a única condição de que Kunicki jamais se gabasse do fato de o presidente do Banco Nacional do Trigo ser um funcionário seu; uma condição aceita de imediato, com pleno reconhecimento de sua procedência.

Quando estavam concluindo a negociação, chegou dona Nina.

Não disse nada ao cumprimentá-los, mas a expressão em seus olhos era tão clara que Kunicki não devia ter o mínimo senso de observação para não tê-la notado.

É bem possível que a excitação na qual se encontrava devido à inesperada aceitação de Dyzma tenha feito com que não notasse nada, pois logo contou à esposa sobre como estava feliz com o fato de o querido senhor Nicodemo ter decidido não abandonar Koborowo à sua própria sorte, continuar cuidando dos seus interesses e visitá-los frequentemente.

— Eu também fico muito feliz com isso — falou Nina, pedindo licença para subir e se preparar para o almoço, que, aos domingos, era servido às duas da tarde.

O resto do dia, diante de um mal disfarçado descontentamento de Nina, foi passado a três. Kunicki demonstrou grande interesse pelas atividades do banco. Falou muito sobre a crise geral, o peso da carga tributária e o custo da assistência social, mas não mais se queixou da colheita, excepcionalmente boa naquele ano.

Após o jantar, foram dar um passeio de carro. A noite estava especialmente bela, e o caminho, no meio da floresta e iluminado pelo luar, tinha um encantamento misterioso. Nina, absorta em seus pensamentos, aninhou-se nas almofadas do automóvel. Até Nicodemo, normalmente insensível a esse tipo de coisa, sentiu algo estranho naquela noite enluarada. Somente Kunicki parecia imperturbável e não parava de falar.

Quando retornaram ao palacete, Nina subiu rapidamente as escadas, enquanto o marido acompanhou Dyzma a seu quarto, desejando-lhe uma boa noite.

Nicodemo começou a se despir.

Foi somente então, na calma de seu quarto, que ele pôde analisar o que lera no diário de Nina. Teve muita dificuldade em compreender claramente todo seu significado, mas de uma coisa estava certo: Nina estava totalmente apaixonada por ele e nutria esperanças de que ele se casasse com ela.

O que mais lhe agradou foi o fato de ela não ter desconfiado daquela história de Oxford e da sua falta de inteligência. Aparentemente, sua tática de falar pouco estava funcionando a contento, mas daí a pensar em casamento...

A bem da verdade, aquela foi a primeira vez que ele pensou seriamente no assunto. Não podia negar que Nina lhe agradava, e a possibilidade de ter uma condessa por esposa não era algo a ser jogado fora. Nenhum daqueles dignitários era casado com uma aristocrata... Por outro lado, casar com uma mulher que não tem nada, mas exige tanto... Quantos vestidos!... Ela troca de roupa três vezes ao dia, viaja ao exterior, troca de anéis e pulseiras a toda hora... E, no caso de um divórcio, Kunicki não iria lhe dar um tostão...

Embora o salário no banco fosse alto, não seria suficiente para manter o nível de vida que ela esperava. Além disso, quem garantia que ele não seria demitido sumariamente um dia, e então o que iria fazer com aquela mulher às costas?... Se Kunicki, apesar do divórcio, o mantivesse como administrador!... Mas isso estava fora de questão.

E mais uma coisa: o que iria acontecer com aquele irmão maluco? Também acabaria sendo sustentado por ele...

Apagou a luz e puxou o cobertor até o queixo.

A ideia de sustentar Pomirski foi suficiente para que ele tomasse uma decisão definitiva.

— Seria uma loucura — disse, virando-se de lado.

Já estava adormecendo quando ouviu passos no cascalho da alameda.

"Quem poderia estar vagando por aí a esta hora?", pensou, erguendo a cabeça do travesseiro.

De repente, ficou petrificado.

No meio das fantasmagóricas manchas de sombras dos galhos misturadas aos luminosos raios do luar, viu claramente um vulto humano parado diante das portas envidraçadas que davam para o parque.

"Um ladrão!", passou-lhe pela cabeça.

O vulto ficou imóvel por algum tempo, depois ergueu o braço e ouviram-se batidas nas vidraças.

Nicodemo sentiu milhares de formigas percorrerem sua espinha dorsal e, de repente, tudo ficou claro:

"É Pomirski! Ele endoidou de vez e veio me matar."

As batidas se repetiram — dessa vez com mais força. Dyzma permanecia imóvel; na verdade, estava com medo de se mexer. Acalmou-se somente quando viu a maçaneta se abaixar e a porta permaneceu fechada (o que significava que estava trancada à chave). Aquilo o encheu de coragem. Levantou-se silenciosamente e, andando colado à parede, aproximou-se da porta. Com todo cuidado, esticou a cabeça de forma que não pudesse ser visto.

Quase deu um grito de espanto.

Do outro lado da porta estava Nina.

Nicodemo vestiu rapidamente as calças do pijama e abriu a porta. Nina adentrou silenciosamente o quarto e pendurou-se a seu pescoço. Ele tentou levá-la para a cama.

— Não, não — disse ela categoricamente. — Eu lhe suplico... Não isso... Vamos nos sentar aqui... Eu amo tanto você por compreender a minha sensibilidade nesse ponto. Você me ama?

— Amo.

— Meu querido...

Teve início uma ladainha sobre saudade, esperança e alegria, a toda hora interrompida por beijos.

— Eu precisei vir aqui. Não conseguiria adormecer se não me aninhasse nos seus braços ainda hoje, se não lhe dissesse quanto me sinto bem ao seu lado quando tenho a certeza de que nenhuma outra mulher pode roubá-lo de mim. Vamos, confesse, você andou me traindo?

— Não.

— De verdade?

— Até este momento, sim.

— Diga — insistiu ela — que você não tem uma antiga amante em Varsóvia.

Nicodemo disse que não tinha, e foi recompensado com uma nova série de beijos. Tentou levá-la novamente para a cama, mas foi rejeitado. Ficou chateado consigo mesmo por não ter sido mais incisivo, chegando a temer que Nina achasse que ele era um frouxo que não sabia se impor a uma mulher.

Enquanto isso, Nina começou a falar da nova posição dele, levantando a hipótese de eles se casarem.

O assunto era delicado, e Dyzma resolveu abordá-lo de forma diplomática. Disse que ainda não era hora, pois seus rendimentos não eram suficientes.

— Além disso, você mesma afirmou que não vai querer viver em Varsóvia, e eu vou ter que morar lá.

Nina ficou triste. Era verdade... A não ser que eles fossem morar nas redondezas e Nicodemo viajasse de carro diariamente para a capital. Ficou mais animada e começou a fazer planos para o futuro.

Nicodemo estava sonolento e, para não adormecer, acendeu um cigarro.

— Ah, e sim — dizia ela —, vamos ter filhos. Que coisa maravilhosa é ter filhos. Diga-me, meu amor, você gosta de crianças?

Dyzma, que odiava crianças, respondeu:

— Muito.

— Perfeito! Vamos ter uma porção de filhos...

— Ouça — interrompeu-a Dyzma. — Você não tem medo que o seu marido descubra que você saiu do seu quarto de dormir?

Nina ficou assustada. Efetivamente, passara muito tempo no quarto de Dyzma. Na verdade, não estava nem um pouco interessada no que Kunicki pensava, mas queria evitar um escândalo.

Despediram-se carinhosamente, e ela saiu.

Dyzma deitou-se na cama, cobriu a cabeça com o cobertor e rosnou:

— Grandes merdas um romance assim...

capítulo 10

O BANCO NACIONAL DO TRIGO FOI UM SUCESSO. O EXPERIMENto econômico ultrapassara as mais otimistas expectativas. Isso chamou a atenção de outros países da Europa, e a imprensa estrangeira, principalmente a dos países agrícolas, passou a demandar de seus respectivos governos a adoção dos "métodos do presidente Dyzma".

O próprio senhor presidente tornou-se uma personalidade que desfrutava de pleno reconhecimento nas esferas governamentais, e mesmo a oposição tratava-o com respeito, não raro cobrindo-o de elogios.

E não era de se estranhar.

O Banco Nacional do Trigo, graças à sua mão férrea, era citado como exemplo de organização bem azeitada, discreta nos gastos e eficiente nos resultados.

Além disso, a fama do presidente Dyzma crescia de forma exponencial, já que ele se destacava por uma espantosa perspicácia aliada a uma extraordinária laboriosidade. O seu gabinete era um santuário inacessível a simples mortais, e somente o secretário Krepicki tinha plena liberdade de adentrá-lo a qualquer hora. Era ele quem, todas as manhãs, apresentava ao presidente um resumo dos relatórios dos diversos chefes de departamento e era ele quem tratava da correspondência, da imprensa e de todos os assuntos correntes.

Todos os dias, às onze da manhã, o presidente recebia o diretor Wandryski para um breve despacho, no qual este apresentava as questões mais complicadas, que normalmente requereriam uma longa e profunda análise. Nessas ocasiões, o presidente Dyzma invariavelmente pronunciava uma decisão definitiva de forma imediata:

— Rejeitar essa proposta.

Ou então:

— Aquiescer ao pedido.

No começo, o diretor saía do gabinete cheio de dúvidas. No entanto, com o decorrer do tempo, notou, para seu indescritível espanto, que praticamente todas as decisões do senhor presidente foram as mais acertadas.

Obviamente, nem lhe passava pela cabeça a possibilidade de as conversas matutinas entre o presidente e o secretário Krepicki exercerem qualquer influência nas decisões.

Naqueles dias, a bandeja de prata no apartamento particular do presidente Dyzma começou a se encher de cartões de visita, nos quais figuravam não somente os sobrenomes de todos os peixes graúdos do mundo político e financeiro, mas os de muitos aristocratas. Cada vez que novos cartões cobriam o do príncipe Tomasz Roztocki, Dyzma o desencavava e colocava sobre os demais.

Nicodemo raramente recebia visitas em casa, justificando-se com o excesso de trabalho. Todavia, seguindo religiosamente as recomendações contidas no livro *Bom-tom*, visitou todos os que lhe mandaram cartões.

O fato de frequentar a casa da senhora Preleska e a palavra mágica "Oxford" lhe abriram todas as portas; tanto as da aristocracia quanto as da plutocracia. O príncipe Tomasz o chamava de "empreendedor moderno", enquanto o multimilionário Zbigniew Schwatzwagel dizia que ele era o Necker do século XX.

Diante disso, ninguém ficou espantado quando, numa disputa entre o governo e um grupo petrolífero, ambos se dirigiram cheios de confiança ao presidente Dyzma, pedindo que arbitrasse a questão. Ele demorou bastante a pronunciar sua decisão — com o que garantiu a gratidão dos empresários — e, depois, sentenciou que os impostos sobre o petróleo deveriam ser mantidos inalterados, o que satisfez o governo.

A arbitragem em questão fez com que a imprensa publicasse mais fotos de Nicodemo, o que certamente não lhe teria agradado caso pudesse prever o resultado.

Alguns dias depois, estava ele sentado calmamente em seu gabinete lendo as páginas policiais dos jornais sensacionalistas, quando chegaram a seus ouvidos sons de vozes exaltadas provenientes do aposento ao lado, que era o gabinete do secretário Krepicki. Alguém estava querendo ter uma audiência com o senhor presidente e, ignorando as negativas de Krepicki, ousava fazer um escândalo.

Aquilo irritou Dyzma. Levantou-se e abriu a porta.

— Que gritaria é essa, com todos os diabos?!

Krepicki, que estava perto da porta, informou:

— Senhor presidente, este senhor Baczek ou Boczek pretende forçar...

Não chegou a completar a frase, pois um homem baixo e gordo se adiantou e exclamou:

— Bom dia, senhor Nicodemo. Sou eu, Boczek.

Dyzma enrubesceu. Diante dele, com a mão estendida, estava o chefe da agência dos correios de Lysków. Era preciso se controlar.

— Bom dia — disse —, por favor, entre.

Fechou a porta, mas temendo que Krepicki pudesse estar escutando às escondidas, levou o convidado até o canto mais distante da porta e, sentando-se no sofá, indicou-lhe uma cadeira.

— O que o senhor quer, senhor Boczek?

Foi então que Boczek se sentiu intimidado pela primeira vez.

— Eu vim visitá-lo na qualidade de conhecido de longa data, senhor Nicodemo...

— Senhor Boczek — interrompeu-o Dyzma —, quem me chama de "senhor Nicodemo" é o presidente do Conselho de Ministros. Quanto ao senhor, tenha a bondade de me intitular "senhor presidente".

— Queira me desculpar, senhor presidente. Esse "senhor Nicodemo" saiu assim meio sem querer. Afinal, fomos colegas por tanto tempo...

— Um fato que o senhor deve esquecer. O que o senhor deseja, senhor Boczek?

— Eu vim com um pedido ao senhor presidente, em nome da nossa antiga convivência.

— E que pedido seria esse?

— Um pedido de apoio. Já faz um mês que estou desempregado... Tenho esposa e filhos...

— O senhor foi posto no olho da rua?

— Sim, fui demitido, senhor Nico... senhor presidente. Meus inimigos provocaram uma auditoria na agência, e lá havia um certo Skowronek... Um cão e não um homem, que andou metendo a mão no setor de remessa de valores, aquele mesmo no qual o senhor trabalhou...

— Fale mais baixo, com todos os diabos! Não precisa gritar!

Boczek espantou-se. Não estava falando alto, portanto... seria possível que seu ex-subalterno estivesse com medo de que alguém pudesse vir a saber... Boczek era suficientemente esperto para perceber isso.

— E então, o que o senhor quer afinal?

— Gostaria de pedir um emprego ao senhor presidente.

— Não tenho nenhum emprego a lhe oferecer. Todas as posições no banco estão ocupadas.

— O senhor presidente deve estar brincando. Basta o senhor presidente mexer um dedinho...

— Pois eu não tenho a mínima intenção de mexer qualquer dedo, o senhor está compreendendo, senhor Boczek? Isso nem me passa pela cabeça! Por que eu deveria? Quando fui subordinado do senhor, o senhor me tratava como lixo; agora que a situação mudou o senhor vem todo humilde me falar de solidariedade!

Boczek continuava sentado, com um ar soturno, enquanto Nicodemo, excitado, se erguia e batia com o pé.

— Não lhe devo nada! O senhor sabe com quem está falando? Com o presidente do Banco Nacional do Trigo, amigo de ministros! Seu palhaço! De pé quando eu estou levantado!

Boczek ergueu-se lentamente.

— Posso mandar jogá-lo escada abaixo e ninguém ousará desobedecer à minha ordem! Suma da minha frente antes que eu me enfureça, e mantenha o bico calado, compreendeu?! Nem uma palavrinha sobre aquela agência postal de merda e sobre o fato de ter me conhecido um dia! Nem uma palavra! E agora, fora daqui!

Boczek não se mexeu. Com o olhar fixo no chão, disse:

— Muito bem, irei embora... Só gostaria de dizer que essa história de me atirar escada abaixo não é bem assim... Ainda existe alguma justiça no mundo... E caso aparecesse nos jornais uma notícia de que o senhor presidente mandou seu ex-chefe...

— O quê?!!! — urrou Dyzma.

— Por que o senhor está gritando, senhor presidente? O que o senhor pensa? Que pode amarrar a minha língua? Neste momento, o senhor está por cima, mas as coisas poderão mudar. Já vou indo... Até a vista... — falou Boczek, fazendo uma mesura e encaminhando-se para a porta.

— Espere! — gritou Dyzma.

Boczek parou.

— Sim?

— O que o senhor gostaria de fazer?

— E o que eu posso fazer?

— Seu verme! — exclamou Nicodemo, cuspindo no chão.

Em seguida pegou o telefone. Discou um número, aguardou um momento e em seguida disse:

— Aqui fala Dyzma, o presidente do Banco do Trigo. Bom dia, senhor diretor.

...

— Obrigado. Mais ou menos. O senhor diretor não teria uma vaga para alguém na sua fábrica?

...
— Sim, capaz... Sim... Sim... O nome é Boczek. Józef Boczek.
...
— Ótimo... Então posso dizer isso a ele? Fico-lhe muito grato... Até logo.

Virou-se para o sorridente Boczek e disse:

— Muito bem, arrumei um emprego para o senhor.

— Agradeço profundamente ao senhor presidente.

— Só se lembre de uma coisa — Nicodemo aproximou-se do ex-chefe e sacudiu um punho fechado diante do nariz dele —: bico calado!

— Compreendi, senhor presidente. Pode ficar tranquilo — respondeu ele, inclinando a cabeça e batendo com o nariz no punho de Dyzma.

Nicodemo foi até a escrivaninha e escreveu um endereço num pedaço de papel.

— Apresente-se lá amanhã, à uma da tarde — falou.

— Muito obrigado, senhor presidente — respondeu Boczek, estendendo a mão e logo recolhendo-a ao ver que Nicodemo enfiara as suas nos bolsos. Fez mais uma reverência e saiu do gabinete.

— Que droga! — praguejou Dyzma.

Vira ódio nos olhos de Boczek, e embora estivesse convencido de que ele não o delataria por enquanto, decidiu encontrar uma forma de se assegurar melhor no futuro.

Entrementes Krepicki entrou com alguns documentos e com a última fofoca sobre um dos contadores que escrevia cartas de amor a uma datilógrafa do departamento de correspondência.

— Qual delas? — indagou Nicodemo.

— Aquela morena que fica sentada perto da janela
— E o que o diretor tem a dizer sobre isso?
— Ele não sabe de nada.
— Não deveríamos despedir o contador?

Krepicki deu de ombros.

— Para quê?... O pobre diabo tem mulher e filhos...
— Então é um porco. Diga-lhe que eu sei de tudo e quero que ele pare com esse flerte.

Krepicki fez um sinal afirmativo com a cabeça e passou a resumir o conteúdo dos papéis. Nicodemo não prestava muita atenção e acabou interrompendo-o:

— E ela é bonita?
— Quem?
— A morena.
— Muito bonita.

Dyzma sorriu à larga.

— E quanto à sua... disponibilidade?...

Krepicki sentou-se na beira da escrivaninha.

— Senhor presidente, quem pode afirmar algo sobre uma mulher?

Nicodemo bateu amigavelmente no joelho do secretário.

— O senhor tem cada uma! Se o senhor soubesse com que mulher eu andei, ficaria muito espantado.
— O senhor não está se referindo à senhora Jaszunski, está?
— Lógico que não!
— E eu a conheço?
— Sim... Não... O senhor a conheceu quando ela ainda era solteira... E então, desconfia de quem estou falando?
— Não tenho a mais vaga ideia.

Nicodemo ergueu um dedo e recitou:
— A senhora Kunicki.
— Nina?... Nina?... Impossível!
— Dou-lhe a minha palavra de honra.
— Impossível...
Dyzma esfregou as mãos.
— Uma mulher de primeira classe! Digo-lhe, alto nível!
— Espero que o senhor presidente não me leve a mal, mas simplesmente não posso acreditar que Nina fosse capaz de se entregar a qualquer um.
— E quem lhe disse que ela se entregou a qualquer um? Eu disse a mim, e isso não é a qualquer um.
— Mesmo ao senhor — teimava Krepicki. — Eu mesmo já andei tentando naqueles tempos e não tive sucesso. Ainda mais agora que ela está casada...
— Por favor, não me fale daquele palhaço como seu marido — irritou-se Nicodemo. — Um velhinho pegajoso que não serve para nada nesses assuntos. Já a mim ela ama, ama de verdade; apaixonou-se perdidamente!...
Krepicki ficou olhando para o chefe com espanto. Conhecia a delicadeza dos sentimentos de Nina e não podia imaginar como ela pudesse...
— O senhor não acredita em mim? — perguntou Nicodemo.
— Acredito, porque as mulheres são imprevisíveis — respondeu Krepicki, chegando à conclusão de que aquilo confirmava ainda mais o fato de Dyzma dispor de uma força misteriosa que ele, Krepicki, não conhecia nem compreendia, mas cuja existência era revelada a cada passo.
— Por mim, ela seria capaz de se atirar no fogo — gabou-se Dyzma.

— Quem sabe o senhor presidente ainda não acaba se casando com ela?

Nicodemo fez um gesto de desalento.

— Ela não tem um tostão.

— E Koborowo? Ela deve ser dona de pelo menos uma parte daquela propriedade.

— Oficialmente, Koborowo é toda dela, mas só no papel.

— Um momento. Não entendi direito.

Dyzma esclareceu a situação e Krepicki apenas meneou a cabeça.

— Hum... Interessante... — disse.

A conversa foi interrompida naquele ponto, pois o telefone soou. O diretor Wandryski pedia a presença de Krepicki para resolver uma questão urgente.

Naquela noite o presidente Dyzma compareceu a uma recepção no palácio dos príncipes Roztocki, o primeiro salão não só da capital, mas de todo o país. Diante disso, Nicodemo chegou a cogitar vestir uma casaca para estar mais elegante e distinto. Como o *Bom-tom* recomendava explicitamente smoking, telefonou para Krepicki e, seguindo seu conselho, desistiu da casaca.

Ao abrir a porta, Ignacy, o porteiro do banco, que exercia paralelamente as funções de mordomo do senhor presidente, disse:

— O senhor presidente está parecendo o próprio Rodolfo Valentino.

— Estou bem, não é verdade?

— Todas as mulheres vão desmaiar — respondeu o porteiro, batendo no peito.

A afirmação de Ignacy aumentou a autoconfiança de Dyzma, que, na verdade, sentia-se inseguro. Visitar ministros ou frequentar a casa da senhora Preleska era uma coisa; comparecer à residência da alta aristocracia era algo totalmente diverso. No passado, ainda em Lysków, imaginara príncipes e condes assim como figuravam nos contos de fadas. Chegou a sonhar que era cavalariço de um príncipe e conseguira obter os favores da filha mais jovem daquele patife Boczek. No entanto, desde o momento em que estivera em Koborowo e conhecera aquele conde maluco, ficara assustado com a ideia de todos os aristocratas o tratarem da mesma forma que o tratava Pomirski.

Animava-o a ideia de que nos salões do príncipe Roztocki iria encontrar logo apoio nas pessoas de Jaszunski e Wareda. Efetivamente, já ao entrar, viu o último entregando seu casaco a uma empregada. Cumprimentaram-se efusivamente e, juntos, subiram as largas escadas para o primeiro andar, onde já se encontravam algumas dezenas de pessoas. Junto da porta estava o próprio príncipe Tomasz, um alto e esbelto cavalheiro de cabelos grisalhos, conversando em alemão com dois senhores.

— Quem são aqueles dois cavalheiros? — perguntou Dyzma.

— Aquele que parece um ratinho é o barão Reintz, um diplomata de Berlim e campeão de corridas de automóveis — respondeu Wareda. — Você já deve ter ouvido falar dele.

— Por certo. E aquele outro?

— É o conde Hieronimo Koniecpolski. Parece um estivador das margens do rio Volga, porque se comenta que a sua mãe...

Não conseguiu concluir a frase, pois, no mesmo instante, o príncipe Tomasz viu Dyzma e, pedindo desculpas a seus interlocutores, aproximou-se dos recém-chegados.

— Bem-vindos, bem-vindos. Finalmente o senhor presidente se dignou a nos visitar. Quando vamos ver o senhor coronel com as insígnias generalícias?... Por favor, entrem...

Conduziu-os até os demais e apresentou-lhes Dyzma. O coronel já os conhecia de longa data.

A conversa era conduzida em alemão. O príncipe elevava aos céus o gênio administrativo de Dyzma, chamando-o vez por outra de "Napoleão da economia", ao que o diplomata sacudia afirmativamente a cabeça e o conde fazia outros gestos de aprovação.

De repente, uma senhora alta e extremamente magra se levantou do sofá. O príncipe interrompeu a torrente de elogios e pegou Dyzma pelo braço.

— Permita-me, senhor presidente, que eu o apresente à minha esposa. Há muito tempo que ela quer conhecê-lo — falou, conduzindo Dyzma ao encontro da magra dama, que poderia ter tanto 25 quanto 40 anos.

A princesa sorriu para ele já de longe e, antes que o príncipe tivesse tido tempo de dizer o sobrenome de Nicodemo, exclamou:

— Já sei, já sei, já me disseram. Seja bem-vindo, senhor presidente. Como estou feliz por poder finalmente apertar a mão do homem que salvou a espinha dorsal da nação que é o ruralismo.

Estendeu a Dyzma a mão ossuda e feia, adornada com um discreto anel.

— Agricultura, agricultura — corrigiu-a discretamente o príncipe.

— Ruralismo e agricultura não são sinônimos? — perguntou sorrindo a princesa.

— Queiram me desculpar — disse o marido —, mas tenho que cumprir com as minhas obrigações de anfitrião.

— O senhor gostaria de ser apresentado à condessa Koniecpolski? Ela é uma fã sua. Embora tenha sido educada em Viena e não fale bem o polonês, ela nutre um profundo interesse pelos nossos assuntos. *À propos*, o senhor prefere conversar em alemão ou em inglês?

— Prefiro em polonês.

— Ah, isso é muito patriótico. Compreendo sua postura. É recomendável conhecermos outras línguas para termos um acesso direto à literatura estrangeira, mas devemos sempre privilegiar a nossa. Como escreve Jean Oginiski... O senhor conhece Oginiski?

— Muito pouco...

— Não é de se estranhar, pois tenho que admitir que ele é um tanto amalucado. Mas quem sabe ainda não vá se tornar um dos homens mais meritórios do nosso país graças a seu lema: "Falemos exclusivamente em polonês com os estrangeiros!" É um lema e tanto, o senhor não acha? Afinal, já que quando estamos em Paris e Londres somos forçados a usar a língua deles, por que eles não deveriam usar a nossa quando estiverem aqui?

— Nada mais justo, mas eles não sabem...

— Ah, compreendo; a teoria não se adapta à prática. O senhor presidente tem razão: Jean Oginiski não passa de um excêntrico.

Aproximaram-se de um canto no qual um grupo de pessoas — mulheres, em sua maioria — mantinha uma animada conversa.

— Permitam — falou a princesa, em francês — que eu lhes apresente o presidente Dyzma.

Os homens se levantaram, dizendo seus sobrenomes e apertando vigorosamente a mão de Nicodemo. A senhora Lala Koniecpolski disse uma gentil frase em alemão, um senhor empertigado e de monóculo pronunciou uma longa frase em inglês, da qual Nicodemo compreendeu apenas seu sobrenome, dito duas vezes. Quis fugir dali, mas a princesa já se afastara e um empregado trouxera uma cadeira para ele.

Não tendo outra saída, Nicodemo sentou-se e sorriu sem jeito. Estava claro que todos aguardavam que ele dissesse algo. Sentiu um vazio no cérebro, combinado com uma sensação de raiva por ter sido atacado em três línguas que lhe eram desconhecidas. Quis falar alguma coisa, mas não conseguia. A situação foi salva por um conde gordo que se encontrava sentado ao lado da condessa Koniecpolski e falou:

— Pelo visto, podemos constatar que a fama de caladão do senhor presidente não é uma lenda.

— Finalmente uma frase dita em polonês! — escapou a Nicodemo. Estava tão abalado pelo absurdo da situação em que se encontrava que acabou falando involuntariamente algo que, na sua opinião, acabaria com ele de vez.

As pessoas deram uma gargalhada, e Dyzma percebeu, com espanto, que não só não cometera uma gafe, como dissera algo espirituoso.

— O senhor presidente é um inimigo declarado de outros idiomas? — perguntou uma jovem de lábios finos e sobrancelhas tão depiladas que pareciam apenas duas linhas.

— De modo algum! — respondeu Dyzma, recuperando o autocontrole. — Apenas acho que o senhor Oginiski está coberto de razão. É preciso conhecer outras línguas para conhecer a literatura estrangeira e viajar para fora do país, mas aqui, na Polônia, deve-se falar polonês.

— E se alguém não saber? — perguntou a condessa Koniecpolski.

Dyzma pensou um pouco e respondeu:

— Que aprenda.

— Bravo, bravo! — ecoou no meio do grupo.

— *Sagen Sie, bitte, Herr Praesident... Ah, pardon...* Talvez senhor dizer como se faz uma tan genial ideia.

— Que ideia?

— Aquela *fantastich plan* de obrigações de trigo. Nunca vi pessoas tão... tão...

— Engenhosas? — tentou adivinhar o cavaleiro de monóculo.

— *Mais non*, pessoas em *die Oekonomie* tão, como, *par example*, Stravinsky na música.

— Ah, já sei — esclareceu o gordão — A senhora Lala está se referindo aos criadores de novas tendências.

— Sim, sim — confirmou a condessa. — Estar curiosa como se inventar isso?

Nicodemo deu de ombros.

— É muito simples. A gente senta, pensa e inventa — respondeu e, para ilustrar, apoiou a cabeça na mão.

Aquilo provocou uma risada geral, e a senhora de vestido cinza, que até então se mantivera calada e apenas ficara observando Dyzma através de um *lorgnon*, exclamou entusiasticamente:

— O senhor, senhor presidente, é realmente extraordinário. O seu tipo de humor me faz pensar em Buster Keaton: um rosto imóvel que reforça a piada.

— O senhor ser marvado — disse a condessa Lala, fazendo beicinho. — Eu perguntar somente se difícil inventar ideia assim?

— Não — respondeu Dyzma. — É muito fácil. Ao pensar, basta ter somente um pouco de...

Não conseguia lembrar se no *Dicionário de palavras não usuais* a palavra que queria usar era "invenção" ou "intenção". Resolveu arriscar, concluindo:

— Ter um pouco de... intenção.

Todos riram novamente, e a senhora de cinza exclamou para a dona da casa:

— Jeanette! O seu presidente é encantador!

— E que *esprit à propos* — acrescentou a jovem com as sobrancelhas depiladas.

A princesa estava radiante. Embora Dyzma não tivesse causado tanto furor quanto a presença na recepção anterior de um autêntico primo de Alain Gerbault, todos pareciam estar satisfeitos com a nova atração, fato comprovado pelo incessante crescimento do círculo de pessoas em volta de Nicodemo.

Entre outros, Dyzma cumprimentou uma velha dama que já conhecia das tardes de bridge na casa da senhora Preleska. Era a baronesa Lesnar, que logo lhe perguntou se ele sabia como estava "aquele coitado do Jorge Pomirski".

— Está indo, obrigado.

— Ah, o senhor conhece Pomirski? — interessou-se a jovem sem sobrancelhas.

— E como — respondeu Dyzma. — Fomos colegas em Oxford.

Teve início uma conversa sobre os Pomirski, uma família conhecida por todos. Num determinado momento, o empertigado cavalheiro de monóculo disse:

— Que tragédia se abateu sobre aquele lar! Tiveram que casar a filha com um agiota, como é mesmo o nome dele?

— Kunicki — soprou Nicodemo.

— Pois é. Casamentos entre pessoas de diferentes estratos sociais enfraquecem a nossa...

— Senhor Laskowski — interrompeu-o a princesa —, desculpe se o interrompo, mas gostaria de lhe perguntar... — E quando ele se aproximou, ela falou baixinho em seu ouvido: — Veja bem o que o senhor vai dizer, pois, pelo que sei, o presidente Dyzma é aparentado dos Pomirski.

Enquanto isso, falava-se da senhora Preleska. A baronesa afirmava que ela já devia ter mais de 50 anos, enquanto seu vizinho insistia em dizer que ela não passara dos 45. Nicodemo achou que devia esclarecer a questão:

— A senhora Preleska tem 32 anos.

Todos olharam para ele com espanto, e o gordo conde indagou:

— Como o senhor presidente sabe disso? Não lhe parece muito pouco?

— De modo algum. Posso afirmar com absoluta certeza, pois foi a própria senhora Preleska quem me disse.

Nicodemo dissera aquilo com a melhor das intenções e voltou a se espantar por todos explodirem numa gargalhada, enquanto a condessa Koniecpolski comentava mais uma vez que o presidente Dyzma era "marvado".

Apesar de todo o sucesso naquele *entourage*, Dyzma sentiu um profundo alívio ao avistar Jaszunski. Pediu desculpas aos demais e foi ter com ele. Conversou um pouco com o ministro e logo depois se despediu dos anfitriões. Ao se deitar na cama, ficou analisando seu sucesso na casa dos príncipes Roztocki.

Conhecera todos os principais membros da aristocracia, que o receberam de braços abertos. Recebeu convites para diversas datas. Resolveu anotá-los na agenda, pois pretendia passar a frequentar o maior número de casas possível. Aquilo não poderia prejudicá-lo e, na certa, se revelaria muito útil. De modo geral, não chegou a formular uma imagem positiva dos aristocratas.

"Um bando de tolos", pensou. "Basta lhes dizer qualquer coisa, e eles ficam se maravilhando como se a gente tivesse descoberto a América."

Aquilo não significava que ele decidira mudar a tática graças à qual angariara a fama de caladão.

De tanto refletir sobre esses assuntos, perdeu completamente o sono. Revirou-se de um lado para o outro, fumou um cigarro após o outro e finalmente resolveu acender a luz.

Achou que talvez fosse uma boa ideia dar uma espiada nas cartas de Nina. Tinha três pacotes delas, quase todas ainda não abertas. Voltou a se deitar e começou a lê-las. Todas se assemelhavam; sempre a mesma coisa: amor, saudades, esperanças, pedidos para que voltasse, além de intermináveis ensaios psicológicos.

As cartas eram tão chatas que, depois de alguns minutos, jogou-as no chão e voltou a apagar a luz.

Pensou nas mulheres que encontrara ao longo da vida. Não foram muitas, e Nicodemo foi obrigado a admitir que nenhuma ocupara tanto o seu tempo quanto Nina. Pensou em Manka, da rua Lucka. Provavelmente ela já chegara ao fundo do poço... Era uma pena... O que diria caso descobrisse que seu ex-locatário era agora um peixe tão graúdo... Abriria um sorriso de orelha a orelha...

Porque aquelas mulheres que ele encontrara no palácio do príncipe Roztocki...

"Elas também estavam a fim de ter algo comigo, só que a bem da verdade, eu não saberia o que fazer com elas... Não, não é bem assim; afinal, todas as mulheres são iguais e, desde que tenha desejo suficiente, qualquer um sabe dar conta do recado..."

capítulo 11

A REUNIÃO ANUAL DO CONSELHO DO BANCO FOI ABERTA PELO presidente Dyzma, depois o secretário Krepicki leu a ordem do dia e o diretor Wandryski assumiu a palavra.

Os membros do Conselho ouviram um relatório cujo conteúdo revelou que o primeiro período de atividades do Banco do Trigo atendera totalmente as expectativas nele depositadas, com o resultante aumento das atividades agrícolas, compras de fertilizantes, instalações de maquinários etc. O aumento do preço do trigo tivera um efeito positivo no desenvolvimento geral da economia do país, que estava se encaminhando a passos largos para liquidar de vez a crise econômica. E tudo isso graças à genial ideia do meritório presidente Nicodemo Dyzma e à mão férrea com a qual conduzira a política agrícola.

Ouviram-se palmas e o presidente, tendo levantado-se da cadeira, inclinou-se para todos os lados, agradecendo as manifestações.

Os conselheiros começavam a se debruçar sobre relatórios mais detalhados das operações, quando o porteiro Ignacy entrou, na ponta dos pés, e fez um sinal para o secretário Krepicki, que retornou logo depois e se inclinou junto ao ouvido do presidente.

— Senhor presidente, a condessa Koniecpolski está aqui.

— Koniecpolski? O que ela quer dessa vez?

— Quer falar com o senhor. É uma mulher atraente. O senhor presidente deve pedir ao diretor Marczewski para assumir seu lugar e ir ter com ela.

— E os demais conselheiros não se sentirão desprestigiados?

— De modo algum. Todos os assuntos importantes já foram discutidos e os de menor relevância não necessitam de sua presença.

— Está bem. Mas o que devo dizer a eles?

— O senhor pode dizer que precisa sair para receber um estrangeiro.

— Quem?

— Não importa. Ninguém vai lhe perguntar. Basta dizer que precisa se afastar para atender um forasteiro.

Nicodemo fez um gesto interrompendo o funcionário que lia um documento em voz alta.

— Peço desculpas aos senhores, mas preciso receber uma pessoa muito importante, o senhor Forasteiro. Talvez o senhor diretor Marczewski possa me substituir?

— Evidentemente, senhor presidente. Será uma honra.

Dyzma inclinou-se respeitosamente e saiu.

Um dos conselheiros virou-se para seu vizinho e comentou em voz baixa:

— Esse Dyzma sempre está aprontando algo. Tem uma cabeça e tanto!

— Além de ser incansável!

No pequeno aposento que servia de sala de espera, Dyzma viu a condessa Koniecpolski, mas vestida de tal forma que mal a reconheceu. Trajava um macacão de automobilista e um capacete de couro encimado por um par de brilhantes óculos de proteção. Cumprimentou Nicodemo com grande entusiasmo e, assassinando o idioma polonês, declarou que viera expressamente com o intuito de levá-lo consigo para sua propriedade no campo.

Nicodemo não tinha a menor vontade de ir a lugar nenhum, especialmente por já ter combinado um encontro à noite com Wareda. No entanto dona Lala não pertencia às pessoas que costumavam ceder. Prometeu uma surpresa, e quando isso não causou o efeito desejado, falou claramente que o marido viajara para o exterior, lançando a Dyzma um olhar significativo.

Diante disso, Nicodemo não teve como escapar. Foi até seu apartamento para trocar de roupa e, de acordo com as instruções de dona Lala, levou consigo um pijama. Ordenou a Ignacy que informasse Krepicki sobre sua partida e desceu as escadas.

A senhora Koniecpolski estava sentada ao volante de um pequeno automóvel para dois passageiros, do tipo "baratinha". Arrancou a toda velocidade, quase atropelando um guarda na esquina e, sorrindo para seu assustado passageiro, acelerou ainda mais. Em questão de minutos estavam fora da cidade. Ali começava uma estrada asfaltada e reta como uma flecha, de modo que dona Lala pisou ainda mais no acelerador, chegando à velocidade de 120 quilômetros por hora.

— Estar gostar? — perguntou.
— Não — respondeu sinceramente Nicodemo.
— Por quê?

— Rápido demais, não dá para respirar direito...
— Senhor não gostar velocidade?
— Não.

Dona Lala riu prazerosamente.

— Pois eu adorar. Ano que passou, em München, numa corrida automóvel, eu tirar segundo lugar, minha velocidade chegar a...

Sua frase foi interrompida por um forte estampido. Dona Lala pisou no freio e parou o carro na beira da estrada.

— O que houve? — perguntou Nicodemo.
— Pneu estourar — respondeu a condessa, saltando do carro. — Vamos, ajudar, ajudar...

Dyzma ajudou-a com o macaco e com a troca da roda. Quando já estavam prontos para continuar a viagem, ela exclamou:

— *Merde!* Um sobrancelha cair no meu olho!

Nicodemo riu.

— A senhora não quis dizer "um cílio"?
— Tanto faz! — respondeu ela. — Favor olhar e consertar; minhas mãos estar sujas.

Nicodemo examinou o olho da condessa. De fato, uma longa pestana se dobrara por baixo da pálpebra.

Já estava estendendo o braço para remover a pestana com o dedo, quando recebeu uma palmada na mão.

— Onde já se viu com mão? Sua também suja...
— Então, com o quê?
— Ah, como homem tão inteligente ser tão burro! Com boca!
— Com todo o prazer! — respondeu Dyzma, passando os lábios sobre a pálpebra trêmula.

— Melhorou?

Lala fez um sinal afirmativo com a cabeça.

— Este olho, sim, mas falta outro.

— Por quê? Ele também está com um cílio dobrado?

— Ainda não, mas poderá ter — respondeu ela, rindo, e apresentou o outro olho para ser beijado.

Quando Nicodemo o beijou, Lala virou o rosto e grudou seus lábios nos dele.

— Gostar? — perguntou.

— Sim — respondeu ele.

— Então vamos embora! — exclamou ela, pulando agilmente para dentro da baratinha.

"Deve ser uma doença", pensou Dyzma. "Essas mulheres são capazes de devorar a gente..."

Minutos depois foram alcançados por outro veículo. Dona Lala gritou algo em francês; as duas jovens responderam com alegres exclamações. Por um bom tempo os dois carros correram lado a lado, com as jovens olhando atentamente para Dyzma e ele olhando para elas. Pareciam muito bonitas, embora não se pudesse ter certeza, já que ambas usavam óculos de proteção que cobriam quase metade de seus rostos.

— Quem são essas moças? — perguntou Nicodemo a dona Lala.

— Senhorita xis e senhorita ipsilone — respondeu ela, rindo.

— Não compreendi.

— Não precisar. Para que compreender tudo? Quando chegar em Borowo o senhor entender.

— Quer dizer que elas estão indo para a casa da senhora?

— Sim.

— E lá vai ter ainda mais gente?

— Como senhor ser curioso. Senhor ver. Eu dizer antes: surpresa.

Nicodemo sentiu-se desapontado e zangado. Achara que a condessa o convidara especificamente porque o marido havia viajado — impressão reforçada pelo incidente com a pestana —, e eis que agora descobria que não ficariam a sós.

Efetivamente, assim que saíram da estrada principal para uma vicinal, Nicodemo pôde ver um palacete diante do qual estavam estacionados vários automóveis.

No terraço, sentadas sobre poltronas de vime, havia seis ou sete mulheres. Quando o carro de dona Lala parou, todas desceram correndo as escadas, saudando com alarde a dona da casa e olhando com curiosidade para Dyzma, que ficou sem graça diante da unissexualidade do grupo.

— Ah, então essa é a aparência de um homem arrojado! — exclamou uma dama de cabelos oxigenados e com pesada maquiagem nos olhos.

Dyzma não respondeu, apenas se inclinou respeitosamente diante das damas. A senhora Koniecpolski pediu licença para se ausentar e foi correndo trocar de roupa. Enquanto isso, as demais mulheres cercaram Nicodemo.

— O senhor é um adepto do Ritual do Oriente? — perguntou uma morena.

Dyzma olhou para ela com espanto.

— Não sei o que a senhora tem em mente.

— O senhor não precisa guardar segredo — acalmou-o uma esbelta e pálida moça de olhos sonhadores. — Nós todas já fomos iniciadas nos mistérios do Grande Oriente.

"A coisa está feia", pensou Dyzma. "Elas estão me fazendo de bobo."

— Sim — confirmou a morena. — Só não sabemos a que igreja o senhor pertence: branca ou negra?

— Sou católico — respondeu Dyzma.

A risada geral que se seguiu à sua resposta deixou-o ainda mais confuso. Amaldiçoava-se internamente por ter aceitado o convite da condessa Koniecpolski.

— O senhor é incrível, presidente! — exclamou a dama oxigenada. — Será que todo homem arrojado precisa considerar as mulheres não suficientemente sérias para tratar de assuntos de natureza mais elevada? O senhor presidente gosta de manter um ar de mistério.

— Não, só não sei o que as senhoras têm em mente.

— Muito bem — falou a morena. — Sejamos claras. Queremos saber se o senhor acha que a senhorita Rena — apontou para a jovem pálida — pode ser condutora de fluidos astrais.

Nicodemo olhou para a senhorita Rena e deu de ombros.

— E como eu poderia saber?

— Compreendo, mas o que o senhor acha?

— Se ela conhecer o caminho, sim.

As senhoras se calaram e adotaram um ar sério.

— O senhor está se referindo ao caminho esotérico? — indagou a morena.

— Sim — respondeu Nicodemo, prometendo a si mesmo olhar no *Pequeno dicionário de palavras não usuais* para onde levava o caminho esotérico.

Enquanto isso chegou o carro com as duas jovens que Dyzma e dona Lala haviam ultrapassado na estrada.

Novas saudações e apresentações. Nicodemo foi informado de que se tratava de duas irmãs — as condessas Czarski: Ivona (a mais velha) e Marietta (a mais jovem).

Quando elas entraram no palacete para trocar de roupa, a dama oxigenada observou:

— Duas jovens encantadoras, e acho que a senhorita Marietta seria uma excelente médium. A sua serenidade, aliada a um nervosismo sutil, cria uma amálgama extremamente sensível, o senhor não concorda, senhor presidente?

— Sem dúvida...

— O senhor não vai se recusar — continuou a falsa loura — a fazer um experimento com ela, não é verdade? Tenho a impressão de que a força de vontade do senhor quebrará facilmente a espiral de reação do autoconhecimento. A força da imposição das circunstâncias é capaz de animar até as tais potenciais camadas de forças superiores sobre as quais o próprio sujeito — ou objeto, se o senhor preferir — não teria a mais vaga suspeita. E é exatamente nas explosões intuitivas que...

Por sorte a senhora Koniecpolski retornou, e Dyzma pôde secar o suor da testa.

— Atenção, todos — exclamou ela. — Nosso visitante odiar quando se falar em outras línguas! Bom dia... Bom dia...

Apareceu um empregado, informando que o almoço estava servido.

Para sorte de Dyzma a loquacidade do *entourage* o liberava de longas dissertações. Bastava dizer um monossílabo de vez em quando. A conversa girava basicamente em torno de moda e projetos para o outono.

Já eram quatro da tarde quando se levantaram da mesa. Como as senhoras haviam bebido muito vinho e conhaque, o ambiente estava extremamente animado, beirando a frivolidade, e a digna seriedade demonstrada por Nicodemo contrastava visivelmente com ele.

Voltaram todos ao terraço. Uma parte do grupo se dispersou pelo palacete e pelo parque, enquanto a anfitriã pegava Dyzma pelo braço e, convidando a eloquente morena a quem chamava de Stella, foi com eles até um pequeno salão. Nicodemo achou que enfim seria informado do motivo de sua vinda.

Efetivamente, enquanto a senhorita Stella acendia um cigarro, a senhora Koniecpolski adotou um ar sério, cruzou as pernas e começou a falar, massacrando impiedosamente o idioma polonês e lançando mão de expressões em outras línguas.

Falava de uma revelação segundo a qual — se é que Dyzma compreendera direito — era imperioso criar na Polônia uma "loja", a exemplo do que ocorria em outros países. A loja em questão seria formada por 12 mulheres e um homem. As mulheres se chamariam Peregrinas da Estrela de Três Pontas, e o homem, o Grande Décimo Terceiro. Caberia a ele comandar a loja, baseado em três direitos: o da vida, o do amor e o da morte. Quanto a onde a loja seria instalada e o que seria vendido nela, a senhora Koniecpolski não se pronunciou.

Em seguida tomou a palavra a senhorita Stella, que falou de forma tão complicada que Dyzma não compreendeu absolutamente nada. Ora tinha a impressão de que se tratava da fundação de um convento, ora de um grupo de chantagistas ou traficantes de escravas brancas, pois Stella falava em "atrair jovens donzelas através de subterfúgios", "extorsões espirituais", "o eterno direito da escravidão" etc.

A única coisa que ficou clara para ele foi que naquele negócio todo a condessa não era um peixe tão graúdo quanto a senhorita Stella.

A condessa Koniecpolski retomou a palavra. Esclareceu que haviam tomado a decisão de abordar Nicodemo com o pedido para que ele se tornasse o Grande Décimo Terceiro. Chegaram à conclusão de que ele, possuidor de uma força de vontade poderosa e inflexível, aliada a uma mente profunda, era a pessoa mais indicada para exercer aquele poder, e somente ele poderia administrar com justiça a loja, dispondo dos direitos da vida, do amor e da morte — os três raios que se juntavam para formar o mistério da Universal Ordem da Felicidade.

Dyzma estava furioso. Com as mãos nos bolsos, permaneceu sentado com ar grave e em silêncio. Jurava a si mesmo não se envolver de forma alguma naquele projeto maluco. Depois de ter conquistado uma posição tão elevada e amealhado tanto dinheiro, deveria acabar seus dias numa prisão? Não! De modo algum!

E assim, no momento em que as duas senhoras se levantaram e a senhorita Stella indagou com voz soturna: "Mestre, aceita o cargo de Grande Décimo Terceiro?", ele respondeu curto e grosso:

— Não, não aceito.

Uma expressão de espanto e desapontamento apareceu nos rostos das damas.

— Podemos saber por quê?

— Porque não posso.

— Existem impedimentos herméticos? — indagou misteriosamente a morena.

— Tenho lá meus motivos.

A condessa Koniecpolski ficou abalada.

— Mestre! — exclamou. — Revele os motivos para nós; talvez sejam bobagens.

— A verdade é — falou Dyzma — que eu não entendo dessas coisas.

A morena ficou revoltada:

— O senhor?! O senhor não entende?! Por favor, Mestre, não nos menospreze! Além do mais, a senhora Lala teve uma revelação de que somente o senhor poderia ser o Grande Décimo Terceiro.

— Mas eu não disponho de tempo livre! — irritou-se Dyzma.

— Mestre, isso não ocupará muito seu tempo. Os cultos secretos são realizados apenas uma vez por mês.

— Assim mesmo, não quero.

As duas damas se entreolharam desesperadas. De repente, a morena ergueu os braços e exclamou tragicamente:

— Em nome da Onipotente Ordem eu lhe ordeno: abra o coração para os Três Raios Eternos!

Dona Lala cruzou os braços sobre os seios fartos e, com devoção, baixou a cabeça.

Nicodemo ficou assustado. De modo geral, ele não era supersticioso, mas, por precaução, preferia não desprezar a possibilidade de existirem mulheres capazes de "lançar mau-olhado" sobre quem as contrariasse.

A senhorita Stella tinha olhos tão extraordinários e os fixara tanto nos de Dyzma que ele chegou a se sentir intimidado. Coçou a cabeça e murmurou:

— Assim, de repente... sem pensar no assunto... não posso.

A morena lançou um olhar triunfal para dona Lala e exclamou:

— Mas é lógico! Estamos às ordens do Mestre! Embora já tenhamos sido informadas pelo senhor Terkowski de que o senhor possui poderes sobrenaturais.

— E Terkowski lá sabe de alguma coisa? — interrompeu-a Dyzma, furioso por constatar que não conseguiria se safar. — Se eu mesmo não sei exatamente do que se trata...

— Já, já, Mestre! — disse a morena, enfiando a mão na bolsa. — Já vou entregar ao Mestre os estatutos da Loja e a Declaração dos Três Cânones do Conhecimento.

Tirou da bolsa uma brochura e várias folhas datilografadas e entregou tudo a Nicodemo.

— Ótimo! O senhor, Mestre, poderá analisar esses papéis. Duas horas deverão ser mais do que suficientes, você não acha, Lala? Portanto, vamos deixá-lo sozinho. Às sete, antes do jantar, viremos à sua presença para ouvir, da sua própria boca, a decisão definitiva. Que a Sabedoria da Estrela clareie os caminhos de sua mente!

Dito isso, as duas damas se inclinaram e saíram silenciosamente.

— Essas dondocas endoidaram de vez! Que droga! — praguejou Dyzma, atirando com raiva a pilha de papéis num canto da sala.

Estava num beco sem saída. Tudo aquilo desabara sobre ele inesperadamente e tinha o cheiro de uma grossa trapaça combinada com espiritismo.

Sua raiva foi crescendo, principalmente por ter sido levado até ali através de um ardil. Se estivessem em Varsóvia, ele simplesmente iria para casa, e pronto... Mas, estando onde estava, era preciso dar uma espiada naqueles papéis.

Pegou a brochura e gritou um palavrão — estava escrita em francês. Já estava pronto para jogá-la no chão novamente quando viu uma vinheta que despertou sua curiosidade. Representava uma grande sala desprovida de janelas. No centro da sala, um trono e, sentado nele, um homem magro, de barba negra e olhos fechados. Sobre sua cabeça brilhavam três tochas e uma estrela de três pontas. À sua volta, mulheres desnudas deitadas no chão.

Nicodemo contou-as.

"Doze!... Ah, devem ser as tais peregrinas... E aquele sujeito no trono só pode ser... eu! Que droga!"

Folheou as páginas da brochura. Na última também havia um desenho, cuja visão o deixou todo arrepiado: um bode com 12 chifres e rosto humano. Agora Dyzma não tinha mais dúvidas: "O diabo!"

Nicodemo não era religioso, mas isso não o impediu de fazer um sinal da cruz sobre o peito. Em seguida, pegou as folhas datilografadas e, para seu alívio, constatou que elas tinham sido escritas em polonês. Leu-as com todo cuidado, algumas passagens mais de uma vez, mas assim mesmo deixou de compreender muitas coisas, principalmente por desconhecer o significado de grande parte das palavras.

Ao terminar a leitura, chegou à conclusão de que se tratava da formação de uma "irmandade feminina" cujo propósito seria a aproximação com o ideal dos três direitos: o da vida, o do amor e o da morte. De acordo com o documento, o caminho para a sabedoria passava pelos prazeres da alma, do corpo e da mente e, para atingir esse objetivo, 12 peregrinas tinham de se submeter à Mercê da Escravidão e escolher uma Virgem Anunciadora, que deveria encontrar o Senhor da Vontade, Mestre da Estrela, Distribuidor do Conhecimento — a quem todas passariam a chamar de Grande Décimo Terceiro.

Nesse ponto, Dyzma leu que o escolhido para o posto deveria ser alguém dotado de uma série de talentos, inteligente, criador, fértil e, acima de tudo, um homem dotado de uma extraordinária força de vontade e em plena forma física.

O Grande Décimo Terceiro exerceria suas funções por três anos, depois escolheria seu sucessor. No mesmo parágrafo figurava a observação de que o Grande Décimo Terceiro teria o direito de mandar ilimitadamente nas Peregrinas, podendo castigar a desobediência destas da forma que lhe aprouvesse. Já o castigo pela revelação dos segredos da Loja era um só: a morte.

Em seguida, vinham descrições dos rituais (nos quais havia referências à união do espírito com o corpo), da forma pela qual devia ser bebido o vinho, das rezas e das conversas com os mortos. No fim, sérias advertências para não comparar a Ordem a cultos de magia, tanto negra quanto branca.

Nicodemo acabou a leitura. Estava convencido de que se tratava de uma gangue em conluio com o próprio Diabo. Teria pago uma fortuna para saber disso antes de partir de Varsóvia... Se tivesse sabido, nem uma dezena de condessas seria capaz de levá-lo até ali, mas agora?

Quem sabe o que as "peregrinas" seriam capazes de fazer com ele caso recusasse? Revelaram-lhe seu segredo e, agora, temerosas de que ele pudesse dar com a língua nos dentes... Afinal, estava escrito claramente naquelas folhas que aquele que traísse a Ordem poderia ser assassinado.

Por outro lado, a coisa toda não se apresentava de forma tão desesperadora. Já que ele seria o chefe supremo — aquele que emite ordens —, por que não experimentar?

"De qualquer modo, isso seria melhor do que elas colocarem veneno na minha comida ou fazerem algum feitiço."

Se Dyzma se inclinava cada vez mais a aceitar a proposta, era devido a um quê de curiosidade: como seria aquilo? O temor de não ser capaz de exercer as funções do Décimo Terceiro, ainda por cima Grande, era amainado pela passagem que lera nas páginas datilografadas na qual constava que o Mestre era o líder espiritual da Loja e que a condução da mesma e a celebração dos rituais caíam sobre os ombros da Virgem Anunciadora.

Quando bateram à porta, ao soar a última badalada das sete horas, Nicodemo já havia tomado uma decisão.

Ao ver adentrar apenas a senhorita Stella, ficou preocupado. A presença da condessa Koniecpolski, com seus movimentos agitados e olhos alegres e travessos, dava um toque mais humano à situação. A morena Stella, em contraste, tinha em si algo demoníaco, além de dar a impressão de ser muito instruída e severa.

Stella fechou a porta atrás de si, e Nicodemo se sentiu como um homem que, num beco escuro, se defronta com um adversário armado com um grosso pedaço de pau.

— São sete horas — disse ela, num timbre quase barítono.
— Já? — sorriu Dyzma. — Como o tempo voa...
— Qual é a sua decisão? Espero que o senhor não rejeite o que nos foi revelado.
— Não, não rejeito.
— O que quer dizer que estou diante do Grande Décimo Terceiro, meu senhor e amo — respondeu Stella, fazendo uma reverência tão profunda que suas volumosas ancas se ergueram, adquirindo uma forma que lembrava uma cúpula bizantina.

De repente se endireitou e, com voz patética, disparou uma pergunta em latim, fixando em Dyzma um olhar que demandava uma resposta.

Nicodemo se encolheu todo e pensou:

"O que essa piranha ainda quer de mim?"

A senhorita Stella aguardou um momento, depois repetiu a pergunta em latim. Não havia saída. Era preciso responder de alguma forma. Nicodemo procurou febrilmente lembrar-se de qualquer expressão latina que pudesse ter ouvido na igreja ou na escola. Sua mente clareou, e ele respondeu:

— *Terra est rotunda*.

Não sabia o significado daquilo e muito menos se a resposta tinha qualquer conexão com a pergunta que lhe fora feita, mas, embora banhado em suor frio, estava satisfeito por ter dito algo em latim e aparentemente não sem sentido, pois a morena voltou a se inclinar profundamente e, cruzando as mãos sobre o peito, respondeu:

— Assim seja, Mestre.

Em seguida, abriu a porta e com uma voz já totalmente normal informou que o jantar estava servido.

A ceia era farta e sofisticada. A única coisa que Dyzma estranhou foi o fato de não ter sido servido vinho; quando uma das condessas Czarski pediu "algo mais forte, para animar o ambiente", a senhora Koniecpolski respondeu de forma peremptória, embora com um sorriso:

— Não, minha querida. Não agora. Espere.

Na verdade, o ambiente estava mais para severo do que alegre. Algumas das senhoras não comeram nada, de tão nervosas. Em seus olhares dirigidos insistentemente a Nicodemo viam-se sinais de preocupação.

Quando passaram para o *boudoir* onde foi servido o café, dona Lala olhou para o quarto adjacente para se certificar de que ninguém os espreitava. Em seguida, fez um sinal para a morena, que se levantou no meio de um silêncio sepulcral.

— Distintas senhoras e distinto senhor e amo — falou, inclinando-se respeitosamente diante de Dyzma. — Agora, todos deverão ir para seus respectivos quartos, a fim de se entregarem à contemplação e se prepararem, de corpo e alma, para o grande mistério que se iniciará pontualmente à meia-noite. Vocês, na solitude de seus aposentos, deverão limpar suas mentes dos assuntos corriqueiros e despir seus trajes mundanos, vestindo as vestes brancas que vão encontrar já preparadas. Uma vez prontas, deverão aguardar por mim, que virei buscar cada uma separadamente. E agora, dispersem-se e entreguem-se à meditação.

Dizendo isso, encaminhou-se à saída. Ainda na porta, parou, fez mais uma mesura para Nicodemo — e sumiu. Atrás dela, e da mesma forma, foram todas as demais. A senhora Koniecpolski acompanhou Dyzma até o aposento destinado a ele e se despediu com um silencioso meneio da cabeça.

"Elas estão loucas", pensou ele, olhando em volta. "Na certa vão querer que eu evoque alguns espíritos, ou algo nesse sentido."

Se ele esperava encontrar um aposento fora do comum, ficou desapontado. O mobiliário não se diferenciava em nada do de um quarto normal; o único objeto intrigante era uma maleta negra sobre a escrivaninha.

Depois de um jantar farto a mente trabalha de forma preguiçosa, e Nicodemo estendeu-se no sofá para poder analisar calmamente a situação.

Não foi sem um alto grau de insatisfação e medo que ele aguardou a cerimônia noturna, principalmente por não ter a mínima ideia do papel que lhe caberia. O que elas o mandariam fazer? Era verdade que ele seria o personagem principal, mas o que aquelas loucas poderiam exigir do personagem principal? Tudo era possível, até a exigência de evocar o demônio...

Passou-lhe pela cabeça que poderia se safar alegando uma doença, como um ataque reumático. O reumatismo já lhe fora de muita valia em Koborowo...

A lembrança de Koborowo o enterneceu. Como tudo lá era calmo e silencioso! Uma vida tranquila e nada para fazer... E Nina... Como ela gostava de beijar!

Nicodemo chegou à conclusão de que os dias que passara em Koborowo foram os mais felizes da sua vida, especialmente após a partida de Kasia. Por que ele fora se meter naquele maldito projeto de Kunicki, em função do qual acabara se tornando presidente de um banco...

Sorriu intimamente.

"Calma, irmãozinho. Não se lamurie, porque não há motivo para isso!"

Sua mente passou a funcionar cada vez mais devagar, a fartura da comida fez a sua parte... e Nicodemo adormeceu.

Dormiu tão profundamente que não ouviu as batidas na porta, não ouviu os passos da senhorita Stella nem o estalido da abertura do fecho da maleta negra. Abriu os olhos somente quando a morena o sacudiu vigorosamente pelos ombros.

Lembrou-se imediatamente de onde estava. Diante de si estava a morena, segurando uma espécie de roupão de seda branca com forro vermelho. Ergueu-se de um salto e esfregou os olhos.

— Está na hora, Mestre! — sussurrou a senhorita Stella.

— Na hora?

— Sim. Todas já estão aguardando. Por favor, vista rapidamente o hábito.

— Como assim? — espantou-se. — Diante da senhora?

— Não, eu vou sair. O senhor deve tirar a roupa toda e vestir apenas este hábito e estas sandálias — respondeu a morena, apontando para um par de pantufas pontudas com uma estrela dourada bordada nos bicos, e saindo na ponta dos pés.

Dyzma fez o que lhe fora ordenado. Minutos depois estava pronto. O roupão e as pantufas revelaram-se grandes demais. O frio toque da seda sobre a pele desnuda tinha um efeito estimulante. Olhou para o espelho e não conseguiu conter o riso. O roupão chegava até o chão, as largas mangas e o enorme decote tinham um efeito desconcertante.

A morena reapareceu. Pegou-o pelo braço e, sem dizer palavra, conduziu-o por um corredor escuro, mergulhado num silêncio sepulcral. Andaram alguns minutos, depois subiram umas escadas e adentraram outro corredor no final do qual pararam. A senhorita Stella bateu três vezes à porta, que se abriu. Entraram numa antessala escura e a porta se fechou atrás deles. Dyzma ouviu o som de uma chave sendo virada na fechadura e a voz da senhora Koniecpolski:

— Tudo em ordem. Todas as portas fechadas e empregados proibidos de entrar no palacete até o meio-dia de amanhã.

— Muito bem — respondeu a morena, sem soltar o braço de Nicodemo —, agora entre e ocupe seu lugar.

Dyzma pôde notar que dona Lala também estava vestida com um roupão branco, pois, ao sair, ela ergueu parte de uma pesada cortina e deixou um raio de luz purpúrea passar pela fenda.

No momento seguinte a senhorita Stella desapareceu por trás da cortina, dizendo antes a Dyzma que aguardasse sua volta. Não demorou muito a retornar, também vestindo um roupão branco, e descerrou por completo a pesada cortina.

Nicodemo viu um espaçoso salão desprovido de móveis e com o piso totalmente coberto por tapetes sobre os quais havia almofadões espalhados a esmo. No centro havia uma grande poltrona dourada revestida de veludo vermelho e atrás dela um candelabro com três velas acesas. Do teto pendia um lustre que iluminava tudo com luz purpúrea.

Dos dois lados da poltrona, todas as damas, vestidas da mesma forma — com roupões brancos.

Sobre um grande lençol branco estendido na parede em frente à poltrona estava colada uma estrela de três pontas e, abaixo dela, a expressão *Terra est rotunda*, recortada de uma cartolina vermelha.

— Entre, grande amo! — exclamou a senhorita Stella, e, afastando-se para o lado, acompanhou Nicodemo ao trono destinado a ele.

Quando se sentou, as damas formaram um semicírculo em torno dele, e a senhorita Stella, ocupando o centro, começou:

— Iniciados! Vocês, as Peregrinas da Estrela de Três Pontas, e você, Mestre, sobre cujo peito em breve brilhará o símbolo do Conhecimento, do Poder e da Felicidade. Eis-me aqui, sua Irmã Anunciadora, que, com lábios indignos, ousa lhes anunciar a abertura da décima terceira Loja da Ordem da Estrela de Três Pontas, cuja divisa, conforme desejo expresso pelo Grande Décimo Terceiro, será uma frase de profundo significado: *Terra est rotunda*! Ela significa que a nossa Ordem dominará o mundo todo, que a nossa Loja se tornará um dos elos ardentes dessa corrente e que nós, que vivemos neste globo terrestre, devemos nos encerrar nos limites da sua abrangência. É importante ressaltar que, de acordo com as leis da Ordem, cada um de nós é obrigado a seguir a prescrição de outro, caso este venha a pronunciar a divisa sagrada, tocando com a mão esquerda a testa, o coração e o peito. Antes de passarmos à cerimônia em si, gostaria de lhes lembrar alguns dos cânones herméticos...

Dyzma parou de escutar. Estava demasiadamente atônito com a originalidade da situação para poder se concentrar num só ponto. Olhou as mulheres que o cercavam. Vestidas com aqueles penhoares esquisitos, algumas tinham uma aparência assaz atraente. Braços desnudos que emergiam das dobras de seda brilhante, decotes profundos que revelavam seios e o próprio fato de ser o único homem no meio de tantas mulheres — tudo isto tinha um efeito muito excitante.

Já não pensava "o quê, como e por quê?", mas "se e quando?". Enquanto isso, a senhorita Stella terminou o discurso, abriu uma caixinha forrada de veludo vermelho e retirou dela uma pequena estrela de ouro pendurada numa corrente do mesmo metal. Em meio a um respeitoso silêncio geral, aproximou-se de Nicodemo e pendurou a estrelinha em seu pescoço. Em seguida deu três passos para trás e se atirou de bruços no chão. Todas as damas restantes fizeram o mesmo, exceto dona Lala, que foi até a porta e girou o interruptor.

O lustre se apagou. Nicodemo ficou todo arrepiado. Aquele salão mergulhado em semiescuridão, a tênue luz das velas do candelabro e as imóveis silhuetas brancas deitadas no chão causavam um impacto indescritível. De repente, a senhorita Stella gritou, numa voz suplicante:

— Salve, salve nosso amo da vida, do amor e da morte!
— Salve, salve — repetiram diversas vozes trêmulas.
— Salve, senhor do poder!

— Salve, salve — repetiram as vozes.
— Salve, receptáculo da sabedoria!
— Salve... salve!
— Salve, Mestre da vida!
— Salve... salve!
— Salve, provocador do gozo!
— Salve... salve!

Dyzma escutava aquela ladainha e pensava: "Essas mulheres endoidaram de vez!..."

A senhorita Stella interrompeu as invocações, aproximou-se de Dyzma e, antes que ele pudesse se orientar, beijou-o na boca. Para sua grande surpresa, o mesmo fizeram dona Lala, as duas condessas Czarski e o restante das damas.

— Agora, acendam os incensórios — ordenou a senhorita Stella.

Momentos depois, dos quatro cantos do salão começaram a sair finas colunas de fumaça, exalando um aroma estranho, doce e embriagador.

As damas voltaram a se reunir em torno de Dyzma. A um sinal da senhorita Stella, todas se deram as mãos, formando um semicírculo. Stella ergueu os braços e gritou:

— Apareça, apareça, Senhor!
— Apareça — repetiram todas.
— Mostre-nos a Sua graça! — gritava a senhorita Stella.
— Mostre...
— Venha até nós!
— Venha...
— Penetre na alma do Seu substituto!
— Penetre...
— Penetre no corpo do nosso Mestre!

— Penetre...

— Queime-o com raios ardentes!

— Queime...

— Atravesse-o com Seu bafo quente!

— Atravesse...

Um calafrio percorreu o corpo de Nicodemo.

— Quem vocês estão evocando? — perguntou com uma voz que brotava da garganta apertada.

Responderam-lhe gritos de pavor. Alguns eram tão terríveis que gelavam o sangue em suas veias.

— Ele falou! Ele está aqui! É Ele! — ouviram-se várias vozes.

— Quem? — perguntou Dyzma, tremendo todo. — Quem vocês estão evocando?

Nesse momento, parecendo vir de trás de sua nuca, Dyzma ouviu claramente um rosnado. Quis se levantar para fugir, mas faltaram-lhe forças. No meio da já espessa fumaça que tomava o salão, viu cintilarem chamas coloridas.

— Caiam por terra! — urrava a senhorita Stella. — Ele chegou! Glória a Ti, glória. Glória a Ti, Soberano do Amor, da Vida e da Morte! Glória a Ti, Príncipe da Escuridão!

A mais jovem das irmãs Czarski explodiu numa risada histérica, enquanto uma das senhoras correu até dona Lala e, atirando-se em seus braços, exclamou:

— Vejo-o! Vejo!

— Quem?! — urrou desesperadamente Dyzma.

— Ele, Ele, o Satã...

Nicodemo teve a nítida sensação de que um par de mãos gélidas apertava sua nuca. Da sua garganta saiu um horrendo grito desarticulado, e o Grande Décimo Terceiro desabou desmaiado sobre a poltrona.

A primeira sensação que teve ao voltar a si foi a de uma doçura se derretendo na boca. Abriu os olhos. Junto deles, viu as negras pupilas da senhorita Stella. Antes de recuperar completamente a consciência, os lábios dela grudaram nos dele, e ele pôde sentir novamente na língua o doce líquido de forte aroma. Vinho. Quis respirar mais fundo e empurrou Stella. No meio da fumaça viu vultos de branco trazendo mesinhas cheias de garrafas e cálices. A senhora Koniecpolski andava com um frasco na mão e derramava algumas gotas de um líquido nos cálices, e em seguida os mesmos eram completados com vinho. Quando todos já estavam cheios, cada dama pegou um, e a senhorita Stella trouxe o maior deles para Dyzma.

Nicodemo sorveu um gole e estalou a língua.

— Que vinho mais estranho — observou.

— Aproveitemos a magia do peiote! — exclamou enfaticamente a senhorita Stella.

— O que há nesse vinho? — perguntou Dyzma.

Uma das condessas Czarski sentou-se no braço da poltrona e, tocando de leve com os lábios a orelha de Nicodemo, falou numa voz sonhadora:

— O divino veneno do peiote, divino... O meu amo não está sentindo seu sangue pulsar com mais força? Está? E está ouvindo um coro celestial e vendo cores inacreditáveis? Não é maravilhoso?

— É — confirmou Nicodemo, bebendo o resto do conteúdo do cálice.

Sentiu que algo estranhíssimo se passava com ele. Foi tomado por um acesso de felicidade e tudo à sua volta lhe pareceu belo e colorido; até a semiobesa senhorita Stella lhe pareceu esbelta e sedutora.

Aliás, não era somente ele que se sentia assim. As Peregrinas da Estrela de Três Pontas se transformaram num grupo alegre e frívolo. Uma delas atirou com força o cálice contra a parede e, gritando "Evoé!", arrancou o penhoar, jogou-o no chão e se pôs a dançar.

— Bravo! Bravo! — gritaram as demais.

Momentos depois, os tapetes estavam cobertos de brancas manchas de seda... Nos cálices continuavam pingando as esverdeadas gotas do líquido mágico. Alguém derrubou o candelabro, e o salão mergulhou numa escuridão cheia de sussurros sensuais e risos cheios de êxtase e arroubo...

capítulo 12

A AVERMELHADA LUZ DO SOL POENTE PENETROU NO QUARTO através de uma fresta na cortinas.

Nicodemo olhou para o relógio. Eram seis horas.

Que coisa mais estranha! Diferentemente do que ocorria após grandes bebedeiras, a cabeça não doía e ele não sentia nenhum gosto ruim na boca, apenas um indescritível cansaço.

Qualquer movimento, mesmo um mínimo erguer de pálpebras, requeria um esforço todo especial.

E, no entanto, era preciso se levantar. Afinal, ele tinha de retornar a Varsóvia. O que o pessoal do banco devia estar pensando...

Tocou a campainha que ficava junto da cama, ao que apareceu um mordomo empertigado anunciando que o banho estava pronto.

Dyzma vestiu o pijama e foi até o banheiro. Ao se ver no espelho, chegou a levar um susto: estava pálido como um pedaço de giz e com profundas olheiras escuras.

— Que droga! — praguejou. — Essas mulheres acabaram comigo!...

Vestiu-se e, arrastando as pernas, desceu para o térreo, onde encontrou a senhora Koniecpolski, que, a título de cumprimento, estendeu-lhe languidamente a mão.

— O senhor está com fome?

— Não, obrigado.

Olhou para ela de soslaio e encontrou o costumeiro sorriso travesso. Dyzma enrubesceu até as orelhas, pensando: "Ela não mostra sinal de constrangimento... Teria esquecido o que se passou?"

— Gostaria de partir — falou por fim.

— Esteja à vontade. O meu carro está à sua disposição.

Nicodemo ficou chocado com a fria e indiferente despedida. Quando o automóvel já estava na estrada, olhou para trás e falou com convicção:

— São umas porcas!

— O senhor deseja alguma coisa? — indagou o chofer.

— Pode continuar dirigindo, estava falando comigo mesmo.

— Oh, queira me desculpar.

Reclinado confortavelmente no macio banco do automóvel, Nicodemo rememorou os acontecimentos da noite anterior. Sentia um pouco de medo. A lembrança de que aquilo tudo acontecera com a participação do Diabo era o que mais o preocupava. Por outro lado, alegrou-se com a descoberta de naquelas altas esferas sociais ele tinha os mesmos direitos de um conde ou um príncipe. Na verdade, ainda maiores, pois aquelas mulheres estavam obrigadas a obedecê-lo, e bastava um sinal seu para elas virem até ele como qualquer vagabunda de rua.

Como aquelas damas orgulhosas e elegantes eram diferentes do que ele sempre imaginara...
Riu alegremente.
"Krepicki tinha razão: todas as mulheres são putas..."
Começou a chuviscar, e quando o carro chegou à rua Wspólna chovia a cântaros. Nicodemo atravessou correndo a calçada e entrou no prédio. Já galgar as escadas foi bem mais complicado; subia como se estivesse carregando um grande peso às costas.

Ignacy cumprimentou o patrão e disse que muitas pessoas o procuraram nos últimos dois dias e o senhor secretário não parara de telefonar perguntando se o senhor presidente já havia retornado. Mas o pior de todos fora um sujeito desagradável que chegara ao cúmulo de querer examinar o apartamento porque suspeitava de que o senhor presidente estivesse escondido nele...

— Como era ele? — perguntou Dyzma.

— Baixinho e gordo.

— Não chegou a dizer como se chamava?

— Baczek, ou algo parecido...

— Que droga! — praguejou o presidente. — O que esse patife ainda está querendo?!

— Se o senhor presidente quiser, quando ele aparecer novamente eu poderei atirá-lo escada abaixo — sugeriu Ignacy.

— Não, não vai ser preciso.

O telefone tocou. Era Krepicki. Disse que tinha vários assuntos para discutir e perguntou se poderia ir até lá imediatamente.

— Aconteceu algo grave?

— Não, nada de especial.

— Então pode vir.

Nicodemo mandou Ignacy preparar um café forte e deitou-se no sofá. Avaliou a conveniência de contar a Krepicki tudo que se passara na casa de campo da condessa Koniecpolski, mas chegou à conclusão de que aquilo poderia ser considerado uma traição dos segredos da "loja" e decidiu não arriscar.

Ignacy trouxe a correspondência particular do presidente, composta por três cartas de Nina e por um excepcionalmente longo telegrama de Kunicki, no qual pedia a Dyzma que se ocupasse da questão dos dormentes, pois o assunto passara a ser urgente.

Dyzma estava lendo justamente aquele telegrama quando chegou Krepicki, que começou fazendo alusões maliciosas à excursão do presidente com a condessa Lala, contando fofocas da sociedade e informando que tudo no banco estava sob controle. Por fim, meio como quem não queria nada, indagou:

— Senhor presidente, quem vem a ser este tal Boczek?

Nicodemo ficou atrapalhado.

— Boczek?

— Sim, um gordão. Ele vinha ao banco diariamente e insistia tanto em ter uma audiência com o senhor como se tivesse certeza de que o senhor o receberia. É um conhecido do senhor?

— Sim, de certa forma...

— E eu que cheguei a achar que se tratasse de um maluco...

— O que o fez pensar assim?

— É que quando eu lhe disse que o senhor presidente concede audiências somente às sextas-feiras, ele ficou furioso e gritou: "Ah é? Pois saiba que o digníssimo presidente pode receber quem quiser às sextas-feiras, mas o senhor vai ver que ele vai lhe passar uma descompostura por não me admitir de imediato no dia em que eu vier, pois para mim esse grande presidente de vocês não é um peixe tão graúdo assim..."

Dyzma ficou vermelho como um tomate.

— E o que mais ele disse?

Krepicki acendeu um cigarro e acrescentou:

— É um baderneiro e grosseirão... Chegou a se permitir fazer ameaças veladas ao senhor, dizendo que iria lhe mostrar etc.

Nicodemo cerrou o cenho e falou:

— Senhor Krepicki, caso esse tipo volte a aparecer, traga-o logo à minha presença... Ele tem um parafuso a menos, sempre foi assim...

— Sim, senhor presidente — respondeu simplesmente Krepicki, mas Dyzma não tinha dúvida de que ele suspeitava de algo.

Diante disso, decidiu forçar Boczek a se manter calado.

Krepicki ficou no apartamento de Nicodemo para o jantar. A conversa passou a Koborowo, e Dyzma disse, com um suspiro:

— Ah, como é agradável viver no campo, em paz e sossegado...

— O senhor presidente sempre se refere a Koborowo com muita simpatia — observou Krepicki. — Por que não força o divórcio de Nina e Kunicki e se casa com ela?

— Seria ótimo — respondeu Dyzma —, caso Koborowo fosse dela.

— Mas nominalmente ela não é a dona daquela propriedade?

— E daí? Kunicki tem uma procuração de plenos poderes.

— Uma procuração pode ser cancelada.

— Mas notas promissórias, não.

Krepicki ficou pensativo e começou a assoviar baixinho.

— Pois é — finalizou Dyzma. — Notas promissórias são irrevogáveis.

Krepicki não parava de assoviar.

— O que temos amanhã? — perguntou Nicodemo.

— Amanhã? Nada de especial. Ah, sim, chegaram convites para o circo, onde vai se realizar uma luta sensacional entre um brutamonte mundialmente famoso cujo nome me escapou e o campeão polonês, Wielaga. O senhor presidente é um apreciador de luta greco-romana?

— Sim. Vamos até lá. A que horas é a luta?

— Às oito.

Nicodemo despediu-se do secretário e foi dormir. Ao vestir o pijama notou que a estrela dourada ainda estava pendurada no pescoço. Tirou-a rapidamente, colocou-a numa caixa de fósforos e escondeu a caixa numa gaveta da escrivaninha — não sem antes ter se benzido.

No dia seguinte, seus temores se materializaram. À uma da tarde apareceu Boczek, cheio de si e fedendo a vodca.

Dyzma mudou de tática.

Estendeu a mão para Boczek, puxou uma cadeira para ele e indagou, da forma mais polida possível, em que lhe poderia ser útil. Já Boczek, ainda mais confiante, não mediu as palavras e os gestos, chegando ao cúmulo de dar um tapinha nas costas do senhor presidente.

Aquilo foi demais para Dyzma. Ergueu-se de um salto e gritou:

— Já para fora! Suma da minha frente!

Boczek levantou-se também e olhou para Dyzma com ódio.

— Você ainda vai se lembrar de mim!
— O que você quer?! — Dyzma espumava de raiva. — Dinheiro?
— E por que não? Dinheiro é sempre bem-vindo.

Nicodemo tirou uma nota de 20 *zloty* do bolso; pensou um pouco e acrescentou mais uma.

— Por que o senhor está tão furioso, senhor Nicodemo? — falou calmamente Boczek. — Eu não quero lhe fazer mal...
— Não quer, não quer, mas fica dizendo o que não deve ao meu secretário.

Boczek sentou-se.

— Pense bem, senhor Nicodemo. Não seria melhor vivermos em paz? O senhor me ajuda e eu não atrapalho o senhor...
— Eu não lhe arrumei um emprego?
— E eu lá quero aquele emprego? — respondeu Boczek. — A gente é obrigado a trabalhar como um mouro oito horas por dia para ganhar míseros 400 *zloty*. Além disso, a fábrica é tão barulhenta que me faz mal aos nervos. Decididamente, aquele emprego não é para mim...
— Talvez o senhor queira ser nomeado ministro? — debochou Dyzma.
— E por que não? O senhor não foi nomeado presidente de um banco?
— Porque eu tenho uma boa cabeça, deu para entender?
— Cada um tem a cabeça que tem. E eu acho que se o senhor pode ser presidente de um banco, então chega a ser ofensivo que eu, seu ex-superior hierárquico, tenha um emprego que pague menos de 800 *zloty*.
— O senhor enlouqueceu? Oitocentos *zloty*? Quem vai lhe pagar um salário desses?

— Pare de embromar, senhor Nicodemo, porque eu sei que se o senhor quiser haverá muitas pessoas dispostas a me contratar por esse salário.

Nos olhos de Dyzma brilhou uma chama de ódio.

— Muito bem, senhor Boczek, vejo que não tenho outra saída... Deixe-me pensar... Ah, sim... Posso nomeá-lo diretor-adjunto do Instituto Nacional do Álcool... Que tal?

— Agora o senhor está falando direito. Imagino que terei direito a um apartamento, não é verdade? Afinal, terei de trazer a família para cá.

— Lógico. Um apartamento e tanto. Quatro quartos, banheiro e cozinha, com aquecimento central e luz elétrica por conta do Instituto.

— E quanto ao salário?

— Em torno de mil *zloty*.

Boczek ficou comovido. Levantou-se e abraçou Dyzma.

— Sempre fui amigo do senhor — falou. — Muitos, lá em Lysków, mantinham distância do senhor, dizendo que era um filho bastardo, um enjeitado...

— Já basta, que merda!

— Pois é o que estou dizendo, enquanto os demais torciam o nariz, eu cheguei a receber o senhor na minha casa... Mas deixemos isso para lá; não vale a pena relembrar o passado.

Nicodemo estava soturno como a noite. A menção de que fora um enjeitado revolvia suas entranhas. De repente ficou claro para ele que não havia espaço suficiente em Varsóvia para ele e Boczek... E não só em Varsóvia. O sorriso de Boczek teria desaparecido para sempre de seu rosto caso ele conseguisse decifrar a mente de seu ex-subordinado.

— Vamos fazer o seguinte, senhor Boczek — falou Dyzma. — O senhor virá aqui amanhã, trazendo consigo seus documentos; todos os documentos, porque arrumar um emprego como esse não é tão simples assim. Vai ser preciso conversar muito para convencer as pessoas de que o senhor tem capacidade para exercer o cargo de diretor-adjunto.

— Muito obrigado, senhor Nicodemo. O senhor não vai se arrepender.

— Sei que não vou me arrepender — resmungou Dyzma. — Agora, o mais importante: não comente isso com ninguém, porque há mais de cem candidatos para essa vaga. O senhor compreendeu?

— É lógico que sim.

— Então estamos combinados. Amanhã às onze.

Alguém bateu na porta do gabinete e Krepicki surgiu no vão. Boczek deu uma piscadela cúmplice para Dyzma e inclinou-se diante dele o máximo que lhe permitia sua gordura.

— Despeço-me humildemente do senhor presidente, assegurando-lhe que suas ordens serão cumpridas com todo o rigor.

— Muito bem, o senhor está liberado.

Nicodemo notou que Krepicki, fingindo estar ocupado com os papéis que trazia nas mãos, observava disfarçadamente a figura de Boczek.

— E aí, senhor Krepicki, como vão as coisas?

— Tudo em ordem. Eis os convites para o circo.

— Ah, é verdade. Vamos para lá logo mais.

— A condessa Czarski telefonou, mas eu disse que o senhor estava ocupado.

— Que pena.

— He, he, he! Compreendo o senhor presidente. Aquelas senhoritas Czarski são irresistíveis... No ano passado...

Não chegou a concluir a frase, pois o coronel Wareda entrou como um furacão no gabinete.

— E aí, Nico! Por onde você tem andado?

— Sempre por aqui, Wacek. O que há de novo?

Krepicki fez uma reverência e saiu.

— Vim aqui, irmãozinho, para lhe perguntar se você não quer ir ao circo. Não sei se você sabe, mas chegou o tal Tracco, o homem mais forte do mundo, que vai lutar com o nosso campeão Wielaga.

— Não só sei, como estava pensando em ir.

— Que bom! — exclamou Wareda, batendo no joelho de Dyzma. — Vai a turma toda: Uszycki, Ulanicki, Romanowicz com a esposa...

O telefone tocou.

— Alô?

Era Krepicki, informando que a condessa Czarski estava ligando novamente e perguntando se podia passar a ligação.

— Pode passar... Alô? Sim, sou eu... Bom dia...

Cobriu o fone com a mão e sussurrou para Wareda:

— É a condessa Czarski!

— Fiu-fiu... — O coronel meneou a cabeça.

— De jeito nenhum... A senhora não está incomodando em nada... Pelo contrário, é um prazer enorme falar com a senhora.

Prendeu o telefone com o ombro enquanto acendia um cigarro oferecido pelo coronel.

— É que eu não entendo muito de literatura... Palavra de honra... E quando seria isso?... Está bem, está bem... E como está a saúde da sua irmãzinha? Saiba que eu também, mas esse é um assunto que não deve ser tratado por telefone... Uma peça de teatro?... Acho que não, mas por que a senhora não vem comigo ao circo? Hoje vai haver uma luta com o homem mais forte do mundo... Como?... Wacek, como ele se chama mesmo? Tracco, um italiano... Não, perguntei ao meu amigo que está ao meu lado, Wacek Wareda... Ele beija as suas mãozinhas... É lógico que ele virá conosco... Ótimo. Vou buscar a senhora e sua irmã com meu carro... Até breve.

Desligou o telefone e sorriu.

— Ah, essas mulheres, essas mulheres!...

— Elas irão? — perguntou o coronel.

— Lógico que sim!

— Então vamos almoçar.

Ao chegarem ao restaurante encontraram Ulanicki, e o ambiente logo ficou alegre.

— Vocês conhecem a piada do buldogue e do *pinscher*? — perguntou Ulanicki quando estavam servindo o café.

— Cuidado — alertou-o Wareda. — Não se esqueça de que todo aquele que contar uma piada velha terá de comprar uma garrafa de conhaque.

— E você não se esqueça, Wacek, que fui eu mesmo, em pessoa, que instituí essa regra — cortou-o Ulanicki. — Portanto, fique quieto e escute. Um buldogue está calmamente sentado numa esquina da rua Marszalkowska quando vê um *pinscher* sair dos Jardins Saxônicos...

Dyzma levantou-se, dizendo, meio encabulado:

— Desculpem, mas preciso me ausentar por alguns minutos.

— Você já conhecia essa piada? — perguntou Wareda.

Nicodemo não conhecia, mas respondeu que sim. Vestiu o sobretudo e saiu rapidamente pela porta aberta pelo *maître d'hotel*.

O motorista ligou o motor e abriu a porta.

— Não vou precisar do carro até a noite, o senhor pode ir para casa — falou Dyzma, aguardando na calçada até o automóvel dobrar a esquina.

Em seguida, pegou um táxi.

— Esquina da Karolkowa com a Wolska — ordenou.

Na época em que tocara bandolim no bar Pod Sloniem, Nicodemo tivera a oportunidade de conhecer a parte perigosa da cidade e sabia que ao longo da estreita e comprida rua Karolkowa havia vários bares de má fama.

Quando o táxi parou, Nicodemo pagou, aguardou sua partida e adentrou a rua Karolkowa. Em ambos os lados da rua havia prédios de tijolos vermelhos idênticos: fábricas. Entre eles, aqui e ali havia uns barracos de madeira em cujas janelas brilhavam tênues luzes por trás de cortinas amarelas. Eram bibocas proletárias, tão parecidas umas às outras que era praticamente impossível diferenciá-las.

Nicodemo caminhou a passos firmes até chegar a uma portinhola. Ao abri-la, foi cercado por um cheiro de cerveja e de chucrute. Um largo balcão ocupava metade da pequena sala. Do outro lado do balcão havia um homem soturno com rosto avermelhado e duas mulheres já de certa idade. Na sala, apenas duas mesinhas estavam ocupadas. De trás de uma cortina verde chegavam sons de um violino e um acordeão.

Nicodemo aproximou-se do balcão.

— Uma dupla? — perguntou o homem.

— Pode servir — respondeu Dyzma.

Bebeu de um só gole e comeu um arenque defumado.
— E então, senhor Malinowski, como andam as coisas?
— Indo.
— Aquele acordeonista, Ambroziak, ainda toca no seu estabelecimento?
— Por que o senhor quer saber? — perguntou desconfiado o taberneiro.
— O senhor não está lembrado de mim, senhor Malinowski?
— Tanta gente passa por aqui — respondeu ele, com indiferença.
— Meu nome é Pyzdraj. Eu costumava tocar bandolim no bar Pod Sloniem.
— Não diga... E como está a vida?
— A gente vai levando...

Engoliu a vodca e perguntou, apontando para a cortina verde:

— É Ambroziak quem está tocando? Sou um colega dele.
— Sim — respondeu laconicamente o proprietário da baiuca.

Nicodemo pegou um palito, colocou-o na boca, chegou perto da cortina e levantou uma das abas. Ali havia mais pessoas e o conjunto tocava havia bastante tempo, aparentemente sob encomenda. Assim mesmo o acordeonista viu Dyzma. Quando terminaram de tocar o tango, aproximou-se dele.

— Salve, Pyzdraj.
— Salve — respondeu Dyzma, quase alegremente. — Vamos brindar ao nosso encontro. Senhor Malinowski, duas cervejas e uma garrafa de vodca.
— Você tem algum negócio para tratar comigo? — perguntou Ambroziak.

Nicodemo fez um sinal afirmativo com a cabeça.
— E onde você está trabalhando agora?
— Na província.
— E dá para sobreviver?
— Sempre se dá um jeito.
— Muito bem, já que vamos tratar de negócios é melhor irmos a um canto.

Pegaram os canecos, os cálices e a garrafa, e foram para junto da janela.

— Ambroziak — começou Dyzma —, em nome da nossa antiga amizade eu preciso que você me arrume uma coisa...
— Que tipo de coisa?
— Preciso de três ou quatro homens, daqueles que não têm medo de nada e resolvem tudo rápido e limpinho.
— Um "trabalho" daqueles? — perguntou em voz baixa o acordeonista.

Nicodemo voltou a menear positivamente a cabeça.
— Um sujeito andou se metendo indevidamente na minha vida...
— Um político importante? — interessou-se Ambroziak.
— Que nada! Um patife sem importância.
— E o que você quer que seja feito com ele? Que vire presunto?

Nicodemo coçou o queixo.
— Nãoooo... Não precisa chegar a tanto... Basta fazer com que ele entenda que deve ficar de bico calado.

O acordeonista entornou o cálice e cuspiu no chão.
— Pode ser feito... Só que você terá de gastar uns 100 ou 120 *zloty*.
— Posso dar um jeito — respondeu Dyzma.

Ambroziak levantou-se e foi para trás da cortina, retornando logo depois com um jovem de cabelos louros e olhos sorridentes.

— Deixem que eu os apresente: meu colega Pyzdraj, Franek Lewandak.

O jovem estendeu a mão, surpreendentemente forte e rija.

— Muito bem, qual é o negócio? — perguntou.

Nicodemo chamou o taberneiro.

— Senhor Malinowski, uma garrafa da pura e uma porção de costeletas.

Ambroziak virou-se para o louro.

— Senhor Franek, quem o senhor pretende convocar para o serviço?

— Acho que Antek Klawisz e o meu sogro.

— Bastarão vocês três? — indagou Nicodemo.

— Por quê? O tipo é muito forte?

— Que nada. Um provinciano aparvalhado e gordo como um barril.

— Então não haverá problema — disse Franek. — Mas sem querer ser indiscreto, quem é o senhor?

— E o que você tem a ver com isso? — retrucou Ambroziak. — Já lhe disse que é um amigo meu, e isso deve bastar. Por que você precisa sempre meter o nariz onde não é chamado?

— Não estou me metendo, apenas estou curioso. Mas tudo bem, diga logo o que o senhor quer.

Nicodemo inclinou-se sobre a mesinha e começou explicar.

Lewandak e o acordeonista bebiam feito gente grande, e Dyzma não ficou atrás. Em função disso, em pouco tempo o taberneiro foi obrigado a levar a garrafa vazia e trazer outra, cheia, além de, mesmo sem ser solicitado, uma nova porção de costeletas de porco e de pepinos marinados; sabia muito bem que quando alguém tinha um assunto a tratar com Lewandak, não podia deixar de haver comes e bebes.

Volta e meia Ambroziak se levantava e ia para outra sala para tocar acordeão, mas sempre retornava à mesinha. A porta da baiuca abria-se com frequência e cada vez mais pessoas entravam. Quase todos cumprimentavam respeitosamente Lewandak, que respondia aos cumprimentos de forma negligente e distraída.

Dyzma ouvira falar muito dele, mas nunca imaginara que aquele famoso bandido, cuja faca era temida pelos maiores valentões de Wola ou Czyst, pudesse ter uma aparência tão juvenil e suave. De qualquer modo, sabia que o assunto fora entregue às mãos mais capazes de Varsóvia.

Já eram quase oito da noite quando pagou a conta e enfiou discretamente na mão de Franek uma nota de 100 *zloty*.

— É fundamental que os bolsos dele sejam revistados para que não fique nenhuma pista — disse, apertando a musculosa mão em despedida.

Ambroziak acompanhou-o até a porta e pediu 10 *zloty* emprestados. Guardando a nota no bolso, falou, não sem um quê de ironia:

— Pelo jeito, você está indo muito bem lá na província! Dinheiro é o que não lhe falta!

— A gente faz o que pode.

A rua estava deserta. Dyzma caminhou até uma parada de bonde. O bonde número 2 chegou logo em seguida.

O circo estava cheio. No meio da confusão geral, ouviam-se claramente as vozes dos vendedores ambulantes anunciando:

— Chocolate, limonada, *waffles*!

No momento em que Dyzma estava entrando com as senhoritas Czarski, a orquestra tocava uma marcha triunfal e os atletas adentravam a arena. Eram cerca de dez. Homens gigantescos, com músculos horrivelmente desenvolvidos e vestidos com maiôs que revelavam pregas de pele coberta de pelos espessos e encaracolados.

Marchavam a passos rítmicos, formando um círculo em torno da arena.

Quando Dyzma e as damas chegaram ao camarote, no qual já se encontrava o coronel Wareda, a senhorita Marietta Czarski exclamou rindo:

— Que impressionantes montanhas de carne!

Teve início a apresentação dos contendores. Os atletas ficaram perfilados, enquanto um árbitro anunciava seus nomes, seguidos de algum título: campeão da Inglaterra, campeão do Brasil, campeão da Europa etc.

O anúncio de dois nomes foi seguido por uma onda de aplausos mais fortes: o de Wielaga, campeão da Polônia, e o do gigantesco italiano, Tracco.

A arena se esvaziou, permanecendo nela apenas dois adversários: um pesado alemão com braços tão longos quanto os de um macaco e um esbelto mulato que parecia um antílope pronto para ser esmagado por um rinoceronte.

Soou o gongo e a luta teve início.

— Já acabou com ele! — exclamou Dyzma, vendo o mulato desabar por terra só sob o peso do alemão.

— Oh, não, irmãozinho — sorriu Wareda. — O alemão vai suar muito até fazer com que aquela lampreia fique com as espáduas no chão.

Efetivamente, o mulato fez um movimento tão rápido e efetivo que conseguiu se livrar das mãos do adversário, e quando este, bufando com o esforço, o ergueu a fim de jogá-lo novamente no piso da arena, ele bateu inesperadamente com um dos pés no chão e, parecendo quicar, descreveu um arco no ar sobre a cabeça do alemão que, segurando-o pelas axilas, perdeu o equilíbrio e caiu de costas. No mesmo instante, o mulato deu um salto e se colocou sobre seu peito.

O árbitro aproximou-se dos contendedores a tempo de notar o exato momento em que ambas as omoplatas do alemão tocavam o chão — aquele momento foi extremamente breve, pois o derrubado levantou-se de um salto, arremessando seu algoz com a mesma facilidade com a qual um cavalo expele da sela um cavaleiro inexperiente.

Mas a luta já terminara e o presidente do júri declarou a vitória do mulato, que, sorridente, inclinava-se para todos os lados e agradecia a onda de aplausos.

Enquanto isso, o derrotado alemão abandonava a arena resmungando e praguejando, sob os assovios e as vaias da audiência.

— Meu Deus, como é lindo aquele mulato! — exclamava Marietta Czarski. — Como uma estátua de bronze! Senhor presidente, o senhor acha que seria um grande escândalo caso o convidássemos para jantar conosco?

— Contenha-se, Marietta — admoestou-a a irmã.

— Acho que não pegaria bem — falou Dyzma, mas os demais no camarote disseram que seria uma atração tão boa quanto qualquer outra, e, se fossem jantar num lugar discreto, não viam problema. Enquanto isso, um novo par adentrava a arena.

Dyzma ficou observando as lutas com a respiração presa. Apertava as mãos com tanta força que elas chegavam a estalar. Por entre os dentes cerrados saíam palavras de estímulo:

— Vamos... com mais força... Acabe logo com ele...

Corpos e mais corpos suados rolavam pela arena, em meio a gemidos e grunhidos que brotavam de gargantas apertadas. Da galeria, a toda hora vinham gritos, assovios e palmas. Os pares de atletas foram mudando várias vezes, até que chegou a hora da luta que era a principal atração daquela noite.

Os dois adversários mais fortes ficaram frente a frente: Wielaga, o campeão da Polônia, que com os ombros descomunais, os braços hercúleos, o nariz deformado e a cabeça rapada mais parecia um gorila e, diante dele, o italiano Tracco, mais leve e mais esbelto, plantado com as pernas semiabertas, que mais pareciam dois troncos de carvalho.

O gongo soou em meio a um silêncio sepulcral.

Os adversários foram se aproximando sem pressa e avaliando a tática a ser adotada, mas desde o primeiro momento ficou evidente que adotariam táticas diferentes. O polonês queria travar a luta no menor tempo possível, enquanto o italiano pretendia prolongá-la ao máximo, contando com o cansaço do oponente e, nesse intuito, quase não oferecia resistência, chegando a permitir que o oponente o derrubasse sobre a barriga.

Wielaga tentou de todas as maneiras fazê-lo virar de costas, mas, ao constatar que não conseguiria, começou a massagear violentamente seu cangote e seu pescoço.

— O que ele está fazendo? — perguntou a senhorita Marietta.

Wareda inclinou-se e, sem tirar os olhos da arena, explicou:

— Nós chamamos isso de "massagem". É preciso que a senhora saiba que nas lutas greco-romanas é proibido aplicar golpes com os punhos, mas essa massagem é permitida. Ela esmaga os músculos do cangote minando sua força.

— Além de ser terrivelmente doloroso — acrescentou a senhorita Marietta.

O italiano devia ter chegado à mesma conclusão, pois se levantou repentinamente e, escapando das mãos do adversário, agarrou-o pela cintura.

No entanto, seus braços não eram suficientemente compridos para cobrir a circunferência de Wielaga, que, estufando violentamente a barriga, fez com que os braços do italiano se abrissem. A galeria aprovou o golpe com uma vigorosa salva de palmas. Aliás, desde o início da contenda, era visível que toda a simpatia do público estava com o atleta polonês.

Enquanto isso, a luta prosseguia sem resultado, o que levava Wielaga a acessos de raiva, ainda mais estimulados pelos gritos da galeria:

— Vamos, Wielaga, não se entregue!
— Acabe com esse italiano!
— É isso aí!

Os olhos do atleta pareciam querer saltar das órbitas; do peito brotavam graves grunhidos. A luta foi ficando cada vez mais violenta. Os corpos entrelaçados se cobriam de gotas de suor.

Wielaga atacava sem dó nem piedade o oponente, que se defendia com eficiência e sempre em bom estilo e de acordo com o regulamento, enquanto Wielaga já não conseguia controlar sua ânsia de derrotar o italiano, a ponto de o árbitro ser obrigado a intervir diversas vezes, alertando-o sobre o uso de lances não permitidos.

De repente, conseguiu aplicar em Tracco um golpe terrível, conhecido como "duplo Nelson". Suas mãos enormes passaram por trás e por debaixo dos braços do italiano, entrelaçando-se na nuca.

O circo emudeceu.

Os contendedores permaneceram imóveis, como duas estátuas de pedra, numa imobilidade tão cheia de esforço que os nós dos músculos pareciam querer explodir.

Wielaga apertava. O rosto do italiano ficou primeiro vermelho, passando depois para roxo. Seus olhos denotavam um sofrimento insuportável, e da boca entreaberta escorria saliva sobre a língua estendida.

— Que coisa mais nojenta! — disse a senhorita Marietta, cobrindo os olhos com as mãos.

— Ele vai matá-lo — assustou-se sua irmã. — Senhor presidente, isso é horrível...

— Pois o que eu quero é que ele quebre o pescoço daquele italiano! — respondeu Dyzma.

— O senhor deveria se envergonhar, senhor presidente — falou Marietta.

— Ele sempre pode se render... — observou o coronel Wareda.

Mas o italiano nem pensava em se render. Suportava aquela dor infernal e era visível que não se entregaria.

Wielaga chegou à mesma conclusão e, sabendo que em pouco tempo soaria o gongo interrompendo o combate, resolveu terminar a luta a qualquer custo. Puxou repentinamente o adversário para um lado, passou-lhe uma discretíssima rasteira e o derrubou de costas no chão.

O circo chegou a tremer na base. A gritaria, a tempestade de palmas e a saraivada de pernas batendo no chão se transformaram num barulho ensurdecedor, no meio do qual nem o apito do árbitro nem o gongo do presidente do júri puderam ser ouvidos.

— Bravo, bravo, Wielaga! — gritava Dyzma, a ponto de grossas gotas de suor cobrirem sua fronte.

Enquanto isso, os dois adversários se levantaram do chão. Wielaga se inclinou em agradecimento aos aplausos, enquanto Tracco foi até a mesa dos juízes e falou alguma coisa, esfregando a nuca.

Quando a barulheira diminuiu, o árbitro foi ao centro da arena para anunciar:

— O combate entre o campeão da Polônia, Wielaga, e o campeão da Itália, Tracco, foi inconclusivo, pois Wielaga derrubou o adversário dando-lhe uma rasteira, o que não é permitido. Diante disso, o júri decidiu...

As palavras restantes foram abafadas pelo urro de protestos:

— Não é verdade!
— Não deu rasteira nenhuma!
— O juiz está comprado!
— Wielaga ganhou a luta!
— Fora com o italiano!

Finalmente, o presidente do júri pôde se pronunciar:

— Senhoras e senhores! A luta não foi conclusiva porque Wielaga deu uma rasteira em Tracco, o que é proibido pelo regulamento e foi percebido não somente pelo árbitro como também por mim.

— Mentira! Não deu rasteira nenhuma! — gritou Dyzma.

— É o senhor quem está mentindo! — falou o ofendido presidente do júri.

— O quê?! — berrou Dyzma. — O quê?! Se eu, presidente do Banco Nacional do Trigo, estou dizendo que ele não deu, então se deve dar mais crédito à minha palavra do que à de um palhaço qualquer com um apito na boca.

O circo veio abaixo de tantos aplausos:

— Bravo! Bravo!

— Ele está certo!

O presidente do júri adotou um ar solene e sentenciou:

— Nas competições esportivas o que vale é o veredicto do júri e não o dos espectadores. O combate foi inconclusivo.

Nicodemo perdeu por completo o controle e berrou a plenos pulmões:

— Ora, vá à merda!

O efeito de sua explosão foi indescritível. Da galeria subiu um verdadeiro furacão de palmas, risos e gritos, em meio aos quais a palavra usada por Dyzma era repetida constantemente.

Nicodemo enfiou as mãos nos bolsos e disse:

— Vamos embora, senão vou perder a cabeça de vez.

Ao saírem do camarote, o coronel Wareda comentou:

— Agora mesmo é que você vai ficar popular! Amanhã não se falará de outra coisa por toda a Varsóvia. As pessoas gostam de palavras pesadas.

No dia seguinte não só se falava sobre aquilo, como se escrevia. Praticamente todos os jornais publicaram um detalhado e picante relato do incidente, e alguns deles chegaram a publicar a fotografia do herói da noite.

Nicodemo estava zangado com ele mesmo.

— Eu tive razão — dizia a Krepicki — em passar uma descompostura neles, mas agora poderei ser considerado um grosseirão.

— É apenas um mero detalhe sem importância — consolava-o Krepicki.

— É que eles me tiraram do sério!

capítulo 13

ÀQUELA HORA DA NOITE A RUA ESTAVA PRATICAMENTE DEserta — o que não era de se estranhar, pois os moradores se levantavam às seis da manhã para ir trabalhar. Havia apenas três homens parados no vão de um portão e apoiados num muro. Permaneciam imóveis, e, não fossem as pontas dos cigarros acesos, poder-se-ia pensar que estavam adormecidos.

De repente, chegou a eles o som de passos pesados. Alguém estava vindo da rua Zelazna. Um dos homens se agachou e enfiou cuidadosamente a cabeça para fora do vão, recolhendo-a logo em seguida.

— É ele — sussurrou para os companheiros.

Os passos se aproximaram e, no minuto seguinte, os três homens viram um homem corpulento vestido num grosso sobretudo. Quando passou pelo portão, saíram atrás dele. O líder, um louro esbelto, se adiantou.

— Por favor — falou. — O senhor não teria um fósforo?

— Tenho — respondeu o gordão, parando e enfiando a mão no bolso.

— Seu nome é Boczek? — perguntou repentinamente o louro.

O gordão olhou para ele com espanto.

— Por que o senhor quer saber?

— E por que você, seu paspalhão, não consegue manter a boca fechada?

— O quê...

Não concluiu. Um possante soco esmagou seu nariz e o lábio superior. Paralelamente, recebeu por trás um golpe na cabeça e um pontapé nas costas.

— Jesus! — exclamou, rolando até a sarjeta.

No entanto, os atacantes acharam que o trabalho ainda não estava completo. Um deles se inclinou sobre o homem caído e passou a bater em seu peito e sua barriga, enquanto outro foi até a pista e, de lá, desferiu dois violentos pontapés em seu rosto.

O agredido sentiu uma dor lancinante. Com destreza inesperada para alguém tão obeso, conseguiu se levantar e começou a berrar:

— Socorro! Socorro!

— Calem a boca dele — falou o louro, com a voz abafada.

Um dos homens pegou o chapéu da vítima e aproximou-o do rosto deformado.

— Socorro! Socorro! — gritava ele sem cessar.

Ao longe, na esquina, alguém parou.

— Ei, Franek, alguém está vindo.

— Socorro! Socorro!

— Bem, não temos outra saída. Vai ser preciso acabar com ele.

Ouviu-se o barulho da mola de uma faca dobrável e a comprida lâmina penetrou de forma impiedosa o corpo, até o cabo. Uma, duas, três vezes...

— Pronto — falou o louro.

Limpou a faca no sobretudo da vítima enquanto seus dois comparsas revistavam os bolsos dele. Relógio, chaves, carteira... Momentos depois a rua Krochmalna voltava a estar deserta.

Já clareava quando dois policiais de bicicleta entraram na rua.

— Olhe! — exclamou um deles. — Tem alguém deitado ali.

— Deve ser um bêbado.

Os policiais saltaram das bicicletas e, ao verem uma poça de sangue, logo perceberam o que tinham diante de si.

— Perfuraram-no como a um porco.

— Veja o pulso.

— Não precisa, está frio como gelo.

— Que merda! Vamos ter que ir até a delegacia.

— Já é o terceiro nesta semana.

Começou a chover. Uma chuvinha fina, fria, outonal.

Esta noite, a ronda da 7ª Delegacia Policial encontrou na rua Krochmalna o corpo de um homem de cerca de 50 anos.

O médico-legista registrou como causas da morte perfurações no coração com um objeto pontiagudo e esmagamento do crânio. Diante da total desfiguração do rosto, foi impossível identificar a vítima, junto da qual não foi encontrado nenhum documento ou objeto de uso pessoal. O corpo foi levado para o Instituto Médico-Legal e há suspeitas de que o crime tenha sido motivado por uma disputa territorial entre gangues de malfeitores.

O presidente Nicodemo Dyzma dobrou o jornal e começou a tamborilar com os dedos sobre o tampo da escrivaninha.

Sua primeira reação foi de pânico. Achou que uma investigação policial poderia chegar até ele e, pior, que o espectro do assassinado não lhe permitiria mais dormir à noite.

Por outro lado, a certeza da não existência daquele homem tão perigoso e a sensação do desaparecimento da espada de Dâmocles sobre sua cabeça foram maiores do que seus temores, que, com o passar do tempo, foram se reduzindo a zero.

Afinal, quem poderia acusar o presidente do Banco Nacional do Trigo de estar envolvido com um bando de assassinos? Além disso, jamais pedira que Boczek fosse morto — apenas assustado.

"Ele mesmo é culpado pela sua morte... Seu olho ficou grande demais..."

Estava meditando sobre aquilo quando Krepicki entrou no gabinete e, fechando a porta atrás de si, anunciou, com um sorriso misterioso:

— Senhor presidente, gostaria de receber uma certa pessoa muito interessante?

— Quem?

— Um velho conhecido do senhor.

Dyzma ficou pálido como uma folha de papel. Ergueu-se de um salto e, o corpo todo tremendo, indagou com uma voz que não parecia sua:

— Quem?!...

Estava convencido de que, do outro lado da porta, aguardava-o Boczek, coberto de sangue e com o rosto massacrado.

— O senhor está bem, presidente? — assustou-se Krepicki.

— Estou bem... Estou bem... Diga logo quem quer me ver.

— Kunicki.

— Kunicki?...

— Sim. O senhor vai recebê-lo?

— Sim — respondeu Dyzma, dando um suspiro de alívio.

Momentos depois Kunicki, rosado e agitado como sempre, adentrou o gabinete. Já no umbral da porta iniciou suas saudações, disparando uma saraivada de palavras com impressionante velocidade.

Nicodemo ficou olhando para ele por alguns minutos sem conseguir se concentrar o suficiente para entender o que ele dizia.

— ... porque o ser humano, querido senhor Nicodemo, vive cada vez mais e, no entanto, não envelhece. Mas o senhor também está com uma aparência excelente. Como vai a política? E os negócios? Vejo que o senhor tem um gabinete e tanto. Chique e em grande estilo. Será que o senhor, querido senhor Nicodemo, me faria um grande favor e almoçaria comigo? Não botei nada na boca desde a madrugada... É, decididamente o seu gabinete é lindo. O senhor não pretende nos visitar em Koborowo? Embora o tempo por lá ande meio feio, a paz do lugar é maravilhosa. Seria bom para o seu sistema nervoso, e Nina iria ficar muito feliz; a coitadinha sente-se tão solitária... E então, o senhor não poderia vir por alguns dias?

— Creio que sim. Talvez até na semana que vem.

— Obrigado, obrigado. Fico muito feliz. E quanto ao nosso almoço?

— Gostaria, mas não posso. Hoje vou almoçar com o príncipe Roztocki.

Nicodemo mentiu, mas conseguiu o efeito almejado: Kunicki se derreteu em cumprimentos e imediatamente se pôs a enumerar as possibilidades que se abriam diante de um homem com as conexões do querido senhor Nicodemo.

Em seguida, passou para o verdadeiro motivo de sua visita: a questão do fornecimento de dormentes para as estradas de ferro. O velhinho desfiava infindáveis vantagens financeiras que ambos desfrutariam caso Koborowo conseguisse a exclusividade daquele fornecimento. Explicou que, em último caso, se o governo não quisesse dar a exclusividade a ele por causa daquele antigo processo, poderia dá-la a Nina Kunicki.

— Não sei... — defendia-se Dyzma.

Mas Kunicki não se dava por vencido.

— He, he, he... Eu sei muito bem que basta o senhor mexer alguns pauzinhos, falar com o ministro das Comunicações...

E tanto insistiu que Nicodemo acabou concordando.

— Só não parta de Varsóvia — falou para Kunicki. — Pois caso seja necessário entrar em detalhes, eu não entendo desse assunto.

Kunicki, felicíssimo, garantiu que ficaria em Varsóvia para poder fornecer informações adicionais, embora estivesse convicto de que sua presença era desnecessária para um homem com uma cabeça tão genial quanto a do querido senhor presidente.

A entrada de Krepicki com a correspondência interrompeu a torrente verbal de Kunicki, que se despediu de Dyzma e saiu do gabinete.

— Esse aí é um conhecido espertalhão — observou Krepicki.

— Dos maiores — confirmou Dyzma. — É um tipo que praticamente não pode ser passado para trás por ninguém.

O comprido rosto de Krepicki se alargou num sorriso irônico.

— Na minha opinião, senhor presidente, não existe um espertalhão que não possa encontrar outro, mais esperto do que ele.

Dyzma deu uma alegre gargalhada. Considerava-se exatamente um desses espertalhões, e chegou a desconfiar de que Krepicki se dava conta disso, o que explicaria o sorriso cúmplice estampado em seu rosto.

— Em que o senhor está pensando exatamente? — perguntou Dyzma.

— Penso — respondeu Krepicki, baixando os olhos — que um cavalo selado passa diante de nós somente uma vez e que tolo é aquele que não o monta.

— E que cavalo o senhor tem em mente?

Krepicki levantou a cabeça, passou a mão pelo saliente pomo de adão e falou, assim como quem não queria nada:

— Koborowo é uma propriedade que vale uma fortuna.

— Incalculável...

— E não é para qualquer um que aparece uma chance como essa...

Dyzma meneou a cabeça.

— Pois é... E ela apareceu para Kunicki.

— E poderá aparecer também... para o senhor.

Nicodemo olhou, incrédulo:

— Para mim?

— O mundo pertence aos capazes de mandar os escrúpulos às favas.

— O senhor quer dizer "aos inescrupulosos"?

Krepicki não respondeu e ficou observando com atenção os olhos de Dyzma. Em seguida, começou a falar lentamente, pesando com cuidado cada palavra:

— Senhor presidente, o senhor já percebeu que eu sempre tenho pensado no que é melhor para o senhor?
— Sim — respondeu Dyzma.
— Pois bem. Vou ser sincero. Para o bem do senhor e, não posso negar, também para o meu próprio. Hoje em dia, somente os tolos perdem...
Ficou pensativo, e o impaciente Dyzma exclamou:
— Fale de uma vez o que tem em mente, homem!
— O senhor presidente não vai ficar zangado?
— Por quem você me toma? Por um imbecil?
— Deus me livre, e é por isso que quero lhe dizer...
Inclinou-se em direção ao ouvido de Nicodemo e começou a falar.

Já passava das três quando ambos saíram do banco e entraram no carro.
Dyzma bateu com a mão no joelho do secretário, dizendo:
— O senhor tem uma cabeça e tanto. Tomara que dê certo!
— E por que não deveria dar? Vamos em frente? — respondeu Krepicki estendendo-lhe a mão.
— Vamos! — respondeu Dyzma, apertando com força a mão estendida.

Naquela mesma noite, o presidente Nicodemo Dyzma fez uma visita ao ministro das Comunicações, o engenheiro Pilchen, um homem sorridente, gentil e conhecido por sua mania de lançar mão de diminutivos a cada frase.
O ministro e sua esposa receberam Dyzma com grande efusão.

— Queridinho presidente — exclamou Pilchen ao vê-lo —, que palavrinha deliciosa naquele cirquinho! Quase morri de tanto rir! Foi o que se poderia chamar de uma respostinha adequada àquele arbitrinho!

— Talvez um tanto forte — acrescentou a esposa —, mas certamente muito máscula.

— É isso mesmo. No nosso país temos mariquinhas medrosinhos demais! Uma palavrinha mais forte funciona como um copinho de água fresquinha.

Nicodemo ria e se justificava, explicando que estava tão irritado que fora obrigado a "descarregar" de alguma forma.

Após a jantar, Dyzma e o ministro passaram a tratar do negócio que trouxera o primeiro à casa do segundo. Nicodemo não imaginara que tudo se passasse com tamanha facilidade.

Embora Pilchen tivesse advertido que não poderia tomar uma decisão definitiva sem consultar os departamentos pertinentes no seu ministério, garantiu que, para agradar "o simpático presidentinho", reuniria todos os esforços para que a exclusividade fosse concedida.

— E o senhor tem a minha promessinha de que isso será resolvido rapidinho. De uma forma ou de outra, desde que rapidinho, eis o meu mote.

Dyzma coçou a cabeça.

— A bem da verdade, eu até gostaria que a decisão demorasse...

— Adiá-la, irmãozinho?

— He, he, he... É que não tenho pressa...

Pilchen riu gostosamente, observando que Dyzma era "um clientezinho fora do normal".

Nicodemo perguntou se poderia passar no ministério no dia seguinte e, tendo recebido uma resposta afirmativa, despediu-se e saiu.

— Uma cabecinha e tanto — disse o ministro quando a porta se fechou atrás de Dyzma. — E saiba que qualquer favorzinho prestado a ele é um capitalzinho muito bem aplicado.

— Não entendo dessas combinações políticas de vocês — respondeu a senhora Pilcher —, mas preciso admitir que o senhor Dyzma causa uma excelente impressão. O que não faz uma educação britânica!

Enquanto isso, Nicodemo retornava ao apartamento e telefonava para Krepicki, informando-o de que o assunto estava muito bem encaminhado. Em seguida, passou a dedicar-se à leitura das cartas de Nina, que havia muito tempo não abria, procurando encontrar nelas uma confirmação da permanência dos seus sentimentos em relação a ele.

O tom e o conteúdo das cartas não deixavam margem a dúvidas quanto a esse ponto. Todas eram cheias de palavras de amor e queixas de saudade, lembranças dos momentos felizes passados juntos e sonhos de um futuro feliz para os dois.

Numa das cartas, Nicodemo encontrou uma menção ao pesar com o qual ela abandonaria Koborowo, local onde nascera e onde passara uma infância feliz.

Dyzma sorriu, esfregou as mãos e abriu a gaveta da escrivaninha. Tirou de lá uma folha datilografada e passou a lê-la com cuidado. Tratava-se de uma procuração que dava plenos poderes ao senhor Nicodemo Dyzma para gerir os interesses financeiros e legais em nome de Nina Kunicki. A procuração fora entregue a ele por Kunicki, logo após sua primeira ida a Koborowo.

Dyzma dobrou cuidadosamente o documento, guardando-o na carteira.

Assoviava alegremente ao tirar a roupa e se deitar na cama. Seus pensamentos estavam centrados no grande jogo que iniciara — e eram pensamentos prazerosos e emocionantes.

Eis que, repentinamente, no exato momento em que girou o interruptor do abajur na mesinha de cabeceira e o quarto mergulhou na escuridão, foi atingido pela realidade, como se fosse uma bala de canhão.

"Assassinaram Boczek... A meu mando... Pago com o meu dinheiro... Fui eu que assassinei Boczek... Meu Deus!"

Tais pensamentos não saíam da sua mente. Haveria vida após a morte? Existiriam espíritos?

Foi quando viu algo se mexendo na escuridão... Uma silhueta...

Com os cabelos arrepiados, Nicodemo estendeu a mão à procura do interruptor. Seu pijama se enroscou no abajur, que caiu no chão.

Enquanto isso, a silhueta se aproximava da cama. Nicodemo sentiu todo o sangue abandonar seu coração e da sua garganta saiu um grito horrível. Depois um segundo, um terceiro, um quarto...

De repente ouviu-se um arrastar de chinelos. A porta foi aberta e, à tênue luz proveniente do quarto adjacente, Nicodemo viu Ignacy com um revólver na mão.

— O que houve?
— Acenda a luz.

Um hesitante tatear na parede, o suave clique do interruptor e o quarto foi invadido por uma luz ofuscante, deliciosa e salvadora.

— O que aconteceu, senhor presidente?

Dyzma sentou-se na cama.

— Nada. Devo ter sonhado que havia um ladrão no quarto.

— E eu levei um susto e tanto. Graças a Deus não houve nada.

— Tenho andado muito nervoso. Sabe de uma coisa, Ignacy? Pegue seus lençóis e venha dormir aqui, no sofá, perto da minha cama.

— Sim, senhor.

— Ah, sim, antes encha um copo com vodca e traga-o para mim.

Após sorver o conteúdo do copo em dois goles, comer um pastel como tira-gosto e ver Ignacy se instalar no sofá, Nicodemo sentiu-se totalmente calmo e seguro.

— Que vergonha!... Pareço uma mulherzinha... — falou consigo mesmo.

Em seguida, virou-se para a parede e adormeceu como uma pedra.

capítulo 14

KREPICKI EXAMINOU A PROCURAÇÃO E, VIRANDO-SE PARA Dyzma, disse:

— Está perfeita.

— E o senhor já descobriu quem deveremos procurar no Ministério das Comunicações?

— Sim, um certo Cerpak, chefe do Departamento das Licitações.

— Cerpak? Que nome esquisito! Mas isso não vem ao caso. O importante é sabermos que tipo de homem é ele.

— Não o conheço, mas soube que é um tipo com quem se pode conversar. Além disso, só o fato de o ministro Pilchen em pessoa ter encaminhado o assunto facilita tudo para nós.

Kunicki apareceu às onze em ponto. Começou falando do tempo e de uma peça a que assistira na noite anterior, mas seus olhos denotavam claramente que estava preocupado com o sucesso de Dyzma. Finalmente não aguentou mais e perguntou com todo o cuidado:

— O senhor tem alguma notícia para mim?

Nicodemo fez um sinal afirmativo com a cabeça.

— Sim, estive ontem mesmo com o ministro...

— Meu benfeitor querido! E então?

— Não foi fácil, mas ele acabou concordando em se ocupar disso...

— Graças a Deus! Senhor Nicodemo querido, o senhor me caiu do céu.

— Faço o que posso — disse modestamente Dyzma.

Em seguida, explicou a Kunicki que o caso levaria alguns dias, demandaria uma série de reuniões e que por enquanto Kunicki não precisava aparecer no ministério, mas que mais tarde sua presença seria fundamental.

— Maravilha! Maravilha! — dizia Kunicki. — Mas será que o senhor não incorrerá em alguns custos? Estou às suas ordens.

E tendo dito isso, tirou do bolso uma carteira recheada, aguardando uma resposta. Nicodemo balançou-se na poltrona.

— Acho — falou após um momento de reflexão — que 5 mil bastarão...

— Pois que sejam seis! — exclamou Kunicki. — Vamos recuperar isso, e com juros! Se alguém quer andar rápido numa máquina, tem que lubrificar bem suas engrenagens. Eis, querido senhor Nicodemo, o mais importante princípio em todos os negócios: não temer despesas quando se quer receitas.

Separou doze notas, e Dyzma as pegou aparentando displicência. Já se acostumara com grandes somas a ponto de elas não mais lhe causarem aquele impacto avassalador do início da nova etapa de sua vida.

Dessa vez concordou em almoçar com Kunicki, resignando-se a ouvir durante a refeição uma explanação detalhada sobre os métodos de fornecimento de produtos em geral — e de dormentes para estradas de ferro em particular.

Às três da tarde Dyzma foi ao Ministério das Comunicações. Encontrou o ministro Pilchen já de sobretudo e chapéu, mas ele concordou imediatamente em ficar no gabinete mais algum tempo. Já estava a par do assunto e declarou que, em princípio, não tinha qualquer objeção. Quanto aos demais detalhes do contingenciamento, o "querido presidentinho" teria que se entender com o superintendente Cerpak, no dia e à hora que mais lhe parecessem adequados.

— É óbvio — acrescentou — que faremos essa pequenina transaçãozinha exclusivamente por termos total confiança no caro presidentinho, e tenho certeza de que a sua respeitável pessoinha poderá garantir que tudo se passará direitinho.

— Garanto-lhe isso desde já — respondeu Dyzma.

Naquela noite, Nicodemo foi obrigado a comparecer a uma recepção no palácio da condessa Czarski, viúva do conde Maurycy, que lhe deixara, além de grande fortuna, uma impressionante obra literária sob a forma de catorze romances editados à custa do próprio autor e seis infelizmente nunca encenadas peças de cunho histórico.

Em função disso, a senhora Czarski achava que tinha a sagrada obrigação de se cercar de literatos, e não havia em Varsóvia um nome de escritor reconhecido que não figurasse na lista de convidados do seu salão.

A maioria deles costumava comparecer àquelas tertúlias até com certa frequência, chegando de estômago vazio e saindo de estômago cheio, levando nas mãos pelo menos dois volumes das obras do falecido conde Maurycy.

As únicas duas pessoas naquele salão que bocejavam ostensivamente durante a leitura em voz alta de seis dramas históricos eram as senhoritas Ivona e Marietta, sobrinhas da dona da casa. E era por causa delas que além de literatos compareciam às tertúlias alguns jovens aristocratas.

Quando Nicodemo entrou no salão, reconheceu de imediato várias pessoas que já conhecera anteriormente, algumas da casa da senhora Preleska, outras do palácio dos príncipes Roztocki e — o que o deixou profundamente encabulado — a quase totalidade das senhoras presentes naquela noite diabólica. Seu único consolo foi a ausência da senhorita Stella, da qual ele tinha um medo mortal.

Foi recebido com alegria e respeito, principalmente pelas Peregrinas da Estrela de Três Pontas, que, com a senhora Lala Koniecpolski à testa, o cumprimentaram de tal forma que ele se sentiu ainda mais constrangido. Havia algo nos olhos das damas que lembrava em demasia aquela noite. Seus olhos procuravam os dele, conservando nos movimentos uma estranha e autocontrolada devassidão.

Nicodemo teria gostado de fugir dali, mas conteve o impulso, sabendo que, ao frequentar os salões da condessa Czarski, aumentaria o círculo de conhecidos que poderiam vir a ser úteis no futuro.

A senhora Czarski logo atacou Dyzma com uma saraivada de perguntas referentes às eternamente vivas obras literárias de seu falecido marido. Nicodemo tentava escapar de todas as maneiras, afirmando ter lido e relido diversas vezes tanto *As flores dos sentimentos* quanto *O canto do rouxinol*. Foi salvo pelas senhoritas Czarski e pela senhora Koniecpolski, que o livraram de ouvir citações das obras de Maurycy Czarski.

Em compensação, a senhorita Marietta propôs a Dyzma apresentá-lo a Zenom Liczkowski, supostamente um grande literato, que imediatamente envolveu Nicodemo no apoio ao projeto da fundação de uma Academia de Letras.

— Não tenho dúvida, senhor presidente, de que o senhor reconhece a necessidade de uma instituição desse porte, que se ocuparia da racionalização da literatura, selecionando os nomes merecedores de acesso à possibilidade de desenvolver projetos ousados e inovadores.

— Sem dúvida — disse Nicodemo, sem saber do que se tratava, mas dando-se conta de que era recomendável dar razão a Liczkowski.

O cavalheiro em pauta agarrou um dos botões do paletó de Dyzma e, com a maior intimidade, começou a expor as bases da fundação da Academia de Letras, expressando sua convicção de que o senhor presidente, ciente da importância de criar um eixo da escrita polonesa, não somente apoiaria o projeto junto ao ministro da Cultura como o levaria até o presidente da República. Suas palavras foram aprovadas por um pequeno grupo de pessoas que havia se formado em torno deles, e que, sem poupar eloquência, insistiam com Nicodemo para que ele apoiasse o projeto.

Dyzma prometeu solenemente que faria tudo que fosse possível para patrocinar o programa dos literatos proposto por Liczkowski.

Enquanto isso, a senhora Czarski, que, na qualidade de dona da casa, circulava sem cessar entre os convidados, encontrou tempo suficiente para arrancar de Dyzma 200 *zloty* para uma causa filantrópica.

Nicodemo achou que cumprira sua obrigação e, aproveitando-se da ocasião em que estava com um grupo de senhoras de idade avançada que mal ouviam o que estava sendo dito, saiu de fininho e sumiu sem deixar vestígios.

Uma vez no apartamento, encontrou uma nova carta de Nina, na qual, além das costumeiras juras de amor eterno, havia uma passagem em que ela insistia em sua ida para Koborowo.

Nicodemo telefonou para Krepicki e conversou por longo tempo com ele. Ambos estavam satisfeitos com o rumo que as coisas estavam tomando, e Krepicki insistiu com Dyzma que se esforçasse ao máximo para despertar em Kunicki uma confiança ilimitada na sua pessoa.

— Ele tem que confiar absolutamente no senhor, senhor presidente; caso contrário, tudo irá por água abaixo.

— Como se ele já não confiasse... — falou Dyzma, dando de ombros.

— Tomara que a senhora Nina não recue no último momento e não ponha tudo a perder.

— Não se preocupe, tudo vai dar certo.

Por volta de uma da tarde, apareceu Kunicki. Estava de excelente humor e cheio de bons pressentimentos.

Quando Dyzma repetiu o que dissera o ministro quanto à sua concordância com o pedido, Kunicki atirou-se em seus braços e passou a lhe assegurar de que não havia em todo o globo terrestre um homem tão querido quanto o digníssimo senhor presidente Dyzma.

Já eram quase quatro horas quando Nicodemo telefonou ao superintendente Cerpak, combinando um jantar a dois. Krepicki não acompanharia o chefe naquele dia.

Cerpak revelou-se um homem de uns 40 anos que não nutria outra aspiração na vida a não ser abandonar seu posto na administração pública e ocupar-se de uma indústria lucrativa. Nicodemo sentiu isso quase imediatamente e, sem cerimônia, ofereceu-lhe de cara a posição de diretor-geral das serrarias de Koborowo.

Foi só então que ele se deu conta de quão importante fora o apoio do ministro Pilchen para que as mais complexas objeções resultantes do antigo processo pudessem ser afastadas, já que ficou patente que o tímido funcionário público não saberia como agir para fazer jus àquela recompensa.

E assim Cerpak, sem entrar no mérito das intenções do presidente Dyzma, prometeu seguir rigorosamente suas instruções, que não podiam ser mais simples:

— Senhor Cerpak, dentro de dois dias o senhor convocará o senhor Kunicki para uma reunião em seu escritório.

— Sim, senhor.

— O senhor vai discutir com ele toda a questão, ponto por ponto, mas de forma que ele saiba que vai ser preciso resolver muitas formalidades.

— Entendi, senhor presidente.

— Após três dias de negociações, o senhor dirá ao senhor Kunicki que ele será recebido pelo ministro Pilchen na sexta-feira, para discutirem pessoalmente alguns aspectos da transação antes de sua partida para o estrangeiro naquela mesma noite. O senhor está acompanhando?

— Sim, senhor presidente.

— Muito bem. O senhor dirá isso a ele na quinta-feira pela manhã. Não se esqueça: na quinta-feira pela manhã! Às... digamos... onze horas. Em seguida o senhor se despedirá dele e me telefonará no banco à uma da tarde. Kunicki vai estar no meu gabinete a essa hora. O senhor pedirá para falar com ele por telefone e lhe dirá que surgiu um problema, que o ministro foi informado sobre a existência de um processo e disse ao senhor que não concordaria com a compra dos dormentes, a não ser que ele, Kunicki, apresentasse imediatamente todos os documentos relativos ao processo.

— E esse processo existiu realmente?

— Sim. Kunicki vai lhe responder que ele tem todos os documentos, que eles estão em Koborowo, que irá até lá imediatamente e que, no dia seguinte, ainda antes da partida do senhor ministro, poderá apresentá-los. Ao que o senhor responderá que isso não será possível, pois a agenda da tarde de sexta-feira do senhor ministro está cheia e ele faz questão de discutir os aspectos comerciais da negociação na parte da manhã. O senhor compreendeu?

— Sim, senhor presidente.

— Vai ser preciso que Kunicki permaneça em Varsóvia e envie alguém para buscar os documentos. Imagino que o senhor saberá como conseguir isso.

Dyzma passou os dois dias seguintes num estado febril: manteve várias reuniões com seu secretário, esteve por mais de uma vez com Kunicki, fez uma longa visita à senhora Preleska e outra, ainda mais demorada, ao alto funcionário da polícia que conhecera na casa da distinta senhora.

Ficava cada vez mais impressionado com a esperteza de Krepicki. Sentia-se bem em sua companhia e sabia que Krepicki sentia-se bem na sua.

O plano foi amadurecendo. Embora Kunicki não notasse, as malhas da rede foram se estreitando. Após cada encontro com Cerpak, ele ia ao banco e prestava a Dyzma um relatório completo das negociações, sem ocultar a satisfação e a profunda gratidão pelo que o querido senhor Nicodemo estava fazendo por ele. Nicodemo respondia à altura, reafirmando a cada hora a simpatia e a amizade que nutria pelo velhote.

Finalmente, chegou a quinta-feira decisiva.

À uma da tarde, o telefone tocou no gabinete do presidente do Banco Nacional do Trigo.

— Que droga! — exclamou Dyzma, com fingida irritação. — Permita, senhor Kunicki, que eu atenda e veja o que querem de mim agora.

— Mas é lógico, querido senhor Nicodemo. Por favor, atenda.

— Alô?... O quê?... Quem?... Ah, boa tarde. O senhor está com sorte. Por acaso o senhor Kunicki está aqui. Um momento, por favor.

Passou o telefone a Kunicki, dizendo:

— É Cerpak. Estava procurando o senhor pela cidade toda.

Kunicki pegou o telefone.

— Alô? Meus respeitos, meus respeitos. Em que posso ser útil ao senhor superintendente?

Dyzma levantou-se e foi até a janela. Ficou escutando. Estava tão excitado que literalmente cravou as unhas no parapeito. Escutava.

Aos poucos foi se acalmando. A conversa confirmava suas expectativas.

A voz de Kunicki passou lentamente de preocupada a apavorada e, ao desligar, desesperada:

— Meu Deus! O que poderei fazer? O que poderei fazer?

— O que foi? Aconteceu algo grave? — perguntou Dyzma, mostrando comiseração.

Kunicki atirou-se sobre uma cadeira e secou o suor da testa. Ceceando ainda mais do que de costume, relatou a Nicodemo que estavam exigindo dele os documentos daquele antigo processo, os quais deveriam ser entregues impreterivelmente até o fim do dia seguinte, mas ele não podia sair de Varsóvia pois tinha um encontro marcado com o ministro às onze da manhã e o ministro ia partir para o exterior naquela noite, ficando fora do país por quase um mês.

— Ajude-me, querido senhor Nicodemo! Aconselhe-me: o que devo fazer?

— É muito simples. Envie um telegrama para Koborowo pedindo que despachem os documentos para cá.

— Ah, se isso fosse possível! — exclamou Kunicki. — Os documentos estão na caixa-forte e as chaves estão comigo.

— Então vai ser preciso mandar alguém. O senhor está com seu carro aqui; por que não manda o motorista?

— O motorista? O senhor enlouqueceu? Como posso dar as chaves do cofre ao motorista?! A caixa-forte contém dinheiro, papéis, joias, documentos importantíssimos... Meu Deus, o que fazer, o que fazer?

— O senhor não tem em Varsóvia alguém de sua plena confiança?

— Não, ninguém, vivalma!

— Bem, nesse caso só lhe resta desistir do fornecimento dos dormentes.

— Mas, senhor Nicodemo, trata-se de milhões! Milhões! — exclamou Kunicki. — Sonhei com isso por anos a fio! Tudo estava indo bem, e eis que de repente, sem mais nem menos... Ah, que mancada a minha! Por que não a trouxe comigo...

— O quê?

— Aquela pasta verde que mostrei ao senhor... O senhor está lembrado?

De repente Kunicki bateu com a mão na testa. Quis dizer algo, mas mordeu os lábios.

— Sim, estou lembrado. Uma pasta verde — falou calmamente Dyzma.

— Existiria um meio — falou Kunicki num tom hesitante —, haveria uma saída, só que...

Dyzma abaixou os olhos para que Kunicki não notasse neles uma expressão de expectativa.

— O quê?

— Hummm... Eu não ousaria pedir... Mas o senhor sabe quanto isso é importante para mim... Para mim e para o senhor...

— Obviamente. Milhões não costumam andar à toa por aí.

— Meu caro senhor Nicodemo! — explodiu Kunicki. — O senhor é a única pessoa no mundo que poderia salvar a situação.

— Eu?! — espantou-se cinicamente Dyzma.

— Sim, o senhor, porque é a única pessoa em quem posso confiar. Por favor, senhor Nicodemo, meu benfeitor, não me negue isso!

— Não negar o quê?

— É verdade que pode ser exaustivo, mas na idade do senhor isso não deveria representar um empecilho! Senhor Nicodemo, meu querido, vá até Koborowo!

Kunicki tirou um molho de chaves do bolso e acrescentou:

— O senhor é o único que pode me salvar. A minha única esperança!

Nicodemo fez uma careta de desagrado.

— Não me agrada a ideia de remexer em esconderijos dos outros — falou. — Além do que vai ser preciso correr como um louco... Não haveria tempo nem para tirar uma soneca...

— Se o senhor não for, o que eu poderei fazer? O que poderei fazer? — Kunicki ceceava em desespero.

Dyzma tamborilou com os dedos sobre a escrivaninha. Finalmente soltou um suspiro de resignação e disse:

— Está bem. Que seja, farei o que o senhor pede.

O velho agradeceu, apertando as mãos de Nicodemo, mas este pôde notar claramente lampejos de desconfiança nos seus olhinhos nervosos.

— Qual dessas chaves abre o cofre?

— Esta aqui. Para abrir a porta basta colocar o fecho com o segredo de cima na posição nove, o de baixo na posição sete e girar a chave.

Dyzma pegou um lápis e anotou os números.

— Está bem. Vou comer alguma coisa e partir logo em seguida. Chame seu carro.

Uma hora mais tarde, Nicodemo, após uma breve conversa com o secretário, descia as escadas. Kunicki aguardava-o no portão. Estava tão nervoso que não conseguia esconder a preocupação. Disse a Dyzma que a pasta verde ficava na parte superior do cofre, à direita, e que ela continha todos os documentos referentes ao processo, de modo que Dyzma não precisava procurar por mais nada.

— Está bem, está bem — interrompeu-o Dyzma, abrindo a porta do carro.

— E não se esqueça, querido senhor Nicodemo, de trancar o cofre depois, girando os dois fechos.

— Pode deixar. Vamos em frente!

O carro partiu e em menos de 15 minutos já estava fora da cidade.

Nicodemo tirou do bolso uma comprida chave de aço e ficou olhando para ela por muito tempo.

— Uma merdinha tão pequena — murmurou para si mesmo —, mas quanta coisa dá para fazer com ela!

O automóvel seguiu pela estrada conhecida. Começou a chuviscar, cobrindo os vidros de gotículas d'água. Estava escurecendo e Dyzma, erguendo a gola do sobretudo, adormeceu pacificamente.

Pararam apenas uma vez no caminho, para trocar um pneu furado.

Já era bem tarde quando avistaram as luzinhas de Koborowo.

Nicodemo saltou do carro e deu as devidas instruções ao motorista.

— A madame está? — perguntou ao mordomo, que viera a seu encontro.

— Sim, senhor presidente. Está na biblioteca. Devo anunciar o senhor?

— Não precisa. Posso fazer isso sozinho — respondeu Dyzma, atravessando o escuro salão e abrindo a porta.

Nina estava sentada, inclinada sobre um livro. Não levantou a cabeça. Nicodemo fechou a porta e pigarreou. Foi somente então que ela ergueu os olhos... E um abafado grito de alegria saiu dos seus lábios.

Levantou-se de um pulo e correu em sua direção, aninhando-se em seus braços.

— Nico, Nico, Nico! Você chegou, meu amor querido!

— Como você está, Ninochka?

— Meu Deus! Como senti saudades de você!

— E você acha que eu não senti?

— Venha, sente-se e me conte tudo. Quanto tempo vai ficar aqui?

— Infelizmente, apenas algumas horas.

— O quê?! Mas isso é horrível!

— Não tenho escolha.

Enquanto Nina acariciava seu rosto com as pontas dos dedos, Nicodemo lhe expôs em poucas palavras a razão de sua repentina chegada, acrescentando que aceitara aquela tarefa de bom grado, já que com isso poderia passar algumas horas com ela.

Nina sentou-se em seu colo e, interrompendo-se com beijos, falou de suas saudades, do amor e da esperança com que aguardava o momento feliz de se tornar sua esposa.

— Se nada de imprevisto ocorrer — disse-lhe Dyzma —, vamos nos casar mais cedo do que você imagina.

— Mas como? E o divórcio? Os processos não costumam levar meses?

— Só que no nosso caso não haverá divórcio. Já consultei um advogado e ele me disse que poderemos conseguir a anulação do seu casamento.

— Não entendo dessas coisas — falou Nina, meio descrente. — Mas de qualquer modo fico-lhe muito grata por ter se ocupado disso.

O mordomo anunciou o jantar. Durante a refeição, Nina quis saber tudo sobre o estilo de vida que Nicodemo levava em Varsóvia. Ficou feliz em saber que ele frequentava os Czarski e os Roztocki, que fazia parte do comitê organizador do projeto da Academia de Letras e que já tinha guardadas num banco algumas dezenas de milhares de *zloty*.

Estavam se levantando da mesa quando o mordomo entrou, anunciando que o chofer já estava a postos.

— Muito bem. Que aguarde — disse Dyzma, olhando para o relógio e anunciando que precisava se apressar.

Nina ainda quis acompanhá-lo ao gabinete do marido, mas Nicodemo pediu que o aguardasse do lado de fora.

— Mas por quê? — espantou-se.

— É que... É que eu vou precisar examinar alguns papéis e tomar muitas notas... E com você ao meu lado... he, he, he... eu não teria disposição para isso... Espere aqui fora e eu voltarei em poucos minutos.

Entrou no gabinete de Kunicki, acendeu a luz e afastou a pesada cortina de veludo.

Num vão da parede havia uma pesada caixa-forte. Nicodemo olhou para ela com satisfação. Passou-lhe pela cabeça que eventuais assaltantes teriam que cortar um dobrado para abrir aquele armário de aço, enquanto para ele bastava um minuto para abri-lo sem qualquer esforço especial.

— Quando se tem uma boa cabeça — murmurou consigo mesmo — não é preciso uma gazua... É verdade que quem bolou isso tudo foi Krepicki, mas quem vai desfrutar sou eu...

A chave girou silenciosamente na fechadura... e o cofre se abriu de par em par.

Em seu interior reinava uma ordem que beirava o pedantismo. No lado direito das prateleiras, pastas e livros cuidadosamente empilhados. Já no lado esquerdo, maços e maços de notas. Duas prateleiras estavam cheias de caixinhas. Dyzma vasculhou seu interior: colares, tiaras, montes de anéis de ouro, brilhantes, rubis. "Parece uma joalheria", pensou.

Sabendo que precisava se apressar, tirou todas as pastas, livros e cadernos, levou-os até a escrivaninha e, botando a pasta verde de lado, abriu o primeiro livro. Ao folhear rapidamente as páginas preenchidas com datas e cifras, logo constatou que se tratava do registro dos antigos devedores de Kunicki, ainda da época na qual ele se ocupava da agiotagem. Essa suposição era mais do que confirmada pelo valor escorchante dos juros. Entre outras, encontrou várias menções ao sobrenome do pai de Nina: "Conde Pomirski, 12 mil dólares", "Conde Pomirski, 10 mil *zloty*" etc.

Dyzma pegou o segundo livro. Era uma relação das receitas de Koborowo. O terceiro, o quarto e o quinto também estavam preenchidos com cifras. Aquilo não interessava a Nicodemo e, diante disso, passou às pastas.

Logo na primeira encontrou o que procurava: as notas promissórias. Na verdade, não eram notas promissórias, mas folhas de papel em branco, todas com a mesma assinatura: Nina Kunicki, Nina Kunicki, Nina Kunicki...

Debaixo daquelas "promissórias", jazia uma procuração de plenos poderes dada por Nina ao marido, bem como a escritura definitiva da venda de Koborowo a Nina.

Nicodemo dobrou cuidadosamente a escritura, guardando-a no bolso. Em seguida fechou a pasta e colocou-a de lado, junto da outra, a verde. Mas, não se dando por satisfeito, resolveu examinar as pastas restantes, com um resultado mais do que satisfatório.

Ao abrir a segunda pasta encontrou em seu interior dois envelopes. No menor estava escrito *Meu testamento* e no maior, *No caso de meu falecimento, queimar sem abrir.*

— No caso de falecimento... — Nicodemo riu. — Como ele não faleceu, então posso abrir.

Rompeu o lacre e retirou o conteúdo; a primeira coisa que viu foi um passaporte austríaco.

— Peguei você, irmãozinho! — exclamou.

O passaporte era em nome de Leon Kunik, filho de Genoveva Kunik e de pai desconhecido. No espaço reservado à profissão, figurava: "garçom".

O documento seguinte era uma sentença da corte de Cracóvia, condenando Leon Kunik a três meses de prisão por furto de talheres. Debaixo dele havia uma pilha de cartas e mais uma sentença, desta vez da corte de Varsóvia, condenando Kunicki a dois anos de cadeia por falsificação de dinheiro.

Nicodemo olhou para o relógio e soltou um palavrão. Já passava da meia-noite.

Recolheu rapidamente os papéis espalhados pela escrivaninha e meteu-os nos bolsos. Colocou os demais itens de volta na caixa-forte, trancou a porta à chave, girou os fechos com segredo e, pegando as duas pastas que havia separado, foi se despedir de Nina.

Ela o aguardava no *boudoir*, impaciente com a prolongada demora. No entanto, não fez nenhuma reclamação, sorriu para ele e indagou:

— Já precisa partir, meu querido?

— Sim. Infelizmente — respondeu Nicodemo, pegando a mão dela e sentando-se a seu lado. — Mas antes, Ninochka, é preciso que eu lhe faça um pergunta muito importante: você confia plenamente em mim?

— Como você ainda pode me perguntar uma coisa dessas?

— É que... É que... Vão acontecer algumas coisas que esclarecerão tudo...

— Não compreendo.

— Tudo vai depender de você. Ou as coisas permanecerão como estão, ou seja, você ficando até o fim com Kunicki, ou nós nos casaremos e Kunicki desaparecerá das nossas vidas. O que prefere?

— Nico! Mas é óbvio!

— É o que também acho, mas para que isso aconteça, você terá de acreditar piamente em mim e concordar com tudo que eu lhe propuser, deixando que eu resolva e aja por nós dois.

— Mas é lógico. Por que você está sendo tão misterioso?

— Ainda existem alguns pontos obscuros, mas eu lhe garanto que tudo será esclarecido. Ele é um velho, enquanto nós dois temos a vida toda pela frente... Deu para entender?

Nina ficou preocupada, mas preferiu não pressionar por respostas. Apenas falou, com toda simplicidade:

— Confio cegamente em você.

— Então não haverá problemas — falou Dyzma. — E agora, tenho que partir... Até breve, Ninochka, até breve...

Pegou-a nos braços e começou a beijá-la.

— Até logo mais, meu amor. E não me tome por um homem malvado, pois se eu fizer algo que a possa chocar, saiba que o fiz por amá-la mais do que a minha própria vida.

— Sim... sim... — respondia ela, em meio aos beijos.

Nicodemo beijou-a mais uma vez na testa, pegou as pastas e saiu. Nina acompanhou-o até o hall e, considerando a presença dos empregados, despediu-se dele formalmente:

— Até logo, senhor Nicodemo. Faça uma boa viagem. Quanto àquela questão, faça o que achar mais adequado. Confio no senhor quando diz que as coisas só poderiam ser feitas assim... Afinal, é sempre preciso confiar em alguém. Até logo.

— Até logo, dona Nina. Pode deixar que tudo será resolvido a contento.

— E, por favor, não tarde muito em voltar.

— Assim que conseguir me liberar virei visitar a senhora.

O mordomo abriu a porta, e Nicodemo, sob uma chuva torrencial, percorreu o pequeno espaço que o separava do automóvel.

— Que tempo de merda! — praguejou, fechando a porta do carro.

— E vai chover a noite toda — confirmou o chofer.

Efetivamente, não parou de chover nem por um instante e, ao entrar em Varsóvia, o carro estava coberto de lama.

Quando Dyzma abriu a porta do apartamento ainda não eram oito da manhã, mas Krepicki já o aguardava. Os dois conspiradores fecharam as portas dos quartos adjacentes para que não pudessem ser ouvidos pelo mordomo e se puseram a examinar os documentos trazidos por Nicodemo.

Krepicki estava encantado. Esfregava as mãos e, quando no meio da pilha de cartas encontrou provas de suborno de um funcionário público envolvido no processo anterior, deu um pulo de alegria e exclamou:

— Não precisamos de mais nada. Vamos direto à polícia.

— E as notas promissórias? — perguntou Dyzma.

— As notas... Hum... Embora pudéssemos guardá-las para a eventualidade de uma mudança nos sentimentos e nas intenções de dona Nina, o melhor seria queimá-las. Obviamente, desde que o senhor esteja totalmente convicto de que ela vai desposá-lo.

— Estou.

— Então está resolvido. Vamos em frente.

O delegado de polícia, inspetor-chefe Reich, fazia parte daquele grupo de pessoas que eram descomprometidas com quaisquer escrúpulos na luta para progredir na carreira. Frio, calculista, lúcido e perspicaz, imediatamente se deu conta do que pretendia o presidente Dyzma. Apesar da florida eloquência de Krepicki, que se esforçava em minimizar qualquer interesse específico de Nicodemo, o inspetor-chefe perguntou diretamente:

— O senhor presidente pretende se casar com a senhora Kunicki?

Vendo-se sem saída, Dyzma foi obrigado a admitir que sim, que de fato tinha aquela intenção.

— Por favor, não quero que o senhor presidente ache que estou querendo me meter nos seus assuntos particulares. Longe disso. No entanto, gostaria de chamar sua atenção para o fato de que o simples ato de meter Kunicki na cadeia vai acarretar um inevitável processo judicial.

— É verdade — confirmou Krepicki.

— Pois é — continuou o inspetor-chefe. — E em se tratando de uma pessoa da nobreza, seria um processo escandaloso, algo nada agradável para a futura esposa do senhor, senhor presidente, nem para o senhor, nem mesmo para seu secretário.

— Hum... E o que poderia ser feito para evitar isso?

O inspetor-chefe Reich ficou calado por um momento.

— Senhor presidente — começou, após refletir —, acredito que haja uma forma de resolver esse problema...

— E qual seria ela?

— Digamos que pese sobre Kunicki a possibilidade de ser condenado a dez, ou pelo menos a seis anos de cadeia. Isso é inquestionável, as provas são tão contundentes que ele não poderá escapar. Portanto, o que o senhor diria caso nós propuséssemos um acordo a ele?

— Um acordo com Kunicki?!

— E por que não? É de se supor que ele seria o maior interessado em escapar de dez anos no xadrez. Acredito que concordaria com o seguinte acordo: ele renunciaria a quaisquer pretensões sobre a propriedade da esposa e sobre o senhor; em troca, o senhor lhe daria um envelope cheio de dinheiro e um passaporte de outro país, para que ele partisse para onde quisesse.

— E se ele aceitar e, depois, voltar à Polônia?

— Já pensei em como evitar isso: eu o prendo hoje, interrogo-o duramente, mostro-lhe todos esses documentos e o tranco por, digamos, três dias, para que ele amoleça. Após esse prazo, volto a convocá-lo e lhe proponho um acordo. Se ele não topar, pior para ele, mas se topar, eu lhe darei um passaporte e permitirei que fuja para o exterior. Deixarei ele fugir! Os senhores estão entendendo? Ele não poderá retornar, pois haverá um mandado de prisão contra ele. O que os senhores acham?

— Genial — disse Krepicki.

— Eu penso da mesma forma — acrescentou Dyzma.

— Embora o plano pareça excelente — continuou Reich —, não sei se serei capaz de implementá-lo. É preciso que os senhores levem em conta que, caso o plano viesse a ser descoberto, eu seria o maior sacrificado. Seria demitido sem dó nem piedade e, provavelmente, submetido a uma investigação que me levaria a alguns anos na prisão.

— Prezado senhor inspetor-chefe — interrompeu-o Krepicki —, acredito que os temores do senhor careçam de sustentação. O senhor precisa levar em consideração o peso das conexões do presidente Dyzma. Não creio que o senhor possa achar em Varsóvia uma pessoa tão influente quanto ele.

O inspetor-chefe curvou-se respeitosamente.

— Estou ciente disso, razão pela qual gostaria muito de poder prestar um pequeno favor a um homem tão digno, ainda mais por estar certo de que o senhor presidente será suficientemente magnânimo para não se esquecer disso.

— Obviamente — falou Dyzma, fazendo um movimento positivo com a cabeça.

— Muito obrigado, senhor presidente. Eu já estava tão ciente da sua influência que, nesses dias, pretendia visitá-lo para lhe pedir um favor.

— Terei o máximo prazer em fazer tudo que estiver ao meu alcance.

— Para o senhor, senhor presidente, trata-se de um pequeno detalhe, mas para mim é algo muito importante: o comandante-geral da polícia vai se aposentar no fim do ano. Caso tivesse o apoio de alguém tão prestigioso quanto o senhor presidente, eu poderia ter a certeza de que seria nomeado para o cargo...

— E essa nomeação depende de quem? — perguntou Nicodemo.

— Do ministro do Interior.

— Se é assim — falou Dyzma —, o senhor pode contar com o cargo. O ministro Kaleski é um amigo de longa data.

O inspetor-chefe Reich ergueu-se e agarrou a mão de Nicodemo, dizendo:

— Muito obrigado, senhor presidente. Muito obrigado.

Em seguida, junto com Krepicki, passou a examinar todos os detalhes do plano, com Dyzma apenas na qualidade de mero espectador, já que se dava conta de que jamais teria tido condições de fazer aquilo sozinho.

Quando retornaram ao banco, encontraram Kunicki à espera deles. Seus movimentos, a expressão do seu rosto, a agitação dos seus olhos — tudo traía uma profunda preocupação. Ao passar por ele, Krepicki lançou-lhe um olhar cheio de ironia, mas Kunicki não chegou a percebê-lo. Correu com passos miúdos atrás de Dyzma e ceceou:

— Ah, finalmente o senhor chegou! Que bom! O senhor trouxe a pasta?

— Bom dia. Sim.

— Senhor Nicodemo, não consigo entender o que tudo isso significa!

— O quê, senhor Kunicki?

— Aquele negócio de ter uma audiência com o ministro das Comunicações. Cerpak me disse que ela foi adiada, que o ministro não está viajando para lugar nenhum e que nunca teve intenção de viajar. O que significa tudo isso?

— Vamos até o apartamento — respondeu Dyzma, enrubescendo levemente. — Já vou lhe explicar tudo.

— Pois é, não consigo atinar com nada — ceceava sem cessar Kunicki, andando com seus passos curtos atrás dele.

Antes de entrarem no apartamento, Nicodemo despachou Ignacy, e quando ele se foi, virou-se para Kunicki e disparou:

— Senhor Kunicki, sua esposa resolveu se divorciar do senhor.

— O quê?!

— O que o senhor acabou de ouvir. Sua esposa vai se divorciar do senhor e se casar comigo.

Kunicki lançou um olhar espantado para Dyzma.

— Ah, é? E ela veio com o senhor para Varsóvia?
— Não. Ficou em Koborowo.

Kunicki mordeu os lábios.

— Posso saber quando a minha esposa tomou essa decisão? Ela deve ter sido bem repentina, já que nunca antes mencionou qualquer coisa nesse sentido. Talvez seja apenas um capricho passageiro? Um capricho provocado pelas intrigas plantadas pelo senhor...

— Não há intrigas. Ela simplesmente se apaixonou por mim e não quer mais viver com um velhote decadente.

— Só que este velhote — sibilou Kunicki — dispõe de milhões.

— Não dispõe de coisa alguma. Os milhões e Koborowo pertencem a Nina.

— No papel, somente no papel, prezado senhor! Não adianta ficar de olho grande neles.

— Talvez adiante — respondeu filosoficamente Dyzma.

— Pois eu sinto muito desapontá-lo — disse Kunicki, com uma risada irônica —, mas tenho notas promissórias da minha esposa num valor muito superior ao de toda a propriedade.

Nicodemo enfiou as mãos nos bolsos das calças e estufou os beiços.

— Quanto às notas promissórias, elas existiram de fato, mas sumiram.

O rosto de Kunicki ficou pálido. Com o corpo todo tremendo e dificuldade de respirar, gemeu ofegante:

— O quê?!... Como?!... De que modo?!
— Simplesmente sumindo.
— Você as roubou?! Você roubou as notas promissórias?! A chave. Por favor, me devolva imediatamente a chave do cofre!

— Nem sonhando.

— Mas isso é um assalto à mão armada! Seu ladrão, bandido ordinário! Eu vou levar você às barras do tribunal!

— Cale a boca, seu patife de merda! — urrou Dyzma.

— Isto é um assalto! Dê-me a chave!

— Não vou lhe dar, porque a chave não é sua, mas de Nina. A propriedade é dela, o dinheiro é dela e a chave é dela.

— Oh, não! Não pense que o velho Kunicki vai permitir ser passado para trás por um calhorda como você! Ainda há justiça na Polônia. Tenho testemunhas que viram quando lhe entreguei a chave. Devagar com a louça, irmãozinho! Além disso, Nina vai depor sob juramento e dizer que assinou aquelas promissórias de livre e espontânea vontade.

— Não se preocupe com isso. É assunto meu.

— Vou me queixar nos tribunais! — espumava Kunicki.

Na antessala soou uma campainha.

— Seu velhaco! Ainda ousa me ameaçar com tribunais?! Tfu! — exclamou Dyzma, cuspindo no chão e se encaminhando à porta.

— Cafajeste! Calhorda! Salafrário! — gritava Kunicki, andando em círculos pelo quarto, como um animal enjaulado. — Preciso ir ao Ministério Público, à polícia...

Mas não precisou ir a lugar nenhum; Dyzma abriu a porta e adentraram o quarto um inspetor e dois agentes à paisana.

— O senhor é Leon Kunicki, também conhecido como Leon Kunik? — indagou com voz solene o inspetor.

— Sim. Kunicki.

— O senhor está preso. Por favor, vista o sobretudo e nos acompanhe.

— Preso? Eu? Deve ser um engano.

— Não há engano. Eis o mandado de prisão.
— Mas sob que acusação?
— Isso não me diz respeito — respondeu o policial, dando de ombros. — Uma vez na chefatura o senhor será informado de tudo. E agora, vamos! O senhor está armado?
— Não.
— Revistem-no!
Os agentes apalparam os bolsos de Kunicki. Não encontraram nenhuma arma.
— Então vamos! Meus respeitos, senhor presidente. Queira nos desculpar por termos perturbado sua paz, mas recebemos ordens para prender esse elemento.
— E as ordens precisam ser cumpridas — falou Dyzma. — Passem bem.

Kunicki virou-se para ele e quis dizer algo, mas foi empurrado por um dos agentes, cambaleou e sumiu atrás da porta.

Nicodemo ficou parado por um bom tempo na antessala vazia. Finalmente, alisou os cabelos diante do espelho e entrou na sala de jantar. A mesa estava posta para o café da manhã, no qual ele ainda nem tivera tempo de pensar. Agora, sentiu muita fome. O café já estava frio e o açúcar não queria mais se dissolver de modo algum. Nicodemo tirou da cristaleira uma garrafa de vodca, encheu o prato com tiras de presunto e salsichas e se pôs a comer.

— Pelo jeito, estava escrito que eu viraria um grão-senhor — disse consigo mesmo, após o terceiro cálice. — À sua saúde, senhor presidente!

Uma chuva miúda e cortante caía sobre as vidraças; do outro lado das janelas, a cidade estava mergulhada numa névoa acinzentada.

capítulo 15

DYZMA NÃO GOSTAVA DO GENERAL JARYNSKI POR CAUSA DA cara debochada, do esnobismo e, principalmente, pelo fato de Terkowski ser o melhor amigo do general. Em função disso, apesar dos diversos convites do casal Jarynski, Nicodemo sempre encontrava uma desculpa para não comparecer. Mas naquela noite não tivera escapatória, uma vez que o general declarara que consideraria "a ausência do senhor presidente uma afronta pessoal". Além disso, Dyzma sabia que Terkowski estava fora da cidade, portanto não havia perigo de encontrá-lo na recepção.

A bem da verdade Nicodemo não tinha um motivo palpável para evitar Terkowski. Embora não sentisse antipatia por ele, o boato que percorria Varsóvia afirmava que eles eram inimigos, e a insistência com a qual era repetido fez com que Nicodemo passasse a acreditar nele, e era suficientemente perspicaz para notar o evidente retraimento de Terkowski e sua mais do que justificada má vontade para com ele. Por sorte, Dyzma atingira uma posição elevada o bastante para não se preocupar com isso. Mas, mesmo assim, preferia evitar qualquer encontro com Terkowski, especialmente por estar lembrado das referências feitas a seu nome pela condessa Koniecpolski, o que parecia indicar que o gordão tinha alguma ligação com as Peregrinas da Estrela de Três Pontas, às quais Dyzma temia como ao Diabo.

Como o casal Jarynski morava na rua Wilcza, Dyzma decidiu ir a pé. A recepção deveria ser grande, já que havia muitos automóveis estacionados diante do palacete. A antessala estava literalmente repleta de sobretudos e casacos de pele, enquanto dos quartos adjacentes vinham ecos de risos e conversas.

O general e sua esposa receberam-no com grande cortesia no momento exato em que uma senhora, gorda e de braços desnudos que mais pareciam dois presuntos, tomava posição junto a um piano. Dyzma parou no vão da porta, respondendo com silenciosos movimentos de cabeça os cumprimentos que lhe eram dirigidos, sem saber ao certo a quem cumprimentava.

A primeira pessoa que reconheceu no meio da negridão dos fraques foi... Terkowski.

"Que azar!", pensou e imediatamente resolveu evitar um encontro, o que, no meio de tanta gente, deveria ser totalmente natural, já que era de se esperar que Terkowski desejasse o mesmo. Portanto, não foi sem grande espanto que Nicodemo viu o gordão aproximar-se dele, apertar sua mão e, pegando-o pelo cotovelo, dizer baixinho:

— Vamos fumar um cigarrinho lá fora.

Todos os olhos os acompanharam quando eles abandonaram o salão, desaparecendo atrás das cortinas do gabinete do general.

Uma vez lá, Terkowski tirou do bolso uma enorme cigarreira de ouro, ofereceu um cigarro a Nicodemo e começou cordialmente:

— Faz um tempo que não tenho o prazer de encontrar o ilustre senhor presidente...

Dyzma, surpreso e desconfiado, permaneceu mudo.

— E como está o senhor? — continuou o gordão. — Eu, após seis semanas de descanso, sinto-me totalmente renovado. O senhor não vai acreditar, mas perdi 7 quilos! É muita coisa, o senhor não acha?

— Parabéns! — respondeu Dyzma.

— Não há nada, senhor presidente, que possa substituir um bom descanso. Uma mudança de clima, de conhecidos... Novas pessoas, novos negócios, novo modo de viver...

— O senhor esteve em Krynica? — perguntou Nicodemo, só para dizer algo.

— Sim, e voltei outro homem.

Do salão vinha o som do piano e do aposento vizinho ecoava a licitação de uma partida de bridge. Terkowski continuava a falar com sua voz de *basso profondo* que saía do peitilho engomado da camisa. Seus olhos pequeninos nadavam nas obesas pálpebras, enquanto os dedos curtos e grossos pareciam acariciar a cigarreira dourada.

"O que será que esse filho da mãe quer comigo?", indagava-se Dyzma.

— E o senhor presidente sabe quem eu encontrei? — continuou Terkowski, sem mudar de tom. — Um velho conhecido do senhor, o tabelião Winder, um sujeito extremamente simpático.

Calou-se de repente e observou o rosto de Nicodemo, que realmente não ouvira direito e perguntou:

— Quem?

— Um velho conhecido do senhor.

Nicodemo cerrou os dentes.

— E quem seria ele?

— O senhor Winder. Um homem muito simpático.

— Winder?... Winder?... Não me lembro desse nome — respondeu Nicodemo, fazendo um esforço sobre-humano para manter o autocontrole e olhar para o rosto de Terkowski.

— O quê? O senhor não se lembra do tabelião Winder?

— Um tabelião?... Não, não consigo me lembrar.

Terkowski riu, com visível ironia.

— Pois ele se lembra muito bem do senhor, e falou muito dos seus tempos em Lysków...

Dyzma ficou atordoado. Quer dizer que tudo acabara? Uma catástrofe? Fora desmascarado? Apertou os punhos dentro dos bolsos a ponto de eles doerem. Passou-lhe pela mente a ideia de se atirar sobre Terkowski, agarrá-lo pelo pescoço gordo que parecia transbordar do colarinho engomado e apertá-lo até aquele rosto adiposo ficar totalmente roxo. Chegou a se encolher e retesar os músculos...

— Oh, perdão... — soou repentinamente junto dele a voz de uma senhora que esbarrara nele sem querer.

Aquilo o fez voltar a si de imediato.

— Lysków? Que lugar é esse? Nunca ouvi falar dele — disse, dando de ombros. — Isso não passa de uma invencionice. Não conheço nenhum tabelião chamado Winder.

Terkowski ergueu o cenho e bateu com fleuma no cigarro, deixando cair a cinza.

— Ah, então deve se tratar de um mal-entendido — respondeu calmamente.

— Sem dúvida é um mal-entendido — repetiu Dyzma, sentindo-se aliviado.

— Fico feliz em ouvir isso, principalmente porque poderemos esclarecer tudo muito em breve — disse Terkowski. — Na semana que vem o tabelião Winder estará em Varsóvia e eu o convidei para jantar, pois se trata de um homem extremamente simpático. Tudo indica que ele estava se referindo a alguém que tem a honra de possuir o mesmo nome que o senhor... Quem sabe não é um parente distante seu? He, he, he...

Dyzma não teve tempo de responder; o concerto no salão terminara e junto com uma onda de aplausos adentraram o gabinete algumas dezenas de pessoas, aglomerando-se em torno dele e de Terkowski. Nicodemo passou o resto da noite como se estivesse sobre carvões em brasa e, por volta da meia-noite, conseguiu dar o fora sem ser notado.

Caía uma chuva fria e cortante. Dyzma, sem abotoar a capa de chuva, caminhou lentamente para casa. Uma vez lá, atirou-se sobre um sofá. A situação era mais do que clara: ele estava nas mãos de Terkowski, e Terkowski não era uma pessoa que costumasse perdoar afrontas...

Nicodemo sentiu-se perdido. Levantou-se do sofá, tirou a capa, o chapéu e a casaca, e começou a andar em círculos pelo aposento. Dava-se conta de que não poderia resolver aquele problema da forma como resolvera o de Boczek.

"E se desse um sumiço em Winder?", passou-lhe pela cabeça. "Isso seria factível... Mas de que serviria?"

Sabia que Terkowski, uma vez que encontrara uma ligação entre ele e Lysków, não se deixaria mais desviar de seu rastro. E caso Winder viesse a desaparecer repentinamente, aquela baleia humana não teria dúvida alguma sobre quem estivera envolvido no sumiço... E aí... Aí, em vez de ser simplesmente desmascarado e despedido, ele seria preso, julgado e condenado não só por falsidade ideológica, mas por assassinato...

"Implorar a ele para que guarde segredo? Oh, não, isso não serviria de nada." Nicodemo sabia muito bem como era Terkowski.

Passou a noite em claro, com a cabeça querendo explodir. Sentiu-se muito solitário e impotente, já que não podia contar com o apoio de Krepicki, a quem nada revelara de seu passado... O que fazer? O que fazer?

Não tomou o café da manhã e mandou Ignacy telefonar ao banco e dizer que se sentia indisposto e não iria ao escritório. No entanto, em menos de meia hora chegou à conclusão de que sua ausência poderia chegar ao conhecimento de Terkowski, e resolveu aparecer por lá. Uma vez no banco, passou de forma ostensiva por todos os departamentos e deu uma bronca em Wandryski pelo atraso no balancete, mesmo tendo concordado no dia anterior com um atraso de três dias. Rosnou um bom-dia a Krepicki e trancou-se à chave no gabinete.

Ficou pensando por muito tempo sobre a possibilidade de Terkowski já ter comentado com alguém sobre suas suspeitas, mas chegou à conclusão de que um homem tão esperto como ele não iria compartilhar uma informação tão privilegiada com qualquer um. Que uso ele faria dela? Dyzma não tinha ilusões. O vingativo gordão iria usá-la para acabar com ele e, ao mesmo tempo, prejudicar Wareda, Jaszunski e Pilchen...

Havia apenas uma saída: pedir imediatamente demissão do cargo de presidente do Banco do Trigo, recolher o que fosse possível — inclusive o conteúdo do cofre em Koborowo —, arrumar um passaporte estrangeiro e sumir de Varsóvia antes da chegada do tabelião Winder. Obviamente, seria obrigado a desistir de se casar com Nina, além de libertar Kunicki e tentar chegar a algum tipo de acordo com ele.

Seus pensamentos funestos foram interrompidos pela campainha do telefone. Era Krepicki, informando que a condessa Koniecpolski e mais uma senhora estavam na antessala e faziam questão de vê-lo.

— Diga-lhes que estou doente.

— Já lhes disse — respondeu Krepicki —, mas elas mandaram dizer que querem vê-lo assim mesmo, afirmando ter certeza de que o senhor presidente vai recebê-las.

Dyzma desligou o telefone e, soturno como a noite, foi abrir a porta.

— Entrem, por favor — disse secamente.

A senhora Koniecpolski estava acompanhada da demoníaca senhorita Stella, o que deixou Dyzma ainda mais irritado.

As duas damas começaram indagando pela saúde do senhor presidente e indicando uma série de médicos e remédios. Em seguida, expressaram a convicção de que o presente estado de saúde do Mestre não o impediria de cumprir as obrigações para com a Loja, cuja reunião teria que ser realizada impreterivelmente na noite seguinte. Por azar, o marido da senhora Koniecpolski estava na propriedade rural da família e, em função disso, o *misterium* seria realizado no apartamento do Grande Décimo Terceiro.

Aquilo já era demais! Nicodemo olhou para elas e exclamou:

— Por favor, minhas senhoras. Deixem-me em paz! No momento não tenho cabeça para isso!

— O grão-mestre ficará bom até amanhã — sentenciou incontestavelmente a senhorita Stella —, e as obrigações para com os Três Raios Eternos precisam ser cumpridas.

— Não é que eu esteja realmente doente — rosnou Dyzma. — Estou bem de saúde... É que não tenho cabeça para isso. Tenho coisas mais importantes a tratar.

O gabinete ficou em silêncio. Nicodemo apoiou o queixo nas mãos e ficou olhando pela janela.

— Senhor Meister — indagou a condessa Koniecpolski —, o senhor ter problem?

Nicodemo riu sarcasticamente.

— "Problem"?... "Problem"?... Ha, ha, ha, essa é muito boa!... Um problema e tanto, minhas senhoras... Um problemaço!

— Pois o Mestre é capaz de resolver qualquer problema, por mais sério que seja — disse, com convicção, a senhorita Stella.

— Nem todos, minha cara senhora, nem todos... Quando há alguém que cava túneis por terra como uma toupeira, calunia e mente como um cão... Quando alguém quer enlamear o nosso nome e nos destruir pelos meios mais ignóbeis...

Os olhos da senhorita Stella faiscaram.

— Quem ousaria um ato desses?

Dyzma fez um gesto de desalento com a mão e permaneceu calado.

— Diga-nos, Mestre, quem ousou se opor ao Grande Décimo Terceiro?

— Não vale a pena falar disso...

— Valer sim, e como! — exclamou a senhora Koniecpolski. — É preciso nos dizer... Talvez nós encontrar uma solution...

— A Ordem da Estrela de Três Pontas é muito poderosa — acrescentou a senhorita Stella.

Nicodemo encolheu-se todo e, para surpresa dele mesmo, falou:

— Terkowski.

No rosto das damas estampou-se uma expressão de espanto. Dyzma arrependeu-se daquele impulso: por que cargas d'água fora comentar toda aquela história? Idiota!

A senhorita Stella ergueu-se e, a passos solenes, aproximou-se de Dyzma.

— Mestre — disse —, na qualidade de Grande Décimo Terceiro, cabe-lhe comandar, e a nós, Peregrinas da Estrela de Três Pontas, obedecer. Esse homem deve sumir?

Dyzma assustou-se. A mulher endoidara de vez!

— Mestre — continuou Stella —, ele deve ser afastado para sempre ou só temporariamente? Ordene!

Nicodemo teve um acesso de riso. Pareceu-lhe comicamente infantil aquela mulher que mais parecia um macaco adestrado indagar, com uma voz séria e sonora, o que deveria fazer com um potentado como Terkowski.

— Despache Terkowski para a África ou para algum lugar ainda mais distante! — falou com amargo sarcasmo.

— Quando? — perguntou secamente a senhorita Stella.

— Se possível, ainda hoje... He, he, he... A senhora é uma grande gozadora! Mas deixemos esse assunto de lado e tratemos da questão desse tal *misterium*. Não poderia ser adiado?

As duas damas exigiram categoricamente que a data fosse mantida, e Dyzma, temendo que uma nova desgraça abalasse ainda mais seu espírito, acabou concordando com a imposição de que a segunda reunião da Loja da Estrela de Três Pontas fosse realizada em seu apartamento.

O acordo resultou na chegada, logo na madrugada seguinte, das duas senhoras, que viraram o apartamento de cabeça para baixo. O probo Ignacy recebeu dois dias de folga, já que Dyzma queria manter a maior discrição possível sobre a realização do culto secreto. E assim, todo o trabalho pesado relacionado à arrumação de móveis, ao enrolamento de tapetes etc. recaiu sobre seus ombros.

De certa forma, ele chegou a ficar contente por isso, já que lhe restava menos tempo para pensar em Terkowski e na ameaça da chegada de Winder. As damas não voltaram a mencionar o nome de Terkowski, num claro indício de que o haviam esquecido. "Ainda bem", pensou Dyzma, "porque foi uma bobagem ter falado nele ontem", e, com fúria redobrada, dedicou-se às tarefas de empurrar os móveis e enrolar e desenrolar os tapetes.

Em função daquele esforço físico exercido durante todo o dia, quando anoiteceu a única coisa que Nicodemo desejava na vida era poder se trancar a sete chaves em seu quarto. Infelizmente, ele fora transformado, junto com três outros quartos e um banheiro, num local para as damas trocarem de roupa.

Às onze da noite surgiu um imprevisto: uma das "peregrinas" não pudera ir porque o marido retornara inesperadamente de uma viagem. Como as regras da Loja eram inflexíveis e exigiam a presença de doze peregrinas, as damas ficaram desesperadas.

Nicodemo sugeriu imediatamente que o culto fosse adiado para outra data, mas a senhorita Stella declarou enfaticamente que isso seria uma violação dos cânones e que ela jamais iria se submeter à lei do menor esforço. Portanto, todos deveriam tentar encontrar uma solução para o problema. Foi quando uma das senhoras, a baronesa von Wehlberg, disse que conhecia uma moça a quem poderiam alugar por uma noite sem temer qualquer quebra de sigilo. Tratava-se de uma simpática *girl* de um cabaré. A baronesa conhecia-a muito bem, pois cantara naquele cabaré antes de se casar e, por experiência própria, sabia que mais de um segredo podia ser confiado a Aninha.

Diante da falta de opções, as damas concordaram em contratar Aninha, incumbindo a baronesa de telefonar imediatamente a ela. Aninha recusou o convite porque havia combinado ir dançar com o namorado, mas acabou sendo convencida por um argumento bastante expressivo — uma nota de 100 *zloty*. Graças a isso, o *misterium* pôde iniciar pontualmente à meia-noite.

À uma da madrugada, na hora da evocação do demônio, houve um pequeno incidente com Aninha. Já semiconsciente, ela começou a chorar e quis ir embora, e só foi contida a muito custo. Depois de beber um copo de vinho misturado com peiote, acalmou-se por completo.

Às duas, a sala principal do apartamento do presidente Dyzma não lembrava em nada qualquer salão, muito menos um presidencial. Parecia mais um fumeiro, uma casa de banhos romana ou, mais ainda, um bordel.

Já amanhecia quando as damas começaram a se dispersar pelos diversos aposentos. No salão ficou apenas o Grande Décimo Terceiro, sentado junto a uma das paredes e roncando tanto que as vidraças vibravam. Já passava do meio-dia quando ele despertou. Estava exausto e sua cabeça zunia.

Vestiu-se e foi para o quarto. As peregrinas estavam despertando e havia uma fila para o banheiro. Uma a uma foram se despedindo de Nicodemo e saindo, mal conseguindo se manter de pé.

Nicodemo ficou sozinho. Abriu as janelas e, com gestos lentos e penosos, começou a dar um jeito no apartamento.

Estava empurrando o piano quando a campainha tocou. Era Krepicki.

— *Oh la la*, senhor Nicodemo! — exclamou alegremente. — Deve ter sido uma farra e tanto!

Desde a prisão de Kunicki, sua relação com o chefe se estreitara a ponto de não mais chamá-lo de "senhor presidente".

— O senhor deveria se olhar num espelho — continuou falando Krepicki, com um toque de admiração. — Não sabia que o senhor era chegado a esse tipo de diversão.

— Em vez de ficar falando bobagens, o senhor poderia me ajudar a mover esses móveis! — exclamou Nicodemo, sem esconder o mau humor.

— Mas por que o senhor está fazendo isso sozinho? Onde está Ignacy?

Dyzma se limitou a bufar e não respondeu. Por fim, disse um palavrão e se atirou sobre um sofá.

Krepicki acendeu um cigarro.

— Estou vindo do gabinete do inspetor-chefe Reich — disse.

— E então?

— Kunik finalmente amoleceu. Uma noite numa cela escura e sem aquecimento deve ter ajudado. A única exigência que fez foi ter uma conversa a sós com a esposa, e só abriu mão disso quando Reich lhe mostrou aquela última carta que o senhor recebeu de dona Nina. Aí ele concordou com tudo em troca de 100 mil *zloty* e a entrega de todos os documentos comprometedores.

— E o que Reich achou disso?

— É óbvio que Reich é demasiadamente esperto para concordar com uma coisa dessas. A única concessão que fez foi se comprometer a guardar os documentos consigo, e não nos autos do processo.

— E Kunicki acabou aceitando?

— Disse que queria mais um dia para pensar, mas o senhor não precisa ficar preocupado, pois ele não tem saída; terá que aceitar.

Krepicki levantou-se, sacudiu a cinza do cigarro e acrescentou:

— Independentemente de qualquer coisa, acho que o senhor deveria informar dona Nina de que o marido dela vai ser solto e que por livre e espontânea vontade decidiu partir para o exterior.

— Sim — observou Dyzma. — Jogar um pouco de areia nos olhos dos outros nunca fez mal a ninguém. A única objeção que tenho é em relação a fazer isso por escrito. Uma carta dessas poderia cair nas mãos de alguém e...

No mesmo instante Nicodemo lembrou-se de Terkowski e seu corpo foi percorrido por um tremor. Não, não... Decidiu não pensar naquilo. O que será, será... O importante era não pensar naquilo... Pelo menos não por enquanto, não naquela hora...

De fato, Dyzma estava totalmente esgotado. Passou o restante do dia deitado no sofá, sem atender o telefone, que soou diversas vezes. Seus pensamentos estavam concentrados no modo pelo qual ele poderia se desligar da Loja da Estrela de Três Pontas. A segunda daquelas orgias, que o deixara ainda mais assustado e o levara ao limite da resistência física, teve um papel fundamental na sua decisão de renunciar ao honroso papel de Grande Décimo Terceiro.

Examinando a questão exclusivamente pelo lado prático, Nicodemo foi obrigado a admitir que graças à Loja ele teve a possibilidade de privar da intimidade de damas da mais alta esfera social, que lhe abriram as portas das suas casas. No entanto, caso conseguisse desligar-se da Ordem de forma amigável, isso não diminuiria em nada os relacionamentos obtidos graças a ela. O problema consistia em saber como sair da forma mais polida possível... A ameaça de morte para quem traísse a Loja estava aferrada demais à sua memória.

Depois de muito pensar, teve uma ideia: "Que tal dizer àquelas doidivanas que durante o ritual desta noite apareceu o diabo em pessoa e me proibiu de continuar sendo o tal Décimo Terceiro? Que ele ameaçou nunca mais aparecer caso eu continuasse desempenhando esse papel..."

Decidiu procurar a condessa Koniecpolski logo no dia seguinte. Que elas encontrassem outro trouxa... Por que não Wareda?

"É isso mesmo! Vou meter Wareda nesse negócio! Vou dizer que o próprio Belzebu sugeriu o nome dele."

Ignacy serviu o jantar e trouxe os jornais vespertinos. Dyzma empurrou-os com desinteresse e já se preparava para comer, quando soou o telefone. Era Wareda. Após breves cumprimentos, perguntou:

— E então, o que você tem a dizer sobre a última notícia?

— Que notícia? — perguntou Dyzma.

— Como "que notícia"? Está se fazendo de bobo? Não me diga que você não sabe.

— Desembuche logo de uma vez!

— A notícia da partida repentina de Terkowski.

Dyzma sentiu que ia desmaiar.

— O quê? Quem? Quando? Para onde?

— Terkowski. Esta noite. Para Pequim, como emissário do governo. Você não leu os jornais vespertinos?

Wareda disse ainda alguma coisa, mas Nicodemo não mais o ouvia. Atirou o auscultor no gancho do telefone e correu para a sala de jantar.

Abriu febrilmente os jornais. De fato, todos informavam que diante da recente formação de um governo legítimo na China, o atual chefe de gabinete do premier, Jan Terkowski, fora nomeado emissário e ministro plenipotenciário junto ao governo chinês e naquele dia mesmo partia para Pequim.

Dyzma ergueu os olhos dos jornais. Seu coração parecia querer saltar da boca. Levantou-se de um pulo e começou a gritar:

— Hurra! Hurra! Hurra!

Ignacy veio correndo.

— O senhor presidente chamou?

— Ignacy! Traga vodca! Vamos comemorar!

O empregado trouxe uma garrafa e dois cálices e encheu um deles.

— Encha o outro! — gritou Dyzma. — À nossa saúde!

Beberam um, dois, três, quatro...

Nicodemo sentou-se.

— Sabe de uma coisa, Ignacy?

— O quê, senhor presidente?

— Marque bem as minhas palavras: todo aquele que ousa me desafiar acaba sendo levado pelo Diabo. Compreendeu?

Entornou mais um cálice e, involuntariamente, olhou para a porta do gabinete: da escuridão fitava-o um par de olhos fosforescentes. Nicodemo cuspiu e fez o sinal da cruz.

— Mais vodca, Ignacy!

Já passava muito da meia-noite quando, deitando-se na cama, disse a seu fiel empregado:

— Saiba, Ignacy, que as mulheres são capazes de virar o mundo de cabeça para baixo, porque elas têm um pacto com o Diabo...

— Isso é mais do que sabido — confirmou Ignacy.

capítulo 16

NA TERÇA-FEIRA NICODEMO E KREPICKI VISITARAM UM ADVOgado especialista em divórcios e na quarta se encontraram pela última vez com o inspetor-chefe Reich, a quem entregaram 100 mil *zloty*.

Já na quinta, partiam da Estação Central de Varsóvia dois trens em direções opostas. Num deles encontrava-se um encolhido velhote, no outro o presidente do Banco Nacional do Trigo se despedia alegremente de um grupo de amigos que vieram até a estação a fim de lhe desejar boa viagem e muitas felicidades.

O velhote não viajava sozinho. No compartimento adjacente estava sentado um homem corpulento com a mão direita oculta no bolso do sobretudo, num gesto que, àquela altura, era mais um reflexo condicionado de sua profissão do que uma necessidade.

O trem Varsóvia-Berlim partiu primeiro. O segundo, com destino a Bialystok e Grodno, saiu da estação dez minutos depois.

O último a saltar dos degraus do vagão foi Krepicki, que fizera uma breve exposição ao chefe sobre a conversa que tivera com Kunicki ainda na chefatura da polícia. Segundo o relato, Kunicki não pretendia fazer exigências; estava totalmente resignado e prestara todos os esclarecimentos e as informações sobre Koborowo ao novo administrador da propriedade, que — por vontade do noivo e procurador da proprietária — seria o próprio Krepicki.

Dyzma ficou satisfeito. Esparramado num compartimento exclusivo, começou a pensar na nova fase de sua vida que ora se iniciava. Achou que a primeira coisa que deveria fazer seria pedir demissão do cargo de presidente do Banco Nacional do Trigo. As enormes receitas de Koborowo, uma vida confortável e calma e a desnecessidade de estar sempre alerta e se sentir obrigado a viver em constante tensão para não dizer alguma bobagem — tudo isso recomendava aquela atitude.

Evidentemente, Dyzma se dava conta de que não teria condições de administrar Koborowo sozinho, mas por sorte podia contar com Krepicki, que, em sua opinião, era um homem de múltiplas capacidades. Dyzma sabia que não podia confiar em demasia no secretário em questões que envolvessem dinheiro, mas consolava-o a convicção de que Krepicki não seria tolo a ponto de correr o risco de perder uma posição tão atraente como a de administrador daquela propriedade.

Pensou em Terkowski. Àquela altura, já não tinha dúvida de que se livrara da ameaça representada por aquele gordalhão graças à intervenção das Peregrinas da Estrela de Três Pontas. Por quais caminhos e de que forma elas conseguiram aquilo, Nicodemo não sabia nem queria saber. Morria de medo delas; ainda mais do que quando constatou pela primeira vez que elas tinham alguma ligação com espíritos... Os seres vivos são mais perigosos.

E foi por ter isso em mente que ele não desistiu da ideia de se desligar da Loja o mais rapidamente possível, mantendo um bom relacionamento com as damas em questão e colocando Wareda em seu lugar.

Não conseguiu esconder um sorriso ao se lembrar das expressões nos rostos da senhora Koniecpolski e da senhorita Stella quando lhes comunicou "a expressa vontade de Satã"...

Já anoitecia quando o trem chegou a Koborowo. Na plataforma o aguardavam um funcionário da estrada de ferro e Nina. Esta viu Nicodemo na janela e seu rosto se iluminou com um sorriso.

— Finalmente, finalmente... — murmurou, quando se viram frente a frente.

Atravessaram o prédio da estação e embarcaram no automóvel.

O chofer ligou o motor, as rodas patinaram sobre a superfície congelada, e o carro partiu.

— Diga-me, meu amor... ele... ele concordou com tudo facilmente?

Sua voz denotava grave preocupação.

Dyzma riu.

— Ele foi obrigado a concordar.

— Como "foi obrigado a concordar"? — assustou-se Nina.

— Ninochka — respondeu Nicodemo —, você mesma disse que o amor pode tudo.

— E... o que ele vai fazer agora?

— E o que isso nos importa? Ele levou consigo tudo que estava nos bancos, o que deve ser equivalente ao valor de Koborowo. Pode ter certeza que não morrerá de fome.

— E ele partiu para o estrangeiro?

— Sim.

— E não vai voltar?

— Não existe essa possibilidade. Posso lhe garantir.

Nina ficou pensativa, depois perguntou de forma hesitante:

— Você disse que ele "foi obrigado a concordar". O que significa isso? Houve motivos da ordem de...

— Será que você não tem outras preocupações, Ninochka? Já lhe disse que tudo foi resolvido a contento, portanto por que ainda pensa nisso?

— Afinal, ele foi meu marido...

— Pois eu lhe digo que nem isso ele foi.

— Como assim?! — espantou-se Nina.

Nicodemo explicou da melhor forma possível os complicados procedimentos envolvidos na anulação de um matrimônio, repetindo os argumentos ouvidos do advogado.

— Se tudo se passar conforme planejado, dentro de dois meses você voltará a ser senhorita Pomirski, e dentro de três, se ainda assim o desejar, se tornará minha esposa.

Nina permaneceu calada, numa atitude que preocupou Dyzma. Será que ela iria mudar de ideia? Quem sabe se agora, sentindo o gosto da liberdade, ela não quereria mais se unir a ele?

— Por que você está tão caladinha, Ninochka? — indagou da forma mais doce que era capaz.

— Por nada, por nada — respondeu ela, parecendo despertar de um sonho ou de um pesadelo. — Fiquei pensando sobre

essa história, mas não se deve pensar sobre isso, não é verdade? O que passou, passou... E o que tinha que acontecer, aconteceu...
— A vida é assim mesmo — falou ele com convicção.
— E eu tenho medo da vida. A vida é muito ameaçadora.
— Pois eu não tenho medo dela.
— Oh, isso eu sei. Você é um homem forte; forte e destemido.

Todas as luzes do palacete de Koborowo estavam acesas. Nina esclareceu que assim ordenara pois tinha medo da escuridão.

No hall, eram aguardados por todos os empregados. Embora não soubessem nada de concreto, os furtivos olhares do chofer quando retornou de Varsóvia sem o patrão fizeram com que deduzissem que algo muito importante ocorrera, dedução confirmada pela inesperada ida de dona Nina até a estação ferroviária ao encontro do presidente Dyzma. Sentiam que algo estava por acontecer. Nina chamaria aquilo de "intuição", enquanto Nicodemo chamaria de "faro". Assim, quando Dyzma ordenou à camareira que preparasse sua cama no quarto de dormir de Kunicki, ela não demonstrou espanto.

Nina se lamentava: voltaria a ficar sozinha tão logo Nicodemo retornasse a Varsóvia.

— E por que você não vem comigo, Ninochka?
— Ah — sorriu ela tristemente —, como se isso fosse possível!
— E por que não seria? — espantou-se ele.
— Não ficaria bem. Será que você não se dá conta do escândalo que isso representaria?
— Grande coisa — disse ele, dando de ombros. — Nós não vamos nos casar? Até lá, você poderia ficar hospedada num hotel e nós nos veríamos diariamente.

— Tenho uma ideia melhor! — exclamou Nina, batendo palmas. — Poderei morar na casa da titia Preleska!

— Está vendo?

— Mas não gostaria de passar muito tempo em Varsóvia. Não gosto da vida na cidade grande. Koborowo é o lugar onde me sinto melhor. Não é verdade, Nico, que a nossa residência permanente será em Koborowo?

— Sem dúvida. Eu também já estou cansado de Varsóvia.

— Como você é querido! Venha, vou tocar algo ao piano para você; uma peça que sempre toco quando penso em nós.

Foram para o salão de música e Nina abriu o tampo do teclado do piano.

— Você toca piano? — perguntou.

— Não; só bandolim.

Nina soltou uma gargalhada.

— Você está brincando!

— Não, juro por Deus.

— Que coisa mais engraçada: você, presidente de um banco, um estadista... tocando bandolim!...

— Pena que o tenha deixado em Varsóvia, senão tocaria algo para você.

Nina beijou-o na boca, mas quando ele quis abraçá-la, desvencilhou-se dele e começou a tocar.

— Gostou? — perguntou, fechando o tampo.

— Sim, muito. Como é a letra dessa música?

— A letra? — espantou-se ela. — Ah, já sei; você acha que toquei uma peça de uma opereta. Não, era o prelúdio de uma suíte para piano. Sabe de quem?

— Não.

— De Tchaikovsky.

— Gostei muito, e como se chama?

— "As Quatro Estações".

— Quatro Estações? Que nome mais engraçado. Fala de estações de trens de carga ou de passageiros?

Divertida ao extremo, Nina pendurou-se no pescoço de Nicodemo.

— O meu amo e senhor está de excelente humor e decidiu virar um piadista... Agora entendi; aquela história do bandolim também foi uma brincadeira, não foi? Seu malvado! Como você pode caçoar tanto da sua pobre Ninochka! Ninochka... Você sabia que ninguém antes me chamou assim? Ninochka... Talvez não seja um apelido dos mais bonitos, mas pode estar certo de que eu adoro quando você o usa... Vamos, diga...

— Ninochka — falou Dyzma, pensando com seus botões: "O que ela tem contra o meu bandolim?"

— Adoro a forma como você pronuncia essa palavra. Você a diz com uma força oculta, com uma rouquidão máscula, como se estivesse dando uma ordem. Não sei por quê, mas tenho a impressão de que é exatamente esse o tipo de voz que têm os marinheiros, cuja laringe é impregnada de sal e iodo.

— De iodo? Por quê? Os marinheiros costumam ter dor de garganta?

Nina explodiu numa gargalhada.

— Realmente, hoje você está de excelente humor. Saiba que tem um talento todo especial para contar piadas. Você as conta sempre de uma forma tão séria que potencializa sua comicidade. Nem pode imaginar como me sinto feliz quando posso estar com você. Logo me sinto leve, livre, alegre e segura. Há muitos dias que a sua Ninochka não ia para a cama tão calma e docemente, sem ser atrapalhada por pensamentos soturnos...

Nicodemo piscou um olho.

— Em compensação, haverá outras coisas para atrapalhá-la.

— Oh, não! — respondeu ela, mas sem muita convicção. — Ninochka vai dormir docemente no andar de cima, enquanto Nico, tão docemente quanto ela, dormirá no andar de baixo.

— Nem pensar. A partir de agora, não se deve desperdiçar um momento sequer...

— Nico!

— Basta! O assunto está resolvido e não há mais o que discutir. Assim que os empregados forem dormir, Ninochka irá para o andar de baixo.

— Ela não descerá!

— Então eu subirei.

— E eu trancarei a porta à chave.

— E eu lá ligo para uma porta trancada? Posso arrombá-la em questão de segundos.

— Oh, meu Hércules querido! Chegue a sua orelhinha para cá e eu lhe direi uma coisa — disse Nina, aproximando os lábios da orelha de Nicodemo e sussurrando. — Ninochka irá ao encontro do seu amo...

— Agora, sim, você está falando a coisa certa.

Já passava das onze quando se separaram e Dyzma foi para o quarto de dormir de Kunicki. Ao passar pelo gabinete, acendeu a luz e abriu o cofre. Nas prateleiras amontoavam-se maços de notas. Pegou um deles e agitou-o no ar, como se quisesse avaliar seu peso.

— Meu... Tudo isso é meu. O dinheiro, o cofre, o palacete, a serraria, as plantações... Grossos milhões.

Ao se despir, ficou imaginando de que forma iria desfrutar daquela fortuna toda. Em primeiro lugar, resolveu visitar já no dia seguinte todas as instalações da propriedade e convocar seus responsáveis para uma reunião. Já estava formulando o discurso que faria quando ouviu leves batidas na porta.

Era Nina.

Decididamente, Nicodemo não estava predestinado a dormir naquela noite.

Como os criados começavam a jornada de trabalho às sete, Nina precisou voltar a seus aposentos antes de as camareiras aparecerem.

Dyzma acendeu um cigarro e ajeitou os travesseiros.

"Se isso continuar assim", pensou, "não sei se vou dar conta do recado por muito tempo."

Quis adormecer, mas não conseguiu.

— Está na hora de se levantar — disse a si mesmo, tocando a campainha.

Mandou que fosse preparado seu banho e dez ovos mexidos com presunto.

— E com um presunto bem gordo! — completou.

Quando, já vestido, foi à sala de refeições, constatou que a mesa não estava posta e não havia sinal de ovos mexidos. Passou uma descompostura no mordomo, e quando este quis se desculpar dizendo que poderiam esfriar, berrou:

— Cale-se, seu ignorante! Eles não teriam esfriado se você ficasse atento e notasse quando eu saí do banheiro e mandasse prepará-los naquele momento. Vou ensinar vocês a trabalhar direito. Traga logo os ovos e mande selar o cavalo... Espere... Está frio demais... Mande arrear o trenó.

— Sim, senhor.

Após o café da manhã, Nicodemo acomodou-se num elegante trenó puxado por dois cavalos e ordenou que o levassem à fábrica de papel. Ao chegar aos primeiros galpões fabris ficou chocado com a visão de operários bebericando chá.

— Que merda é essa?! — gritou. — Isto aqui é uma fábrica ou uma taberna?

Os operários levantaram-se de um salto.

— Que moda é essa?! Vocês aqui estão sendo pagos para comer?! Cadê o capataz?

— Estou aqui, às ordens do senhor presidente.

— Retire esses copos e nunca mais os forneça! Quanto aos senhores, podem beber o chá em casa, entenderam?

Entrou no escritório e abriu a porta do gabinete do diretor. O gabinete estava vazio.

— Onde está o diretor?

— O senhor diretor costuma chegar às nove horas — respondeu, com voz trêmula, um dos funcionários.

— O quê?!... Às nove?... Isso é inaceitável!

Adentrou a fábrica. As máquinas rodavam a pleno vapor. Os operários cumprimentavam Dyzma com a característica leve inclinação da cabeça — um misto de desconfiança, ódio e medo típico de um trabalhador diante do patrão.

Um jovem engenheiro veio correndo até Dyzma, cumprimentando-o com o devido respeito.

— E então — perguntou Nicodemo —, tudo sob controle?

— Sim, senhor presidente.

— Então diga a seu diretor para que passe a chegar à fábrica às sete. O chefe deve dar o exemplo a seus subordinados —

falou secamente Dyzma, apertando a mão do engenheiro e saindo da fábrica.

O moinho, a serraria, as cocheiras, os estábulos, a destilaria — tudo isso ocupou Nicodemo até o meio-dia. Passou por Koborowo como um furacão, deixando atrás de si um rastro de pânico.

Quando estava se aproximando do palacete, viu Nina junto a uma das janelas. Sorria e acenava alegremente. Embora estivesse ainda de penhoar, desceu correndo as escadas para vir a seu encontro.

— De onde o meu amo e senhor está retornando? — perguntou baixinho, pois o mordomo estava pondo a mesa no aposento contíguo.

— Passei pela propriedade para me inteirar da situação.

— E o que achou?

— Muitas pessoas estão vagabundeando, mas vou colocá-las na linha.

— Meu amor, eu não gostaria que você se ocupasse da administração de Koborowo. Assim que nos casarmos, você deverá contratar um administrador. Não quero tê-lo longe de mim por dias a fio, e a supervisão de tudo requer muito tempo! Você fará isso por mim, Nico?

— Já fiz — respondeu Nicodemo, com um sorriso de satisfação.

— Fez o quê? — indagou Nina.

— Contratei um administrador.

— Ah, é? Que maravilha!

— Fui obrigado a fazê-lo, pois, quando formos passar alguns meses em Varsóvia, alguém terá que ficar de olho em Koborowo; caso contrário, o pessoal daqui acabaria roubando tudo.

A extraordinária carreira de Nicodemo Dyzma | 347

— E quem o meu amo contratou?

— Um certo Krepicki; acho que você o conhece.

— Zyzio? Zyzio Krepicki, aquele que vive às custas da titia Preleska?

— Ele mesmo.

— Ele é um tipo muito engraçado. Houve uma época em que chegou a me cortejar. Mas, pelo que me lembro, não desfrutava de muito boa fama àquela época.

— Para ser sincero, nunca ouvi falar mal dele. É meu secretário desde a fundação do banco.

— E você está satisfeito com ele?

— Por que não deveria estar? Mas qual é a razão para essa pergunta? Preferiria que ele não administrasse Koborowo?

— Eu?! Meu querido, sou tão ignorante nesses assuntos que seria a última pessoa a questionar a sua decisão.

O mordomo avisou Dyzma de que os gerentes e supervisores já estavam reunidos.

Quando Nicodemo entrou no salão de reuniões que ficava logo atrás do gabinete, um grupo formado por cerca de dez homens que conversavam baixinho se levantou para saudá-lo. Ele respondeu ao cumprimento com um leve meneio da cabeça e sentou-se atrás da escrivaninha sem convidá-los a se sentarem.

— Convoquei os senhores — começou, tamborilando com os dedos sobre o tampo da escrivaninha — para informá-los de que a proprietária de Koborowo, a senhora Kunicki, está se divorciando do marido e, em função disso, retirou dele a procuração que havia lhe passado. Agora, o único procurador sou eu, e quero preveni-los de que sou um osso duro de roer. Vocês devem ter lido nos jornais que o Banco Nacional do Trigo funciona como um relógio, e, se funciona assim, é porque eu mantenho todos na linha. Portanto, volto a repetir que comigo não se brinca.

Empolgando-se com as próprias palavras, passou a falar cada vez mais alto:

— Vou ser breve: quem quiser manter o emprego terá de dar duro, porque eu não tolero indolência e não pretendo pagar a quem vagabundeia! Compreenderam? Os preguiçosos serão postos no olha da rua, e se por acaso eu pegar alguém preparando uma tramoia ou descobrir que algum de vocês está fazendo "um bico" por fora... que Deus se apiede desse indivíduo, pois vou mandá-lo para o xilindró sem remorso! Aqui não se brinca, se trabalha! Deu para entender?!

Bateu com o punho no tampo da escrivaninha, enquanto os espantados capatazes permaneciam calados.

— Dentro de alguns dias virá para cá o senhor Krepicki, que eu contratei para ser o administrador. Vocês deverão executar diligentemente todas as suas ordens. No entanto, nesses tempos não se pode confiar nem mesmo no irmão da gente. Sendo assim, resolvi o seguinte: caso um dos senhores venha a desconfiar que está sendo tramado um golpe de qualquer natureza e me informar disso, receberá de imediato 5 mil *zloty* e mais um aumento no salário. Eu não pretendo fazer mal a ninguém e serei como um pai para vocês, mas não vou permitir ser passado para trás por ninguém. Fui claro? Então isso é tudo. Estão dispensados.

Um dos presentes — o grisalho e encurvado gerente da destilaria — deu um passo à frente e disse:

— Senhor presidente...

— O que foi?

— Considerando o que o senhor presidente disse...

— O senhor entendeu o que eu falei?
— Sim, só que...
— O senhor entendeu tudo?
— Tudo, e é exatamente por isso...
— Então não temos mais nada a dizer. Eu não convoquei os senhores para um bate-papo ou uma conferência, e quem não estiver satisfeito pode pedir demissão. Não pretendo manter ninguém aqui à força, mas recomendo que pensem duas vezes! Não é fácil arrumar um emprego nos dias atuais, e vocês podem estar certos de que eu não lhes darei uma carta de recomendação. E como sou muito bem relacionado, não recomendo a ninguém se tornar meu inimigo. Passem bem!

Dyzma terminou sua preleção, saindo e batendo a porta com estrondo.

Por um certo tempo todos ficaram em silêncio. Finalmente um dos presentes desabafou:

— Quanta arrogância!
— Mas isso é inadmissível — disse o gerente da destilaria —, ele quer nos transformar em espiões!
— E que tom de voz! — falou alguém.
— Eu vou pedir demissão — disse outro.
— E a forma de se expressar! Isso é escandaloso! Usou conosco um linguajar como se achasse que não somos capazes de compreender uma fala inteligente! — exclamou um terceiro.
— Ele fez aquilo para nos ultrajar!
— Só temos uma saída: pedir demissão coletiva!
— Desde que de forma solidária!

No entanto, nem todos compartilhavam aquele ponto de vista. O jovem agrônomo Taniewski era um dos que discordavam, e foi muito claro:

— Pois eu lhes digo desde já para não contarem comigo.

— Nem comigo — acrescentou o veterinário.

As duas declarações foram seguidas de exclamações de repúdio da parte dos demais membros da assembleia.

Taniewski deu de ombros.

— Afinal, os senhores estão reclamando do quê? — perguntou. — Da forma que ele os tratou? Ora, convenhamos que o presidente Dyzma é um homem importante, um dignitário que prestou muitos serviços relevantes ao país e carrega tanta responsabilidade sobre seus ombros que não devemos estranhar que não disponha de tempo para nos tratar como se estivéssemos em Versalhes. Além disso, não fomos convidados para uma reunião social, mas para tratarmos de assuntos referentes a...

— A nos tornarmos dedos-duros! Que vergonha, senhor Taniewski! Nunca imaginei que o senhor fosse tão maleável em relação à ética — revoltou-se o guarda-livros.

— Queira me desculpar, mas o presidente Dyzma não está exigindo de ninguém que seja um espião.

— Ah, não? E o que significam aqueles prêmios aos denunciantes?

— E quem está forçando o senhor a se apresentar para receber o prêmio? — respondeu o agrônomo. — Além do mais, caso eu notasse que alguém está roubando, não faria mais do que minha santa obrigação ao alertar aquele que está sendo roubado. Portanto, não vejo nada de mais em o senhor presidente querer se assegurar... Aliás, nem mesmo a si próprio, mas àquela que lhe deu uma procuração, de que não haverá abusos. Vocês acham que ele seria tão famoso no mundo todo caso se descuidasse na condução do Banco Nacional do Trigo?

Ou teria conseguido arrumar nossa economia num par de meses? E não está coberto de razão em exigir de seus empregados que trabalhem com afinco? Vamos, digam que não...

Interrompeu o discurso e aguardou alguma contestação. Em vez disso, ouviu murmúrios de aprovação às suas palavras.

— O senhor tem razão — falou uma voz, seguida da segunda, da terceira, da quarta...

— É lógico que tenho — finalizou Taniewski, tirando do cabide o casaco de peles.

O gerente da destilaria fez um gesto de desalento com as mãos.

— Pois bem. Os senhores façam o que acharem melhor, mas eu vou pedir demissão.

Todos tentaram demovê-lo de seu intento, alertando-o para a dificuldade de encontrar emprego. O velhinho, no entanto, apenas meneava a cabeça.

— Não, meus senhores. Sei que não é fácil achar um emprego nos dias atuais, mas não conseguiria me acostumar a essa forma de trabalhar. Não é do meu feitio. Vocês podem até ter razão, mas eu sou velho demais e raciocino de forma antiquada. Não saberia mudar.

Os capatazes foram saindo do salão. No piso de madeira restaram apenas marcas molhadas de solas de botas, pois naquele dia a neve estava extremamente fofa.

capítulo 17

OS DOIS QUARTOS MAIS BONITOS DA CASA DA SENHORA Preleska foram colocados à disposição da querida Nininha. Pareciam duas enormes aréolas; a cada madrugada, o mordomo e a camareira tinham um trabalho e tanto retirando cestas e vasos com flores para que a excelentíssima senhorita (a dona da casa estabelecera que esta era a forma pela qual deveria ser tratada sua querida hóspede) não fosse asfixiada.

Diariamente, a partir do meio-dia, iniciava-se uma peregrinação dos membros do *haute monde*, querendo ver aquela que era a sensação da cidade.

A novidade durou uma semana e foi coroada por um grande baile promovido pela senhora Preleska, no intuito de apresentar a todos a adorada sobrinha.

Até os príncipes Roztocki se dignaram a comparecer ao baile, dizendo à enrubescida dona da casa que se sentiam muito contentes por estarem numa casa que contava com a simpatia do presidente Nicodemo Dyzma.

De modo geral, já se falava abertamente nas altas esferas sobre o noivado com Nicodemo, que seria anunciado oficialmente tão logo Nina obtivesse a anulação de seu casamento. O que mais intrigava a todos e não deixava dormir as damas, conhecidas por sempre serem bem informadas, era: o que acontecera com Kunicki?

Sabia-se apenas que ele partira para o exterior e que concordara com a anulação do casamento. Mas quais teriam sido os motivos que o levaram a isso? E por que deixara Koborowo para Nina?

Somente algumas poucas pessoas poderiam responder a essas perguntas, mas Krepicki apenas sorria; a senhora Preleska não era uma mulher da qual se podia arrancar alguma coisa contra a sua vontade; não seria apropriado perguntar diretamente a Nina; e quanto a Dyzma... bem, ninguém ousaria abordar o presidente Dyzma a respeito desse assunto.

A condessa Koniecpolski, que tentara fazê-lo baseada na errônea suposição de que teria direito a uma certa intimidade diante da ainda recente ligação com a Loja da Estrela de Três Pontas, se queixaria mais tarde:

— Imaginem que ele me respondeu perguntando se eu não tinha maiores preocupações na vida!

Varsóvia toda cercou Nina com afável curiosidade e elevada dose de respeito, que — como ela logo pôde perceber — era devido à grande popularidade de Nicodemo.

Qualquer pessoa que se aproximasse dela julgava ter a obrigação de dizer pelo menos algumas palavras gentis sobre Dyzma, referindo-se a ele exclusivamente em termos superlativos. Nina ouvia aquilo com inegável prazer, mas com uma certa dose de espanto. Era verdade que ela já sabia que Nicodemo era conhecido e considerado um estadista cheio de sabedoria e qualidades. No entanto, em Koborowo, ele lhe parecera menor. Agora, ao ouvir elogios provenientes de todas as partes, se convenceu de que não avaliara bem seu verdadeiro valor e chegou a se sentir intimidada por ele.

Os dias de Nina em Varsóvia passavam de maneira quase uniforme. Pela manhã, ia passear ou fazer compras com a tia, retornando por volta do meio-dia, quando sempre encontrava alguém que viera visitá-la. Em seguida, havia o almoço; ora na casa da tia, ora na casa de conhecidos, ora num restaurante, a convite de Nicodemo. Este sempre aparecia por volta das sete da noite para levá-la ao teatro ou ao cinema. No primeiro caso, Nicodemo acompanhava-a até a casa da tia e despedia-se dela no portão; no segundo — a sessão do cinema sempre terminava mais cedo que a do teatro —, entrava com ela e jantavam juntos.

Nicodemo vivia insistindo para que ela fosse a seu apartamento, mas Nina adiava aquilo de um dia para outro.

Certa noite, depois de assistirem a uma farsa picante, Nicodemo resolveu forçar a situação. Quando o automóvel parou diante da casa da senhora Preleska, ele o despachou.

— Voltarei a pé — disse ao chofer.

Quando Nina quis apertar o botão da campainha, ele reteve sua mão.

— Não, Nina. Dessa vez você virá ao meu apartamento.

— Mas isso é impossível! O que a titia iria pensar de mim?

— Pensará o que quiser. O que você tem a ver com isso?

— Não, não e não — teimava ela.

— Por um momento... por meia horinha — pedia ele. — Será que você não me ama mais?

Nina abraçou-o e sussurrou:

— Muito bem, irei... mas não hoje. Amanhã... Vamos dizer que iremos ao cinema.

Nicodemo fez uma careta de desagrado e ainda quis discutir, mas Nina tocou a campainha e no portão ouviram-se passos. Nina deu-lhe um beijo na boca e entrou na casa.

Fazia bastante frio e Nicodemo ergueu a gola do sobretudo. Deu alguns passos na direção de seu apartamento, mas logo parou e virou para a rua Krucza. Entrou num bar, entornou alguns cálices de vodca e comeu um grande pedaço de pernil com ervilhas. Do outro lado do balcão uma mulher atraente preparava as bebidas.

"Que mulherão", pensou, e no mesmo instante se deu conta de que bastaria sair para a rua e acenar com um dedo para uma que lhe agradasse.

Pagou a conta sem conferir (como era seu costume) e saiu.

Efetivamente, a escolha era ampla. Bastou um minuto para achar uma que lhe convinha; como não queria levá-la a seu apartamento, preferiu pagar um hotel. A mulher levou-o até um buraco imundo na rua Chmielna.

Já passava das três quando se vestiu. Tirou 20 *zloty* da carteira, colocou-os na mesinha da cabeceira e, murmurando "até a próxima", saiu para um escuro corredor, no fundo do qual brilhava uma lâmpada.

A proprietária do hotel acabara de abrir a porta para dar acesso a um novo par, enquanto uma porta no fim do corredor se abria — alguém estava saindo. Nicodemo enfiou a mão no bolso para pegar um cigarro e constatou que sua cigarreira sumira. Girou sobre os calcanhares e, sem nem mesmo fechar a porta, voltou ao quarto do qual acabara de sair.

A garota estava sentada na cama, penteando os cabelos desgrenhados com um pente do qual faltavam alguns dentes.

— Devolva-me a cigarreira, sua piranha!

— Que cigarreira?

— Não se faça de tonta. Passe logo a cigarreira para cá, pois vou achá-la facilmente e quebrarei a sua fuça!

— Para que essa gritaria toda? Não está vendo que está chamando a atenção de todo mundo? É isso que você quer? Foi por isso que não fechou a porta?

Nicodemo virou-se. Efetivamente, havia alguém no corredor escuro. Ao se virar, seu rosto foi iluminado pela luz proveniente do quarto e ele ouviu um grito de espanto seguido de passos apressados.

Diante disso fechou a porta, trancando-a à chave e guardando esta no bolso. Aproximou-se da cama. A garota continuava a pentear-se calmamente. Com um gesto brusco, Nicodemo agarrou o pente e jogou-o ao chão.

— O que você quer? — perguntou ela, quase num barítono.

— A minha cigarreira; já lhe disse!

— Não sei do que você está falando — respondeu ela, dando de ombros.

Dyzma desferiu-lhe um tapa no rosto com tanta força que ela caiu da cama, batendo com a cabeça contra a parede.

— Vamos, passe-a para cá! — gritou ele, ameaçando esbofeteá-la de novo.

A moça protegeu o rosto com o cotovelo. Nicodemo pegou sua bolsa; no seu interior havia alguns objetos baratos, um par de notas amassadas e um lenço sujo. Largou a bolsa e puxou o travesseiro, atirando-o no chão. Junto com ele, caiu com estrondo a cigarreira.

— Sua ladra! — rosnou.

— Foi você mesmo quem a colocou debaixo do travesseiro!

— É mentira! — urrou Nicodemo, abrindo a porta e saindo.

Na rua, apenas alguns postes iluminados e nem sinal de um fiacre. Esfriara bastante, e a neve estalava sob seus sapatos. Poucos transeuntes. Nicodemo apressou o passo. Quando virou uma esquina, olhou para trás e viu uma mulher andando na calçada oposta tão apressadamente que dava a nítida impressão de o estar seguindo.

"Deve ser outra puta à procura de um freguês", pensou Dyzma, apressando o passo ainda mais.

A essa altura caminhava tão rápido que a outra era praticamente obrigada a correr para acompanhá-lo, mas tudo indicava que não pretendia desistir, pois quando Nicodemo chegou à rua Nowogrodzka e virou-se de novo, viu-a à mesma distância dele. Parou e, para sua surpresa, ela também parou junto de uma vitrine não iluminada — uma jovem miúda, de trajes gastos e chapéu negro.

Dyzma cuspiu e seguiu adiante. Dobrou na rua Wspólna e em pouco tempo estava diante de seu portão. O vigia abriu-o, fazendo uma mesura.

— A que horas voltou o chofer? — indagou Dyzma, sempre pronto a controlar as atividades de seus subordinados.

— Por volta das onze, senhor presidente.

Nicodemo fez um gesto com a cabeça e subiu as escadas. Nem ele nem o vigia notaram a silhueta da garota que olhava para eles através das grades que protegiam o prédio.

O coração da moça batia com força. Ergueu os olhos para o prédio. À altura do primeiro andar, viu escrito: BANCO NACIONAL DO TRIGO.

Um banco!

De repente tudo ficou claro para ela. Cristalino! Nicodemo — o seu Nicodemo, que a abandonara, mas que ela nunca deixara de amar, o amor da sua vida — estava planejando assaltar um banco! Talvez cavando um túnel, ou explodindo o cofre... De qualquer modo, estava em conluio com o vigia, pois ela vira quando ele o deixara entrar e conversara com ele.

O Banco Nacional do Trigo!

Com o coração batendo cada vez mais forte, a moça postou-se na calçada oposta e ficou aguardando. Quem sabe se não soaria o alarme ou não apareceria repentinamente um carro da polícia? Aí, ela saberia exatamente o que fazer: tocar a campainha e avisar o vigia... Apesar de Nicodemo ter mentido para ela, prometendo voltar e não cumprindo a promessa, sempre havia a esperança de que ele retornasse um dia... Ele devia estar bem de vida, andava com roupas caras e a última vez que o vira estava num automóvel de luxo... Quando ele morava com eles na rua Lucka, nem lhe passara pela cabeça que aquele mesmo Dyzma pudesse ser um tipo tão extraordinário, cheio de coragem e desenvoltura...

Os tênues raios de sol já furavam a cortina de nuvens quando ela resolveu ir embora. Fazia muito frio...

Na madrugada seguinte voltou à rua Wspólna. Estava apavorada com o pensamento de que encontraria o banco cercado pela polícia, sem saber se Nicodemo fora preso ou conseguira escapar.

Respirou aliviada. Tudo estava em paz; as portas do banco abriam-se e fechavam-se sem cessar e vários automóveis paravam diante dele.

Portanto, seria um túnel ou um buraco na parede... Uma operação de grande porte e, certamente, demorada... Oh, ela finalmente o encontrara! Agora, ele nunca mais escaparia dela. Como tinha certeza de que não o veria durante o dia, resolveu voltar à noite e confrontá-lo...

E voltou.

Dez, onze horas... Andava a passos nervosos de lá para cá na calçada oposta à do banco. Caía uma neve leve e macia... Foi abordada duas vezes. Até que um dos homens era bem-apessoado e aparentava ter dinheiro, mas ela fez um gesto negativo com a cabeça.

Começou a ficar preocupada: e se ele não aparecesse naquela noite? No entanto, resolveu esperar.

Estava olhando impacientemente para a esquina, quando o barulho de um portão sendo fechado chamou sua atenção para o prédio no qual ficava o banco. Nicodemo estava saindo dele, na companhia de uma dama elegante. Pareciam felizes e riam alegremente.

A moça se escondeu atrás de um muro. O par passou tão perto que bastava estender a mão para tocá-lo. Ouviu claramente a voz de Nicodemo:

— Se você quiser, querida Ninochka, então...

As demais palavras foram abafadas pela passagem de um automóvel, mas ela ainda pôde notar que eles estavam de mãos dadas.

— Então é isso!... — disse para si mesma, imersa nos seus pensamentos.

Não estava espantada com a existência de uma rival. Afinal, não era cabível esperar que ele não tivesse outras mulheres. No entanto, o que a assustou foi a incrível beleza da que estava com ele.

"Deve estar apaixonado por ela... É lógico que está... Mas então, por quê...", e nesse ponto nasceu uma pontinha de esperança, "por que ele fora com aquela outra ao hotel na noite anterior?"

Havia ali algum mistério; não fosse isso, ela os teria alcançado e diria de cara àquela mulher que ela detinha direitos anteriores sobre Nicodemo e que o amava...

"Ele vai ter de voltar para mim. Tenho certeza disso. Vou lhe dizer que cada uma de nós tem um protetor e que eu sempre me recusei a ter um, embora tivesse se apresentado mais do que um rapaz boa-pinta... Ele não resistirá a esse argumento..."

Nicodemo acompanhou Nina até a casa da senhora Preleska e em seguida voltou para a sua. Estava naquele momento pensando em como o jovem Jurczak, conhecido em Lysków como um grande entendedor de mulheres, estava enganado quando afirmava que somente as morenas eram passionais, quando ouviu alguém sussurrar seu nome.

Virou-se. Diante dele, estava Manka.

— Nicodemo — disse ela baixinho.

— Ah, é você — respondeu ele, sem esconder seu descontentamento.

— Você está lembrado de mim?

— O que você quer?

Manka olhava para ele com olhos arregalados, sem saber direito o que dizer.

— E então, o que você quer? — repetiu ele, com irritação na voz.

— É assim que você me cumprimenta? O que eu lhe fiz, Nicodemo, para você me tratar dessa forma?

— Você não me fez nada, nem de ruim nem de bom. Portanto, desembuche de uma vez: o que quer?

A jovem permaneceu muda. Nicodemo rosnou um palavrão e quis ir embora, mas ela agarrou a manga de seu sobretudo.

— Largue-me!

— Não vou largar. Você terá que me ouvir.

— Então fale, com todos os diabos! De que se trata?

— É bem possível que você não se dê conta disso, mas eu senti muitas saudades suas, a ponto de nem sequer ter um amante, sempre esperando a sua volta. Procurei você por toda parte, sempre achando que você voltaria um dia para mim, que você não se esqueceu...

Nicodemo deu de ombros.

— O que eu deveria recordar ou esquecer?

— Que você prometeu voltar!

— Todos os homens prometem isso. Quanto a nós dois, pelo que me consta não nos casamos.

— É que... eu amo você.

Nicodemo deu uma gargalhada.

— Grande coisa! Você ama vários homens diferentes a cada noite.

— E que tem isso contra mim? Por que você acha que sou uma dessas "meninas"? Porque gosto? É para não morrer de fome. Sou obrigada a fazer isso, embora tenha vontade de vomitar cada vez que vou para a cama com alguém.

— Está bem, está bem, não precisa exagerar.

— Mas não estou exagerando. Não acredito que haja alguém que possa invejar a vida de cão que eu levo.

— E o que eu tenho a ver com isso?

— Volte para mim!

— Não. Tire isso da sua cabeça.

— Você poderá morar conosco de graça. Eu pagarei seu aluguel.

Nicodemo voltou a rir, enquanto Manka olhava para ele com preocupação.

— Por que você está rindo?

— Porque você é muito burra. Tire essa ideia da cabeça de uma vez por todas.

— Por que você me rejeita assim? Não lhe agrado mais?

— Manka, largue do meu pé enquanto estou sendo paciente.

— E, no entanto, naquele dia você disse que voltaria.

— Estou me lixando para o que eu disse. Compreendeu? Estou para me casar, tire da sua cachola qualquer ideia de que possa me interessar por uma vagabunda como você. As mulheres com quem me relaciono são de outro tipo.

— Você vai se casar com aquela que passou aqui há pouco?

— Se é com ela ou com outra isso não é da sua conta.

— Pois eu sei que é com ela — falou Manka, com ódio na voz.

— E o quê você tem a ver com isso?

— Tudo... porque o amo! — exclamou ela.

— Pare de gritar! Pode amar quem quiser, mas me deixe em paz.

Manka voltou a agarrar a sua manga.

— Espere um momento.

— O que foi agora?

— Passe o restante da noite comigo... — murmurou Manka, na esperança de conseguir fazê-lo esquecer a outra.

Nicodemo afastou a mão dela.

— Suma da minha frente! — rosnou.

Nos olhos da jovem brilharam lágrimas.

— Agora só faltava você abrir um berreiro... Já lhe disse que não posso. Pelo menos não hoje. Mesmo se quisesse.

— Por quê?

— Tenho um trabalho.

— Aha... — disse ela, com um meneio conspiratório da cabeça.

Compreendeu de imediato que "um trabalho" num banco não era pouca coisa e que, diante da magnitude daquela tarefa, ela, Manka, não tinha nenhuma importância.

— Mas depois — começou —, depois...

— Depois, veremos. Tchau.

Quis se afastar, mas ela o reteve mais uma vez.

— Nicodemo, você não vai me dar um beijo de despedida?

— Você tem cada uma! — respondeu ele, inclinando-se e sapecando-lhe um beijo na bochecha.

Mas Manka não deixou que ele escapasse com tanta facilidade. Pendurou-se a seu pescoço e colou seus lábios nos dele.

— Agora já basta! — disse ele, afastando-a de si.

— Volte. Volte para mim — murmurou ela.

— Puxa, como você é insistente! Vamos ver... Quem sabe amanhã... Tchau — respondeu Nicodemo, afastando-se rapidamente.

Manka ainda ficou por algum tempo acompanhando-o com os olhos. Quando ele desapareceu dobrando uma esquina, ela secou os olhos com um lenço e seguiu na direção oposta.

Nicodemo estava furioso. Manka aparecera assim de repente, sem avisar... Já a esquecera havia muito tempo; além do mais, com que direito ela o abordava?! Ela estava apaixonada e, no fundo, não deixava de ser uma boa menina, mas isso não era motivo para andar atrás dele.

"A desgraçada ainda me vai causar algum embaraço ou contará coisas indevidas a Nina... Que droga!", pensou, prometendo a si mesmo que caso Manka o abordasse mais uma vez, passar-lhe-ia uma descompostura tão grande que ela nunca mais ousaria sequer olhar para ele.

No apartamento, o ar ainda estava impregnado do perfume de Nina. Tirou a roupa e já ia se deitar quando lembrou que Krepicki iria partir para Koborowo no dia seguinte e que precisava preparar uma série de papéis para lhe entregar.

Ocupou-se com aquilo por meia hora e estava terminando quando soou o telefone. Atendeu.

Era Wareda. Estava num bar com um grupo de amigos e resolvera telefonar a Nicodemo.

— Desde a chegada da dona Nina — queixou-se — você nunca mais deu as caras. Venha se juntar a nós.

Dyzma, porém, recusou categoricamente. Estava exausto e, além do mais, não curtia bares em geral. Tomar algo de vez em quando, tudo bem, mas ficar horas a fio enchendo a cara em torno da mesa de um bar, não. Se ele fizera aquilo no passado com Wareda, Ulanicki e outros, fora apenas para estabelecer relações. Agora, o seu sonho, ao qual retornava a toda hora, era uma vida calma e regular em Koborowo.

O processo de anulação do casamento de Nina avançava rapidamente. O fator mais importante fora a falsificação do sobrenome pelo marido — o resto podia ser resolvido com dinheiro, e isso não faltava a Dyzma naqueles tempos.

Os dias foram passando, um após o outro, sem novidades. No entanto, a ausência de Krepicki era sentida por Nicodemo a cada passo que dava no banco. Embora já tivesse adquirido algum conhecimento da rotina bancária e soubesse o que decidir num ou noutro caso, havia momentos em que não sabia o que fazer. Nessas horas, a única salvação era uma forte crise de reumatismo.

E se ele, apesar de todos os cuidados, acabou cometendo alguns erros crassos — todos acharam que fora fruto da distração do senhor presidente por estar apaixonado, um assunto constantemente discutido por todos no banco. A principal fonte dessas fofocas era o porteiro Ignacy, que diariamente levava cestas de flores para a residência da noiva do senhor presidente.

Nina passou a frequentar o apartamento de Nicodemo com assiduidade cada vez maior, enquanto a senhora Preleska, sem saber disso, se encantava com as melhoras no aspecto e no comportamento da sobrinha.

— Amar e ser amada — dizia a ela —, eis o melhor cosmético para uma mulher. Você está florescendo a olhos vistos!

Nina, ao comentar isso com Nicodemo, morria de rir.

Quase nunca mencionava o ex-marido, pois não dispunha de tempo para isso. A vida social em Varsóvia envolvera-a por completo e, tendo encantado a todos, sentia-se como um peixe n'água. Todos os homens, independentemente da idade, passaram a cortejá-la, tornando-a o centro das atenções em qualquer salão.

No meio de seus inúmeros admiradores surgiu um para o qual Dyzma começou a olhar com um quê de preocupação, preocupação esta que não fora motivada pelas qualidades do indivíduo, mas pelo comportamento de Nina. Em qualquer reunião social, ela ostensivamente demonstrava maior interesse por ele e era com ele que mais dançava e conversava.

O personagem em questão era um homem de cerca de 40 anos, alto, esbelto e com uma vasta cabeleira loura dourada pelo sol. Surgira ninguém sabia de onde, mas devia ter sido de qualquer lugar do planeta, pois falava do Peru, da Austrália e da Guatemala com total intimidade. Chamava-se Hell. Oskar Hell. Dizia que nascera na Rússia e, ao descobrir que Dyzma estudara em Oxford, passou a chamá-lo de "colega", embora ele mesmo tivesse estudado em Cambridge. Além do polonês, dominava mais dez idiomas, e quando lhe pediam que definisse sua nacionalidade, abria os braços de forma engraçada e cativante.

Nina ficou impressionada com o recém-chegado desde o primeiro momento, algo que Nicodemo notou de imediato, principalmente porque ela não tentara ocultar seu encantamento.

A situação não podia ainda ser chamada de "perigosa", mas o desconforto de Nicodemo aumentava a cada dia. Para complicar ainda mais as coisas, não podia contar com a presença de Krepicki, um homem que tinha uma solução para qualquer tipo de problema. Nicodemo escrevera para ele em Koborowo descrevendo o problema em todos os detalhes, e mal conseguia esconder a ansiedade no aguardo de uma resposta.

Enquanto isso, Oskar Hell instalou-se em Varsóvia como se fosse para sempre. Fez contatos, estabeleceu relacionamentos, compareceu a todas as recepções, festas dançantes e reuniões de jogadores de bridge. E como não tinha emprego mas sempre dispunha de dinheiro, adquiriu fama de ser rico e, até, de ser um excelente partido. Fora trazido à Polônia pelo conde Pomialowski, que o convidara para caçar bisões. O conde Pomialowski não tinha muito a dizer sobre ele, já que o conhecera no convés de um navio italiano durante um cruzeiro às ilhas Canárias.

Nicodemo resolveu concentrar todo o seu estoque de esperteza na tarefa de afastar aquele sujeito de Nina, principalmente porque o nome de Kasia Kunicki fora mencionado numa das conversas entre Hell e Nina. Revelou-se que Hell a conhecia muito bem, e se encontrara com ela em Davos, Cannes e Genebra, além de se corresponderem, já que ambos tinham interesse em telepatia e costumavam trocar impressões e dados sobre o tema.

A informação deixou Nina muito excitada. Até aquele momento, ela não tivera notícia de Kasia e estivera demasiadamente ligada a ela para absorver com indiferença uma surpresa daquele calibre.

Obviamente, na primeira oportunidade que teve, comentou com Nicodemo:

— Imagine que o senhor Hell conhece muito bem Kasia! Encontrou-se com ela no estrangeiro e mantém correspondência com ela! Pobre Kasia... tão solitária... Tenho tanta pena dela.

— Esse tal de Hell é capaz de ter inventado essa história toda.

— Nico! Como você pode dizer uma coisa dessas?! — exclamou Nina. — O senhor Oskar é um autêntico gentleman.

Aquela frase de Nina foi decisiva e fez Nicodemo agir imediatamente. Para tanto, resolveu consultar Wareda e marcou um jantar com ele para aquela mesma noite.

Logo após a primeira vodca abordou a questão:

— Wacek, você conhece esse tal de Hell?

— Sim. Parece ser um sujeito muito divertido.

— Estou me lixando se ele é divertido ou não. O fato é que está metendo o nariz onde não devia.

— Onde, por exemplo?

— Está cortejando a minha noiva.

— Então dê-lhe uma bofetada, arrume um par de pistolas e pronto.

— Um duelo? — falou Dyzma fazendo uma careta.

— Evidentemente. Não se deve levar desaforos para casa.

— É que não se trata de mim, mas dela... Imagine do que ela seria capaz caso eu ferisse aquele sujeito... Apiedar-se-ia dele e lhe daria ainda mais atenção.

— E então o que você pensa em fazer?

Dyzma coçou o queixo.

— E se ele fosse preso? Ninguém sabe de onde ele veio, como se sustenta e o que faz para poder vagar pelo mundo todo.

— Escute, Nico, cá entre nós, isso não é motivo suficiente para meter alguém na cadeia, você não concorda?

— E se ele for um espião? — indagou Dyzma.

— E se não for? Afinal, por que deveria ser um espião?

— Poderia ser ou não, mas um fato é inquestionável: ele tem dinheiro e ninguém sabe de onde esse dinheiro vem. O que você tem a dizer sobre isso?

— Hum...

— Um joão-ninguém de nacionalidade desconhecida...

Wareda pensou por um momento e respondeu:

— Talvez você tenha razão. Poderíamos examinar seus documentos e até fazer uma revista no seu quarto de hotel, mas se não encontrarmos nenhum documento comprometedor, estaremos metidos numa encrenca daquelas...

Entornou mais um cálice de vodca e, repentinamente, desferiu um murro no tampo da mesa.

— Já sei! Há um jeito...

— Qual?

— Eu estava analisando o caso por um prisma errado... O que você quer não é metê-lo na cadeia, mas afastá-lo de dona Nina, não é isso?

— Sim, e daí?

— Daí que existe um meio de fazer isso. A gente prende o sujeito, revista seu quarto, vaza a notícia para a imprensa e, depois, o libera e pede desculpas pelo engano.

— E qual seria o resultado disso tudo?

— Você não compreendeu?

— Não.

— Mas é mais do que óbvio! Você acha que Nina vai querer ser vista na companhia de alguém suspeito de ser um espião?

Dyzma pensou, e respondeu após uma pausa:

— Acho que não.

— E você acha que depois disso alguém vai convidá-lo para qualquer atividade social? Não, irmãozinho, depois desse escândalo, o nosso amigo terá que fazer as malas e sumir de Varsóvia para sempre...

— Não se esqueça de que ele sempre poderá se explicar alegando que ocorreu um mal-entendido — observou Nicodemo.

— E nós — respondeu Wareda — poderemos dar a entender que ele só foi solto por ter sido muito esperto e destruído todo o material comprometedor antes da revista em seu quarto.

Dyzma foi obrigado a concordar com o coronel. O plano era viável, e Wareda, sem perder mais tempo, telefonou a seu colega, o coronel Jarca, chefe do Departamento de Contraespionagem do Exército, convidando-o a se juntar a eles no restaurante.

Os dois cúmplices não esclareceram toda a questão a Jarca, já que Dyzma não queria envolvê-lo em seus problemas sentimentais. Na verdade, Jarca não estava interessado em explicações; bastava-lhe saber que o presidente Dyzma suspeitava daquele estrangeiro, que queria que Hell fosse desmoralizado e, por fim, que o jantar fora delicioso.

Ficou acertado que a operação seria deflagrada na madrugada seguinte.

Ao chegar ao banco Nicodemo não conseguia controlar a ansiedade, enviando o vigia a toda hora para ver se os jornais vespertinos já estavam à venda. Finalmente, o vigia retornou com três, e Dyzma se pôs a examiná-los febrilmente.

Nos dois primeiros não havia uma palavra sequer sobre Hell. Em compensação, o terceiro estampou na primeira página a seguinte chamada: *Na pista de uma rede de espionagem. Distinto espião é preso em hotel de luxo.*

Na notícia em si não figurava — conforme haviam combinado — o nome completo de Hell, apenas a menção a um certo "senhor H". No entanto, os dados constantes na reportagem foram apresentados de tal forma que ninguém que conhecesse Hell poderia ter qualquer dúvida de que se tratava dele.

Dyzma esfregou as mãos.

A extraordinária carreira de Nicodemo Dyzma | 371

Recuperou o autocontrole, começou a examinar papéis, mandou que lhe trouxessem a correspondência para ser assinada, conversou de forma descontraída com a secretária, deu um giro pelos escritórios do banco respondendo com um sorriso aos cumprimentos dos funcionários e, finalmente, se concentrou na leitura das cartas. Entre outras, encontrou uma de Krepicki, que escrevia:

Prezado Senhor Presidente,

Em primeiro lugar, apresso-me em informar ao senhor que tudo está em perfeita ordem. Não me defrontei com qualquer oposição, insubordinação ou ato de sabotagem. Aos poucos, vou tomando pé da situação. Koborowo é uma joia de raro valor. Meus mais sinceros parabéns. Mais um mês e conhecerei todas as suas trilhas e cada uma das suas pedrinhas. As pessoas daqui sentem um verdadeiro pavor do Senhor Presidente; ainda mais do que no banco. Estive duas vezes no escritório da Receita em Grodno. Rabinowicz propõe pagar 700 zloty por cada unidade. Ele quer 30 novilhos, mas propõe pagar com letras de câmbio vencíveis em seis meses da firma Natan Golder & Cia., a serem descontadas na casa de câmbio de Kugel, em Bialystok. Agradeceria caso o Senhor Presidente pudesse me telegrafar dizendo se devo aceitá-las ou não. Kasperski diz que elas são seguras.

Quanto ao tal Hell sobre o qual o Senhor Presidente escreve, não o conheço e nunca ouvi falar dele. Não acho que o Senhor Presidente deva preocupar-se com ele em demasia. Por outro lado, como nunca é demais ser precavido, creio que o melhor que pode ser feito é dizer a dona Nina que esse tal de Hell sofre de uma incurável doença venérea — isso deverá deixá-la bastante assustada.

Estive por duas vezes no pavilhão, visitando Jorge Pomirski, que está gravemente enfermo. O médico diz que se trata de uma pneumonia. Ele tem febre muito alta, delira e nem sequer me reconheceu. Acredito que possa passar desta para melhor a qualquer momento. Quando soube que Kunicki perdeu tudo, teve um acesso de alegria e saiu correndo seminu pelo parque. Evidentemente pegou uma gripe. Corria pelo parque e gritava a plenos pulmões. No fundo, sinto pena dele. Pobre rapaz.

No resto da carta, Krepicki prestava contas das receitas e despesas, pedia a Nicodemo para que apressasse a questão do fornecimento dos dormentes e anunciava que iria a Varsóvia muito em breve.

Nicodemo ficou satisfeito com a carta. Ditou à secretária um telegrama autorizando a aceitação das letras de câmbio, desde que o próprio Krepicki as considerasse confiáveis, e telefonou para a senhora Preleska, convidando-se para o almoço.

Ao chegar encontrou, além do pessoal da casa, a mais jovem das condessas Czarski e dois rapazes cujos nomes não conseguira guardar.

Logo após os cumprimentos de praxe, perguntou:

— E aí? Todos já sabem da prisão?

— Prisão? Que prisão?

— Não sabemos de nada.

— Quem foi preso?

— Pois é — disse Dyzma, meneando a cabeça com pesar —, não se pode mais confiar em ninguém atualmente... E aquele sujeito parecia tão simpático.

— Afinal, de quem o senhor está falando? — A senhora Preleska não se aguentou mais.

— Como "de quem"? Daquele Oskar Hell.

— Quem?! — exclamou Nina, visivelmente preocupada.

— Hell — respondeu Nicodemo, observando atentamente a expressão de seu rosto.

— Impossível! O senhor Oskar?!

Nicodemo, impassível, tirou do bolso o jornal e passou-o à senhora Preleska, indicando com o dedo uma passagem assinalada em lápis vermelho.

A distinta dama leu a notícia em voz alta, terminando com um suspiro:

— Meu Deus! Que história terrível!

Nina pegou o jornal e releu a notícia em silêncio. Estava claramente chocada.

— O senhor tem razão — disse a senhora Preleska. — Não se pode mais confiar em ninguém nos dias de hoje.

— Que coisa mais inominável! — exclamou Nina. — As pessoas são ignóbeis; o mundo todo não passa de um enorme lamaçal!

— Calma, não precisa exagerar — falou severamente Dyzma.

Teve início uma conversa sobre Hell, no decurso da qual quase todos se lembraram de certos detalhes do seu comportamento que pareceram extremamente suspeitos.

Nina não participava da conversa; pensava em como o mundo era mau e falso, como ela se sentia sozinha e desprotegida nele e como não estava preparada para reagir a golpes inesperados que poderiam atingi-la a qualquer momento. Olhava para a figura de Dyzma — um homem de cabelos revoltos, testa quadrada, nariz curto, lábios finos e mandíbula saliente.

"Dir-se-ia que se trata de um homem comum, como outro qualquer", pensava, "mas no meio daquela aparente simplicidade concentra-se uma força estranha, um poder adormecido e propositalmente oculto... Nico... o meu Nico..."

Parecia estar surpresa com o fato de aquele homem tão sério que escutava com um inteligente meio sorriso estampado na face a tola tagarelice dos demais, aquele estadista, economista de renome, aquele homem tão alheio — talvez não alheio, mas como se estivesse distante dela — ser o seu Nico! Sim! Ele era seu noivo, em pouco tempo seria seu marido, que, a partir daquele momento, iria comandar sua vida e seu destino, dando-lhe segurança e protegendo-a de todo mal... Oh, sim, ele seria capaz disso melhor do que qualquer outra pessoa. Ele era como uma pirâmide num deserto, impossível de ser derrubada pelo mais possante dos furacões... O senhor Hell também era um homem de verdade, mas...

Preferiu não pensar mais nele.

O almoço foi servido e todos se sentaram à mesa, conversando sobre as banalidades de costume.

Quando, após o almoço, os dois se encontraram a sós, Nina sussurrou ao ouvido de Dyzma:

— Amo você de todo o coração.

Ao que ele pegou sua mão e a beijou

— Nico... — perguntou ela — vamos passar a noite juntos?

— Você gostaria? — perguntou ele de forma maliciosa.

Nina mordeu os lábios e, olhando diretamente para ele com as pupilas dilatadas, murmurou:

— Muito, muito... Muitíssimo.

— Então vamos — respondeu Dyzma, pensando com seus botões: "*Oh, la la*... Vamos ter serviço esta noite."

Ao saírem da casa, às oito da noite, Nina avisou que estavam indo à ópera. No caminho, explicou a Nicodemo que escolhera a ópera porque naquela noite iria ser apresentada *A Africana*, que terminaria somente após a meia-noite.

— Não é espertinha a sua Ninochka?

— E como!

Nicodemo aguardou até que os passos de Nina cessassem de ecoar. Olhou para o relógio; eram quase duas da madrugada. Depois voltou para casa.

Quando estava a apenas alguns metros do prédio no qual ficava o banco e seu apartamento, viu a silhueta de Manka. Estava parada, apoiada num poste, claramente à sua espera.

Nicodemo tentou passar por ela fingindo que não a reconhecia, mas ela bloqueou o caminho.

— O que você quer? — rosnou ele de forma ameaçadora.

— Nicodemo... Não fique zangado comigo... Mas a verdade é que eu não posso viver sem você.

— Suma da minha frente! Você não significa nada para mim! E não me siga mais, sua desgraçada, senão arrebento a sua cara!

Manka olhou para ele com os olhos arregalados.

— Mas por quê, Nicodemo? Por quê?

— Porque você não larga do meu pé!

— Mas é porque eu o amo, e você prometeu voltar para mim.

— Estou me lixando solenemente para o que eu prometi. Compreendeu?! Uma putinha sem eira nem beira como você resolve me seguir como um cão de caça! Onde já se viu uma coisa dessas?

— Nicodemo!

— Suma daqui, sua merda!!! — gritou ele, empurrando-a com tanta força que ela caiu sobre um monte de neve suja.

Manka permaneceu deitada, olhando para o vulto que se afastava. Cobriu o rosto com as mãos e desandou num pranto convulsivo.

— Desgraçada... Putinha... Merda... Então é isso...

De repente se ergueu e agitou um punho cerrado na direção do banco.

— Vou lhe mostrar!

Sacudiu a neve do casaco e, andando o mais rápido que podia, foi até a delegacia mais próxima.

"Pode deixar que eu farei com que você não se esqueça de mim tão facilmente! Tudo bem... Não vou ter você, mas aquela outra também não vai!"

O desejo de vingança — de uma vingança imediata — apossou-se dela por completo. A jovem quase corria.

Ao chegar à delegacia, não hesitou um momento sequer quando o guarda à porta lhe perguntou o que queria.

— Quero fazer uma denúncia — disse.

— Uma denúncia? Muito bem, vá até o inspetor de plantão. Primeira porta à esquerda.

Manka entrou numa grande sala dividida por uma balaustrada e parou diante de uma escrivaninha.

— O que foi? — perguntou o inspetor, ocupado com alguns papéis e sem erguer os olhos.

— Quero denunciar um sujeito. Ele já matou uma pessoa. Deve ter sido um ricaço, porque me mostrou um monte de dinheiro que conseguiu tirar dele, se exibindo e se gabando. E agora está preparando um assalto a um banco na rua Wspólna.

O inspetor largou a caneta e olhou para Manka.
— Um banco, você diz? E como se chama esse sujeito?
— Dyzma. Nicodemo Dyzma.
— E como você sabe disso?
— Sabendo.
— Qual é o seu nome?
— Manka Barcik.
— Endereço?
— Rua Lucka, 36.
— Profissão?
— Garota de programa — respondeu, após um momento de hesitação.
— E por que você quer denunciá-lo?
— Isso é assunto meu.

O inspetor anotou o sobrenome e o endereço.
— E você está afirmando que ele está se preparando para assaltar um banco na rua Wspólna?
— Sim.
— Escute bem. Aqui nós somos muito rigorosos com acusações falsas. Você sabe que, caso esteja mentindo, acabará presa?
— Sei.

O inspetor olhou para ela. Estava calma. Pela determinação expressa no seu rosto, chegou à conclusão de que falava a verdade.
— Você sabe onde está agora esse tal Dyzma?
— Dentro do banco.
— O quê?!
— Vi com meus próprios olhos quando ele entrou. Ele está mancomunado com o vigia.

O policial pegou o telefone e discou um número.

— O comissário está? Por favor, acorde-o. É um assunto muito importante. Quem fala é o delegado de plantão, Kasparski.

Minutos depois soou no telefone a voz do comissário. O inspetor lhe relatou a denúncia.

— Detenha a denunciante — falou o comissário. — Estou indo para aí a fim de interrogá-la pessoalmente.

O inspetor repôs o telefone no gancho e apontou para Manka um banco encostado na parede.

— Sente-se ali e espere.
— Muito bem.

Sentou-se. Oh, ele não ia se esquecer dela tão cedo!

Nicodemo estava deitado na cama lendo um jornal quando soou o telefone. Gritou um palavrão e resolveu não atender. No entanto, o telefone não parava de tocar.

Saltou da cama e tropeçou numa cadeira.

— Alô!
— Posso falar com o presidente Dyzma?
— Sou eu. Quem está falando?
— O comissário Jaskolski. Meus respeitos, senhor presidente.
— De que se trata?
— Peço mil perdões por telefonar tão tarde, mas trata-se de uma questão um tanto delicada.
— O que houve?
— Apresentou-se aqui, na delegacia, uma prostituta de sobrenome Barcik, afirmando que o senhor presidente está cavando um túnel debaixo do Banco Nacional do Trigo.
— O quê?!

O comissário deu uma gargalhada.

— Ela não apresenta qualquer sinal de insanidade, mas afirma com insistência tudo que contei ao senhor presidente. O senhor presidente a conhece?

— É óbvio que não!

— Foi o que pensei. Mandei que fosse mantida presa. No começo, cheguei a pensar que estivesse bêbada, mas constatei que não. Ela não sabe que o senhor é o presidente do banco, e mesmo depois de eu ter dito isso a ela, se recusa a retirar a acusação. Ela deve ter algum motivo para sentir tanta raiva do senhor. É verdade que o senhor presidente chegou a morar na rua Lucka?

— Deus me livre! Nunca morei naquelas bandas.

— Pois é. Ela insiste nesse ponto. E o senhor presidente vai achar muita graça, mas ela afirma que o senhor assassinou um homem em maio, chegando a dar o nome do hotel no qual mostrou a ela o dinheiro que roubou da vítima do crime!

— Trata-se de uma vadia difamadora!

— Sem dúvida, senhor presidente. Mas não sei o que fazer com ela...

— Expulse-a imediatamente da delegacia!

— Mas ela continua insistindo nas suas afirmações e exige que sejam registradas num boletim de ocorrência. Na verdade, do ponto de vista puramente formal, eu deveria fazer esse boletim de qualquer maneira.

— E com que finalidade? — apressou-se a perguntar Dyzma. — Não vejo necessidade de nenhum tipo de registro.

— Entendo, senhor presidente. No entanto, se registrássemos a ocorrência, poderíamos processá-la por falso testemunho.

— O que ganharíamos com isso?

— Ela passaria uns três meses na cadeia.

— Não vale a pena. O melhor é o senhor comissário convencê-la a desistir dessa acusação sem sentido.

— Já tentei, mas ela cismou em insistir na denúncia.

— Bem, isto depende da forma pela qual o senhor comissário tentou persuadi-la.

— Não compreendi. O que o senhor presidente quis dizer com isto?

— Que vocês, da polícia, têm lá os seus meios infalíveis de persuasão.

— Ah, sim — caiu em si o comissário. — O caso será resolvido a contento do senhor presidente. Meus mais profundos respeitos, e mais uma vez peço desculpas pelo transtorno.

— Não foi nada. Fico muito grato, e pode estar certo de que não me esquecerei do senhor na primeira oportunidade que surgir.

O comissário derreteu-se em agradecimentos e, ao botar o telefone no gancho, apertou um botão. Um policial apareceu na porta.

— Traga-a aqui.

Quando Manka foi trazida à sua presença, o comissário falou:

— Está vendo? Toda a sua declaração é falsa, e você vai ser presa.

Aguardou pela reação, mas a jovem permaneceu calada.

— Mas sinto pena de você. Você é jovem e tola, portanto recomendo-lhe mais uma vez, por pura bondade: retire a acusação.

— Não vou retirar — respondeu Manka, com convicção. — Podem me meter na cadeia.

O comissário se levantou, começou a gritar e a desferir murros na mesa.

— Ah, é isso que você quer?! Pois eu lhe digo que você vai retirar!

Andou ameaçadoramente pela sala, parando finalmente diante dela.

— E então, vai retirar?

— Não — respondeu secamente Manka, mordendo os lábios.

— Walasek — disse o comissário ao policial que voltara a se postar na porta —, pegue-a, leve-a para o último quarto do corredor e faça-a compreender que levantar falsas acusações contra os dignitários do país é uma coisa que não compensa.

— Sim, senhor comissário — respondeu o policial, pegando a jovem pelo cotovelo e levando-a para o corredor...

Arrastava-se lentamente, muito lentamente. O dia já amanhecera e havia cada vez mais pessoas nas calçadas. Cambaleava e tropeçava. Os transeuntes se viravam para olhá-la. Uma senhora idosa murmurou com desprezo ao passar por ela:

— Que vergonha! Tão jovem e já bêbada desde a madrugada.

Manka não respondeu.

capítulo 18

O ESCRITÓRIO DO ADVOGADO ERA DECORADO COM BOM GOSto, num misto de severidade e elegância que combinava com seu ocupante — um distinto cavalheiro grisalho de cavanhaque cuidadosamente aparado, sumidade em questões relativas a divórcios, membro do Conselho da Cidade, curador da Sociedade Protetora da Família e camarista de Sua Santidade.

Dyzma, sentado do outro lado da escrivaninha, olhava para ele com respeito e escutava com atenção e calma a baixa voz que dizia palavras eruditas com a fluência das águas de um rio largo e manso.

Na parede, sobre a cabeça do jurisconsulto, estava pendurado um enorme retrato do Papa, ricamente emoldurado.

Sem interromper sua preleção, o advogado abriu uma gaveta da escrivaninha, apanhou uma pasta e tirou dela um enorme pergaminho enrolado. Ao desenrolá-lo diante de Dyzma, este pôde ver dois selos de lacre pendurados em brancos fios de seda. O jurisconsulto beijou um dos selos com profundo respeito e entregou o documento a Dyzma.

Embora o documento fosse redigido em latim, Nicodemo sabia muito bem o que ele continha. Era a anulação do casamento de Nina.

Agora, que já o tinha nas mãos, passou-lhe pela cabeça que sua obtenção custara-lhe muito caro.

"Estou curioso para saber quanto ainda vai me cobrar esse advogado", pensou.

Como se estivesse respondendo à silenciosa pergunta de Nicodemo, o advogado tirou um pedaço de papel da pasta, escreveu alguns números com uma lapiseira de ouro e disse:

— Os meus honorários montam a 4.200 *zloty*.

— A quanto?!!

— A 4.200, senhor presidente.

— O senhor deve estar brincando! Eu estava imaginando mil, 2 mil no máximo!...

— Senhor presidente, desde o primeiro momento tive o privilégio de alertar o senhor de que me ocuparia de seu caso exclusivamente sob a condição de o senhor cobrir todas as custas do processo e concordar com os meus honorários de praxe para esse tipo de ação.

— Eu sei, mas 4 mil *zloty*!... Se somarmos todos os gastos, estarei gastando cerca de 60 mil!

— Queira, senhor presidente, levar em consideração que nenhum outro advogado teria condições de conseguir essa anulação. Tive que gastar uma verdadeira fortuna para conseguir declarações de mais testemunhas...

— Mas essas testemunhas já morreram há muito tempo.

O advogado sorriu amarelo.

— É verdade; e o senhor presidente imagina que obter uma declaração do além-túmulo seja mais barato?

Nicodemo compreendeu.

— Isso quer dizer? — indagou.

— Quer dizer — respondeu o advogado, erguendo-se da cadeira — que, quando é preciso, é preciso.

Nicodemo meteu a mão no bolso, tirou uma pilha de notas e pagou o valor solicitado.

Ao acompanhar o visitante até a porta, o advogado lhe forneceu detalhes adicionais das providências a serem tomadas em relação à documentação, aos registros civis etc. Por fim, despediu-se dele de forma digna e circunspeta.

Saindo do escritório do advogado, Nicodemo foi diretamente ao encontro de Nina. Estava de excelente humor. Nos últimos dias tudo estava dando certo para ele. Manka desaparecera do horizonte. Nicodemo ficara preocupado por três dias com a possibilidade de ela voltar a denunciá-lo à polícia ou ao Ministério Público, mas tudo indicava que se acalmara de vez. O documento que tinha nas mãos abria-lhe a possibilidade de se casar com Nina e partir de Varsóvia. Além disso, recebera um telegrama de Krepicki, no qual este o informava que estava indo à capital.

Para Dyzma, esta última informação era de extrema importância, pois na quarta-feira seguinte haveria uma reunião do Conselho de Ministros na qual seria tratado um assunto delicado. O ministro da Fazenda pretendia apresentar o pedido de venda de todo o trigo comprado pelo governo, e Nicodemo teria de se pronunciar contra ou ao favor da proposta sem ter a mínima ideia de como proceder. Diante disso, a vinda de Krepicki a Varsóvia adquiria uma importância especial.

Nas últimas semanas, ele assumira a responsabilidade por algumas decisões em assuntos econômicos, mas todos haviam sido anteriormente debatidos na imprensa. Naquelas ocasiões, ele escolhia a opinião que lhe parecia mais sensata e a apresentava como senda sua. No entanto, no caso em pauta, toda a questão fora tratada em total segredo.

Ao chegar à casa da senhora Preleska, Nicodemo encontrou todos muito agitados.

— O que aconteceu? — perguntou, espantado.

— Ah, senhor presidente — dizia a senhora Preleska, mal podendo conter o nervosismo —, imagine o senhor que o senhor Hell foi solto!

— Ele foi preso por engano — apressou-se a adicionar Nina —, e já lhe pediram muitas desculpas. Trata-se de um homem totalmente inocente.

Nicodemo perdeu o bom humor.

— O senhor nem pode imaginar — tagarelava a senhora Preleska. — Quase tive um enfarte! Aquele tenista, Jan Karczewski, telefonou há menos de uma hora, dizendo que recebera um telefonema do tal Hell no qual este explicou que tudo não passou de um mal-entendido, que não havia nada contra ele, e pediu a ele, Karczewski, para informar isso aos Czarski, a nós e a todos os demais! E como se isso não bastasse, disse a Jan que viria aqui pessoalmente para esclarecer toda a confusão. O que fazer? Não tenho a mais vaga ideia de como agir! Cabe receber uma pessoa como ele na minha casa? Afinal, ele esteve preso sob a suspeita de ser espião!

— É verdade — disse timidamente Nina —, mas a acusação foi retirada.

— O que fazer, senhor presidente? O senhor ouviu algo a respeito desse assunto?

Nicodemo adotou uma expressão severa.

— Não só ouvi, como estou a par de tudo — respondeu. — Posso assegurar à senhora que Hell foi solto somente por ter sido suficientemente esperto para destruir todas as evidências comprometedoras antes da chegada da polícia ao hotel onde estava hospedado.

— Como o senhor pode ter tanta certeza disso?!

— Porque me foi dito pelo chefe do Departamento de Contraespionagem do Exército. Hell faz parte de uma rede de espionagem bolchevique e estava sendo observado por nossas autoridades havia muito tempo. Quando foi finalmente preso e o seu quarto, revistado, em vez de documentos comprometedores foram encontradas apenas cinzas. Diante disso, foi preciso soltá-lo e aguardar uma nova oportunidade para pegá-lo. O próprio chefe do Departamento de Contraespionagem do Exército telefonou, comunicando a mim e a outros dignitários conhecedores dos segredos do Estado, para que ficássemos atentos em relação a esse sujeito.

— Bem, se é isso, então a questão está clara — sentenciou a senhora Preleska.

Nina permaneceu calada.

Estavam sentados no salão quando ouviram o som da campainha. No momento seguinte entrou o mordomo, anunciando:

— Senhor Oskar Hell.

Ao que a senhora Preleska respondeu em voz tão alta que pôde ser ouvida claramente na antessala, palavra por palavra:

— Diga a esse senhor que não estamos em casa e que, para certo tipo de pessoa, nunca estaremos.

Da antessala chegou o som de uma porta sendo batida.

— Como as pessoas são más — suspirou Nina.

Nicodemo virou-se de costas, fingindo apreciar os bibelôs expostos na cristaleira. Nos vidros viu o reflexo de seu sorriso e sorriu de volta para ele.

Krepicki leu atentamente as seis páginas datilografadas contendo a proposta do ministro da Fazenda. Em seguida, examinou as cotações do trigo, tanto na bolsa nacional quanto nas bolsas estrangeiras.

— E então, o que o senhor acha disso, senhor presidente? — perguntou.

Nicodemo franziu a testa.

— Eu? O que eu acho? Acho que não seria um bom negócio.

— Não seria um bom negócio?! Seria o pior negócio do mundo! Um autêntico suicídio! Como alguém pode sugerir vender o trigo numa conjuntura econômica dessas? E vender neste momento, quando sabemos de antemão que iríamos perder na transação mais de quarenta por cento? Isso seria uma loucura! Além do mais, caso soltássemos no mercado internacional essa quantidade de trigo, seu preço também cairia imediatamente no nosso mercado interno. E não só o preço do trigo, como também o das obrigações do Tesouro!

Nicodemo fez um gesto afirmativo com a cabeça.

— Foi isso mesmo que eu disse ontem a Jaszewski — falou —, e o informei de que vou me opor categoricamente ao projeto do ministro da Fazenda.

— O que não é de se estranhar! O senhor está coberto de razão.

— Apesar disso, eu quis ouvir antes a opinião do senhor, e fico contente em constatar que pensamos da mesma forma. Muito bem, senhor Krepicki, chame a datilógrafa e dite uma resposta enfática a esse projeto ridículo; vou querer deixar bem claro o meu repúdio.

A resposta ficou pronta em duas horas. Como a reunião do Comitê Econômico somente iniciaria às sete, eles tiveram uma hora para falar sobre assuntos administrativos de Koborowo e dos planos matrimoniais de Nicodemo.

A maior dor de cabeça era o que fazer com Jorge Pomirski. Nicodemo sabia de antemão que Nina iria insistir para que ele fosse transferido do pavilhão para o palacete e, a bem da verdade, não tinha grandes objeções a isso. Afinal, Jorge não era tão louco assim para ser trancado num manicômio. A sua única preocupação era que ele pudesse dar com a língua nos dentes no que se referia àquela história de eles terem sido colegas em Oxford.

Obviamente, Nicodemo jamais revelava esse tipo de preocupação a Krepicki, que achava que o desejo de Nina deveria ser atendido. Diante disso, resolveram fazer o que ela queria, e se com o passar do tempo ficasse patente que a convivência com Jorge se tornara insuportável, aí o trancariam num sanatório.

A reunião do Conselho de Ministros foi realizada num grande salão, em torno de uma longa mesa. Nicodemo, calado e taciturno, olhava com visível desprazer para o ministro da Fazenda, que discursava naquele momento. Uma mesinha ao lado estava ocupada por duas estenógrafas.

O ministro da Fazenda defendia seu projeto com uma voz seca e quase gaguejante. Explicava que a única forma de cobrir o déficit orçamentário era vender as reservas de trigo. Então, talvez a conjuntura internacional viesse a melhorar e o país pudesse obter novos financiamentos de fontes externas. Concluiu dizendo que era filólogo de profissão e que entendia de economia somente o que conseguira assimilar no decurso dos últimos anos nos quais exercera a função ministerial, que aceitara a contragosto, mas que, não querendo ser apenas um ministro de fachada, informava a todos que, caso a sua proposta viesse a ser rejeitada, ele pediria demissão em caráter irrevogável.

Em seguida falou o primeiro-ministro, assegurando ao orador que seus méritos eram por demais apreciados e que a proposta seria aceita. Os movimentos afirmativos das cabeças dos demais participantes da reunião pareciam confirmar esse entendimento.

No entanto, os olhos de todos estavam fixos em Dyzma, cujo silêncio era mais do que eloquente. Esperavam dele algo imprevisto, e não se enganaram. Quando o primeiro-ministro virou-se para ele e, com um sorriso, pediu sua opinião, Nicodemo ergueu-se e disse:

— Meus senhores, eu não sou de falar muito, portanto serei breve. O que estamos discutindo não se refere a nós, mas ao bem-estar do nosso país. Diante disso, todas essas baboseiras que estão sendo ditas não fazem sentido e tudo que foi dito até agora não serve para nada. Quanto à minha opinião, vou me restringir a ler minha declaração.

Tirou do bolso um papel e passou a ler o conteúdo.

Já durante a leitura era possível notar uma agitação em meio aos presentes e, à sua conclusão, o ministro da Fazenda se levantou, gesticulando e protestando.

O salão se transformou num palco de discussões acaloradas. Em dado momento, um profundamente irritado ministro Jaszunski perguntou a Dyzma:

— Por que o senhor está adotando agora uma posição tão inflexível quando, ainda anteontem, numa conversa comigo, me garantiu que em princípio estava de acordo com o projeto?

Dyzma enrubesceu.

— Nunca falei uma coisa dessas!

— Falou, sim. O senhor disse que a ideia lhe parecia boa.

— Não é verdade!

— É o senhor que está faltando com a verdade! — gritou Jaszunski. — Pode ser que o senhor não tenha usado exatamente essas palavras, mas deixou bem claro que estava de acordo com o projeto.

— Mas, meu caro colega — falou mordazmente o ministro da Fazenda —, será que o senhor não está se dando conta de que o presidente Dyzma lançou mão desse subterfúgio para nos surpreender com sua oposição?

Nicodemo se levantou e disse:

— Nada mais tenho a dizer. Falei o que tinha para falar. Quanto aos senhores, ajam como acham que devem.

A proposta do ministro da Fazenda foi aprovada.

— Para mim, tanto faz como tanto fez — dizia Nicodemo a Krepicki quando ambos estavam retornando da casa da senhora Preleska no fim da tarde daquele dia. — Eu já pretendia pedir demissão da presidência do banco de qualquer maneira.

— E o senhor não vai se arrepender?

— Por que deveria?

— Afinal, o banco foi ideia sua! É um filho seu! Além do mais, amanhã os jornais transformarão esse acontecimento num escândalo.

— Por que um escândalo? — espantou-se Nicodemo.

— Porque o Conselho está cometendo uma loucura. E estou certo de que boa parte da imprensa ficará do lado do senhor.

— E o que eu tenho a ganhar com isso?

— Um lucro que poderemos chamar de platônico; mas o senhor presidente sabe de uma coisa? Acabei de ter uma ideia!

— Que ideia?

— Surgiu uma oportunidade maravilhosa para o senhor: a de pedir sua demissão amanhã mesmo.

— Não vale a pena. Eu pretendo pedir demissão somente na véspera do meu casamento. Por que eu deveria abrir mão desses milhares de *zloty*?

— O senhor estaria certo caso eles tivessem alguém para substituí-lo de imediato, mas eles não têm. Além do mais, não vão querer abrir mão tão facilmente de uma pessoa como o senhor. Com isso, o processo do seu desligamento vai demorar, enquanto o senhor desfrutará de um enorme lucro moral.

— Um lucro moral? Não compreendi...

— Veja bem. O senhor pedirá demissão sem revelar o motivo da sua decisão. Assim, ficará claro para todos que, diante da aprovação pelo governo de um projeto que acabava com o Banco Nacional do Trigo, o senhor não quis ter nenhum envolvimento nisso.

— Aha... — compreendeu Dyzma.

— E toda a opinião pública tomará o seu partido.

Nicodemo riu gostosamente e bateu com afeto no ombro de Krepicki.

— O senhor é um espertalhão e tanto, senhor Krepicki.

— Às ordens do senhor presidente.

capítulo 19

No dia seguinte, enquanto os jornais da situação registravam o resultado da reunião do Conselho de Ministros com muita reserva e discrição, os da oposição criticavam-no severamente.

Naquele mesmo dia, Nicodemo, acompanhado por Krepicki, para dar mais ênfase ao momento, foi visitar o primeiro-ministro e lhe entregar a carta com seu pedido de demissão.

O primeiro-ministro, pego de surpresa, pediu encarecidamente a Dyzma que não agravasse ainda mais a situação e retirasse o pedido. Dyzma, no entanto, declarou enfaticamente que a sua decisão era irrevogável. Concordou em permanecer na função até ser encontrado seu substituto, mas fez questão de deixar claro ao premier que nenhuma circunstância e nenhum tipo de insistência o fariam mudar sua decisão.

Ao sair do palácio do primeiro-ministro, Nicodemo foi fotografado por repórteres de três jornais previamente avisados por Krepicki sobre o pedido de demissão.

As fotos foram tiradas à uma da tarde, e em menos de duas horas o ministro Jaszunski chegava ao banco. Estava à beira de um ataque de nervos, suas mãos tremiam e, a cada par de frases, repetia:

— Pelo amor de Deus, o senhor não pode fazer isso!

Expunha, explicava, convencia, comprovava, afirmava que aquilo não estava sendo patriótico, que a notícia de seu pedido de demissão provocara um alvoroço nas esferas governamentais, que estavam surgindo abalos de natureza política nefastos para o país que poderiam colocar em risco todo o gabinete. Apelou para Dyzma na qualidade de um amigo de quem não se esperava que pudesse passar uma rasteira nele, Jaszunski, nem nos outros ministros.

Dyzma nem teve tempo de responder, pois logo foi anunciada a chegada do ministro da Fazenda, do presidente do Congresso, Lewandowski, do coronel Wareda, do vice-ministro Ulanicki e do príncipe Roztocki. Ao mesmo tempo, soava o telefone: Dyzma estava sendo convocado pelo presidente da República para comparecer ao Palácio Presidencial às cinco da tarde.

Todos foram mobilizados para convencer Dyzma a mudar de ideia. Chegaram a ponto de, caso isso fosse uma condição imperativa, prometer anular a decisão referente à venda das reservas de trigo. Mas nada daquilo conseguia demover Dyzma, que apenas repetia seu moto:

— Nunca volto atrás nas minhas decisões.

Na sala de espera aguardava-o uma multidão de jornalistas. Nicodemo foi ter com eles e disse:

— Os senhores querem saber o que está acontecendo? É muito simples: pedi demissão.

— Por que motivos, senhor presidente?
— Por motivos pessoais. Isso é tudo que posso lhes dizer.
— A decisão do senhor presidente é irreversível?
— Inabalável como mármore, ferro e concreto armado — respondeu Dyzma, saindo da antessala.
— Eis um homem de fibra — comentou um dos jornalistas.
— E um político espertíssimo! — falou um segundo. — Sabe muito bem o que está fazendo!

Os jornais vespertinos apareceram com manchetes sensacionalistas. O mundo político fervilhava. Previa-se a demissão do ministro da Fazenda e, até, a queda de todo o gabinete. Como antecipara Krepicki, a opinião geral era de que a decisão do presidente Dyzma fora provocada pela resolução do Comitê Econômico. Com exceção dos meios de comunicação oficiais, todos os jornais tomaram o partido de Dyzma, não poupando superlativos na avaliação de seus conhecimentos, de sua inteligência e das virtudes de seu caráter. Recordavam a palavrinha que ele pronunciara no circo, publicavam seu curriculum vitae e suas fotos com textos do tipo:

> *O notável economista, presidente Nicodemo Dyzma, que salvou o país de uma crise econômica, sai, acompanhado por seu secretário particular, o senhor Z. Krepicki, da residência do primeiro-ministro após ter entregado seu pedido de demissão, num evidente protesto do eminente estadista contra a política suicida do gabinete.*

Inclusive os jornais da oposição, que, até pouco tempo antes, gostavam de atacá-lo, agora elevavam aos céus as suas qualidades, usando o nome do presidente Dyzma para atacar o governo.

Nina, com o rosto em brasa, examinava as pilhas de jornais. Estava tão comovida que mal conseguia respirar. Meu Deus! Como era famoso seu Nicodemo! Chegou a se recriminar por não ter conseguido se dar conta de toda sua grandeza. Sentia-se orgulhosa.

Querendo tê-lo só para si, havia pedido a ele que deixasse o banco. Mas agora, percebendo o prejuízo que isso traria ao país, envergonhou-se de seus sentimentos egoístas e decidiu pedir ao noivo que reconsiderasse sua decisão.

Com isso em mente, esperou por ele, imaginando-o chegando exausto e abatido, preocupado com o destino da nação, dividido entre o amor e o dever patriótico de um estadista, esmagado pelo peso da responsabilidade por seu ato.

Em função disso, a expressão alegre estampada no rosto de Dyzma deixou-a espantada, pelo menos até o momento em que a explicou a si mesma como um disfarce da parte dele para não deixá-la magoada.

Recebeu-o com um beijo caloroso e conduziu-o a seu quarto. Uma vez lá, plenamente consciente do sacrifício que estava fazendo, anunciou a Nicodemo que para o bem da nação ela estava pronta para renunciar a Koborowo e permanecer em Varsóvia. Quem sabe se, dali a um ano ou até ainda mais cedo, surgiria alguém capaz de substituir Nicodemo na presidência do banco, quando eles...

— Não há o que discutir — interrompeu-a Nicodemo. — Estive com o primeiro-ministro e a minha demissão foi aceita.

— Mas eles ficariam felizes se você mudasse de ideia.

— E como!

— E o país sairia ganhando.
— Sem dúvida.
— E então?
— Está claro, Ninochka, que você não entende nada de política. Eu agi como devia ter agido. Além do mais, amo você demais e quero viver ao seu lado em Koborowo. Você me recrimina por isso?

Nina atirou-se nos braços dele.

— Querido... Querido meu... Você nem imagina...

Alguém bateu na porta. Era a senhora Preleska.

Seguiu-se uma série de elogios a Dyzma, concluída com a seguinte declaração:

— Querida Nininha, você nem pode imaginar quanto é feliz por ter encontrado em seu caminho um homem desse calibre!

Em seguida, passaram a discutir os detalhes do casamento.

Nina declarou que queria que a cerimônia fosse realizada discretamente na pequenina igreja paroquial de Koborowo. Em compensação, partiriam em lua de mel para o Egito ou para a Argélia.

A senhora Preleska concordou plenamente com a segunda parte do projeto, mas se opôs tenazmente à primeira.

— Mas, Nininha, é um absurdo esconder-se com esse casamento. Mais do que um absurdo... é uma colossal falta de tato!

— E o que a titia esperava? Papai sempre disse que setenta por cento das mulheres não tinham qualquer tino, e eu não passo de uma simples mulher.

— Pois eu acho — insistiu a senhora Preleska — que o senhor presidente não vai concordar com o que você pretende. Seu casamento tem que se realizar em Varsóvia, com toda pompa e esplendor, para que todos os seus amigos e os amigos do senhor presidente possam comparecer. *Mon Dieu!* A condessa Pomirski está se casando com um eminente estadista! O que há para esconder?! Eu ficaria doente caso vocês decidissem diferentemente. Senhor presidente, apelo para a sua ajuda.

Nicodemo coçou o queixo e ergueu as sobrancelhas.

— Também acho que deveríamos nos casar em Varsóvia.

— Sábias palavras! — alegrou-se a senhora Preleska. — Eu tinha certeza de que o senhor presidente decidiria assim. Após a cerimônia, organizaremos uma grande recepção... Sinto muito, Nininha, mas você precisa levar em consideração que o seu noivo não é uma pessoa privada...

— Não era, mas agora passou a ser — observou Nina.

— Agora, agora... O que quer dizer "agora"? Na cidade toda se comenta que muito em breve ele será nomeado ministro!

— Eeee... — Dyzma fez um gesto de descaso com a mão. — Não precisa exagerar. Mas a senhora está certa. Deverá haver uma grande recepção.

Nina aceitou a decisão com toda humildade. Se Nico queria que fosse assim, ele devia ter lá os seus motivos que não queria revelar. Ela já desistira havia muito tempo de todas as tentativas de penetrar naquela alma tão fechada, cuja profundidade não conseguia avaliar, mas que, graças a seu instinto feminino, pressentia ser ilimitada.

— Quanto à viagem de núpcias... — titubeou Nicodemo — acho melhor deixá-la para outra ocasião.

Nicodemo enrugou a testa e esfregou as mãos. Temia como fogo a possibilidade de uma viagem ao estrangeiro, quando seu desconhecimento de qualquer idioma além do polonês ficaria evidente.

— O senhor presidente — indagou docemente a senhora Preleska — acha pouco patriótico gastar divisas no estrangeiro na atual situação? Mas todos fazem isso!

— Pois é! E isso é profundamente lamentável! Cada centavo levado para o estrangeiro fará falta ao nosso país — respondeu Dyzma, citando um lema que vira num cartaz de propaganda. — As pessoas não deveriam agir dessa forma.

— Mas um presidente que tanto fez pela nação...

— Deve ser o primeiro a dar o exemplo! Não, definitivamente não viajaremos para o estrangeiro; poderemos viajar pelo país.

— Você está coberto de razão, Nico. Eu fui leviana ao fazer essa sugestão.

O mordomo apareceu na porta e virou-se para Nina:

— Uma senhora veio ver a senhorita.

— Me ver? Quem é ela?

— Não quis dizer o nome. Aguarda a senhorita no salão.

— Me desculpem — falou Nina —, mas preciso ir ver de quem se trata.

Atravessou a sala de jantar, o *boudoir*, abriu a porta do salão e deu um grito involuntário.

Diante dela, estava Kasia.

Vestida com um casaquinho cinza curto e um pequeno gorro de peles, com um cigarro aceso num dos cantos da boca, parecia um jovem e esbelto garoto que, por um capricho, vestira uma saia.

— Bom dia, Nina — disse ela, naquele tão conhecido tom metálico de voz.

Nina ficou vermelha como um tomate. Não sabia o que fazer. A inesperada chegada de Kasia deixou-a numa posição delicada, pois inegavelmente lhe causava um enorme prazer. Costumava dizer a si mesma que a esquecera, mas agora constatava que não. Como poderia esquecer?! A primeira primavera, a descoberta do delicioso mistério que a natureza nela encerrara...

— Você não vai me cumprimentar? — perguntou Kasia, dando alguns passos e parando diante de Nina. — Está zangada por eu ter vindo?

Nina recuperou o autocontrole.

— De modo algum, Kasia. Pelo contrário... Estou contentíssima — respondeu, estendendo-lhe a mão.

Kasia pegou a mão e delicadamente, mas de forma decisiva, puxou Nina para junto de si, dizendo:

— Não, definitivamente não consigo cumprimentar você de uma forma tão protocolar.

Em seguida, enlaçou o pescoço de Nina e colou seus lábios nos dela. Aquilo foi tão inesperado que Nina não teve tempo de recuar. Somente um momento depois conseguiu se desvencilhar, murmurando em tom de reprimenda:

— Kasia!...

Esta fitou seus olhos e respondeu:

— Perdoe-me... Seus lábios são ainda mais doces e suculentos do que antes... Você não vai me convidar para sentar?

— Mas é lógico! — exclamou Nina, puxando uma poltrona para Kasia e sentando-se em outra.

Kasia tirou do bolso do casaco uma grande cigarreira de ouro, acendeu um novo cigarro e ficou olhando em silêncio para Nina.

— Vejo que você continua fumando sem parar — disse Nina, somente para dizer algo.

— Você não vai me perguntar como vim parar aqui?

— Alguém em Koborowo lhe deu meu endereço?

— Não. Quem me deu seu endereço foi o senhor Oskar Hell, que você conheceu.

— Ah sim, pobre rapaz.

— Pobre? Pelo que me consta ele é muito rico e feliz da vida — espantou-se Kasia.

— Não sei se lhe contaram, mas ele foi preso aqui em Varsóvia, acusado de ser espião.

Kasia deu de ombros.

— Talvez até fosse. Não tenho nada a ver com isso. O que sei é que sou muito grata a ele por ter me fornecido algumas informações sobre você... Quer dizer que finalmente decidiu se divorciar daquele patife?

— Kasia! Como pode falar assim do seu próprio pai?!

— Não falemos dele, mas de você. E então, está se divorciando?

— Sim, na verdade não exatamente. Consegui a anulação do casamento.

— No que você fez muito bem. Hell me escreveu contando que meu distinto pai resolveu lhe deixar Koborowo. Tenho que admitir que não esperava uma atitude dessas da parte dele... Onde será que aquele animal foi buscar tanta generosidade? Mas isso é uma questão secundária. Eu vim para buscá-la. Quero que parta comigo. Isso lhe fará muito bem. Agora a Sicília está em plena primavera...

Nina sorriu sem graça.

— Não, Kasia, não posso...

— Aqui o céu está sempre cinzento e pende sobre nossas cabeças como se fosse uma ameaça, enquanto lá ele nos ofusca com seu sorriso...

— Vou me casar dentro de um mês — disse Nina em voz baixa.

Kasia ergueu-se e esmagou o cigarro no cinzeiro.

— Quer dizer que é verdade...

Nina permaneceu calada.

— Oh, vocês, míseras escravas! Não sabem viver sem ser debaixo de canga! E vai se casar com quem? Com aquele Dyzma?

— Eu o amo.

— Nina, Nina! — explodiu Kasia. — Você não pode fazer uma coisa dessas! Você percebe o que está se passando comigo? Será que não nutre mais por mim nem uma centelha de sentimento?! Pense, pondere!...

— Por favor, Kasia, não me torture, porque você sabe quanto eu gosto de você... Mas quero lhe dizer... Acredito que tenho a obrigação de lhe dizer, pois quero ser honesta: jurei a ele e a mim mesma que nunca iria voltar para você...

— Nina, eu lhe imploro! Adie esse casamento! Apiede-se de mim!... Adie por meio ano, por três meses... Talvez nesse meio-tempo você se convença de que estaria cometendo um erro! Nina, eu lhe suplico... Quem sabe você não chega à conclusão de que ele não é digno de você... Não lhe peço nada além de um breve adiamento!...

Nina sorriu e meneou negativamente a cabeça.

— Você está enganada. Sou eu quem não merece ele. Você não chegou a conhecê-lo o suficiente, além disso, você passa todo o tempo no estrangeiro, de modo que não pode se dar conta do que ele é para o país e para a sociedade, como ele...

— E eu estou ligando para isso? — interrompeu-a Kasia. — Estou interessada somente em você, na sua felicidade e na minha! Nina, Nina, eu lhe imploro!

Caiu de joelhos, agarrou as mãos de Nina e cobriu-as de beijos.

— Um curto adiamento... apenas isso... Eu suplico...

— Kasia, pare com isso! Acalme-se!

No quarto adjacente ouviu-se o som de passos. Kasia ergueu-se do chão com dificuldade, pegou as luvas que deixara cair e disse:

— Adeus!

— Desejo-lhe tudo de bom — disse Nina —, e não me queira mal...

Kasia estava calada olhando para Nina quando a porta se abriu e Nicodemo adentrou o salão. No princípio, o efeito da surpresa foi tal que ele mal conseguiu falar, mas logo depois recuperou o autodomínio. Enfiou as mãos nos bolsos das calças e perguntou, num tom rude e ameaçador:

— O que a senhora deseja aqui?

Kasia mediu-o com um olhar cheio de ódio.

Dyzma notou a palidez de Nina, adivinhou que houvera uma discussão e ficou furioso.

— Volto a perguntar: o que a senhora quer com a minha noiva? Que diabos a trouxeram para cá? Não quero mais ver...

Não chegou a concluir a frase. Kasia deu uma gargalhada sarcástica e girou sobre os calcanhares. A porta bateu com estrondo à sua saída.

— O que ela queria com você? — indagou Nicodemo, após uma pausa.

Nina começou a chorar, enquanto ele, não conseguindo fazê-la parar, andava pelo salão, mal-humorado e esbarrando nos móveis.

A senhora Preleska apareceu, mas recuou imediatamente, achando que se deparara com uma cena de ciúmes ou uma briga de namorados.

Nina levou bastante tempo para se acalmar, mas não quis dizer nada do que se passara com Kasia. Apenas assegurou a Nicodemo que ele poderia estar certo da sua fidelidade e de que Kasia nunca mais apareceria em sua vida.

"O que uma coisa tem a ver com a outra?", quebrava a cabeça Dyzma. "Não dá para entender as mulheres; elas só têm titica na cabeça."

capítulo 20

FOI UM MOMENTO EMOCIONANTE. NA SALA DE REUNIÕES ESTAvam reunidos todos os funcionários do banco. Com o diretor Wandryski à frente, conversavam baixinho entre si quando a porta se abriu e o senhor presidente adentrou o recinto.

Cem pares de olhos se fixaram com interesse em seu rosto, querendo decifrar as intenções do chefe, mas a pétrea máscara de suas feições permanecia misteriosa e impenetrável como sempre.

O presidente se postou diante deles, pigarreou e começou a falar:

— Senhoras e senhores. Convidei-os para me despedir de vocês. Apesar de quererem me reter nesse posto a qualquer custo, estou de partida. O fato de saberem ou não saberem dos motivos que me fizeram tomar essa atitude não tem importância. Ao partir, quero agradecer a todos pela dedicação com que se entregaram às suas tarefas, com que ajudaram a mim, o criador deste banco, a conduzi-lo de forma exemplar. Quero crer que guardarão boas lembranças de mim, pois fui um verdadeiro pai para vocês e, sem querer me gabar, não foram poucos os que aprenderam muito sob a minha tutela. Ainda não sei quem será meu sucessor, mas desde já lhes digo para respeitá-lo assim como respeitaram a mim, pois um superior hierárquico tem que ser respeitado sempre, mesmo que não se revele um grande estadista e até venha a estragar o que eu me esforcei tanto para construir; um chefe é um chefe. Continuem trabalhando para o bem da nossa pátria amada, para que a nação, que paga os seus salários, possa desfrutar do resultado do trabalho de vocês. Sinto muito deixá-los, pois acabei afeiçoando-me a vocês.

Tirou o lenço do bolso e assoou o nariz.

Em seguida tomou a palavra o diretor Wandryski, que, num longo discurso, enumerou os grandes méritos do presidente Nicodemo Dyzma, realçando seu extraordinário talento organizacional e sua boa vontade para com seus subordinados. Ao concluir, expressou em seu nome e em nome de todos os presentes o profundo pesar por perderem um líder tão competente e, em meio a gritos de "Viva!" e "Bravo!", entregou ao presidente uma placa de prata com o perfil de Nicodemo gravado na parte superior, o prédio do banco na parte inferior e, no meio, um texto com o seguinte teor:

Ao Excelentíssimo Senhor Nicodemo Dyzma, notável economista, criador, fundador, organizador e primeiro presidente do Banco Nacional do Trigo, a eterna gratidão de seus subordinados.

Abaixo do texto, havia uma extensa lista de assinaturas.

Durante o desenrolar da cerimônia, o secretário pessoal do senhor presidente anotou o teor de todos os discursos, transcreveu a dedicatória e mandou um dos funcionários fazer várias cópias do material e enviá-lo às redações dos jornais.

Dyzma despediu-se apertando uma a uma as mãos de todos os funcionários, e em seguida tanto ele quanto o secretário foram trocar de roupa para comparecerem a um banquete em homenagem a Nicodemo oferecido pelo presidente do Conselho de Ministros.

O banquete transcorreu em meio a inúmeros brindes e vivas ao homenageado, com o intuito de diminuir na opinião pública o impacto de sua demissão. Já no final, o vice-ministro Ulanicki pediu a palavra e, com seu estilo alegre e jocoso, informou que o culpado por aquela solenidade o autorizara a tornar pública a notícia de que em breve iria se casar com a condessa Nina Pomirski, em cerimônia regada a grandes doses de álcool, para a qual tinha a satisfação de convidar todos os presentes.

A informação foi recebida com gritos de contentamento e de fingido espanto, já que a notícia não surpreendera ninguém.

O banquete foi seguido por uma recepção. Os assuntos da noite foram, evidentemente, a demissão de Dyzma da presidência do Banco Nacional do Trigo e as possíveis consequências daquele ato. Em primeiro lugar, as pessoas comentavam um fato assaz preocupante: a queda do valor das ações do banco. Os otimistas afirmavam que aquilo não passava de um sintoma do nervosismo provocado pela saída de Dyzma e que as ações logo voltariam a subir. Já os pessimistas expressavam a preocupação com a possibilidade de aquilo ser o prenúncio de um craque na bolsa de valores. Ao ser abordado sobre a questão, Nicodemo dava de ombros e respondia:

— O governo agiu como quis, e agora vocês verão o resultado.

Como era de se imaginar, o conteúdo dessa declaração foi interpretado como previsão de crise e, já que nos últimos meses o governo sofrera vários reveses tanto no campo político quanto no econômico, as pessoas não davam uma vida longa ao gabinete ministerial. Numa situação dessas, o presidente Dyzma, conhecido por ser um homem arrojado, que se afastava do governo por questões de princípios, necessariamente chamava muita atenção para si.

Quando um dos jornalistas quis sondar se ele, numa eventual queda do gabinete, não estaria interessado em alguma pasta em outro, Dyzma negou categoricamente:

— Não, meu caro senhor. Estou partindo para o campo e pretendo me ocupar na administração de Koborowo.

Obviamente aquela informação percorreu de imediato o salão, mas nenhum dos convivas acreditou que ela pudesse ser verdadeira.

capítulo 21

VINTE E DUAS CARRUAGENS E MAIS DE CEM AUTOMÓVEIS. Uma verdadeira multidão na praça diante da igreja e nas calçadas das ruas adjacentes. O serviço dos bondes foi interrompido. Dois cordões de isolamento mantinham ordem na área, com policiais nos pontos de acesso examinando os convites. Sobre a escadaria do templo um tapete vermelho ia até a calçada. Pelas portas abertas da igreja, podia-se vislumbrar seu interior, iluminado por milhares de lâmpadas e afogado em flores.

Os automóveis e as carruagens paravam junto à calçada vermelha, o público reconhecia os passageiros e um murmúrio anunciando seus nomes percorria a multidão:

— O príncipe Roztocki... O embaixador da Itália... O ministro Jaszunski...

Damas com deslumbrantes vestidos e joias, cavalheiros em uniformes de gala ou fraques. Cheiro de perfumes, flores e gasolina.

A igreja já estava repleta, porém mais carros chegavam. Um deles — uma limusine de alto luxo — acabara de parar, trazendo o presidente Nicodemo Dyzma.

— O noivo... Olhem... Olhem, o presidente Dyzma...

Alguém no fundo da praça gritou:

— Viva o presidente Dyzma!

E a multidão respondeu, com os homens erguendo os chapéus:

— Viva! Viva!

Nicodemo parou ao pé da escadaria, cumprimentando a todos com sua cartola. No rosto sério estampava-se um sorriso benigno.

Quando chegou a carruagem com Nina, a multidão aplaudiu entusiasmada. Ela, ao ver a aclamação pública a seu noivo, quase chorou de emoção.

— Está vendo? — sussurrava-lhe no ouvido a senhora Preleska. — Os poloneses sabem reconhecer os méritos dos grandes homens.

Ao sair da igreja o casal foi recebido com novos aplausos calorosos, depois se acomodou na carruagem e seguiu para o tradicional passeio pela mais bela das avenidas da capital: Aleje Ujazdowskie.

Enquanto isso, a interminável fileira de veículos conduziu os convivas ao hotel Europejski, onde foi preparado um banquete para 240 pessoas.

Assim como diante da igreja, também em frente ao hotel os convidados eram aguardados por uma multidão de curiosos, que saudou com muitos vivas o presidente Dyzma.

Os noivos, irradiando felicidade, recebiam os cumprimentos de uma interminável fila de convidados. A leitura dos telegramas de congratulações levou mais de uma hora, de modo que o baile teve início somente às onze da noite. O noivo dançou até se acabar, com tanta habilidade que os presentes, não conhecendo seus sucessos de Lysków, faziam entre si comentários do tipo:

— Quem poderia imaginar que o presidente Dyzma podia ser tão alegre!

Ou ainda:

— O recém-casado dança como se estivesse no céu.

— E por que não deveria? A esposa é um bibelô e Koborowo, uma joia rara.

Já era alta madrugada quando Krepicki, sempre atento a tudo, deu o baile por encerrado. O trem que levaria os recém-casados a Koborowo partia às 8h30.

A maior parte dos convidados acompanhou-os até a estação. O luxuoso vagão oficial, cedido pelo ministro das Comunicações, estava literalmente repleto de flores. Ouviram-se os últimos votos de felicidades, as despedidas, o apito da locomotiva — e o trem partiu.

Nina e Nicodemo ficaram acenando da janela, enquanto na plataforma se viam lenços e chapéus sendo agitados até o trem adquirir velocidade, deixando a estação dissolvida na cinzenta névoa da cidade.

Nina abraçou o marido pelo pescoço.

— Meu Deus! Como estou feliz! Nico, diga-me com toda sinceridade: o que eu fiz para merecer você?

— O quê? Hum... O que você fez?

— Sim, Nico. O que eu fiz para ser digna de ter por marido um homem tão poderoso, sábio e adorado como você?

Dyzma pensou, coçando o queixo. Não conseguia encontrar uma resposta adequada, e isso o irritou.

— Eeee... — rosnou. — Será que você não tem maiores preocupações?

Nina beijou-o carinhosamente.

A estação de Koborowo estava adornada com grinaldas verdes, e a plataforma, repleta de trabalhadores e funcionários da propriedade, além de curiosos vindos de toda a região. Muitos deles haviam ouvido pelo rádio, no dia anterior, o *Veni Creator* cantado por eminentes solistas, além de coros, órgãos e vivas em homenagem ao noivo.

A curiosidade de todos era imensa. Quando o trem surgiu na distância, todas as conversas cessaram como por encanto, enquanto uma banda começou a tocar uma marcha militar, tornando o momento mais solene.

À frente do comitê de recepção estavam todos os capatazes de Koborowo e a filhinha do gerente do moinho, trajando um vestido branco e com um buquê de flores campestres nas mãos.

Infelizmente, por causa de uma falta de atenção do maquinista, o vagão oficial ultrapassou a parte central da plataforma, parando bem mais adiante, entre os depósitos de trigo e os banheiros masculino e feminino. Diante disso, toda a elite, junto com a garotinha, foi obrigada a sair a galope para chegar a tempo do desembarque do casal. Chegaram no momento exato, e a menina entregou as flores a Nina. Havia decorado um versinho para declamar na ocasião, mas ficou tão nervosa que não houve jeito de fazê-la abrir a boca. Nina beijou carinhosamente a menina, enquanto Dyzma, parado num dos degraus do vagão, recebia congratulações. Achando-se na obrigação de fazer um discurso, pigarreou e disse:

— Estamos gratos pela recepção. Tanto eu quanto minha esposa vamos nos esforçar para que nenhum de vocês venha a se arrepender de ter nos recebido com tanto carinho. Por enquanto, para comemorar o nosso casamento, vou mandar pagar uma gratificação a cada um de vocês.

Um furacão de vivas respondeu às suas palavras, enquanto a banda voltou a atacar com furor.

Os passageiros dos demais vagões olhavam curiosos para aquela cena e alguns, excitados pelo ambiente reinante, também passaram a soltar vivas.

Junto da porta do palacete, o mordomo, a governanta e todos os demais empregados saudaram o jovem par oferecendo-lhe pão e sal numa bandeja, segundo um antigo costume polonês. Nicodemo colocou duas notas de 500 *zloty* sobre a bandeja e disse:

— Para ser dividido entre vocês.

No palacete, Krepicki fizera alterações significativas.

No andar superior, o antigo apartamento de Nina foi transformado em quartos para hóspedes, e seu quarto de dormir foi transferido para um contíguo ao de Nicodemo, com a instalação de um banheiro individual em cada um deles. Toda a ala esquerda do palacete foi destinada à residência de Jorge Pomirski, e o pavilhão seria ocupado por Krepicki.

Exaustos com o baile e com a viagem, Nina e Nicodemo se recolheram cedo, combinando antes que iriam ao pavilhão no dia seguinte para ter uma conversa com Jorge e propor a ele a mudança para o palacete.

No entanto, antes de adormecer, Dyzma chegou à conclusão de que uma visita a Jorge na companhia de Nina poderia se revelar perigosa diante da imprevisibilidade de Pomirski. "E se ele ficar furioso e começar a falar o que não deve?", pensou e, diante disso, ordenou que o acordassem às oito.

Não se desapontou; ao espiar o quarto da esposa constatou que ela dormia profundamente. Nina não tinha o costume de despertar cedo.

Nicodemo se vestiu rapidamente, disse aos empregados que tomaria o café da manhã quando a dona da casa tivesse se levantado e foi para o parque.

Já havia preparado de cabeça um plano para conduzir a conversa com Jorge, mas, à medida que se aproximava do pavilhão, foi perdendo a autoconfiança. Pomirski era a única pessoa diante da qual ele sentia uma espécie de medo, algo que era até compreensível diante do estado mental dele e de seus imprevisíveis desvarios.

Dyzma encontrou o jovem conde ainda na cama. Comia um mingau e assoviava uma canção. O pequenino *pinscher* estava deitado sobre o cobertor e, vez por outra, dava uma lambida no prato do dono.

O mordomo fechou a porta atrás de Dyzma e só então Pomirski se deu conta de sua presença.

— Bom dia — disse Nicodemo.

— Ah! — exclamou alegremente o conde. — O meu distinto colega! Leve daqui, caro colega, este nojento mingau.

Nicodemo cumpriu obedientemente a ordem, depois se sentou numa cadeira junto à cama. Pomirski olhou para ele com um sorriso sarcástico. Seus olhos enormes e encravados no pálido rosto infantil, o nariz reto e os lábios finos em constante movimento revelavam um grande contentamento.

— Como o senhor está se sentindo? — começou Dyzma. — Me disseram que esteve muito doente.

— Obrigado. O colega não precisa se preocupar com a minha saúde.

— Eu não me preocupo com ela na qualidade de colega — disparou Dyzma —, mas na de cunhado.

— O quê?!!

— Na qualidade de cunhado do senhor — repetiu Nicodemo.

— O que quer dizer com isso?! — gritou o conde.

— Que somos cunhados. Acabei de me casar com sua irmã.

Pomirski arrancou o cobertor num gesto brusco e, vestido com um pijama cor-de-rosa, ficou de pé sobre a cama.

— Você está mentindo, seu vagabundo imprestável! — exclamou.

Dyzma foi assolado por um repentino acesso de raiva. Como era possível alguém se dirigir a ele de forma tão insultuosa, logo a ele, o renomado presidente Dyzma, aclamado por multidões, tratado de igual para igual pelos maiores dignitários do país? Ergueu-se de um salto, agarrou Jorge pelo braço e o atirou, com toda força, sobre a cama.

Pomirski deu um grito de dor e caiu em meio aos lençóis. O *pinscher* começou a latir. A enfermeira e o mordomo apareceram na porta.

— Senhor conde, o que aconteceu? Posso ser útil? — indagou a enfermeira.

— Sumam daqui! — berrou Dyzma, e ambos desapareceram rapidamente.

Nicodemo acendeu um cigarro e ofereceu outro a Pomirski, que, após um momento de hesitação, acabou aceitando.

— Como o senhor conde pôde constatar, comigo não se brinca. Estou lhe dizendo que me casei com sua irmã... O que o senhor conde tem a dizer sobre isso?
— Que é um verdadeiro escândalo!
— Por que um escândalo?
— Como a condessa Pomirski pôde casar com um grosseirão da pior espécie como o senhor, senhor... senhor... como é mesmo o seu sobrenome?
— Dyzma — falou Nicodemo.
— Que sobrenome mais engraçado — observou Pomirski.
— E o senhor teria preferido que ela continuasse casada com aquele bandido do Kunicki?
— Não, não teria. De qualquer modo, espero que o senhor, apesar de ser uma figura detestável, não se revele um patife tão grande quanto Kunik. Na verdade, não acho que poderia, pois não tem inteligência suficiente para isso...
— Senhor conde — interrompeu-o Dyzma —, recomendo-lhe medir bem as palavras.
Pomirski se calou.
— Em vez de me ofender, deveria agradecer a Deus — falou Dyzma.
— O quê?!
— Sim, senhor, deveria agradecer. Porque eu não pretendo ser tão malvado com o senhor quanto foi o seu primeiro cunhado. O senhor se mudará para o palacete e poderá desfrutar de plena liberdade. Vamos viver os três em harmonia, fazendo juntos as refeições, visitando a vizinhança e recebendo visitas...
Pomirski ficou animado.
— O senhor está falando sério?

— Completamente.

— E poderei ter cavalos para montar?

— Tudo a que o senhor tiver direito. Em outras palavras, o senhor estará totalmente livre e até lhe darei algum dinheiro para pequenas despesas. Mas, para que isso seja viável, o senhor terá que concordar com algumas condições da minha parte.

— Que tipo de condições? — preocupou-se Pomirski.

— Em primeiro lugar, manter a boca fechada. De forma alguma ouse pensar em dizer que aquela história de Oxford e da Curlândia não é verdadeira.

Jorge riu gostosamente.

— O senhor quer dizer que as pessoas acreditaram nesse absurdo?

— E por que não deveriam ter acreditado?

— Mas bastava olhar para as suas fuças!

Dyzma enrugou a testa.

— O senhor não tem nada com isso. Basta manter-se calado. Além disso, vou querer que o senhor, às escondidas, me dê algumas aulas de inglês.

— Eu?! — indignou-se Pomirski. — Eu dar aulas a grosseirões? Isso está fora de cogitação!

— Cale-se, seu macaco estúpido! — berrou Dyzma. — A escolha é sua. Ou fará aquilo que quero ou, num piscar de olhos, mando você para um manicômio.

Pomirski mordeu os lábios e desabou a chorar.

— Brutus, Brutus — dizia, enquanto soluçava e afagava o *pinscher*. — Você ouviu? Querem trancar o seu dono numa casa para malucos...

E seu rosto se cobriu com tantas lágrimas que a quantidade chegou a espantar Dyzma.

— E então? — perguntou. — Já fez sua escolha?

— Por favor, não me trate por "você" — respondeu com empáfia Pomirski, parando imediatamente de chorar.

— E por que não deveria? Como cunhados, temos que nos tratar da forma mais íntima possível. O que os outros iriam dizer diante de colegas de universidade e cunhados se tratando por "senhor"?

— Que coisa! — respondeu Pomirski, com um sorriso sarcástico estampado no rosto infantil. — Será que o senhor não se dá conta da distância que nos separa?

— E que distância seria essa? Só se for a distância entre uma pessoa normal e uma que tem um parafuso a menos. Mas chega de lero-lero. Escolha, mas tenha em mente que comigo não se brinca! Se for preciso, posso dar um soco nas fuças de alguém e quebrar todos os seus dentes!

Dizendo isso, aproximou do rosto do conde o seu grande punho fechado. No entanto, ao contrário do que imaginava, Pomirski ficou deveras alegre e interessado.

— Realmente? Mas isso é muito interessante. Já ouvi falar muito desse tipo de golpe, mas nunca tive a oportunidade de vê-lo sendo executado. O senhor sabe de uma coisa? Vou chamar o mordomo e o senhor vai demonstrar esse golpe nele. Está bem?

E já estava esticando o braço para tocar a campainha, quando Dyzma o reteve.

— Não se finja de mais doido do que é. Se eu for dar um soco nas fuças de alguém será nas suas, não nas de seu mordomo. Basta me provocar. E então, o que você decidiu? Concorda com as minhas condições?

Pomirski fez um gesto de desespero com as mãos e suspirou pesadamente:

— Oh, que humilhação! Vou ser obrigado a ouvir esse palhaço ignorante me tratar por "você" e, ainda por cima, enfiar conhecimentos de inglês nessa cabeça dura... nesse crânio lombrosiano!

Dyzma levantou-se e olhou para o relógio.

— Muito bem, vejo que já tomou sua decisão. Passe bem!

— O senhor já está indo embora?... Por favor, fique mais um pouco, pois me entedio muito sozinho.

— Você não vai ficar sozinho. Ainda hoje vou despachá-lo para o hospício.

Pomirski saltou da cama e, com o corpo todo tremendo, correu atrás de Nicodemo.

— Espere, espere! Concordo com tudo!

— E vai manter a boca fechada?

— Vou.

— E vai me dar aulas de inglês?

— Sim.

— Ótimo. Então me chame pelo meu primeiro nome.

— É que não consegui guardar na memória esse nome idiota.

— Nicodemo.

— Ah, sim... Nicodemo.

— Estamos fechados?

— Como?!

— Quero dizer: estamos acordados?

— Sim.

— Então, querido cunhado, apertemo-nos as mãos. Até já.

Apertaram-se as mãos e Dyzma foi embora.

Pomirski sentou-se no sofá e riu por muito tempo, sem saber ao certo por quê. Depois começou a gritar:

— Antoni! Antoni! Antoni!

Quando o mordomo entreabriu a porta, Pomirski atirou-se sobre ele, com os punhos cerrados.

— Por que você não me disse nada?
— Não disse o quê, meu senhor?
— Que a minha irmã se casou, seu idiota!... E agora, comece a empacotar.
— Empacotar o quê, meu senhor?
— Estamos de mudança.
— Para onde?
— Para o palacete!

capítulo 22

KREPICKI, QUE TINHA FICADO EM VARSÓVIA LIQUIDANDO OS assuntos pendentes do chefe, chegou a Koborowo dois dias depois dos recém-casados e teve de se ocupar de imediato com a administração da propriedade. Por esse motivo, não pôde dedicar muito tempo a Nicodemo e sua esposa, que na verdade não ficaram tristes com isso. Seus dias e semanas passavam em folguedos, passeios de barco, de carro ou a cavalo e, por fim, em jogos de bilhar.

Nina sentia-se plenamente feliz. A bem da verdade, ocasionalmente ela ficava em dúvida quanto ao comportamento do marido, mas quaisquer sintomas nesse sentido eram imediatamente atribuídos a um preconceito contra as eventuais excentricidades ou esquisitices de Nicodemo, que, vindas de um homem tão extraordinário, deveriam ser relevadas. Além do mais, quanto ela tinha a lhe agradecer! E se, durante o dia, vinham à sua mente dúvidas ou suposições, com a chegada da noite e suas sensações tudo se apagava. Os sentimentos de Nina, que durante tanto tempo não tiveram a oportunidade de florescer, eram para ela um elemento decisivo.

Nicodemo dedicava boa parte de seu tempo aos estudos. Costumava trancar-se na biblioteca — a sós ou com Pomirski — e ler. Fazia aquilo com pouco entusiasmo, mas era suficientemente esperto para se dar conta das vantagens oferecidas pela leitura e pelo conhecimento de outra língua.

À noite, por ocasião do jantar, ele costumava citar como sua a opinião de algum escritor cuja obra lera recentemente, e sempre via o efeito daquilo à mesa. Não só Nina como também Krepicki ouviam com respeito as suas tiradas e, em pouco tempo, criou-se em Koborowo um termo para as horas passadas por Nicodemo na biblioteca: o presidente Dyzma estava "se exercitando intelectualmente".

Dyzma raramente visitava as plantações e as indústrias da propriedade. Todo o peso da administração pesava sobre os ombros de Krepicki, e as sempre crescentes receitas demonstravam de forma cabal que o novo administrador estava dando conta do recado.

Jorge Pomirski adaptou-se rapidamente a seu papel e comportava-se de uma forma que não dava a Nicodemo nenhum motivo para insatisfação. A bem da verdade, havia momentos em que ele dizia alguma palavra com duplo sentido ou dava uma risada sarcástica, mas se calava imediatamente diante do olhar ameaçador do cunhado. Quanto a seu relacionamento com a irmã, mal conversavam entre si. Estava ressentido com ela, além do mais, tinha a mania de achar que as mulheres eram seres desprovidos da capacidade de pensar ou de travar uma conversação inteligente.

Desfrutava como podia a inesperada liberdade, fazendo passeios a cavalo e até de automóvel, com ele ao volante. Dyzma lhe permitira aquela extravagância com a secreta esperança de que ele sofresse um acidente e quebrasse o pescoço. No entanto, Jorge, apesar de todas as provocações e bravatas, sabia ser cuidadoso quando sua segurança estava em jogo. Em pouco tempo, sua leve demência — inofensiva para os que estavam por perto — passou a ser o tema preferido das anedotas em toda a região.

Era muito arrogante com Krepicki. Mal o cumprimentava e, de modo geral, não respondia às suas perguntas se elas não contivessem a expressão "ilustríssimo senhor conde". Krepicki achava graça naquilo e não se importava com as manias de Jorge.

— É um doido muito engraçado — dizia — e sempre me divirto com suas excentricidades. Estando na província, isso é algo impagável. Agora compreendo por que os reis da Idade Média tinham os bobos da corte.

Enquanto isso, as notícias enviadas de Varsóvia pelos antigos amigos não eram animadoras. A crise econômica crescia a olhos vistos, algo que, aos poucos, começava a se sentir até em Koborowo.

A fábrica de papel e a serraria funcionavam exclusivamente para a produção das encomendas governamentais. As frequentes falências afetavam vez por outra os negócios de Dyzma, mas graças à laboriosidade de Krepicki e aos fornecimentos às empresas estatais, as receitas de Koborowo continuavam excelentes. De qualquer modo, se ele fosse se comparar a outros proprietários da região, poderia se considerar um Creso.

As notícias do restante do país não eram mais animadoras. Os agricultores pararam de usar adubos, limitando os gastos ao mínimo possível. Começaram a surgir boatos, cada vez mais frequentes, de que os produtores de trigo estavam vendendo às escondidas os grãos que mantinham armazenados e que, na verdade, não mais lhes pertenciam, mas ao Banco Nacional do Trigo. Em função disso e de outras complicações de ordem econômica, as ações do banco despencaram na Bolsa de Valores. Os possuidores dessas ações entraram em pânico. Os jornais estavam repletos de notícias sobre falências, *lockouts*, greves e ondas de suicídios de pessoas que perderam suas fortunas ou a possibilidade de arrumar um emprego.

Um murmúrio de insatisfação com o governo percorria o país de ponta a ponta, e cada vez com mais frequência se ouvia o clamor por um homem arrojado que pudesse agarrar com mão firme o leme da nação e encontrar os meios necessários para debelar a crise.

Ao mesmo tempo, aproximava-se a época da colheita, que mais uma vez prometia ser excepcional, com a resultante ameaça de excesso de grãos.

Nicodemo lia os jornais e meneava a cabeça.

— Que coisa! Como isso tudo vai acabar?...

capítulo 23

Havia anos que a festa da colheita de Koborowo não era celebrada tão magnificamente. O novo proprietário tinha a mão aberta e gostava de se divertir. A primeira pessoa a chegar foi a senhora Preleska, com um incontável número de malas e baús. Na mesma noite chegaram o coronel Wareda e as duas condessas Czarski. No dia seguinte, os dois automóveis e as duas carruagens de Koborowo estiveram em funcionamento sem cessar.

Chegaram o governador Szeimont com a esposa e o filho, o estaroste Ciszko, a esposa do ministro Jaszunski, o barão e a baronesa Rehlf, Uszycki com a irmã, o comandante da Região Militar, general Czakowicz com dois ajudantes de ordens, Ulanicki, Holszycki e algumas dezenas de pessoas da vizinhança.

O palacete fervilhava, cheio de visitantes, agitação e sons de conversas.

Nina, que adorava a vida social, estava radiante. Durante toda a semana anterior, ela, junto com Krepicki, detalhara a programação das diversões, das excursões e dos folguedos, se ocupara com a aquisição dos mantimentos e das bebidas, com a complementação do estafe de empregados, com a preparação dos aposentos dos hóspedes e com milhares de outros detalhes resultantes da necessidade de receber condignamente os parentes, conhecidos e amigos.

Jorge estava elétrico. Circulava entre os convivas, divertia as damas, mostrava as cocheiras aos cavalheiros e, de modo geral, esforçava-se ao máximo para aparentar ser novamente um grão-senhor, chegando quase a esquecer que o dono de Koborowo não era ele, mas o cunhado. Os visitantes, discretamente prevenidos por Krepicki e pela senhora Preleska quanto à sua doença mental, tratavam-no de forma simpática, evitando contrariá-lo.

Nicodemo saudava todos de uma forma simpática, mas com um quê de reserva, o que manteve uma atmosfera de respeito e deferência à sua volta. Apesar da quantidade de visitantes, não mudou o hábito de se trancar regularmente na biblioteca. Essa atitude aumentou ainda mais a admiração de todos.

Ao final das tardes, uma orquestra trazida de Varsóvia tocava no parque, fazendo com que todos pudessem desfrutar o agradável ar fresco, passeando ou dançando sobre o iluminado gramado. À noite, havia excursões equestres à floresta; Nina tinha uma predileção especial por aquelas cavalgadas à luz do luar.

Na parte da manhã, a atração principal era o tênis. As duas quadras ficavam ocupadas até o meio-dia, quando era servido o almoço. De modo geral, os convidados estavam livres para fazer o que quisessem a qualquer hora do dia. O grupo mais sério dos convivas visitava as construções e as instalações industriais da propriedade; já os mais jovens faziam passeios a cavalo, banhavam-se no lago e organizavam corridas de lanchas e barcos a vela.

— Como é agradável aqui! — diziam todos a Nina e Nicodemo. — Koborowo é um verdadeiro paraíso.

Efetivamente, todos se sentiam muito bem. O *fumoir* foi tornado pelos bridgistas, que quase nunca abandonavam as mesas de jogo, enquanto na sala de jantar eram servidos constantemente tira-gostos e bebidas alcoólicas.

No terceiro dia realizou-se um baile. Foi um sucesso. Compareceram 163 convidados. Iniciou-se às dez da noite e terminou com uma alegre mazurca à uma da tarde do dia seguinte.

Foi consumida uma incrível quantidade de álcool, em função do que os empregados tiveram um imenso trabalho na procura de "cadáveres" espalhados pelo parque para levá-los até suas respectivas camas. Os convidados que permaneceram sóbrios também foram se deitar para tirar uma soneca, já que à noite seria Pentecostes — a grande Festa da Colheita.

Em torno de todo o perímetro do parque foram colocadas barricas com piche e longas mesas para camponeses, enquanto as mesas para os convivas ficavam na varanda. O governador brincava dizendo que Dyzma teria de dançar com a *przodownica*.

— Eis algo digno de uma reflexão mais profunda — acrescentou —, de como a mecanização destrói todas as tradições. Uma comemoração de Pentecostes como esta já perdeu a razão de ser.

— O que não deixa de ser triste — observou Nina.

— Concordo com a senhora, mas é a mais pura verdade.

A extraordinária carreira de Nicodemo Dyzma | 427

— E como isso tudo vai terminar? — suspirou um fidalgo vizinho de Koborowo. — É uma loucura: as máquinas não só vulgarizam a nossa vida, arrancando dela toda a beleza, como ainda renegam o próprio ser humano.

— Renegam coisa nenhuma! — indignou-se Dyzma. — O senhor não está vendo que respeitamos a tradição de Pentecostes e que o povo está feliz? Se há descontentes, que o Diabo os carregue. As máquinas trouxeram prosperidade geral... e isso é inegável!

Dizendo isso, girou sobre os calcanhares e se afastou.

— Ele está certo — comentou o general.

— Talvez até esteja, mas se expressa de forma não muito "versalhesca" — observou com evidente espanto o velho fidalgo.

O governador sorriu com condescendência.

— Prezado senhor, acredite em mim: ele tem todo o direito de se comportar dessa forma. O general Cambronne era um "versalhano"!

A orquestra começou a tocar e logo surgiu o cortejo de ceifadores, entoando uma canção bielo-russa sem letra. Nos seus saudosos a-a-a-a-a-a acompanhados por uma melodia austera e dura não havia alegria devido ao início da colheita, mas uma espécie de grito de guerra. Nina sempre tentara compreender o motivo da agressividade daquele canto, que perdurara por milhares de anos. Não sabia por quê, mas tinha certeza de que era assim que soava o canto dos índios americanos.

O cortejo se aproximou. À testa, caminhava uma mulher robusta, de quadris largos e rijos e seios fartos que pareciam querer saltar da blusa bordada, típica da região. Debaixo de sua saia emergiam grossas mas bem-torneadas panturrilhas e pés descalços, em contraposição às outras jovens, que usavam meias de seda e sapatos de verniz com saltos franceses. A *przodownica* — que deveria ser muito mais pobre que as suas colegas — trazia nas mãos uma enorme guirlanda feita de colmos de centeio.

O barão Rehlf, em pé ao lado de Jorge Pomirski, pegou-o pelo braço e disse baixinho:

— Que mulher maravilhosa! Uma autêntica Pomona! Uma fêmea cheia de vida. Imagino como devem ser seus músculos do ventre e das coxas! Nunca pensei, senhor conde, que nesta região do país, na qual os camponeses se apresentam de uma forma tão mísera do ponto de vista eugenético, poderia se ver algo tão exemplar. Aliás, todas elas são muito bonitas. Chegam a ser raçudas! Não consigo encontrar uma explicação para esse fenômeno.

Jorge botou o monóculo e olhou com menosprezo para Rehlf.

— Pois a explicação é muito simples, caro barão. Os Pomirski são donos de Koborowo há mais de quinhentos anos e, pelo que me consta, nenhum dos meus antepassados foi um opositor da inoculação dos genes raciais na população feminina da sua propriedade.

— Compreendo, compreendo — meneou a cabeça o barão —, e a plebe ignara continua insistindo em afirmar que nós, os aristocratas, nos preocupamos apenas com a melhoria genética de cavalos e gado. Basta olhar para esses camponeses para constatar que é nesse campo que nós temos feito os maiores...

— Desculpe-me — interrompeu-o Pomirski — O que o barão quis dizer com "nós"?

— Nós, os aristocratas.

— Então acho que não estamos nos entendendo. Eu me referia aos Pomirski, à aristocracia antiga — disparou Jorge, guardando o monóculo no bolso e dando as costas ao enrubescido barão.

Depois dos cânticos, chegou a hora das danças e da bebedeira geral. Como a noite estava excessivamente fresca e as damas começaram a se queixar do frio, os convidados passaram do terraço para dentro do palacete. Do lado de fora ficou apenas Dyzma, que, não só por dever de ofício como por puro prazer, ficou dançando sem parar com as camponesas, principalmente com a *przodownica*. Em determinado momento, não deu a mínima para a expressão soturna no rosto do namorado dela — um forte operário da serraria — e, pegando a mão da jovem, conduziu-a ao parque.

A *przodownica* não ofereceu resistência, enquanto seu namorado afogava as mágoas no álcool até perder a consciência.

O barão Rehlf, que retornava de um passeio no parque para dissipar a raiva do idiota Pomirski, foi testemunha involuntária de uma cena que provocou nele a seguinte reflexão:

"Quer dizer que eu estava certo; não é só a aristocracia antiga, como também a mais recente, que envida esforços para melhorar a raça dos camponeses."

No leste, o céu começava a clarear.

capítulo 24

A NOTÍCIA CHEGOU LOGO ANTES DO ALMOÇO, PROVOCANDO excitação geral.

O gabinete apresentara sua demissão e a demissão fora aceita.

Ulanicki recebeu um telegrama de Varsóvia, ordenando-lhe o retorno imediato à capital.

Para a maioria dos presentes em Koborowo, a mudança no governo era uma questão que os afetava diretamente. Muitos deles sentiram que seus cargos públicos estavam ameaçados, de modo que não se falava de outra coisa, enquanto Ulanicki andava pelo hall, vociferando.

A senhora Jaszunski partiu ainda antes do almoço.

O governador Szeimont telegrafou a seu gabinete, ordenando que toda notícia proveniente de Varsóvia fosse retransmitida imediatamente a Koborowo.

No fim da tarde, chegaram os jornais vespertinos. As colunas estavam repletas de informações e boatos políticos, dezenas de horóscopos conflitantes, bem como previsões e avaliações da situação. Num ponto, todos os jornais estavam de acordo: o gabinete caíra por não ter sabido enfrentar a crise econômica e, portanto, o novo gabinete deveria ser excepcionalmente forte, comandado por um homem de inabalável autoridade.

No meio dos nomes cogitados pela imprensa para assumir a posição de primeiro-ministro, destacava-se o do general Troczynski, que, como representante do governo na direção da Santa Casa e delegado no Congresso Internacional de Arte e Cultura, obtivera certa popularidade, reforçada pela edição de uma brochura intitulada *Os erros estratégicos de Napoleão Primeiro, Alexandre da Macedônia e outros*. Sua obra literária anterior, *Fora com o comunismo!*, assim como o quadro a óleo adquirido pelo Museu Nacional representando o autorretrato do general no exato momento em que ele, num gesto cheio de bravura, atravessava um leopardo com uma lança, renderam-lhe um reconhecimento adicional.

A candidatura do general foi amplamente discutida em Koborowo, e não encontrou grandes objeções por parte dos presentes. Apenas durante o jantar surgiu uma discussão provocada pelas dúvidas levantadas pelo barão quanto às cores do fundo do quadro previamente mencionado.

— Nico — perguntou Nina —, na sua opinião, quem deveria ser nomeado primeiro-ministro?

— E eu lá sei...

— Faça um esforço.

— Hum... Se não for Troczynski, talvez Jaszunski?

O coronel Wareda, que já havia bebido bastante, bateu com a palma da mão na mesa e exclamou:

— Não, Nicodemo. Você sabe quem deveria ser o próximo premier?

— Quem?

— Você.

Todos se calaram e olharam para Dyzma. Ele enrugou a testa e, achando que Wareda estava fazendo uma gozação, resmungou com má vontade:

— Você bebeu demais, Wacek. Pare de falar bobagens.

Em meio ao silêncio que se seguiu, uma das senhoras sugeriu que todos fossem passear de barco no lago.

— O luar está lindo — disse ela.

A sugestão foi aceita com prazer. Efetivamente, a plácida superfície do lago parecia uma placa de ágata salpicada de diamantes estelares, no meio dos quais brilhava a lua, que, de acordo com os cálculos do governador Szeimont, deveria ter mais de 500 quilates.

Quando todos já haviam se instalado nos barcos, alguém começou a cantar.

— É uma pena — suspirou Nicodemo — eu não ter aqui o meu bandolim.

— O senhor toca bandolim? — espantou-se a senhorita Czarski.

— Sim, e tenho uma predileção por tocá-lo em noites enluaradas. É quando me sinto mais inspirado. A noite, o luar...

Todos riram gostosamente, e o estaroste Cziszko exclamou:

— O senhor presidente falou assim para zombar da nossa cantoria.

— Não creio que o presidente Dyzma esteja de cabeça livre para se ocupar com esses detalhes — observou a senhora Preleska.

— Compreendo — desculpou-se o estaroste. — Acabei de ler que foi tomada a decisão de fechar o Banco do Trigo. Deve ser triste para o criador de uma obra dessas presenciar sua queda... Não é verdade, senhor presidente?

— Talvez não seja — respondeu Dyzma.

— E pensar — continuou o estaroste — que sempre, em todos os lugares, o mais importante não é *como*, mas *por quem* algo é feito. Enquanto o senhor presidente estava à testa do banco, tudo andava às mil maravilhas.

— Talvez ele ainda venha a se reerguer — observou Dyzma.

— Que nada! — respondeu o estaroste. — Bastaram alguns meses para ele ir à falência. Volto a repetir: tudo depende de quem está no comando.

— Ei, Nicodemo! — gritou, do outro barco, Pomirski. — Que tal nós dois cantarmos uma das canções dos remadores de Oxford?

— Cantem, cantem — pediram as damas.

— É que eu não tenho uma boa voz — defendeu-se Dyzma, com irritação.

— Não é verdade! — gritou Jorge, felicíssimo com a provocação. — Será que você já esqueceu como o lorde Caeldin of Newdawn costumava dizer que a sua voz era...

Não conseguiu concluir a frase. Nicodemo fez um gesto brusco com o remo, molhando Pomirski e os demais ocupantes do outro barco.

— Peço mil perdões — desculpou-se Dyzma —, mas quando ele fica assim, só pode ser acalmado com água fria na cara.

Já estavam próximos da margem e, poucos minutos depois, chegaram à aleia. Diante do palacete estava parado um carro desconhecido coberto de poeira. O chofer, enfiado embaixo do capô, mexia no motor.

— De quem é esse carro? — indagou Dyzma.

— Do senhor diretor Litwinek.
— Litwinek? — espantou-se Nicodemo.

Embora o tivesse conhecido por ocasião das recepções oficiais no Palácio Presidencial, do qual Litwinek era diretor-geral, seu relacionamento não era suficientemente próximo para Litwinek se sentir autorizado a visitá-lo em Koborowo.

Sentados no hall de entrada, Krepicki e um cavalheiro alto e grisalho estavam entretidos numa conversa. Ao verem adentrar Dyzma, ambos se ergueram. Seguiram-se cumprimentos e apresentações.

— E então, senhor diretor, como vai a crise governamental? — perguntou Dyzma, num tom meio jocoso.

— É exatamente por causa dela que tenho a honra de vir à presença do senhor presidente — respondeu o doutor Litwinek, com expressão séria.

— O que o senhor quis dizer com este "por causa dela"?

Os participantes do passeio aquático, que também já se encontravam no hall, aguardaram ansiosamente pela resposta.

Litwinek meteu a mão na pasta e tirou um envelope; fez uma pequena pausa dramática e, em meio ao silêncio total, disse em tom solene:

— Excelentíssimo senhor presidente, vim aqui a mando do presidente da República para, em seu nome, pedir ao senhor que aceite a missão de formar um novo gabinete. Eis a carta de Sua Excelência o presidente da República.

Estendeu a mão com o envelope a Nicodemo, que, a essa altura, estava vermelho como um tomate e de boca aberta.

— Como... O quê?

O doutor Litwinek, contente com o efeito que provocara, sorriu de leve e acrescentou.

— O presidente da República espera que o senhor, senhor presidente, concorde em formar um novo gabinete e assumir a liderança.

Dyzma pegou o envelope e, com as mãos trêmulas, tirou de dentro dele uma folha de papel. Lia, mas as letras dançavam diante de seus olhos. Assim mesmo, conseguiu constatar que a missiva repetia o que dissera Litwinek. Dobrou a carta lentamente, enquanto seu rosto adquiria um ar de preocupação.

— O presidente da República está convencido — continuou Litwinek — de que o senhor presidente não vai recusar o pedido, especialmente agora que o país está passando por uma crise sem precedentes. Trata-se de uma missão difícil e de grande magnitude e, na opinião do senhor presidente da República, somente o senhor, que conta com a confiança não apenas dele, mas de toda a sociedade, seria capaz de cumpri-la a contento; sua autoridade, sabedoria e experiência farão com que o senhor forme um gabinete forte, conduzido com mão de ferro, reerguendo a economia da nação, que, com enorme esperança, aguarda por um homem arrojado. Permita-me acrescentar a minha própria convicção de que o senhor é a única pessoa capaz de realizar essa tarefa, senhor premier.

Fez uma profunda reverência e se calou. O efeito de seu discurso foi fenomenal. Litwinek cumpria uma missão tão importante pela primeira vez e, querendo causar um grande impacto, alcançara o seu intento.

Todos os rostos expressavam emoção. Eis que, diante de seus olhos, o leme da nação passava para as mãos de um homem inegavelmente grande!

Nina estava pálida como uma folha de papel. Wareda parecia que ia chorar a qualquer momento. Krepicki mantinha-se ereto, percorrendo o hall com um olhar cheio de orgulho. Por trás de seu ombro, emergiam os olhos azuis de Jorge Pomirski, arregalados num indescritível espanto.

Ninguém ousou se sentar.

O primeiro a se mover foi o governador Szeimont. Aproximou-se de Nicodemo e, baixando respeitosamente a cabeça, apertou sua mão.

— Queira, senhor primeiro-ministro, aceitar os meus mais sinceros votos de sucesso, mas não de parabéns, pois estes, no presente momento histórico, são devidos a nós, cidadãos e servos da nossa nação.

O exemplo do governador foi seguido pelos demais convidados.

Nicodemo, com o semblante preocupado, apertava as mãos de todos, sem dizer uma palavra. Estava mais do que ciente da honra que lhe fora reservada. Ele, Nicodemo Dyzma, um mísero funcionário de Lysków, poderia agora dirigir um grande país, viajar num trem só dele, estar na boca de todos no país... Não só no país como no mundo todo!

Sim... Mas, pensando bem, para que ele precisava disso? Para voltar à tensão da vida em Varsóvia, com armadilhas por toda parte? Voltar a estar sempre alerta e atento para não dizer uma palavra inadequada?

Por outro lado, havia o poder... O poder de mandar na vida de mais de 30 milhões de pessoas! Milhares de pessoas estariam dispostas a sacrificar a própria vida somente para poder exercer por um só dia esse poder e ser donas daquele título... O título de primeiro-ministro! O gabinete do premier Dyzma... O governo do premier Dyzma... Tropas apresentando armas, navios de guerra dando salvas de tiros... Poder, fama...

— Aguardo humildemente a resposta do senhor premier — soou a voz do doutor Litwinek.

Nicodemo pareceu despertar de um sonho e olhou em volta. Todos os olhos estavam fixos nele.

Pigarreou e se ergueu da poltrona.

— Preciso de meia hora para refletir — falou surdamente. — Senhor Krepicki, venha comigo.

Encaminhou-se ao gabinete. Krepicki foi atrás dele e fechou a porta.

— Estou pensando em como agir — começou Dyzma.

— O quê?! Como o senhor presidente ainda pode ter alguma dúvida? Uma honraria dessas! O poder que ela representa!

— É verdade. Mas o senhor não deve esquecer que se trata de uma função de enorme responsabilidade. Não estamos falando de um banco qualquer, mas de um país inteiro!

— E daí?

— Daí que talvez eu não consiga dar conta do recado.

— Pois eu estou convencido de que o senhor presidente vai conseguir.

Nicodemo balançou a cabeça, num claro sinal de incerteza.

— E logo agora que o país está mergulhado numa crise sem precedentes?

— O senhor presidente virá com uma ideia salvadora, estou certo disto. O senhor não pode negar que boas ideias nunca lhe faltaram. E tem mais uma coisa que o senhor presidente não deve esquecer: o senhor assume o governo, a população fica aliviada, o ambiente logo se torna mais desanuviado, o senhor adota algumas medidas de efeito, e quando a conjuntura melhorar...

— E se não melhorar? Acabarei ridicularizado, e pronto.

— Grande coisa. Nessas horas, a gente põe toda a culpa na conjuntura e na crise internacional. É o que se costuma fazer quando cai um gabinete.

Alguém bateu na porta. Era Nina.

— Incomodo? — perguntou timidamente.

— Não, pelo contrário. Entre.

— Dona Nina — disse Krepicki em tom queixoso —, imagine que o senhor presidente ainda hesita!

— Tenha em mente, Ninochka, que não é tão simples assim. Além do mais, sinto-me tão bem aqui, em Koborowo.

O rosto de Nina se iluminou.

— Como você é querido! Está pensando em mim! Mas, Nico, eu não sou tão egoísta a ponto de prejudicar o país para mantê-lo aqui. Você vai fazer o que manda sua consciência, mas, na minha opinião, deveria se sacrificar e salvar a nação.

— É isso que você acha de verdade?

— Você sabe melhor do que ninguém qual é a sua obrigação. Só não quero que pense que estou sendo esnobe. Eu lhe asseguro que preferiria mil vezes permanecer aqui com você a ser chamada de "senhora premier". No entanto, sinto-me desconfortável com a ideia de que você, por amor a mim, possa estar privando o país do tão necessário comando férreo.

— Hum... — murmurou Dyzma, imerso em pensamentos.

— Senhor presidente — disse rapidamente Krepicki, notando que o chefe estava se inclinando para a decisão favorável. — Senhor presidente, acabei de ter uma ideia: logo após sua posse, partiremos para Londres.

— Com que intuito? — perguntou Dyzma.

— Com que intuito?! Para obtermos um financiamento externo! Na atual situação econômica mundial, ninguém conseguiria isso, mas o senhor teria condições, graças a seus contatos na Inglaterra. É mais do que certo que alguns dos seus colegas de Oxford devem estar ocupando cargos de destaque no governo inglês...

Pobre Krepicki! Mal sabia ele que acabara de enterrar de vez qualquer possibilidade de se ver na posição de secretário de um premier!

Nicodemo enrugou a fronte e fez um sinal para que Krepicki se calasse.

"Sim", pensou, "me esqueci por completo disso... Na condição de premier, eu teria que receber diversos embaixadores.... Fazer viagens ao estrangeiro. Embora sempre pudesse ter um intérprete ao meu lado, logo ficaria evidente que não falo nenhuma língua a não ser o polonês... Além de ser desmascarada a farsa de eu ter estudado naquela maldita Oxford... Para quê?"

Levantou-se da cadeira. Nina e Krepicki olharam para ele com a respiração presa.

— Decidi — falou em tom categórico — não aceitar o cargo de premier.

— Mas, senhor presidente...

— Questão encerrada. Não aceito... e basta!

Krepicki desabou sobre uma cadeira. Nina parecia petrificada.

Nicodemo ajeitou os cabelos, ergueu orgulhosamente a cabeça e abriu a porta.

As conversas no hall cessaram imediatamente, e todos se puseram de pé.

Dyzma, sem fechar a porta do gabinete, deu três passos na direção do doutor Litwinek. Olhou em volta e falou pausadamente:

— Senhor Litwinek, diga ao senhor presidente da República que agradeço a honra, mas não pretendo ser premier.

— Senhor presidente! — exclamou o governador Szeimont, mas logo se calou.

— Mas por quê? Por quê? — gritou histericamente a senhora Preleska.

Dyzma franziu o cenho.

— Tenho os meus motivos — respondeu de forma seca.

— A decisão do senhor presidente — indagou Litwinek — é definitiva?

— Todas as minhas decisões são definitivas.

— O senhor presidente estaria disposto a escrever algumas linhas para o líder do país?

— Posso fazê-lo — respondeu Dyzma, meneando positivamente a cabeça e desaparecendo no gabinete.

Assim que a porta se fechou atrás dele, o hall foi tomado por exclamações de espanto:

— Por quê?! Não consigo compreender por quê.

— Mas isso é uma desgraça! O país está à beira de um precipício, e eu realmente não vejo quem poderia substituir o presidente na tarefa de sua salvação!

Wareda meneou a cabeça.

— Ele se ofendeu — disse. — Se ofendeu por não terem seguido suas recomendações e, com isso, acabado com o Banco Nacional do Trigo.

De repente, num momento de silêncio, por trás da porta do gabinete pôde-se ouvir a exaltada voz de Dyzma:

— Com todos os diabos, senhor Krepicki! Escreva o que estou lhe ditando e não diga mais nada!

A explosão do presidente foi seguida por suaves sons de uma máquina de escrever.

— Na minha opinião — começou a senhora Preleska —, pesou na decisão do senhor presidente o amor que sente pela minha sobrinha. Afinal, eles se casaram apenas há alguns meses e a função de primeiro-ministro o ocuparia mais de 24 horas por dia. Por mais que o presidente queira ocultar esse fato, ele é muito sentimental. Nós, mulheres, sabemos intuir isso.

— Oh, sim! — confirmou a condessa Czarski.

Rehlf discordou:

— Pois eu estou convencido — disse — de que tanto as senhoras quanto o coronel estão redondamente enganados Pelo que pude observar da atuação do presidente Dyzma e pelo que conheço dele pessoalmente, afirmo que é um homem incapaz de se guiar por interesses particulares.

— É um estadista, no pleno significado da palavra! — exclamou o governador Szeimont. — Se ele se recusou neste momento, é porque deve ter motivos mais profundos, de natureza política.

Mas o país está prestes a cair num abismo!

— É a impressão que nós temos — sorriu o governador. — É o que nos parece. No entanto, a situação não é tão grave assim. Estou convicto de que o presidente, que entende de assuntos econômicos muito mais do que nós, não vê um perigo tão iminente ameaçando o país para que ele precise sair pessoalmente em sua defesa.

— Cincinnatus — disse sentenciosamente o governador — somente permitia ser afastado do arado em caso de perigo definitivo.

— Que homem extraordinário! — murmurou o doutor Litwinek, com a voz cheia de admiração e respeito.

— Um grande homem! — confirmou o governador.

De repente, do canto do hall ecoou uma sonora gargalhada sarcástica.

Pomirski até então permanecera calado e, como não lhe davam atenção, ninguém notara sua expressão irônica. Ficara escutando tudo até o momento em que não conseguiu aguentar, explodindo numa gargalhada que quase o fez cair da cadeira.

— O senhor está rindo de quê? — perguntou o governador, num tom de desafio.

Jorge levantou-se de um pulo e tentou botar o monóculo, mas, devido ao tremor de suas mãos, não conseguiu. Estava nervoso e revoltado ao extremo.

— De *quê*? Não de *quê*, meus senhores, mas de *quem*! De vocês! É de vocês que estou rindo! De toda a sociedade, de todos os queridos concidadãos!

— Mas...

— Calados! — urrou Pomirski, cujo pálido rostinho de criança doente adquirira uma cor purpúrea de tanta raiva. — Calados! É de vocês que eu estou rindo! De vocês! Da elite! He, he, he... Afirmo taxativamente a vocês que o seu estadista, seu Cincinnatus, seu grande homem, seu Nicodemo Dyzma não passa de um impostor que os conduz pelos narizes. Ele não passa de um patife, embusteiro e, ao mesmo tempo, um cretino completo! Um idiota sem nenhum conhecimento não só de economia, mas até de ortografia! É um grosseirão da pior espécie, sem um pingo de educação e de boas maneiras. Basta olhar para sua cara de imbecil e para sua postura grosseira. Eu lhes dou a minha palavra de honra que ele não só nunca esteve em Oxford, como não conhece nenhuma outra língua além do polonês, no qual também não sabe se expressar condignamente! Uma figura vulgar que surgiu não se sabe de onde, com a moral de um proletário. Será possível que vocês não perceberam isso? Eu me expressei mal quando disse que ele os conduzia pelos narizes! Foram vocês mesmos que o colocaram num pedestal! Vocês! Pessoas desprovidas de quaisquer critérios compreensíveis! É de vocês que eu estou rindo! De vocês: idiotas e ignorantes!

Finalmente, conseguiu botar o monóculo em seu devido lugar. Lançou um olhar de desprezo sobre todos e saiu batendo a porta com estrondo.

O doutor Litwinek percorreu com os olhos espantados e apavorados os rostos dos presentes; em todos viu um meio sorriso, cheio de compaixão.

— O que quer dizer isso? — perguntou. — Quem era aquele senhor?

A senhora Preleska respondeu:

— Queira perdoar, senhor diretor. É o meu sobrinho e cunhado do presidente. Via de regra, ele se comporta normalmente, mas a verdade é que sofre das faculdades mentais.

— É um louco — esclareceu o governador.

— Pobre rapaz. — A senhorita Czarski suspirou.

— Ah, então está explicado. — O doutor Litwinek sorriu. — Trata-se de um maluco.

GLOSSÁRIO RESUMIDO

ALAIN GERBAULT — Referência ao campeão de tênis francês nascido em 1893 e falecido em 1941; foi o primeiro homem a circum-navegar a Terra.
BILITS — Cortesã da ilha de Lesbos citada no poema "Les Chansons de Bilits", do poeta francês Pierre Loÿs (1870-1925), que, embora fosse heterossexual, ficou conhecido pela conotação lésbica de seus textos e por sua profunda amizade com André Gide e Oscar Wilde. Exatamente por ser pouco conhecido, o nome de Bilits foi usado na primeira associação mundial de lésbicas, "Daughters of Bilits", criada em San Francisco em 1955.
BRUDERSZAFT — Palavra de origem alemã (em alemão *Bruderschaft*) que significa "irmandade", mas que na Polônia se refere ao ato de beber um cálice de vodca com alguém, entornando-o de uma só vez, com os braços entrelaçados, ambos os bebedores pronunciando seus pronomes e se beijando no rosto. A partir daí, os dois irmanados deixam de lado o respeitoso tratamento de "senhor" e passam a se tratar por "tu" ou "você".
CAMBRONNE — Ver VERSALHANO.
CRESO — Rei lídio sobre cujas fabulosas riquezas há diversas lendas; espécie de sinônimo de "magnata".
DYZMA — Apenas um sobrenome de origem grega. Se no romance de Dołęga-Mostowicz é o sobrenome do herói, na Bíblia figura como "o bom ladrão" que foi crucificado junto com Cristo e, por ter se convertido no último instante, é elevado ao status de santo; São Dimas, em português, protetor de presos e de

penitenciárias. Teria o autor pensado nisso ao batizá-lo com esse sobrenome? Provavelmente Nicodemo, ou Nicodemos, outro nome bíblico, também não tenha sido escolhido ao acaso. Ver NICODEMO.

GEORGE — O aristocrata assina a carta com nome inglês por esnobismo, afinal de contas é um ex-aluno de Oxford.

GIRL — Até esse termo aparentemente de uso mais moderno é usado em inglês, no original.

KINDERSTUBE — Palavra alemã, mas usada à larga na Polônia, assim como outras expressões da língua alemã. Significa "bom berço", "boas maneiras".

KRYNICA — Balneário ao norte da Polônia, na costa do mar Báltico.

KUNICKI — Kunik muda seu nome para Kunicki, acrescentando-lhe um "c" mais um "i" no intuito de adquirir, também ele, ares de fidalguia; "Kunik" é um nome que soa mais camponês.

NECKER — Referência a Jacques Necker (1732-1804), importante político e economista suíço.

NICODEMO — Ou Nicodemos; nome de um fariseu citado no evangelho de São João como guia dos judeus. Em uma visita noturna, Jesus lhe diz que a entrada no Reino de Deus pressupõe um renascimento pelo espírito, mas não chega a ser compreendido por Nicodemos, demasiado vinculado às questões da carne. Em grego Nikodemos significa, mais ou menos, "vitorioso na reunião dos povos" ou, por extensão, "vitorioso do povo".

PEQUENO DICIONÁRIO DE PALAVRAS NÃO USUAIS, ENCICLOPÉDIA BÁSICA E BOM-TOM — No original *Slowniczek wyrazów obcych*, *Encyklopedia powszecha* e *Bon-ton*; este último título em francês — daí a medida do uso da língua entre a aristocracia e os cultivadores do bom-tom na Polônia –, mesmo no original polonês.

PITIGRILI — Na verdade Pitigrilli, pseudônimo de Dino Segre (1893-1975), escritor, jornalista e jurista italiano, autor de livros discutidos e várias vezes proibidos na época. Seu romance mais conhecido, *Cocaína*, era indiciado como perigoso para a juventude até 1988 num país civilizado como a Alemanha, por exemplo.

POD SLONIEM — Literalmente, "Debaixo do Elefante". Uma vez que muitos restaurantes na Europa ficam em porões, na Polônia é comum eles se chamarem "pod" alguma coisa; por exemplo *pod kogutem* (debaixo do galo), *pod kwiatami* (debaixo de flores) etc.

POMONA — Deusa romana da abundância e dos pomares, que por vezes é confundida com Deméter.

PRZODOWNICA — Ceifeira que, carregando uma guirlanda, caminha à frente das demais mulheres durante a procissão que inicia a Festa da Colheita.

SKOWRONEK — Significa "cotovia" em polonês (o macho da cotovia; a fêmea é *skowronka*); trata-se de um sobrenome camponês bastante comum. Mais um indício do uso nem de longe inocente na poética dos nomes do autor. Em Pysdraj, por exemplo, se percebe um sobrenome de origem rude.

SPLENDID ISOLATION — Maneirismo esnobe da maioria dos aristocratas poloneses. Aliás, o uso constante do inglês, assim como do francês, caracteriza bem o esnobismo da aristocracia polonesa voltada para o Ocidente. Daí a presença de palavras como *brusque*, *genre* e *lorgnon*.

TFUI — Termo onomatopaico usado à larga na Polônia; indica aquilo que seu som designa: uma cusparada de desprezo.

TÓCAI — Vinho licoroso procedente da Hungria.

VERSALHANO — O general de Napoleão Pierre Jacques Cambronne respondeu com um *"Merde!"* à proposta de se render feita por um emissário inglês durante a batalha de Waterloo.

VIRTUTI MILITARI — A mais alta condecoração por bravura nas forças armadas polonesas.

ZLOTY — Literalmente "dourado"; nome da moeda polonesa.*

---

* O Glossário, assim como a Cronologia Resumida, foi elaborado com a ajuda de Tomasz Barcinski, tradutor do romance, que participou também com vários dados interessantes acerca das circunstâncias mais polonesas da obra, inclusive as históricas, abordadas no Posfácio.

Cronologia Resumida de Tadeusz Dołęga-Mostowicz

1898 — Nasce, em 10 de agosto, em Okuniewo, nas proximidades de Vitebsk, na Polônia dominada pela Rússia czarista, filho de um advogado abastado. Faz os estudos do ginásio em Wilno, hoje Vilnius, capital da Lituânia.

1915 — Começa seus estudos de Direito na Universidade de Kiev, hoje capital da Ucrânia. Assim como Okuniewo, Vilnius (Wilno) e Kiev (Kijów) eram parte da Polônia dominada pela Rússia czarista. No mesmo ano, participa de movimentos de insubordinação polonesa vinculados ao P.O.W., Polska Organizacja Wojskowa (Organização Militar Polonesa).

1917 — Depois da Revolução Russa, Okuniewo é atacada pela Rússia Bolchevique e a família de Mostowicz se muda da cidade.

1918 — Aos 20 anos, o autor muda-se para Varsóvia, onde ingressa no Exército Polonês.

1919-21 — Participa como voluntário da Guerra Soviético-Polonesa.

1922 — Passa a trabalhar em várias editoras e a enviar seus contos a jornais, atuando como repórter.

1925 — Passa a trabalhar no jornal diário *Rzeczpospolita* (A República), um dos mais influentes da Polônia. Na condição de jornalista, começa a publicar seus contos e panfletos, muitos dos quais alcançam grande popularidade na Polônia.

1926 — Após o golpe de Estado, seus escritos passam a ser considerados demasiado críticos ao governo. Em alguns deles usa o curioso pseudônimo "C. hr. Zan", composto do "hr.", abreviação de "hrabia" (conde), ao passo que, escrito junto, Chrzan quer dizer "raiz forte".

1927 — É atacado, levado para fora dos limites da cidade e espancado por uma tropa leal ao regime férreo da Polônia independente após a Primeira Guerra Mundial.

1928 — Deixa as atividades jornalísticas e se dedica integralmente à ficção.

1930 — Publica seu primeiro romance, *Ostatnia brygada* (*A última brigada*).

1932 — Atinge grande popularidade com a publicação, primeiro em folhetim, de *A extraordinária carreira de Nicodemo Dyzma* (*Kariera Nikodema Dyzmy*), a mais popular de suas obras. Ainda no mesmo ano publica a narrativa *Prokurator Aljcia Horn* (*Defensora pública Aljcia Horn*). Dołęga-Mostowicz passa a ser um dos autores mais bem pagos de seu país, recebendo somas absolutamente incríveis por seus escritos, se considerado o padrão da época, e se tornando, até os dias atuais, o mais bem pago entre todos os escritores poloneses.

1933 — Publica romances como *Bracia Dalcz i S-ka* (*Irmãos Dalcz & Cia.*), abordando grandes falcatruas, mortes fingidas e outros aspectos sensacionais, sempre com muito sarcasmo.

1936 — Publica os romances *Dr. Murek zredukowany* (algo como *O reduzido Dr. Murek*) e *Drugie życie dr. Murka* (*A outra vida do dr. Murek*), sempre com ironias aos círculos administrativos e indigitando questões sociais como a pobreza e o desemprego.

1937 — Publica *Znachor* (*O curandeiro*).

1939 — Publica *Profesor Wiczur*, outra significativa história de herói negativo, em que deixa um pouco de lado os temas sensacionalistas e passa a se ocupar de questões como a amnésia do herói e as crendices do povo. Com o romance *Pamiętnik pani Hanki* (*O diário da senhora Hanka*), volta aos motivos políticos, esboçando um desenho crítico do serviço diplomático polonês no período anterior à Segunda Guerra Mundial.

Ainda 1939 — Durante a guerra defensiva na Polônia, como oficial comandante, defende uma ponte na cidade de Kuty, sudeste da Polônia. Em 22 de setembro é abatido por um tiro disparado de um tanque do Exército Vermelho no primeiro dia da invasão soviética.

1978 — Seu corpo é exumado e enterrado no cemitério de Powązki, em Varsóvia.

POSFÁCIO

Marcelo Backes

Tadeusz Dołęga-Mostowicz é um dos escritores mais conhecidos da Polônia.

Seu romance mais importante, *A extraordinária carreira de Nicodemo Dyzma*, chegou bem além das fronteiras polonesas ao criar um personagem que se tornou símbolo do carreirista bem-sucedido, do homem público bafejado pela fortuna apesar de não ter estofo algum para encarnar seu cargo. A obra é verdadeiramente exemplar e continua atual ainda hoje, talvez mais do que nunca.

Em sua condição modelar, Nicodemo Dyzma, o personagem-título, sobe vertiginosamente através de conexões fortuitas, das benesses do acaso em uma sociedade que o aceita também por estar alheia às grandes questões, carente de uma novidade, ainda que esta seja de caráter pouco claro. Ignorante e maleável, o herói em determinado momento passa a ser apenas um boneco nas mãos da elite, mesmo que esperneie subjetivamente de quando em vez. A grande ironia de, apesar de sua tacanhice, acabar virando o salvador da pátria polonesa, faz de Nicodemo Dyzma um pai em grande escala do recente, brasileiro e novelesco Sassá Mutema, por exemplo, que está para o herói polonês mais ou menos como *Irmãos Coragem*, de Janete Clair, está para *Irmãos Karamazov*, de Dostoiévski.

Nicodemo Dyzma é também uma espécie de "homem que sabia javanês" da Polônia, e, mais amplo que o personagem de Lima Barreto, se dá bem inclusive na mais complexa das linguagens, a da economia. Ele encarna um verdadeiro Malasartes polaco, um Eulenspiegel às margens do Vístula, que chega aos píncaros do poder, transformando a Polônia na nova Bruzundanga de Dołęga-Mostowicz.

Além de uma minissérie televisiva de grande sucesso, filmada em 1980 e estrelada por Roman Wilhelmi, um dos maiores atores poloneses, *Nicodemo Dyzma* também chegou ao cinema em duas produções cinematográficas de qualidade inferior. A primeira delas, de 1956, teve Adolf Dymsza no papel do herói. A segunda, de 2002, estrelada por Cezary Pazura, é ainda menos fiel ao livro e de qualidade ainda mais duvidosa. Houve também um musical baseado na obra, intitulado *Dyzma*, que estreou em 2003 e cuja música foi composta pelo célebre compositor polonês Wlodzimierz Korcz.

A obra-prima de Dołęga-Mostowicz também acabou envolvida em uma grande controvérsia. O premiado romance americano *Being There*, do escritor polonês-americano Jerzy Kosiński, lembra fortemente as aventuras de Nicodemo Dyzma. Em 1982, onze anos após a publicação do romance americano, os críticos Geoffrey Stokes e Eliot Fremont-Smith acusaram Kosiński de plagiar Dołęga-Mostowicz, cuja obra ainda não era conhecida em inglês em 1971, época da publicação daquela que, segundo os críticos, não passaria de uma nova versão da obra polonesa. *Being There*, em português *Muito além do jardim*, foi filmado em 1979 por Hal Ashby com o mesmo título e estrelado por Peter

Sellers e Shirley MacLaine; ganhou dois Oscars, inclusive o de melhor ator coadjuvante.

A vida

Tadeusz Dołęga-Mostowicz (1898-1939) descende de uma família burguesa de Okuniewo, nas proximidades de Vitebsk, que à época do nascimento do autor ficava na Polônia ocupada pela Rússia czarista. Seu pai foi um advogado de posses e levou o filho ao ginásio na atual cidade de Vilnius, capital da Lituânia. Mais tarde, Dołęga-Mostowicz estudaria Direito na Universidade de Kiev, hoje capital da Ucrânia. Assim como Okuniewo, Vilnius (Wilno) e Kiev (Kijów) eram parte da Polônia ocupada pela Rússia czarista.

Situada em posição geográfica bastante incômoda, espremida entre a Alemanha e a Rússia, a Polônia foi alvo constante de ataques desde o período medieval. Depois de várias partilhas, a de 1795 dividiu o país entre Rússia, Prússia e Áustria e perdurou por 125 anos, até o final da Primeira Guerra Mundial. Ao contrário de outros países conquistados, no entanto, a Polônia não deixou de existir e continuou sendo Polônia, mantendo sua língua, suas tradições e cultivando suas artes, principalmente na música, com compositores como Chopin, e na literatura, com autores como Henryk Sienkiewicz, Adam Mickiewicz e Bolesław Prus, autor do monumental romance *O faraó*, publicado nesta mesma coleção.

A independência do país na época posterior ao final da Primeira Guerra Mundial duraria apenas 20 anos. Em agosto de 1939, a Polônia foi invadida pela Alemanha (dando início à Segunda Guerra Mundial) e, em setembro daquele mesmo ano, em função de um acordo secreto entre a Alemanha nazista e a Rússia comunista, atacada pelas tropas soviéticas. Mesmo durante o período da independência, no entanto, a Polônia foi governada com mão de ferro através de uma Constituição quase ditatorial, que inclusive deu origem à Constituição brasileira de 1937, chamada por isso de "Polaca".

É exatamente nesse período conturbado que vive e atua Dołęga-Mostowicz, tomando parte em vários movimentos de insubordinação polonesa durante o período em que o país não era independente e depois lutando contra o regime férreo de sua nação já soberana. O autor participou como voluntário da Guerra Soviético-Polonesa entre 1919 e 1921 e mais tarde desenvolveu uma intensa atividade política, sobretudo por meio do jornalismo intensamente crítico, que não poupava os desmandos em seu país apenas pelo fato de este ter alcançado a independência. É também na condição de jornalista que Dołęga-Mostowicz começa a publicar seus contos e panfletos, que logo alcançam grande popularidade na Polônia.

Depois de vários problemas decorrentes de sua atividade engajada politicamente, o autor acaba deixando o jornalismo em 1928 para se dedicar à ficção, na qual logo passou a fazer sucesso, tornando-se um dos autores mais bem pagos de seu país numa época que a Polônia estava longe de se caracterizar pelo profissionalismo editorial. Uma vez que seus trabalhos eram publicados em folhetins, Dołęga-Mostowicz recebia verdadeiras fortunas, que fizeram dele um dos raros escritores que passaram a viver exclusivamente da sua profissão e o mais bem pago entre todos os escritores poloneses até os dias atuais. Solteiro, bem apessoado, simpático e corajoso em suas críticas, o autor também fazia muito sucesso com as mulheres.

Em 1939, depois de escrever vários livros e de mais uma vez entrar na defesa direta da Polônia por meio das armas, Dołęga-Mostowicz foi abatido por um tiro disparado de um tanque do Exército Vermelho no primeiro dia da invasão soviética.

A obra

O primeiro romance de Tadeusz Dołęga-Mostowicz, *A última brigada*, foi publicado em 1930, mas a fama definitiva viria com a publicação, primeiro em folhetim, de *A extraordinária carreira de Nicodemo Dyzma*, em 1932, até hoje a mais popular de suas narrativas.

Em sua obra, bastante volumosa para o curto período em que efetivamente produziu, Dołęga-Mostowicz passaria da análise de grandes falcatruas, mortes fingidas e outros aspectos sensacionalistas, sempre abordados com grande sarcasmo em romances como *Irmãos Dalcz & Cia.*, de 1933, a narrativas de cunho mais político e social como *O reduzido Dr. Murek* e *A outra vida do dr. Murek*, ambos de 1936.

Na mesma trilha de Nicodemo Dyzma, Dołęga-Mostowicz ainda criaria outro grande herói negativo em 1939, com a publicação de *Professor Wiczur*, em que deixa um pouco de lado os temas sensacionalistas e passa a se ocupar de questões como a amnésia do herói e as crendices do povo. Num romance do mesmo ano, também o ano de sua morte, intitulado *O diário da senhora Hanka*, Dołęga-Mostowicz voltaria inclusive aos motivos políticos, esboçando um desenho crítico do serviço diplomático polonês no período anterior à Segunda Guerra Mundial.

A extraordinária carreira de Nicodemo Dyzma

A extraordinária carreira de Nicodemo Dyzma é, pois, o romance mais conhecido de Tadeusz Dołęga-Mostowicz e um dos pontos altos de sua obra.

No pano de fundo da narrativa, vemos uma Polônia miserável, bem diferente do país que em meio à crise europeia atual é considerado um dos mais prósperos entre os possíveis ascendentes do velho continente na era tumultuada do terceiro milênio. No romance de Dołęga-Mostowicz o desemprego grassa — o próprio Nicodemo Dyzma é vítima dele –, assim como o suborno assaz moderno e a busca da vantagem a qualquer custo. O dinheiro é o senhor das relações, tanto entre os de cima quanto entre os de baixo, sem que o autor mostre em relação a isso o menor pudor de ordem moral. A prostituta Manka e sua profissão são tratadas com a maior naturalidade, sem o menor moralismo, apesar de estarmos apenas nos anos 1930 e em um país que muitas décadas mais tarde ainda se orgulharia de seu catolicismo. A vodca rega e regula amizades e negociações, tanto nas ruas quanto nos ministérios. Com todo seu estofo vetusto, Dyzma não deixa de ser, aliás, uma grande ironia a uma Europa que continua em crise e se revolve ao sabor de alguns palpiteiros de plantão.

Nicodemo Dyzma é um homem vindo das províncias orientais da Polônia, que acompanha fisicamente o deslocamento metafísico de seus compatriotas em direção ao Ocidente, mas o faz no mero intuito de buscar trabalho para tentar sobreviver em melhores condições. Na confusão metropolitana de Varsóvia o acaso auspicioso logo se mostra bem mais acessível, e um convite para uma festa encontrado ao léu dá ao herói a oportunidade do grande salto, quando ele na verdade não quer mais do que comer de graça, uma vez que o estômago já lhe dói de tanta fome. E só porque alguém o perturba na mais ancestral e bárbara das atividades humanas, a de comer, ele reage com violência, segurando o intruso pelo cotovelo e lançando-lhe ao rosto um desaforo. A ousadia, uma vez que se tratava de uma eminência política malquista por muitos, acaba levando Dyzma aos céus e faz o tapete vermelho da fortuna se desenrolar a seus pés.

O rico proprietário de terras Kunicki logo é usado, no princípio involuntariamente, como trampolim, e Dyzma não cessa mais de surpreender a política e a sociedade polonesas, chegando inclusive a roubar a mulher de seu "benfeitor" e a controlar os negócios mais complexos do Estado. Tudo embora seu maior sonho de Jeca Tatu polaco — quando este sonho ainda estava longe de se realizar — sempre tivesse sido apenas ganhar o suficiente para não precisar fazer mais nada e viver apenas de juros.

O contexto em que se desenrolam as ações mirabolantes de Dyzma é perfeito, e tudo parece verossímil, bem encaixado, a despeito do absurdo. O pasmo do personagem diante da riqueza que não conhecia faz com que chegue, em determinado momento, à ideia de que o palácio suntuoso que passará a habitar poderia ser assolado por um terremoto que o derrubaria e o transformaria num amontoado de moedas de ouro.

No princípio Nicodemo Dyzma consegue sobreviver ao golpe benfazejo da fortuna fazendo paralelos entre o mundo no qual entrou por acaso e aquele que conhece de verdade, o da agência de correios onde um dia trabalhou num esquema mais ou menos institucional e que ele adota sabiamente como microcosmo do funcionamento do mundo. E é também bem cedo que ele se dá conta da eficácia de repetir em hora e lugar adequados um discurso ouvido algures de outrem, descoberta que inclusive é elaborada aforisticamente: "repetir aquilo que se ouve dos outros e apresentá-lo como sendo uma ideia sua pode trazer grandes lucros". Em dado momento, o suposto humor de Dyzma chega a ser comparado ao de Buster Keaton por uma personagem, quando na verdade o impostor involuntário apenas manifesta o pasmo e a imobilidade de quem não sabe lidar com determinados assuntos e também aprendeu sabiamente que, quando não se tem nada a dizer, muitas vezes o melhor mesmo é fechar o bico.

A continuação da caricatura pressupõe estudos em Oxford, e os inventa sem o menor problema para o soberano personagem, debatendo a questão de uma elite voltada para o ocidente inglês, alemão e francês, que adora usar a superfície dessas línguas para alcançar um decoro que talvez não tenha no fundo. Quando cita em inglês ou francês, Dołęga-Mostowicz mostra que a sociedade eslava pouco mudou em termos comportamentais do século XIX ao século XX, permitindo que ele repita de modo reduzido a estratégia adotada por Tolstói em *Guerra e paz*, cujos personagens também não hesitam em adentrar gloriosos territórios francófonos. O sarcasmo com a decadência da aristocracia faz o narrador de *A extraordinária carreira* dizer a certa altura: "Ao meio-dia, a distinta residência da distintíssima dama já era um triste quadro de caos e pânico, no qual as antigualhas efetuavam movimentos estranhos, mudando de um lugar para outro até desabarem por completo, com suas raquíticas pernas estilísticas viradas para cima."

Para manter o poder, Nicodemo Dyzma também não hesita em fazer uso do terror e da espionagem, em dar cabo daqueles que representam um perigo a seu domínio. E, em meio a todo esse descalabro, só o doido George, o Jorginho da titia, seu cunhado aristocrata, estudante de Oxford, um idiota dostoievskiano, espécie de príncipe Míchkin reduzido e histérico, é que vê a verdade, mas acaba sendo manietado ele também pela chantagem.

Nicodemo Dyzma não é inocente nem no nome. Dołęga-Mostowicz, provavelmente não por acaso, faz com que ele lembre, em seu sobrenome, a figura bíblica do "bom ladrão" que foi crucificado junto com Cristo e, por ter se convertido no último instante, foi elevado ao status de santo; Dyzma poderia ser o referido são Dimas, em português, protetor de presos e de penitenciárias. Já o prenome Nicodemo talvez refira o fariseu citado no evangelho de São João como guia dos judeus. Em uma visita noturna, Jesus lhe diz que a entrada no Reino de Deus pressupõe um renascimento pelo espírito, mas não chega a ser compreendido por Nicodemos, demasiado vinculado às questões da carne. Além disso, em grego Nikodemos significa, mais ou menos, "vitorioso na reunião dos povos" ou, por extensão, "vitorioso (vindo) do povo". E exatamente essa é a situação de Nicodemo Dyzma no romance de Tadeusz Dołęga-Mostowicz.

Arquétipo do oportunista, Nicodemo Dyzma é uma figura emblemática que surgiu na Polônia, mas tem portas abertas no mundo inteiro. Não faltam nem ironias a "países agrícolas" que adotam com a maior facilidade métodos discutíveis impostos por outras nações ou aplicados a esmo por estas.

Até o nacionalismo de Nicodemo Dyzma é involuntário e resulta justamente do fato de ele não conhecer nenhuma língua estrangeira como acontecia com seus conterrâneos mais "nobres", que dialogavam fluentemente em francês e alemão na alta sociedade da época. De modo que até mesmo as próprias mazelas viram plataforma de combate na planilha do pouco a pouco mais esperto Dyzma e o fazem colher êxitos inclusive quando, plebeu de cabo a rabo, revela tocar bandolim e fazer pouco caso do piano aristocrático, movimento no qual não deixa de mostrar um vezo involuntário de Policarpo Quaresma polonês.

Em suas beiradas, *A extraordinária carreira de Nicodemo Dyzma* apresenta desde questões sumamente fundamentais e modernas como a terceirização até detalhes sutis como a importância cada vez maior do esporte, registrada no gosto da classe alta pelo tênis, aspecto abordado societariamente também por Marcel Proust em *Em busca do tempo perdido* e filosoficamente por Robert Musil em *O homem sem qualidades*. Aliás, Dyzma, como tantos de nós, revela sua verdadeira faceta no esporte, ao querer de repente que o contendor polonês mate seu oponente italiano em um espetáculo de luta livre ao qual foi convidado, o que também é interpretado positivamente por uma sociedade carregada de verniz, que sente o bafejo do mal-estar civilizatório na nuca e olha com gosto para a volta esporádica da barbárie. Nessa passagem, aliás, até o Brasil é mencionado no romance, dando a entender que bem antes do UFC os lutadores brasileiros já tinham fama internacional.

Outras questões menores são antecipadas na narrativa, e já naquela época Dyzma percebe que a riqueza rejuvenesce e, diante de uma mulher que lhe é apresentada, não consegue dizer se ela tem 25 ou 40 anos. Até a cena de um bacanal místico é descrita e descobrimos também que já na década de 30 do distante século XX, na longínqua Polônia, estava na moda depilar as sobrancelhas, porque aparece diante de Dyzma uma mulher que ele estranha por ter sobrancelhas que mais pareciam duas linhas acima dos olhos.

Cheia de sutilezas, a obra em determinado momento apresenta um Dyzma que vai ao cinema e acha inverossímil que a tela mostre um padre com "um benigno sorriso no rosto" realizando o casamento da filha. Mas o herói, tocado em seu catolicismo, logo percebe que seu argumento não tem validade, porque o filme era americano, e nos Estados Unidos os "padres" podiam se casar e ter filhos.

Nicodemo Dyzma chega a ser chamado de "Napoleão da economia" em sua vertiginosa ascensão, e o mordomo o acha parecido com Rodolfo Valentino a certa altura, dizendo em seguida que as mulheres — também o mordomo deve ter percebido como elas estavam carentes de "pegada" e viciadas pelas luvas de pelica de homens que já então fugiam ao contato mais direto — vão desmaiar diante dele, o que faz Dyzma mudar de vez de sua alguma insegurança à absoluta autoconfiança diante de ministros, nobres e políticos.

Quando Dyzma vai bisbilhotar no diário da cortejada, conquistada, mas não amada Nina, a mulher de seu "benfeitor" Kunicki e mais um de seus eficazes trampolins, logo no princípio lê um punhado de sábias palavras com as quais não sabe lidar muito bem, mas que chegam a antecipar criticamente o umbilicalismo das redações virtuais mais contemporâneas: *"Estou me preparando para escrever aquilo que as pessoas costumam chamar de ridículo: um diário. Não, isto não será o meu diário. Pitigrili afirma que uma pessoa que escreve um diário lembra alguém que, tendo assoado o nariz, fica examinando o lenço."* E, depois da escatologia bem posta e sumamente atual, a consciente Nina adentra ainda o terreno da psicanálise na elaboração posterior: *"Pois o que é um diário a não ser uma descrição de acontecimentos? Ou até de sensações? No meu caso, por exemplo, vou escrever apenas para poder ver os meus pensamentos de forma concreta. Aliás, acredito que um pensamento não expresso através da fala ou da escrita não pode ser considerado um pensamento formulado e concreto."*

É a mesma Nina que, estupefata com o arrojo e a masculinidade de Dyzma, pois é assim que ela lê a ignorância e a grosseria do homem amado, diz que ele faria uma bela figura com o chicote de Nietzsche na mão.

Nicodemo Dyzma com o chicote de Nietzsche na mão: a metáfora realmente merece bem mais que três segundos de reflexão...

Este livro foi composto na tipologia The Serif Light,
em corpo 10/15, e impresso em papel off white
pelo Sistema Cameron da Distribuidora Record
de Serviços de Imprensa S.A.